Les Lais de Ma

COLLECTION FONDÉE PAR JEAN FABRE
ET DIRIGÉE PAR ROBERT MAUZI

LITTÉRATURES MODERNES

Les Lais de Marie de France

Contes d'amour et d'aventures du Moyen Age

PHILIPPE MÉNARD

Professeur de Littérature française du Moyen Age à l'Université de Paris-Sorbonne

PRESSES UNIVERSITAIRES DE FRANCE

DU MÊME AUTEUR

Le rire et le sourire dans le roman courtois en France au Moyen Age, Droz, 1969.

Les poésies de Guillaume Le Vinier (édition critique), Droz, 2e éd. 1983.

Syntaxe de l'ancien français, Ed. Bière, 4e éd. 1994.

Fabliaux français du Moyen Age (édition critique), Droz, 1979, t. I.

Les fabliaux, contes à rire du Moyen Age, PUF, 1983.

Le Roman de Tristan en prose (édition critique), Droz, 1987, t. I.

Le Roman de Tristan en prose, t. I, *traduction en français moderne*, Champion, 1990.

Dictionnaire étymologique et historique de la langue française (en collab. avec E. Baumgartner), La Pochothèque, 1996.

ISBN 2 13 047370 9

Dépôt légal — 1re édition : 1979
3e édition : 1997, septembre

108, boulevard Saint-Germain, 75006 Paris

SOMMAIRE

Introduction

Dans l'histoire des lettres médiévales Marie de France reste toujours un phare éblouissant. Les érudits lisent encore avec plaisir les Fables *et l'*Espurgatoire saint Patrice. *Depuis l'édition princeps des* Lais *(1820), parue en pleine époque romantique, un large public n'a cessé de goûter au charme vivace de ces contes d'aventures et d'amour. A plusieurs reprises on les a publiés en France, en Italie, en Angleterre ou en Allemagne. On les a traduits ou adaptés en diverses langues. On a écrit une masse énorme d'articles sur les douze lais de Marie. La Bibliographie, établie par Glyn S. Burgess et arrêtée à la fin de l'année 1975, compte plus de 500 numéros. Dans ce fleuve aux eaux mêlées il y a, sans doute, plus de boue et d'obscurité que de pépites. Mais, à lui seul, cet ensemble de travaux témoigne de l'extraordinaire audience des lais en notre temps.*

On comprend aisément l'attrait des lecteurs d'aujourd'hui pour ces contes. Dans la longue histoire de la nouvelle — la short story, *comme disent les Anglais — les lais de Marie de France représentent une des plus belles réussites du genre. Ces douze récits d'une élégante brièveté composent une guirlande diaprée. On glisse du tendre au pathétique, du touchant au mélancolique avec une grande rapidité, comme si Marie éprouvait du plaisir à renouveler ses sujets et sa manière. Ces histoires prennent souvent leurs racines dans ce qu'il est convenu d'appeler le folklore. Mais elles portent la marque, subtile et délicate, d'un art authentique. Marie crée un climat où s'associent le réel et le merveilleux, les souffrances humaines et les rêves d'amour. Comment rester insensible au charme de ces contes féeriques et à l'émotion de ces récits si profondément humains ?*

Quatre grandes séries de questions se posent au lecteur des lais. La première est d'ordre historique et concerne la place de Marie de France en son temps. On aimerait savoir ce que la poétesse doit à ses prédécesseurs. Est-elle profondément tributaire des romans « antiques » ? A-t-elle inventé le genre du lai ? S'inspire-t-elle de sources celtiques ? Peut-on entrevoir la place de Marie dans le grand mouvement de créations littéraires qui emplit le dernier quart du douzième siècle ? Peut-on indiquer avec une certaine précision les rapports des lais de Marie de France et des lais anonymes ? A ces questions essentielles pour notre connaissance de l'histoire littéraire du Moyen Age nous ne pouvons apporter que des réponses incomplètes, incertaines et finalement décevantes. Les modèles des lais de Marie ont disparu. La chronologie des œuvres médiévales est fort mal assurée. Mais il convient de réfléchir sur ces problèmes difficiles pour faire le tour de ce que l'on peut raisonnablement savoir et tenter de faire le départ entre les hypothèses gratuites et les conjectures vraisemblables.

Une seconde question concerne les rapports de Marie de France et du folklore. Depuis longtemps, la critique a senti que la littérature des lais s'enracinait dans l'antique terreau des traditions populaires. Aujourd'hui, où nous sommes mieux équipés pour retrouver dans les œuvres médiévales des motifs de contes populaires, après les travaux de Bolte et Polivka, de Aarne et Thompson, de Delarue et Ténèze, il est peut-être possible de mieux percevoir la présence du folklore dans les lais et les différences qui séparent ces récits des contes populaires. Il convient également d'isoler les divers éléments qui composent la subtile atmosphère des lais : réalisme, mystère, merveilleux, voire fantastique. La présence persistante du merveilleux, fût-elle discrètement voilée, mérite d'être étudiée avec soin, car elle répond à de profondes aspirations de l'imagination et de la sensibilité humaines.

Troisième grande question : la mise en œuvre littéraire des lais. Ces contes ressortissent à une esthétique de la brièveté.

Il faut apprécier la sobriété de ces récits, qui est parfois de la sécheresse, mais qui, d'ordinaire, trahit un constant désir d'aller à l'essentiel. En écrivain parfaitement maître de son métier, Marie connaît l'art des préparations, des péripéties et des renversements de situation. Elle sait conduire le récit sans temps morts, tenir la curiosité en haleine, intéresser le public aux malheurs des personnages. Les textes de Marie relèvent aussi d'une esthétique de l'émotion et du pathétique. Mais l'auteur manie avec dignité et discrétion la rhétorique du pathétique, sans verser dans un paroxysme de mauvais goût. De cette œuvre se dégage enfin une discrète poésie, signe d'un art tout classique.

Dernier grand sujet d'analyse : la peinture des personnages et la représentation de l'amour. Les héros de Marie ont-ils la simplicité des personnages de contes ou la complexité et la profondeur psychologiques des personnages romanesques ? A la suite de L. Spitzer, on a peut-être trop insisté sur les problèmes psychologiques et moraux des lais. Une meilleure connaissance de la littérature des contes nous conduit à ne pas voir partout chez Marie des études de caractères, comme le faisait une critique d'inspiration classique. Inversement, il ne faut pas exagérer la pauvreté psychologique des lais. Il y a chez Marie des signes nombreux de finesse et d'intuition pénétrante, et parfois des notations joliment complexes. La peinture de l'amour le montre sans ambages. Elle révèle aussi que les influences courtoises restent superficielles chez l'auteur des lais. Si Marie n'ignore pas les images et les rites traditionnels de la courtoisie, elle n'adhère pas vraiment à l'érotisme savamment cultivé de la fin'amors*. Les situations amoureuses évoquées dans les lais amènent à s'interroger sur le sens même de l'amour. Les valeurs sociales, morales et religieuses entrent en conflit avec l'amour. La question se pose de savoir si la poétesse penche tout uniment du côté des amants ou bien si elle estime que l'amour doit être modéré et canalisé par des règles. Tout est-il permis aux amants ou bien existe-t-il une éthique de l'amour ?*

Pour traiter en détail tous ces problèmes il faudrait un

gros livre. J'ai essayé ici d'aller à l'essentiel. Marie de France avait inspiré à Ernest Hœpffner une belle synthèse, pleine de sympathie et de jugements nuancés. Ce travail, publié il y a plus de quarante ans, a vieilli sur quelques points. Notre connaissance des lais s'est précisée et affinée. Les problèmes ne se posent plus tout à fait dans les mêmes termes. Au temps d'Hœpffner, on se souciait surtout des sources d'un texte et on s'employait à en dégager l'intérêt psychologique. Aujourd'hui, on s'occupe plutôt de la structure formelle des lais, on s'intéresse davantage au folklore, au merveilleux, à l'étude de l'affectivité. En m'appuyant sur les recherches de mes devanciers et aussi sur mes propres réflexions, mûries par plusieurs années d'enseignement sur Marie de France, j'ai tenté de présenter ici quelques idées nouvelles et d'apporter quelques retouches aux tableaux de mes prédécesseurs. Pour éviter les répétitions et une fragmentation excessive de l'analyse, je n'ai pas examiné chaque lai séparément. Une perspective de synthèse a été retenue. Puisse-t-elle aider les lecteurs d'aujourd'hui à goûter un des textes les plus séduisants de notre ancienne littérature !

CHAPITRE PREMIER

Marie de France en son temps

La littérature médiévale reste souvent anonyme. Maintes œuvres de premier plan, des chansons de geste comme *Raoul de Cambrai* ou *Renaut de Montauban*, des textes romanesques comme *La Queste del Saint Graal* ou *La Mort le roi Artu*, des nouvelles comme *La Chastelaine de Vergi*, des chansons pieuses, des pastourelles, des chansons de toile, n'ont pas été signées par leurs auteurs. L'anonymat est un problème complexe, encore peu étudié. Il tient, sans doute, à des raisons de psychologie collective et aussi aux conditions mêmes de la création littéraire. Malheureusement ces dernières nous échappent. L'anonymat semble prédominer dans les genres littéraires qui utilisent de très anciennes traditions, telle la chanson de geste, comme si l'auteur était un héritier plus qu'un créateur, un dépositaire et un arrangeur plus qu'un inventeur. La diffusion orale d'un texte par l'intermédiaire de jongleurs rendait peut-être difficile au créateur l'affirmation orgueilleuse de soi. Chaque fois que l'auteur cède la place à un interprète, il est obligé de s'effacer. En revanche, le désir de signer une œuvre de son nom, qui apparaît épisodiquement dans l'histoire littéraire du XIIe et du XIIIe siècle, est à mettre en rapport, fût-ce partiellement, avec la pratique du patronage littéraire. Quand un grand seigneur entretient un écrivain et lui passe commande d'une œuvre, l'exécutant n'a aucune raison de ne point signer sa création. La gloire de l'entreprise rejaillit sur l'écrivain.

LE NOM DE MARIE

Dans le dernier quart du XIIe siècle, où les œuvres anonymes sont encore assez nombreuses, Marie n'a pas hésité à signer ses lais. Le fait mérite d'être noté. La poétesse se nomme au début du lai de *Guigemar* :

> Oez, seignurs, ke dit Marie,
> Ki en sun tens pas ne s'oblie 3-4

Le verbe *soi oblier*, qui signifie en ancien français « perdre son temps, manquer à ses devoirs », indique bien que l'écrivain a conscience de ses responsabilités. Le prologue de *Guigemar* nous apprend autre chose : Marie mentionne les médisants, *gangleür u losengier* (v. 16), et déclare qu'en dépit de leurs tentatives elle ne se décourage pas et ne renonce pas à écrire. Serait-ce ici un lieu commun d'écrivain servant de justification à la création littéraire ? Rien n'autorise à le croire. L'excellente anthologie d'Ulrich Mölk, *Französische Literarästhetik des 12. und 13. Jahrhunderts*, nous offre très peu d'exemples de mentions de ce genre : cinq ou six pour un ensemble de quatre-vingt-deux textes dépouillés[1]. L'extrême rareté de la référence aux envieux et aux médisants invite à prendre au pied de la lettre les propos de Marie. Il faut faire confiance aux écrivains quand rien ne nous contraint à suspecter leurs dires. Ici il paraît tout naturel d'admettre que la carrière de Marie n'a pas toujours été facile et qu'elle a rencontré des adversaires sur sa route. Mais la détermination et la fierté de l'auteur restent entières[2].

Un simple nom, c'est insuffisant pour satisfaire notre

1. Cf. U. MÖLK, *Französische Literarästhetik des 12. und 13. Jahrhunderts (Prologue, Exkurse, Epiloge)*, Tübingen, 1969, qui cite seulement Gerbert de MONTREUIL, *Violette*, 29-31 ; Jean RENART, *Lai de l'Ombre*, 12-19 ; Philippe de BEAUMANOIR, *Manekine*, 10-11 ; *Claris et Laris*, 11-17 ; *Castelain de Couci*, 25-31.

2. Des sentiments comparables de fierté apparaissent au début de l'*Erec* de CHRÉTIEN DE TROYES (1-22).

curiosité. L'épilogue du recueil des *Fables* apporte quelques précisions supplémentaires :

> Al finement de cest escrit
> Que en romanz ai treité e dit,
> Me numerai pur remembrance :
> Marie ai nun, si sui de France.
> Put cel estre que clerc plusur
> Prendreient sur eus mun labur,
> Ne voil que nul sur li le die.
> Cil fet que fol ki sei ublie[3].

Nous y découvrons qu'elle signe son œuvre, pour éviter que d'autres ne s'approprient frauduleusement son travail. La précision est intéressante. Surtout, nous apprenons que l'auteur s'appelle Marie de France, c'est-à-dire d'Ile-de-France. D'après les rimes, on aurait plutôt pensé à une Marie la Normande ou l'Anglo-Normande[4]. Mais le nom *de France* est un terme d'origine et veut dire qu'on ne s'y trouve plus. Comme les noms du type Picard, Lallemand, Langlois, il implique une origine étrangère au lieu où l'on vit[5].

Une dernière mention apparaît à la fin de l'*Espurgatoire saint Patrice* :

> Jo, Marie, ai mis en memoire 2297
> Le Livre de l'Espurgatoire
> En romanz, qu'il seit entendables
> A laie gent e covenables. 2300

Une information très précieuse nous est donnée là sur le public de l'œuvre. Marie travaille pour des gens qui ignorent le latin, pour des milieux profanes. C'est peu, mais c'est déjà instructif.

Peut-on aller plus loin et identifier Marie de France

3. Ed. Ewert-Johnston, Oxford, 1942, Epilogue, 1-8.

4. Sur la langue de l'auteur voir K. Warnke, Ueber die Zeit der Marie de France, *Zeitschrift für romanische Philologie*, 1880, t. 4, p. 223-248, et du même auteur, *Die Fabeln der Marie de France*, Halle, 1898, p. LXXX-CXII.

5. Cf. K. Michaelsson, Les noms d'origine dans le rôle de taille parisien de 1313, *Acta universitatis Gothoburgensis*, 1950, t. 19, p. 357-400, et M. Th. Morlet, *Etude d'anthroponymie picarde*, Dijon, 1967, p. 75.

avec l'une ou l'autre des femmes appelées Marie à la fin du XIIe siècle ? Il faut avouer, dès l'abord, qu'aucune identification ne s'impose. Plus personne ne croit à l'invraisemblable hypothèse de Winkler selon laquelle Marie de France serait la comtesse Marie de Champagne. Marie de Compiègne, mentionnée dans l'*Evangile aux femmes*, n'est pas une référence plus satisfaisante[6]. De surcroît, nous ignorons tout d'elle. Nous ne sommes guère informés sur une nonne, nommée Marie et auteur d'une *Vie de sainte Audree*, qui nous dit :

> Mut par est fol ki se oblie.
> Ici escris mon non Marie,
> Pur ce ke soie remenbree[7].

Cette femme qui écrivait en anglo-normand vivait apparemment dans la première moitié du XIIIe siècle et son style très sec ne ressemble guère à celui de notre poétesse[8]. John Fox a soutenu que notre auteur était la demi-sœur du roi d'Angleterre Henri II, la fille naturelle de son père Geoffroi d'Anjou (mort en 1151), cette Mary qui occupa la charge d'abbesse de Shaftesbury de 1181 à 1216, à en croire les chartes[9]. Pour Ezio Levi, Marie de France n'est autre que l'abbesse de Reading[10], lieu où le ms. *H* des Lais semble avoir été composé[11]. Aux yeux de U. T. Holmes, Marie est la fille du comte normand Galeran de Meulan,

6. L'hypothèse formulée par E. MALL en 1867 dans sa dissertation de Halle, *De aetate rebusque Mariae Franciae nova questio instituitur*, reprise par CONSTANS dans son édition de l'*Evangile aux femmes* en 1876, a été définitivement détruite par E. MALL dans la *Zeitschrift für romanische Philologie*, 1877, t. 1, p. 352-356. Marie de Compiègne n'est d'ailleurs pas l'auteur de l'*Evangile aux femmes* : cf. l'excellente édition d'O. JODOGNE, dans *Studi in onore di A. Monteverdi*, Modène, 1959, t. 1, p. 353-375.

7. Ed. O. SÖDERGARD, Uppsala, 1955, v. 4618-4620.

8. Cf. M. D. LEGGE, *Anglo-Norman Literature and its Background*, Oxford, 1963, p. 264-265.

9. Cf. J. FOX, *English Historical Review*, 1910, t. 25, p. 303-306, et 1911, t. 26, p. 317-326.

10. Cf. E. LEVI, Maria di Francia e le abbazie d'Inghilterra, *Archivum romanicum*, 1921, t. 5, p. 472-493.

11. Cf. Ch. L. KINGSFORD, *The Song of Lewes*, Oxford, 1890, p. VIII.

l'épouse de Hugues Talbot, baron de Cleuville[12]. La multiplication même des suppositions est un indice patent de fragilité. Il en va pour Marie de France comme pour Chrétien de Troyes : toute tentative d'identification est par avance vouée à l'échec, si elle n'est pas soutenue par un faisceau de preuves concordantes et indiscutables. Il est vrai que dans le lai de *Fresne* l'abbesse n'est point peinte sous de noires couleurs comme dans le roman de *Galeran*. Malheureusement, aucun mot, ni favorable ni défavorable, n'est prononcé sur ce personnage inconsistant. Si Marie de France avait été vraiment abbesse d'un monastère, n'aurait-elle point laissé percer quelque sympathie pour un personnage pourvu de cette charge ?

Il faut donc se résoudre à ignorer et revenir au Prologue des lais pour tenter d'entrevoir quelque chose de la personnalité de l'auteur. Marie y exprime, d'abord, la fierté de l'écrivain sûr de son talent :

> Ki Deus ad duné escïence
> E de parler bone eloquence
> Ne s'en deit taisir ne celer,
> Ainz se deit voluntiers mustrer.

L'idée qu'il faut montrer, et non cacher, les talents que l'on a reçus est très courante dans les prologues du Moyen Age, comme l'a relevé E. R. Curtius[13]. Plusieurs textes connus de Marie, tels le *Roman de Thèbes*, le *Roman de Troie*, disent dès les premiers vers : *Qui sages est nel deit celer*[14]. En parlant ainsi, Marie s'inscrit dans une tradition.

12. Cf. U. T. Holmes, New Thoughts on Marie de France, *Studies in Philology*, 1932, t. 29, p. 1-10, et R. D. Whichard, A Note on the Identity of Marie de France, dans *Romance Studies presented to William Morton Dey*, Chapel Hill, 1950, p. 177-181.

13. Cf. E. R. Curtius, *La littérature européenne et le Moyen Age latin*, Paris, 1956, p. 108-109.

14. Cf. *Thèbes*, 1-2 *(Qui sages est nel deit celer, / Ainz por ço deit son sen monstrer)* ; *Troie*, 3-4 *(... nus ne deit son sen celer, / Ainz le doit om si demostrer / Que l'om i ait pro e honor)* ; *Alexandre*, IV, 1609-1610 *(Or m'entendés, segnor, que Dieux vos beneïe ! / Cui Dieus done le sens il nel doit celer mie)* ; *Athis et Prophilias*, 1-2 *(Qui saiges est de sapience / Bien doit espandre s'escience)*.

Mais elle pouvait avoir, comme ses confrères, une claire conscience de ses mérites. Après tout, chez un créateur la fierté n'est-elle pas plus naturelle que l'humilité ?

En second lieu, Marie fait référence à l'obscurité des Anciens et aux gloses des Modernes sur les textes anciens (v. 9-22). Ces propos surprenants dans un prologue n'ont pas toujours été bien compris : L. Spitzer a cru que Marie admettait par avance les gloses dont on chargerait un jour son texte[15]. Mais M. J. Donovan a parfaitement montré que, si l'expression du passage est un peu alambiquée, le sens est beaucoup plus simple. Marie applique à la littérature antique une remarque de Priscien relative à la grammaire *(grammatica ars... cuius auctores, quanto sunt iuniores, tanto perspicaciores)*. Il n'est pas question ici de sens profond ajouté au sens apparent du texte[16]. Il s'agit de suggérer, d'une manière un peu enrobée, que les Modernes en savent bien plus que les Anciens[17]. N'est-ce point une justification supplémentaire pour un écrivain qui prétend travailler dans un domaine encore inexploré et, à sa façon, faire du neuf ?

Marie nous apprend qu'elle avait, d'abord, pensé à traduire des textes latins, mais qu'elle y a renoncé parce que d'autres s'en sont déjà occupés et qu'elle n'en aurait donc pas tiré une grande gloire (v. 28-31). Elle a préféré se tourner vers les lais. Nous reviendrons sur le développement qui concerne les lais. Observons seulement ici que la poétesse fait certainement allusion à la première grande mode narrative des années 1150-1170 : elle doit songer au *Brut* de Wace, au *Roman de Thèbes*, au *Roman d'Eneas*,

15. L. Spitzer, The Prologue to the « Lais » of Marie de France and Medieval Poetics, *Modern Philology*, 1943-1944, t. 41, p. 96-102, réimprimé dans *Romanische Literarurstudien*, Tübingen, 1959, p. 8-14.

16. C'est ce que croient D. W. Robertson, Marie de France, Lais, Prologue 13-15, *Modern Language Notes*, 1949, t. 64, p. 336-338, et K. Brightenback, Remarks on the Prologue to Marie de France's Lais, *Romance Philology*, 1976-1977, t. 30, p. 168-177.

17. Cf. Donovan, Priscian and the Obscurity of Ancients, *Speculum*, 1961, t. 36, p. 75-80, repris dans *The Breton Lay*, Notre Dame (Indiana), 1969, p. 13-25. Voir aussi les justes remarques de T. Hunt, Glossing Marie de France, *Romanische Forschungen*, 1974, t. 86, p. 396-418.

au *Roman de Troie* de Benoît de Sainte-Maure et aussi aux Ovidiana comme *Philomena*, *Piramus et Tisbé*, peut-être *Narcisse*. Ne nous étonnons pas que Marie n'ait pas distingué les libres adaptations du latin et les créations plus nouvelles, comme *Thèbes*, *Eneas*, *Troie*. Les distinctions que nous faisons n'existaient guère au Moyen Age. Remarquons plutôt que Marie cherche à se faire remarquer et à innover. C'est un point important. Notons aussi que l'auteur n'aurait peut-être pas parlé sur ce ton des traductions, si elle avait déjà entrepris de traduire les *Fables* de l'anglais et l'*Espurgatoire* du latin. Le prologue suggère que les lais représentent la première œuvre de Marie.

PROBLÈMES DE DATATION

Préciser la date d'une œuvre médiévale est toujours un point épineux. Marie dédie les lais à un *nobles reis* (v. 43). De qui s'agit-il ? E. Levi avait pensé au fils d'Henri II, Henri au Court Mantel, couronné en 1171 et mort en 1183[18]. Mais cette suggestion n'a pas été suivie. Tous les critiques ont estimé que Marie devait s'adresser au puissant Henri II qui régna de 1154 à 1189. Voilà un *terminus ante quem* pour notre ouvrage : il a été composé avant 1189. Il est difficile d'aller plus loin et de s'appuyer sur la chronologie relative des romans dits antiques, car elle reste flottante. Tout le monde admet que les lais sont postérieurs à l'*Eneas*. Mais comment préciser la date de l'*Eneas* ? A dix ans près, nos moyens d'investigation ne nous donnent aucune assurance. Le *Roman de Thèbes* peut avoir été écrit entre 1150 et 1160, le *Roman d'Eneas* entre 1155 et 1165. Pour placer le *Roman de Troie*, énorme machine de plus de 30 000 octosyllabes, qui a dû demander des années d'effort, avant 1170, date communément admise pour le premier des romans de

18. E. LEVI, Il Re Giovane e Maria di Francia, *Archivum Romanicum*, 1921, t. 5, p. 448-471.

Chrétien de Troyes, on serait tenté d'avancer vers 1160 la rédaction de l'*Eneas*. Mais on ne peut accorder à cette hypothèse qu'un crédit hypothétique. Pour les lais nous n'avons pas de sûr *terminus a quo*.

Aurions-nous un *terminus ante quem* moins incertain ? Je crains que, si l'on regarde de près les choses, nos certitudes ne s'effondrent. Dans un intéressant passage de sa *Vie de seint Edmund le rei*, Denis Piramus nous fait connaître, avec une pointe de dépit, le succès des lais de Marie. Après avoir observé que l'auteur de *Partonopeus* est réputé dans les milieux aristocratiques *(en ces riches curz loez)*, alors qu'il raconte une histoire parfaitement invraisemblable *(La matire ressemble sunge)*, l'auteur en arrive à notre poétesse :

E dame Marie autresi,
Ki en rime fist e basti
E compassa les vers de lais
Ke ne sunt pas del tut verais ;
E si en est ele mult loee
E la rime par tut amee,
Kar mult l'aiment, si l'unt mult cher
Cunte, barun e chivaler ;
E si en aiment mult l'escrit
E lire le funt, si unt delit,
E si les funt sovent retreire.
Les lais solent as dames pleire :
De joie les oient e de gré,
Qu'il sunt sulum lur volenté.

Ces précisions sur les milieux chevaleresques et les auditrices féminines sont fort intéressantes. Malheureusement, on ne peut leur assigner aucune date précise. Anthime Fourrier estime que le *Roman de Partonopeus* date des années 1182-1185[19]. La *Vie de seint Edmund* est forcément postérieure. On ne peut rien dire de plus. Quant au roman d'*Ille et Galeron*, écrit en 1178 d'après le même critique[20], on estime généralement qu'il reprend et transforme l'histoire

19. Cf. A. FOURRIER, *Le courant réaliste dans le roman courtois en France au Moyen Age*, Paris, 1960, t. I, p. 384.
20. *Op. cit.*, p. 193-204.

narrée dans le lai d'*Eliduc*. Si le roman de Gautier d'Arras était dans la dépendance directe du lai d'*Eliduc*, nous aurions là un *terminus ante quem* parfaitement acceptable. Mais entre les deux textes les divergences sont considérables. Il y a bien plus de différences que de ressemblances. Comme la liste de lais du manuscrit de Shrewsbury mentionne non seulement le lai d'*Eliduc*, mais encore un lai appelé *Anyle e Galerum*[21], il y a tout lieu de croire que ce lai perdu est la véritable source du roman d'*Ille et Galeron*. C'est l'explication la plus simple et la plus économique. Dès lors, il faut renoncer à faire de l'œuvre de Gautier d'Arras un *terminus ante quem* pour les lais de Marie. En désespoir de cause, faut-il alléguer l'absence de toute influence de Chrétien de Troyes sur les lais et soutenir que la première œuvre de Marie a été écrite avant 1170 ? C'est l'idée de J. Rychner[22]. Mais on ne relève pas plus d'influence de Chrétien dans les *Fables*, apparemment postérieures. Nous aimerions assurément nous accrocher à une bouée et échapper à cette mer d'incertitudes. Il serait agréable de pouvoir affirmer que les lais ont été écrits avant 1170. Tout est possible et rien n'est sûr. Contentons-nous de rappeler la date extrême de 1189 et de dire prudemment avec A. Ewert que Marie a écrit ses lais « dans le dernier tiers du XIIe siècle »[23].

Sur la date de création des différents lais nous ne sommes pas mieux armés. *Guigemar* vient en tête dans la collection du recueil de Londres. Mais E. Hœpffner a affirmé qu'il n'était pas le premier en date. Pour lui les lais de *Lanval* et d'*Yonec* ont été écrits par Marie à une époque où elle ne connaissait pas encore le *Roman d'Eneas*,

21. Cf. G. BRERETON, *Modern Language Review*, 1950, t. 45, p. 40-45, et R. BAUM, *Recherches sur les œuvres attribuées à Marie de France*, Heidelberg, 1968, p. 120. La photographie du manuscrit est reproduite dans DONOVAN, *The Breton Lay*, p. 115.

22. Cf. son édition des *Lais*, Paris, 1966, p. XI.

23. Cf. son édition des *Lais*, Oxford, 1944, p. XI, et son édition des *Fables*, Oxford, 1942, p. X.

alors que les lais de *Guigemar*, d'*Equitan*, d'*Eliduc* révèlent une influence « incontestable » de ce roman[24]. Récemment, R. N. Illingworth est revenu sur le problème de la chronologie relative des lais et distingue deux groupes de lais : la série A (composée d'*Equitan*, des *Deux Amants*, de *Fresne*, du *Laostic*, du *Chaitivel* et du *Bisclavret*), dont le décor géographique est le continent, la série B (formée des six autres lais), dont les aventures se déroulent en Grande-Bretagne. Entre ces deux groupes il y aurait des différences de vocabulaire et de style. Surtout, le groupe A révélerait seulement l'influence du *Brut* de Wace et de *Piramus et Tisbé* : il aurait donc été composé entre 1155 et 1160. Le groupe B, où la marque de l'*Eneas* serait visible, aurait été rédigé à partir de 1160[25]. La règle discutable forgée par Hœpffner est devenue ici une balance de précision. La distinction opérée entre la série continentale et la série insulaire est factice. Où ranger des lais, comme *Guigemar* et *Eliduc*, qui ont pour champ d'action à la fois la Bretagne armoricaine et la Grande-Bretagne ? Quant aux prétendues différences stylistiques, elles doivent être fort ténues puisqu'elles ont échappé jusqu'ici aux lecteurs successifs des lais. Sur l'influence de l'*Eneas* nous aurons l'occasion de revenir un peu plus loin. Elle me paraît singulièrement réduite dans les lais et je doute qu'elle puisse servir valablement de critère chronologique. Pour l'apprécier à sa juste valeur, il faudrait éliminer la plupart des exemples cités. R. N. Illingworth met en parallèle le vers 4047 de l'*Eneas* (*Et chevalchot un palefroi*) et le vers 551 de *Lanval* (*Un blanc palefrei chevauchot*). Mais la comparaison n'est point

24. Cf. E. Hœpffner, Pour la chronologie des lais de Marie de France, *Romania*, 1933, t. 59, p. 350-370 ; Marie de France et l'Eneas, *Studi Medievali*, 1932, t. 5, p. 272-308. Mais J. Rychner a justement noté dans son édition (p. 239) que le vers 22 de *Guigemar* suggère que ce texte est bien le premier des lais composés par Marie. Sur les ressemblances entre l'*Eneas* et les *Lais* voir déjà la 1re éd. de l'*Eneas* par J. Salverda de Grave, Halle, 1891, p. XXII-XXIV, et la 2e éd., Paris, 1925-1931, p. XXXV-XXXVI.

25. Cf. R. N. Illingworth, La chronologie des lais de Marie de France, *Romania*, 1966, t. 87, p. 433-475.

pertinente. Comment dire autrement ? Déjà E. Hœpffner avait allègrement dépassé les barrières du vraisemblable et s'était avancé vers des rives incertaines. Plus radical encore, R. N. Illingworth franchit d'un coup le pont aventureux et pénètre hardiment en plein pays de fiction. Nous n'arrivons pas à dater le recueil des lais. Comment pourrions-nous préciser la chronologie relative des pièces qui le composent ? Les critiques qui prennent des loupes grossissantes et travaillent sur l'infiniment petit s'accrochent à des vétilles et prennent des mirages pour des réalités. Ne serait-il pas plus sage de reconnaître que les recherches chronologiques butent toujours sur des obstacles irréductibles ?

Une seule chose paraît vraisemblable, et L. Foulet l'a bien mise en lumière[26], c'est que le prologue général des lais, c'est-à-dire les cinquante-six premiers vers du recueil, a sans doute été écrit en dernier, au moment où Marie mettait la dernière main à sa collection. En revanche, le prologue de *Guigemar*, qui suit immédiatement et où Marie se nomme, semble servir de préface à une collection commençante. Certes, il est malaisé de préciser le début du lai de *Guigemar*, car les manuscrits divergent : les dix-huit premiers vers ont été omis par le ms. *S* et par la traduction norroise. Le ms. *P* les rattache au lai de *Guigemar*, tout en les abrégeant et en les mutilant. Le ms. *H* relie au prologue général les vingt-six premiers vers de *Guigemar*, ce qui est une amputation excessive, car les vers 21-26 servent d'introduction explicite à *Guigemar*. Mais le parti des éditeurs modernes, qui est de suivre l'indication du ms. *P*, semble parfaitement licite. Dans le recueil que nous lisons aujourd'hui les deux prologues font double emploi. Cet assemblage ne s'explique bien que si l'on pense à deux étapes successives de composition. Quand Marie compose le prologue de *Guigemar*, elle ne songe pas encore au roi. Elle s'adresse à un large public et dit *Oez, seignurs* (v. 3). Il en va de même dans cinq autres lais où le public est désigné

26. *Zeitschrift für romanische Philologie*, 1905, t. 29, p. 293-297.

par la deuxième personne du pluriel[27]. Au dernier moment, lorsqu'elle s'avise de dédier l'ensemble de la collection au roi, elle n'a pas besoin de se nommer, puisqu'elle a déjà signé son œuvre en tête du premier prologue qu'elle a écrit. *Se non è vero...*

LA THÉORIE DE RICHARD BAUM

Si l'usage commun attribue à Marie de France les douze lais du manuscrit de Londres, un livre récent de Richard Baum, *Recherches sur les œuvres attribuées à Marie de France* (Heidelberg, 1968), a tenté de battre en brèche les idées reçues. Aux yeux de ce critique, Marie de France n'est pas l'auteur des lais qu'on lui attribue. Les douze lais du manuscrit de Harley appartiennent à une pluralité d'auteurs. Dans le monde savant la thèse de R. Baum a fait l'effet d'une bombe au souffle dévastateur. A-t-elle pulvérisé le nom de Marie de France ?

L'argumentation du critique allemand présente trois strates successives. D'abord, l'absence d'un recueil organisé regroupant les lais d'un seul et même auteur. Les mss *S* (B.N., n. acq. fr. 1104) et *N* (Bibl. de l'Université d'Upsal, DG 4-7) montrent que rien ne distingue les lais de Marie de France des lais anonymes. Le ms. *S*, qui est de la fin du XIIIe siècle, ne regroupe nullement les lais de Marie. Il donne sans ordre *Guigemar*, *Lanval*, *Desiré*, *Tyolet*, etc. Un éparpillement analogue se trouve dans la version norroise *N*, écrite, semble-t-il, au milieu du XIIIe siècle. Après *Guigemar*, *Fresne*, *Equitan*, *Bisclavret*, *Laostic*, on rencontre *Desiré*, *Tydorel*, puis *Chaitivel*, ensuite *Doon* et ainsi de suite. Fort de ces observations, R. Baum déclare qu'il doit en être de même du recueil de Londres, le célèbre ms. *H* (Musée Britannique, Harley 978) : « Rien n'autorise à

27. Cf. *Fresne* (v. 1), *Lanval* (v. 2), *Chaitivel* (v. 3), *Chèvrefeuille* (v. 4), *Eliduc* (v. 3).

penser que tous les poèmes conservés dans le recueil de Londres représentent l'œuvre de Marie, rien n'autorise à croire que ce recueil regroupe l'ensemble de ses poèmes » (p. 58).

Ensuite, le critique s'attaque au prologue du lai de *Guigemar*, où figure précisément le nom de Marie. Pour détruire cet obstacle, il se tourne vers la version norroise et vers le ms. *S*, où manquent les dix-huit premiers vers. Pour lui le bon texte est là. Il n'y a pas d'omission fâcheuse dans les mss *N* et *S*. Nous aurions affaire à une interpolation tardive dans les mss *H* et *P*[28]. Et, de surcroît, le texte de *H* et *P* ne veut pas dire que Marie est l'auteur du lai. Le nom cité serait une simple référence, une autorité derrière laquelle s'abriterait l'auteur du prologue.

Dernière série d'arguments de R. Baum : les divergences de facture, entre les lais du recueil de Londres. Un rapide examen comparé de plusieurs lais (*Equitan*, *Chaitivel*, le *Chèvrefeuille*) convainc l'auteur que ces textes n'ont ni la même inspiration ni la même technique. *Equitan* s'écarte des autres œuvres du recueil : c'est un récit prosaïque, sans poésie, qui devient parfois un fabliau, parfois un *exemplum* moralisateur. Le *Chèvrefeuille* montre dans quelles circonstances un héros est amené à composer un lai breton. Le *Chaitivel*, lui, semble une parodie des questions d'amour. Au cours d'un tournoi quatre chevaliers s'exposent pour l'amour de la même dame. Trois sont tués, le quatrième est blessé en un point délicat de sa personne. Qui faut-il plaindre le plus, les trois qui sont morts pour de bon ou le survivant à qui sa blessure interdit les plaisirs de l'amour ? Ainsi les trois lais considérés diffèrent sensiblement. Ils suggèrent une multiplicité d'auteurs.

Nous aurions pu suivre R. Baum, s'il s'était montré plus modéré, s'il s'était contenté de dire que l'on pouvait

28. Povl Skårup a refusé lui-aussi d'attribuer à Marie les douze lais : cf. Les Strengleikar et les lais qu'ils traduisent, dans *Les relations littéraires franco-scandinaves au Moyen Age*, Actes du Colloque de Liège (avril 1972), Paris, 1975, p. 97-115.

peut-être hésiter à attribuer l'*Espurgatoire* à Marie de France. Le travail de F. W. Locke, établissant que le *Tractatus de purgatorio sancti Patricii*, source de l'*Espurgatoire*, a dû être composé entre 1208 et avril 1215, semble difficile à contester[29], et il serait peu vraisemblable de croire que Marie de France puisse encore écrire vers 1220 ou plus tard. Mais la thèse audacieuse et systématique qu'il soutient est difficilement admissible. Comme l'a bien dit Maurice Delbouille, « si l'on veut éliminer Marie de France de l'histoire littéraire, il faut qu'on y soit conduit par des arguments incontestables »[30].

D'abord, il est indiscutable que Marie est l'auteur d'une collection de lais. Le mot *lais* apparaît au pluriel dans le prologue général, où il est dit : *M'entremis des lais assembler* (v. 47). Au début d'*Yonec*, septième lai du ms. *H*, il est encore fait allusion à une pluralité de lais :

> Puis que des lais ai comencié,
> Ja n'iert pur mun travail laissié. 2

Le témoignage de Denis Piramus, qui écrit quelques années plus tard, mais reste un contemporain de la poétesse, confirme parfaitement ces indications. Nous avons là un faisceau de preuves concordantes.

Il est vrai que le ms. *S* et la version norroise mêlent arbitrairement les lais de plusieurs auteurs. Plus exactement, ils ne se soucient pas de distinguer les lais de Marie des lais anonymes. Ils ignorent tout de l'identité des auteurs. Mais sont-ils bien informés ? Pour jeter le doute sur le témoignage du ms. *H*, R. Baum utilise un raisonnement par analogie. Cela ne suffit pas. Pourquoi le ms. *H* ne nous donnerait-il pas une information authentique en attribuant à Marie cette collection de douze lais ? Nous n'avons

29. Cf. F. W. Locke, A New Date for the Composition of the Tractatus de Purgatorio Sancti Patricii, *Speculum*, 1965, t. 40, p. 641-646, qui fait remarquer que le dédicataire, l'abbé Henri de Saltrey, n'a pu être à la tête de l'abbaye que de 1208 à avril 1215.

30. Cf. *Les relations littéraires franco-scandinaves au Moyen Age*, p. 113.

aucune raison objective de douter de son témoignage. R. Baum voudrait détruire le crédit du ms. *H*. Mais la charge de la preuve incombe à l'accusateur. On doit avouer que cette preuve ne nous a jamais été administrée.

L'interprétation proposée du prologue de *Guigemar* n'est pas plus solide. Le ms. *H*, copie la meilleure et la plus ancienne, écrite au milieu du XIIIe siècle, contient les vers où Marie se nomme. Le ms. *P*, qui n'appartient pas à la même famille, possède aussi ces vers et apporte une garantie supplémentaire. Comment croire que le passage puisse être une interpolation commune de deux copies si dissemblables ? Pour quelle raison un ancêtre commun aurait-il procédé à une telle addition ? Avec la thèse de R. Baum, comme on voit, les difficultés se multiplient. L'omission du passage dans *S* et *N* s'expliquerait plus aisément : oubli involontaire d'une colonne de vers ou bien suppression délibérée d'un développement paraissant faire double emploi avec le prologue général.

M. Delbouille a bien montré que le prologue de *Guigemar* et le prologue général des lais ne présentent aucune contradiction[31]. Soutenir que l'on a affaire dans les mss *H* et *P* à une référence, et non à une signature d'auteur, c'est se méprendre sur les pratiques littéraires du Moyen Age. Pour un auteur il est habituel de parler de soi à la troisième personne. Les exemples fourmillent. On en comprend facilement la cause : les textes étant diffusés par des récitants, les auteurs apparaissaient comme des tiers, des personnes absentes. En supposant l'existence d'une Marie antérieure, R. Baum s'engage dans une impasse. Où aurait vécu et qu'aurait écrit cette Marie fantomatique ?

La diversité d'inspiration et de facture des lais est-elle un argument plus sûr ? On sait depuis longtemps que les auteurs n'écrivent pas toujours de façon identique. En art les différences sont naturelles. Tout dépend des sujets et des situations. Aucun lecteur des douze lais du manuscrit

31. Dans les *Mélanges E. Labande*, Poitiers, 1974, p. 185-196.

Harleyen n'a eu l'impression de se trouver devant une mosaïque disparate. On trouverait des différences semblables, et même plus accusées, si l'on comparait le *Cligés* et le *Perceval* de Chrétien de Troyes, le début et la fin du *Tristan* de Béroul, si l'on opposait les trois premiers quarts et le dernier quart d'*Aucassin et Nicolette*.

R. Baum a eu le mérite de remettre en question des idées reçues. Malheureusement, les faits s'opposent à ses hypothèses. Les témoignages conjugués des mss *H* et *P*, de Denis Piramus emportent la conviction. Tout porte à croire que Marie a bien composé les douze lais conservés dans le manuscrit de Londres. Tout suggère que Marie, auteur des lais, est la même personne que Marie de France, auteur des *Fables*. Les deux textes ayant été rédigés à quelques années d'intervalle, il n'est guère vraisemblable de penser que plusieurs poétesses, appelées Marie et écrivant en anglo-normand, aient vécu à la même époque, dans le dernier tiers du XIIe siècle. L'hypothèse la plus simple est de croire à l'identité des deux Marie.

LA PERSONNALITÉ DE MARIE DE FRANCE

Que nous apprennent les lais et les fables sur la personnalité de Marie ? D'abord, l'auteur, née en France, vivait et écrivait en Angleterre. Plusieurs mots anglais apparaissent dans son œuvre : *nihtegale* dans le *Laostic* (v. 6), *gotelef* dans le *Chèvrefeuille* (v. 115). L'épilogue des *Fables* nous apprend que le recueil est traduit de l'anglais :

> M'entremis de cest livre feire
> E de l'engleis en romanz treire. (v. 11-12)

Il n'est pas nécessaire d'imaginer, comme l'a fait L. Foulet, que les mots anglais des lais viennent du *Brut* de Wace[32]. Autres faits notables : la collection complète des lais a été

32. Cf. FOULET, English Words in the Lais of Marie de France, *Modern Language Notes*, 1905, t. 20, p. 101-111.

conservée par un manuscrit anglo-normand, le ms. *H*. La langue de Marie est de l'Ouest, à en juger d'après les rimes. C'est du franco-normand parlé en Angleterre, que nous appelons aujourd'hui de l'anglo-normand. La rime *pruz* : *tuz* dans *Guigemar* (v. 43-44) ou l'imparfait *alout*, rimant avec le parfait *sout* dans *Bisclavret* (v. 27-28), sont des traits significatifs, parmi bien d'autres[33]. Des mots celtiques se rencontrent aussi dans les lais : *bisclavret*, sur l'étymologie duquel on dispute[34], *laüstic* qui provient de l'ancien breton *aostic* « rossignol ». Malgré les insinuations peu bienveillantes de L. Foulet, il n'y a aucune raison de penser que Marie ne connaissait pas le breton[35]. L'agglutination de l'article français dans le *laüstic* n'est pas un signe irrémédiable d'ignorance. Quelques indices suggèrent que Marie ne vivait pas sur le continent. Dans *Milon*, pour désigner la Bretagne d'Armorique, elle dit *tutes les teres de la* (v. 330). Si elle y vivait, elle aurait dit *de ci*. Dans *Eliduc* il est question d'un chevalier *d'utre mer* (v. 486), c'est-à-dire apparemment d'un personnage qui n'est pas de Grande-Bretagne.

Cette femme était une lettrée, connaissant le latin et capable d'en faire des traductions. Le prologue des lais nous l'apprend. Le lai de *Guigemar* mentionne un texte d'Ovide :

> Le livre Ovide ou il enseine
> Comment chascuns s'amur estreine. 240

Le livre où Ovide enseigne comment chacun doit réprimer son amour n'est autre que les *Remedia Amoris*. Les connaissait-elle par la traduction de Chrétien de Troyes[36] ? Elle

33. Cf. l'étude de WARNKE dans son édition des *Fables*, Halle, 1898, p. LXXX-CXII.

34. Cf. J. LOTH, *Revue celtique*, 1927, t. 44, p. 300-307 (comprend *bisc lavret* « le court vêtu ») ; Th. CHOTZEN, *Etudes celtiques*, 1937, t. 2, p. 33-44 (interprète *bleidd llafar* « cher petit loup parlant »).

35. « On ne peut pas démontrer de façon positive que Marie savait ou ne savait pas le breton. Il reste que nous n'avons aucune raison de croire qu'elle l'ait su », écrit L. FOULET, dans *Zeitschrift für romanische Philologie*, 1905, t. 29, p. 318.

36. La traduction de CHRÉTIEN est mentionnée au début de *Cligés* (v. 2).

pouvait parfaitement les avoir lus dans le texte, comme les *Institutiones* du grammairien Priscien. « Une formation pareille, a écrit E. Hœpffner, on la cherche plus volontiers dans le monde aristocratique que dans le bas peuple, et plutôt au fond d'un couvent que dans le « siècle ». On songe à la savante nonne saxonne Roswitha ou à Herrade de Landsberg, abbesse de Hohenbourg (sainte Odile), l'auteur du *Hortus Deliciarum* »[37]. Il se peut. Toutefois les œuvres de Roswitha et de Herrade sont empreintes d'une fervente inspiration religieuse. Nous ne la retrouvons point dans les lais. Si Marie était vraiment une moniale, on sentirait au moins ici ou là un souffle de spiritualité. L'auteur ne considérerait pas comme tout à fait légitimes des amours que la religion réprouve. Comparaison n'est pas raison. Je verrais plutôt Marie vivant dans le « siècle », comme la comtesse de Die ou plus tard Christine de Pisan.

Si l'on scrute les lais, on peut découvrir, semble-t-il, quelques traits de la physionomie morale de l'auteur. Marie paraît une femme droite, digne, distinguée. Son esprit n'est pas naturellement enjoué comme celui de Chrétien. Il faut un certain goût du paradoxe pour soutenir que l'ironie est une des marques essentielles de notre auteur[38]. Chez elle le sourire reste ténu et furtif. Nulle familiarité ou vulgarité dans les mots ou dans les situations. Elle glisse avec discrétion sur les scènes scabreuses. Elle ne poursuit point de flèches sarcastiques les méchants. Mais on ne décèle dans les lais ni impassibilité ni sécheresse de cœur. La structure des contes et les brèves interventions de l'auteur dans le récit révèlent chez Marie un profond sentiment de justice. Nul hasard si dans le lai d'*Yonec* le méchant mari est décapité et si dans le lai du *Bisclavret* la femme perfide est mutilée. Mais tous les coupables ne sont pas châtiés. Ce qui intéresse Marie, c'est moins la punition des méchants que le bonheur

37. *Les lais de Marie de France*, nouv. éd., Paris, 1959, p. 52.
38. Cf. E. J. Mickel, Marie de France's Use of Irony as a Stylistic and Narrative Device, *Cultura Neolatina*, 1973, t. 33, p. 33-53.

des héros sympathiques. A l'égard des amoureux elle montre finement de la tendresse et de la compassion. Sans être le moins du monde féministe, elle est sensible aux malheurs des femmes et aux difficultés de la condition féminine. On devine en elle une âme sérieuse, rêveuse, généreuse. Elle rêve du temps où surgissaient des aventures qui réconfortaient les affligés, *ki rehaitouent les pensis*, comme dit l'héroïne du lai d'*Yonec* (v. 94). Pour dénouer une situation sans issue, elle nous montre dans *Eliduc* un sublime exemple d'abnégation féminine. Tout cela compose un ensemble très attachant. Nous aimerions en savoir plus, mais le reste nous échappe. « Les traits de sa physionomie, a dit joliment J. Bédier, se sont effacés, comme, au portail d'une église romane, le visage fruste d'une statue usée par la pluie de sept siècles »[39].

LE MILIEU HISTORIQUE ET LITTÉRAIRE

Marie de France ne nous est connue que par ce qu'elle révèle d'elle-même dans ses œuvres. Mais il convient de la replacer dans le grand mouvement de créations qui anime les lettres françaises depuis le milieu du XIIe siècle.

Les chansons de geste représentent le premier grand massif. Le goût pour ces œuvres viriles, pleines du fracas des armes, de l'éclat des prouesses ou des gabs, est ancien, comme en témoignent la *Chanson de Roland*, ensuite la *Chanson de Guillaume*, le *Pèlerinage de Charlemagne* et les chansons du cycle de Guillaume formant groupe, le *Couronnement de Louis*, le *Charroi de Nîmes*, la *Prise d'Orange*. Ce goût a été durable : les versions conservées des plus anciennes épopées de la geste de Guillaume sont peut-être contemporaines des lais de Marie. Dans le dernier tiers du XIIe siècle la production épique bat son plein : *Aliscans*, *Aimeri de Narbonne*, *Raoul de Cambrai*, *Garin le Lorrain*. On

39. *Revue des Deux Mondes*, 1891, t. 107, p. 839.

n'en finirait pas d'énumérer les œuvres qui semblent appartenir à ce moment décisif de l'histoire de notre ancienne littérature. Mais les grands thèmes épiques, affrontements entre chrétiens et païens, batailles livrées pour *essaucier crestienté*, combats acharnés entre barons ennemis, n'ont pas pénétré dans l'univers de Marie de France.

C'est vers un autre type de littérature qu'il faut se tourner pour comprendre le climat intellectuel dans lequel la poétesse a écrit ses lais. Le *Brut* de Wace, achevé en 1155, le *Roman de Thèbes*, puis le *Roman d'Eneas* traduisent un changement de mentalité et de style. En remaniant librement des ouvrages latins, les auteurs font une place de plus en plus grande aux aventures individuelles et à l'amour. Ils donnent un lustre singulier à l'octosyllabe et font entendre un air nouveau : la femme n'est plus simplement la compagne du guerrier, elle devient un être courtisé, considéré, tendrement ou passionnément aimé. Nous sommes sur le chemin du roman courtois. Sous les murs de Thèbes, Partonopée déclare son amour à Antigone. Dans le silence de la nuit, Lavine interroge son cœur et frémit à la pensée du bel Eneas. Un souffle nouveau de galanterie et de courtoisie s'insinue irrésistiblement dans les lettres françaises.

Dans ce renouveau littéraire l'Ouest de la France et la cour d'Angleterre ont joué un rôle essentiel. Reto Bezzola a consacré un volume entier de sa monumentale étude sur *Les origines et la formation de la littérature courtoise en Occident* à montrer l'action de la cour d'Angleterre comme centre littéraire de 1154 à 1199[40]. Il n'est pas utile d'évoquer longuement les intellectuels qui entouraient le roi Henri II et qui ont tous écrit en latin : l'humaniste Jean de Salisbury, Pierre de Blois poète, épistolier, théologien, moraliste, Gautier Map conteur réputé qui nous a laissé dans son *De Nugis Curialium* tout un ensemble d'historiettes et d'anecdotes, Giraud de Barri qui nous décrit les traditions de l'Irlande et du pays de

40. Troisième Partie, *La société courtoise : littérature de cour et littérature courtoise*, Paris, 1967, t. I.

Galles, Etienne de Rouen, Robert de Torigny et bien d'autres. A la cour d'Henri II la vie intellectuelle était brillante et la littérature écrite en langue romane fort prisée. Wace, *clerc lisant* à Caen, compose son *Rou*, commencé en 1160 et terminé sans doute après 1174[41], à la requête du roi. C'est encore pour le roi d'Angleterre que l'intarissable Benoît de Sainte-Maure écrit une *Chronique des ducs de Normandie*, restée inachevée malgré ses 44 542 vers. Le même Benoît rédige-t-il pour la reine Aliénor le vaste *Roman de Troie* ? On ne sait. En tout cas, si l'auteur d'*Eneas* avait quelque chose de scolaire dans sa peinture de l'amour, l'auteur de *Troie* se montre plus varié et a une palette bien plus déliée. Apparaissent tour à tour, avec une souple diversité, des couples d'amants fameux : Jason et Médée, Troïlus et Briseïs, Achille et Polyxène. Se déroulent sous nos yeux des scènes d'ingénuité et de tendresse, de passion ardente et impulsive, de coquetterie et d'inconstance féminine qui témoignent d'une fine pénétration psychologique et d'une parfaite maîtrise du langage.

Sans doute, des choses nous échappent de ce lointain passé. Des œuvres se sont perdues, comme *Orphée* et *Héro et Léandre*. Le *Tristan* de Chrétien de Troyes et celui de La Chèvre ont disparu[42]. Nous n'avons plus l'*Art d'aimer* traduit par l'auteur de *Cligès*. Plus que tout, nos incertitudes chronologiques sont rédhibitoires. Elles nous empêchent d'avoir une claire vision de l'histoire littéraire du temps. Tout reste enveloppé dans un confus brouillard. Nous ne savons à quel moment précis placer les lais de Marie, le *Tristan* de Béroul, celui de Thomas. Il en va ainsi de la plupart des textes. Nous sommes obligés de prendre en bloc le dernier tiers du XIIe siècle et de nous dire que les productions de Marie de France sont en gros contemporaines de la *Vie d'Edouard le Confesseur* et de la *Vie de sainte Catherine*,

41. Cf. *Le Roman de Rou*, éd. A. J. HOLDEN, Paris, 1973, t. 3, p. 13-14.
42. Le *Tristan* de CHRÉTIEN est mentionné dans *Cligès* (v. 5), celui de LA CHÈVRE dans le *Roman de Renart*, éd. ROQUES, v. 3737 (c'est le début de la branche II, branche la plus ancienne, v. 5).

écrites toutes deux à l'abbaye de Barking, des romans de Chrétien de Troyes, de Gautier d'Arras et de Huon de Rotelande, des *Miracles* d'Adgar, de la *Chronique* de Jordan Fantosme, du *Roman de Horn* et du *Roman d'Alexandre* continental ou anglo-normand[43]. Le détail se dérobe à notre regard. Les sources immédiates de tous ces romanciers ont disparu. Il est donc impossible d'apprécier l'originalité de chaque créateur et la part exacte qui lui revient dans l'essor de la littérature française, en cette fin du XIIe siècle.

MARIE DE FRANCE ET LES ROMANS ANTIQUES

On s'est, toutefois, interrogé sur les liens de Marie de France et des premiers romans antiques. A la suite de plusieurs critiques, mais de manière plus systématique, E. Hœpffner a tenté de démontrer dans une série d'articles que Marie de France s'était inspirée du *Brut* et des romans antiques[44]. Il écrivait à une époque où la critique universitaire, fidèle à la tradition de Lanson, se flattait de déceler les sources des textes et cherchait hardiment à traquer les emprunts. On parlait d'autant plus facilement d'influence que l'on ne se souciait guère de définir ce terme obscur.

L'influence du *Brut*, considérablement majorée par M. Pelan dans sa thèse[45], paraît très nette à E. Hœpffner. Wace aurait légué à Marie plusieurs noms de lieu, comme Totnes ou Exeter, mentionnés dans le lai d'*Eliduc* (v. 89

43. Une édition de la version anglo-normande vient d'être publiée récemment : *The Anglo-Norman Alexander (Le Roman de toute chevalerie)* by Thomas de KENT, éd. by Brian FOSTER, London, Anglo-Norman Text Society, 1976, 29-31.

44. Cf. A. DRESSLER, *Der Einfluss des altfr. Eneas-Romans auf die altfranzösischen Literatur*, Leipzig, 1907, et surtout E. HŒPFFNER, La géographie et l'histoire dans les « Lais » de Marie de France, *Romania*, 1930, t. 56, p. 1-32 ; Marie de France et l'Eneas, *Studi Medievali*, 1932, t. 5, p. 272-308 ; Pour la chronologie de Marie de France, *Romania*, 1933, t. 59, p. 351-370, et 1934, t. 60, p. 36-66.

45. M. PELAN, *L'influence du « Brut » de Wace sur les romanciers français de son temps*, Paris, 1931.

et 91). Mais si Marie habite la Grande-Bretagne, est-il besoin d'un intermédiaire pour connaître ces noms ? La Cornouailles n'est pas le bout du monde. L'influence du *Brut* se marquerait aussi dans des rencontres textuelles. Sont-elles assurées ? Prouvent-elles une réminiscence ou une imitation volontaire ? Le critique ne s'est pas posé ces questions. Il met simplement en parallèle des passages ressemblants. Par exemple, les vers suivants de *Lanval*

> Pur sa valur, pur sa largesce,
> Pur sa beauté, pur sa pruesce,
> L'envioent tuit li plusur. 23

et ceux du *Roman de Brut* :

> Toz autres princes sormonta
> De cortoisie et de proesce
> Et de valor et de largesce. 9266

On avouera que la ressemblance n'est pas saisissante, car les deux termes *largesce* et *proesce* s'appellent l'un l'autre, quand on fait l'éloge d'un héros. Il suffit d'ouvrir un dictionnaire d'ancien français pour trouver des rimes de ce genre[46]. Le rapprochement n'est donc pas satisfaisant.

L'influence du *Roman de Thèbes* est-elle plus nette ? Hœpffner croit la saisir dans le lai de *Lanval*. La fée qui s'avance, un épervier sur le poing (v. 573), lui fait penser à Ismène chevauchant de semblable façon (éd. Raynaud de Lage, v. 4099). Mais les vers sont fort différents et, en outre, les femmes avaient tout à fait le droit de chasser au Moyen Age. Un fait de civilisation aussi répandu n'est pas une preuve d'emprunt.

Les ressemblances littérales n'ont pas toujours force probante. Pour E. Hœpffner les vers 475-476 de *Lanval* (*De cendal purpre sunt vestues, / Tut senglement a lur chars nues*) viennent des vers 4051-4052 du *Roman de Thèbes* (*D'une pourpre ynde fu vestue, / Tout senglement a sa char nue*). Mais faut-il taxer Marie de plagiat délibéré ou de réminiscence

46. Cf. TOBLER-LOMMATZSCH, V, 180.

involontaire ? Ne serait-ce pas plutôt un couple de rimes tout naturel, si l'on se souvient que la mode du temps était précisément pour une femme de laisser entrevoir un peu de sa peau en ne portant point de chemise[47]. La même notation se rencontre également dans l'*Eneas* :

> Bien fu la dame estroit vestue
> De porpre noire a sa char nue. 4012

Soutenir que l'auteur de l'*Eneas* s'est inspiré lui aussi du *Roman de Thèbes*, n'est-ce point instaurer gratuitement une chaîne infinie d'imitations ? Avant d'en décider, il aurait fallu procéder à une étude minutieuse de ces rencontres formelles, avoir repéré les rimes qui s'appellent naturellement, bref avoir isolé tous les phénomènes douteux pour ne s'appuyer que sur les exemples indiscutables. Tant que ce travail préliminaire n'aura pas été fait, il est permis de rester sceptique sur l'influence du *Roman de Thèbes*.

Entre le *Roman d'Eneas* et les lais de Marie de France les rapprochements sont beaucoup plus nombreux. Mais il faudrait en dégonfler la masse et renoncer à un grand nombre de pseudo-ressemblances. Hœpffner relève l'influence de l'*Eneas* sur *Guigemar* et *Eliduc* ainsi que sur *Equitan*. Pourquoi les autres lais échapperaient-ils miraculeusement au rayonnement de ce roman ? Pour une raison très simple, répond Hœpffner, c'est que tous les autres lais sont antérieurs à l'*Eneas*. L'explication est belle et pourrait impressionner. Mais un critique récent, R. N. Illingworth, appliquant la même méthode, découvre que l'influence de l'*Eneas* s'est exercée sur six lais au total. Qui a raison des deux critiques ? On serait tenté de répondre que tous deux

47. Le travail d'Alice Colby, *The Portrait in Twelfth-Century French Literature*, Genève, 1965, p. 67, montre qu'il en va ainsi dans *Thèbes*, 3809 *(La blanche char desoz pareit)*, *Troie*, 2952-2953 *(La char parmi les laz pareit / Qui plus blanche que neif esteit)*, *Ipomedon*, 7865-7866 *(La char blanche parmi les laz / Pareit des costez e des braz)*. Sur l'usage de montrer sa *char* au *costé*, cf. J. Quicherat, *Histoire du costume*, Paris, 1877, p. 185, et C. Enlart, *Manuel d'archéologie française*, t. III : *Le costume*, Paris, 1916, p. 33.

s'illusionnent. Aboutir à des résultats aussi différents, c'est mauvais signe.

Si l'on passe au crible les rapprochements, que trouve-t-on ? Des ressemblances de détail insignifiantes. Lorsque Guigemar prétend mourir d'amour (v. 500), ce n'est pas nécessairement un souvenir de l'*Eneas* (v. 8789). C'est une façon de parler habituelle dans la rhétorique amoureuse du Moyen Age. Quant aux ressemblances littérales plus développées, elles doivent être jugées dans des balances fort subtiles. Les vers 85-86 de *Guigemar (Sun arc li porte un vallet, / Sun ansac et sun berseret)* reprennent-ils les vers 3575-3576 de l'*Eneas (Son arc porta uns suens vallet / Et uns autres son berseret)* ? Il est habituel de laisser à un serviteur le soin de porter l'équipement du chasseur. Et j'observe que la rime *vallet - berseret* se rencontre dans d'autres textes[48]. De même, les vers 875-876 de *Guigemar (Guigemar ad la vile assise, / N'en turnerat, si serat prise)* ne me semblent pas une imitation caractérisée des deux premiers vers de l'*Eneas (Quant Menelaus ot Troie assise, / Onc n'en torna des qu'il l'ot prise)*. Ce couple de rimes n'a rien de curieux et d'insolite. Quand il est question d'un siège, il est tout naturel de parler de la prise de la ville. Ce type d'exemples ne devrait pas intervenir pour essayer d'établir une filiation.

La tentative d'E. Hœpffner était méritoire. Aujourd'hui encore, elle peut faire impression sur les esprits. Mais si on la regarde de près, elle s'effrite. Si Hœpffner se montrait excessif dans l'affirmation, il ne faut pas se montrer systématique et obstiné dans la négation. La plupart des passages allégués sont à rejeter, mais quelques exemples résistent. Ces correspondances, très rares, n'indiquent ni une influence profonde ni une imitation servile. Une alouette ne fait pas le printemps. Une réminiscence isolée ne démontre qu'une chose : l'indépendance réelle de Marie à l'égard des romans antiques. On pourrait, je crois, appliquer à l'*Eneas* ce que

48. Cf. Tobler-Lommatzsch, I, 934.

Gaston Paris disait du *Brut* de Wace : « Je persiste à croire que son influence ne s'est exercée que sur certains détails et qu'elle a été extrêmement faible »[49].

MARIE DE FRANCE ET LES LAIS ANONYMES

L. Foulet a employé la même méthode pour essayer de prouver que les lais anonymes étaient tous postérieurs aux lais de Marie de France[50]. Ce savant résume sa pensée en une formule péremptoire : « L'histoire des lais français commence et s'arrête à Marie. » Une affirmation aussi catégorique peut surprendre, si l'on se souvient des incertitudes des raisonnements chronologiques et des doutes qu'inspire la recherche des imitations et des influences. Cette déclaration n'est point innocente. L. Foulet refuse de croire que Marie de France ait eu des devanciers ou des contemporains s'inspirant de la matière de Bretagne. Pour faire table rase des sources celtiques, il est amené à soutenir que tous les lais anonymes sont postérieurs à Marie, que presque tous l'imitent consciemment et que quelques-uns la pillent sans vergogne. Ainsi l'auteur de *Graelent* copierait *Lanval*, l'auteur de *Doon* puiserait dans *Milon*, l'auteur de *Melion* dans le *Bisclavret*. D'autres lais anonymes comme l'*Espine* ou *Desiré* happeraient encore des vers chez Marie de France. « Il n'y a pas un lai, écrit L. Foulet, dont on puisse dire avec certitude qu'il est antérieur à Marie, et on ne se trompe guère à avancer qu'elle est, en grande partie, la source de tous ceux qui sont venus après elle. Les uns l'ont plagiée sans scrupule, quoique non sans habileté ; d'autres l'ont imitée avec plus d'indépendance ; d'autres enfin lui ont rendu encore hommage en ridiculisant ses procédés et sa conception d'art »[51]. Ainsi donc Marie serait la première

49. *Romania*, 1899, t. 28, p. 47, n. 2.
50. *Zeitschrift für romanische Philologie*, 1905, t. 29, p. 19-56 et 293-322.
51. *Op. cit.*, p. 55-56.

et même la seule à faire preuve d'originalité et de talent. Tous les autres l'auraient imitée, mais personne ne l'aurait égalée. Les informations apportées par les lais anonymes sur la tradition bretonne seraient sans valeur.

Une telle représentation est inexacte et frise la mauvaise foi. L'étude des lais anonymes montre que la plupart d'entre eux ne doivent absolument rien à Marie de France. *Tyolet*, *Tydorel*, *Guingamor*, *Desiré*, l'*Espine* semblent tout à fait indépendants. A en croire Foulet, hormis Marie, tout auteur de lais est un plagiaire qui s'ignore. Mais comment expliquer les œuvres de talent, comme *Graelent*, *Guingamor*, *Tydorel* ? Les œuvres littéraires n'ont jamais été faites de pièces et de morceaux empruntés çà et là. Prudence Tobin dit très bien à propos du lai de *Desiré* : « Personne n'aurait eu le temps ni la patience de lire toutes les œuvres et de glaner systématiquement un vers ici, un vers là pour composer son poème »[52]. La représentation de la création littéraire que se fait L. Foulet, et quelques autres critiques à sa suite, est, en effet, insoutenable et les conclusions qu'il défend sont fort discutables. Toute ressemblance n'est pas un signe d'emprunt ou de plagiat. Il peut y avoir parfois des réminiscences involontaires, des vers qui chantent dans la mémoire. Souvent on a affaire à des rencontres fortuites.

Pour les lais anonymes, comme pour bien d'autres textes, nous n'avons pas de sûrs critères de datation. La seule chose apparente est que la plupart appartiennent au dernier tiers du XIIe siècle et sont donc contemporains de Marie. Nous aimerions aller plus loin et affiner l'analyse en disant que *Guingamor* est ancien et *Melion* plus récent, que *Graelent* est plus vieux et *Doon* plus tardif. Mais à quoi bon des hypothèses gratuites ? Toutes les datations proposées par Prudence Tobin restent incertaines. Le seul trait notable est qu'il est fait mention des *croisiés* dans le lai de *Graelent* (v. 382). Serait-ce une allusion à la troisième croisade,

52. Cf. Prudence O'HARA TOBIN, *Les lais anonymes des XIIe et XIIIe siècles*, Genève, 1976, p. 167.

prêchée en 1189 ? On serait tenté de le croire, car la deuxième croisade, commencée en 1147, devait être bien oubliée. Si l'on admet ce raisonnement, qui n'est pas absolument irréfutable, on inclinera à croire que *Graelent* est postérieur aux lais de Marie.

Est-il pour autant une copie mal venue des œuvres de Marie ? Ce point capital a été soutenu par L. Foulet, repris et développé par C. Segre[53]. Il vaut la peine d'examiner le problème, car trois lais importants, *Graelent*, *Lanval* et *Guingamor*, présentent des traits communs, les deux premiers contant deux variantes de la même histoire.

Sur trois points essentiels, le lai de *Graelent* se sépare du lai de *Lanval*. D'abord, la déclaration d'amour de la reine a lieu au début du récit. Graelent repousse ces avances et la dame cherche à se venger. Elle persuade son époux de ne plus accorder de faveurs au héros. Dès lors Graelent est réduit à la pauvreté et au malheur. Deuxième différence : la rencontre avec la fée. Le héros arrive un jour, par hasard, près d'une *fontaine*, y trouve une inconnue qui se baigne toute nue dans l'eau et s'empare de ses vêtements pour contraindre la jeune femme à se donner à lui. Mais ce chantage incivil est inutile : la créature est une fée, éprise de Graelent, qui attendait précisément sa venue. Dernière divergence : la façon dont le héros révèle son secret. Tous les ans, à la Pentecôte, le roi convoque ses barons, fait monter la reine sur un banc et demande à l'assemblée de ses vassaux s'ils connaissent une femme plus belle au monde. Alors que l'approbation est unanime, la reine s'aperçoit que Graelent baisse la tête et sourit. Le héros est obligé de confesser qu'il connaît une femme bien plus belle.

Le lai de *Guingamor* raconte une tout autre histoire : il n'est plus question dans ce texte de secret trahi et de procès. Mais le motif des avances repoussées et celui de la rencontre de la belle à la *fontaine* se retrouvent encore là. Au début du

53. Cf. C. Segre, Lanval, Graelent, Guingamor, dans *Studi in onore di A. Monteverdi*, Modène, 1959, t. 2, p. 756-770.

récit, Guingamor rejette les propositions de la reine. Le départ du héros pour la chasse au sanglier blanc est un épisode particulier qui a pour but d'amener Guingamor en présence de la fée qui se baigne à la *fontaine*, qui l'aime et qui l'attend. Comme Graelent, à la vue de l'inconnue, le héros est tout troublé : *commeüz est de sa biauté* (v. 435). Il veut, lui aussi, prendre ses vêtements. Mais la jeune femme l'invite à renoncer à un comportement indigne. Très vite, le héros et l'héroïne s'aimeront. La présence dans ces deux lais des motifs d'une reine éconduite et d'une fée se baignant dans une source, qui se succèdent dans le même ordre, a peut-être une signification. Aurions-nous là une structure de conte, un vieux schème narratif ?

A la suite de L. Foulet, C. Segre a pris le parti opposé. Il a estimé que *Graelent* déformait *Lanval* et empruntait des vers aux lais de Marie, que *Guingamor* était à la remorque de *Graelent* aussi bien que de Marie. A nouveau, resurgit la vieille idée de l'imitation. Que faut-il en penser ? Laissons de côté le cas de *Guingamor* qui n'intéresse pas directement Marie de France et regardons seulement le couple *Lanval* et *Graelent*.

D'abord, les ressemblances textuelles entre *Graelent* et les divers lais de Marie. Segre dénombrait 60 vers de *Lanval* recensés par Kolls dans *Graelent*, 25 autres ajoutés par lui-même, 35 vers d'*Eliduc* relevés par L. Foulet, 3 autres observés par lui. Il arrivait à un total de 123 vers empruntés, sur un total de 732, c'est-à-dire à un pourcentage assez extraordinaire. Mais a-t-on jamais vu des écrivains pratiquer ainsi le pillage pour ravauder tant bien que mal le tissu narratif ? A quoi bon tant d'efforts ? Le jeu en vaudrait-il la chandelle ? La majeure partie de ces exemples me semble douteuse. Avant de parler d'emprunts, il faudrait prendre tout un ensemble de précautions. Il faudrait procéder à une étude générale des récurrences dans la littérature médiévale, pour connaître les nécessités techniques qui ramènent fatalement des rimes identiques, les couples de mots qui s'attirent immanquablement, les traditions poétiques et les vers formulaires (on discerne certaines formules qui reviennent dans les textes en octosyllabes), ainsi que les phénomènes de mémoire involontaire bien naturels dans une civilisation largement orale, où la mémoire joue un rôle essentiel. Tout bien pesé, j'ai le sentiment qu'on rencontre dans *Graelent* une ou deux réminiscences d'*Eliduc*. Est-ce suffisant pour faire de l'auteur de *Graelent* un compilateur maladroit ?

Les remarques présentées par L. Foulet et C. Segre sur la structure des deux lais n'emportent pas non plus la conviction. Pour L. Foulet la structure de *Lanval* est simple et claire, celle de *Graelent* confuse. L'auteur de *Graelent* aurait déplacé la scène de séduction en la mettant en tête du récit et, pour combler la lacune, un peu plus loin, il aurait eu recours à l'invention extravagante (L. Foulet la qualifie de « baroque ») de la reine exhibée aux yeux de toute la cour. Le critique accepte, en outre, l'hypothèse aventureuse présentée par Schofield[54], selon laquelle l'auteur de *Graelent* aurait remplacé la rencontre si naturelle de la fée que l'on trouve dans *Lanval* par un épisode tout différent, emprunté à la légende de Galand : une femme-cygne se baigne dans une *fontaine*. Ses vêtements lui sont volés. Elle ne peut rentrer en leur possession qu'en accordant son amour au ravisseur. Il est un peu surprenant de penser que le motif simple de la femme à la *fontaine* est un « emprunt » à l'histoire compliquée de la femme-cygne. L'inverse est plus vraisemblable. L'histoire de la femme-cygne est une variante particulière du motif simple et naturel de la jeune femme qui se baigne. Mais L. Foulet fait flèche de tout bois pour clouer au pilori l'auteur de *Graelent*.

L'argumentation de C. Segre est plus subtile, mais ne me paraît pas plus juste. Persuadé que l'auteur de *Graelent* est un imitateur, le critique italien cherche chez lui des « résidus accusateurs », c'est-à-dire des éléments qui étaient parfai-

54. W. H. SCHOFIELD, The Lays of Graelent and Lanval and the Story of Wayland, *Publications of Modern Language Association of America*, 1900, t. 15, p. 121-180.

tement à leur place dans ce qu'il croit sa source, à savoir le lai de *Lanval*, et qui sont dans son texte privés de signification. Il en serait ainsi de l'arrivée des suivantes à la cour du roi. Il n'y a plus de progression et de suspense comme dans *Lanval*. Elles découvrent tout de suite l'intention de leur dame à la cour. Autre élément suspect : la culpabilité de Graelent, qui est fort mince. Est-il normal de l'inculper parce qu'il a baissé la tête et souri ? Et dans la scène du procès pourquoi donner un répit au héros ? On le comprenait bien dans *Lanval*, où il est question tout de suite de *pleges*. Dans le lai de *Graelent*, il faut attendre le vers 527 pour que le mot apparaisse. N'est-ce point le signe d'une élaboration inhabile et d'une réfection maladroite ? Il y a plus. Les traits qui paraissent archaïques dans *Graelent* (la déclaration initiale de la reine, le vol des vêtements de la baigneuse) semblent à Segre des additions fâcheuses. La reine de *Graelent* utiliserait une vengeance plus digne d'une serve que d'une reine. Le vol des habits serait inutile, puisque la fée connaît le héros, l'appelle par son nom.

La querelle faite au conteur de *Graelent* semble injuste. Lui faire grief de tous les points par lesquels son récit se sépare de celui de *Lanval*, c'est engager un mauvais procès. Chaque détail peut se justifier. Si les dames de compagnie prennent tout de suite la parole, c'est pour éviter que Graelent ne soit jugé avant l'arrivée de leur maîtresse. Si dans son procès le roi accorde un délai à l'accusé, est-il nécessaire que le conteur précise immédiatement que des gens se sont portés caution pour lui ? On taxe d'indigne la reine de *Graelent*. Mais est-elle plus digne, la reine de *Lanval* qui profère des calomnies contre le malheureux qui l'a repoussée ? Les héros de *Graelent* et de *Guingamor* ont quelque raison de s'emparer des vêtements de la baigneuse : ils ignorent tout des intentions de l'inconnue. On pourrait répondre point par point aux critiques portées contre *Graelent*. Il n'y a pas de « résidus accusateurs » et de fautes de composition dans ce lai anonyme.

Ces raisonnements comparatifs se fondent sur une

impression discutable (la prétendue gaucherie de *Graelent*) et sur un principe erroné (l'excellence des versions premières et la médiocrité des remaniements). Mais ces *a priori* ne résistent pas à la réflexion. Si l'auteur de *Graelent* s'inspirait vraiment de *Lanval*, pourquoi cet auteur aurait-il tant altéré son modèle ? Comment l'incohérent sortirait-il du cohérent, le fruste du délicat ? On pourrait renverser la proposition et soutenir aussi bien qu'une version maladroite est forcément antérieure et une version délicatement agencée postérieure. A vrai dire, nous n'avons pas, dans la cohérence ou dans l'incohérence d'un texte, d'argument irréfutable permettant de déclarer qu'il est antérieur à un autre ou tributaire d'un autre. A tous les moments de l'histoire il y a des auteurs habiles ou maladroits.

Si l'examen comparé des deux textes ne permet pas d'affirmer que *Graelent* a fâcheusement déformé et altéré le texte de *Lanval*, il ne reste plus que deux possibilités : ou bien *Graelent* est antérieur, ce qui est peu vraisemblable, ou bien les deux œuvres remontent à la même source. Dans cette dernière perspective, *Graelent* conserverait un état plus ancien de l'histoire que le lai de Marie de France. C'était le sentiment d'E. Hœpffner[55]. Plusieurs arguments vont dans ce sens : la scène initiale de déclaration de la reine peut parfaitement appartenir au conte primitif. Peut-on mieux expliquer la pauvreté du héros que par la haine d'une reine humiliée ? L'épisode du bain et du rapt des habits a une « rudesse primitive ». On pourrait dire la même chose de la scène où le roi expose la reine aux yeux des courtisans. On comprendrait bien que Marie de France ait modifié un récit un peu sauvage, qu'elle ait placé l'action à la cour arthurienne (sans songer qu'elle dégradait singulièrement la figure de la reine Guenièvre), qu'elle ait transformé la scène brutale du bain en une rencontre très courtoise, qu'elle ait supprimé le geste inélégant du roi exhibant sa femme

55. Cf. E. Hœpffner, Graelent ou Lanval ?, dans *Recueil de travaux offerts à Cl. Brunel*, Paris, 1955, t. II, p. 1-8.

comme un objet de foire et déplacé en conséquence les avances de la reine au héros, bref qu'elle ait fait d'un conte simple et parfois brutal une œuvre distinguée, policée, conforme aux goûts des cercles aristocratiques.

LES SOURCES CELTIQUES

Nous n'avons plus les modèles des lais anonymes et des lais de Marie. Ces textes, toutefois, se réfèrent à des sources bretonnes. Le lai de *Tydorel* s'achève sur les vers suivants :

> Cest conte tienent a verai
> Li Breton qui firent le lai. 490

L'épilogue du lai de l'*Espine* dit la même chose :

> De l'aventure que dit ai
> Li Breton en fisent un lai. 504

Bien plus tard, dans le *Franklin's Tale* Chaucer dira encore :

> Thise olde gentil Britouns in hir dayes
> Of diverse aventures maden layes. 710

Pour écarter les témoignages des lais anonymes, L. Foulet commence par les déclarer tardifs (ils seraient tous postérieurs à Marie) et affirme qu'ils sont sans valeur, puisqu'ils proviennent de plagiaires et de laborieux imitateurs. Il reste Marie de France qui renvoie sans cesse aux lais bretons. L. Foulet rejette avec la même désinvolture son témoignage. Marie ignorerait le breton, n'aurait jamais été en contact avec les Bretons et tirerait ses récits de contes français. « Marie, écrit-il, a certainement voulu faire profiter son recueil de la vogue des lais bretons, mais ce n'est pas d'eux qu'elle tient ses contes »[56].

Des affirmations aussi catégoriques ne sont guère admissibles. Rien n'autorise les critiques modernes à faire fi des

56. *Op. cit.*, p. 315.

paroles de la poétesse. A plusieurs reprises, il est fait mention de sources bretonnes. Ainsi, au début de *Guigemar* :

> Les contes ke jo sai verrais,
> Dunt li Bretun unt fait les lais,
> Vos conterai assez briefment. 21

Au commencement du *Laostic* :

> Une aventure vus dirai
> Dunt li Bretun firent un lai. 2

Il en va de même dans *Equitan* (v. 312), dans les *Deux Amants* (v. 5), dans *Eliduc* (v. 1182). Les lais de *Fresne* (v. 517), d'*Yonec* (v. 556) et de *Milon* (v. 532) renvoient à un pluriel indéterminé qui peut représenter aussi, par ellipse, les Bretons. *Bisclavret* (v. 3) et *Lanval* (v. 4) font une référence explicite aux traditions bretonnes. Il n'y a donc que le *Chaitivel* et le *Chèvrefeuille* à échapper à cette emprise.

Les informations que nous donne Marie de France devraient peut-être être nuancées. L'histoire des *Deux Amants* est localisée très précisément à Pitres, près de Pont-de-l'Arche dans l'Eure. Elle s'est fixée à un endroit fort escarpé, qui s'appelle encore aujourd'hui la côte des Deux-Amants et au sommet duquel se trouvait un prieuré des Deux-Amants (sans doute à l'origine Injuriosus et Scholastica). Il semble bien que cette légende soit normande. Gustave Cohen l'entendit raconter de la bouche d'un paysan avant la guerre[57]. Les jongleurs bretons en avaient-ils fait un lai ? Chantaient-ils un lai lyrique des *Deux Amants* fort différent ? Nous n'avons pas les moyens d'en décider, mais nous pressentons que la couleur bretonne est ici superficielle ou factice. Quelques lais de Marie de France sont peut-être étrangers à la matière de Bretagne : *Equitan*, le *Chaitivel* ressemblent à des aventures courtoises. Rien n'interdit à un auteur de puiser à diverses sources et de prendre son bien partout où il le trouve. Mais rien ne permet

57. G. Cohen, *Mercure de France*, 1936, p. 61-68, repris dans *La vie littéraire du Moyen Age*, Paris, 1949, p. 114-115.

de contester systématiquement les dires de la poétesse. L. Foulet est bien en peine pour substituer des sources françaises aux traditions bretonnes. Il se réfugie dans des considérations vagues et fuligineuses. Le plus simple est de croire que pour l'essentiel Marie s'inspire, comme elle le dit, de lais bretons.

L'onomastique des douze lais de Marie confirme pleinement les affirmations contenues dans les prologues ou les épilogues des lais. La géographie nous conduit en Grande-Bretagne ou en Bretagne armoricaine. Il est assez vain d'opposer, comme on l'a fait, des lais « continentaux » et des lais « insulaires ». Tout est mêlé. Qu'il s'agisse du pays de Léon (*Guigemar*, v. 30) ou de Saint-Malo (*Laostic*, v. 7), de Nantes (*Chaitivel*, v. 9) ou d'Exeter (*Eliduc*, v. 91), de Cornouailles (*Lanval*, v. 433) ou du pays de Galles (*Milon*, v. 183), la toponymie nous ramène invinciblement vers le domaine celtique. L'anthroponymie également. Des noms comme Yonec, Muldumarec, Guildeluec sont bretons, comme l'a rappelé Ch. Foulon[58]. Les titres des lais, à eux seuls, nous dépaysent. Le lai que par commodité nous appelons *Eliduc* porte le nom *Guideluec ha Guilliadun* (*Eliduc*, v. 22) avec la particule de coordination *ha* signifiant « et ». N'est-ce point là un résidu révélateur ?

Cela étant, il faut avouer, toutefois, que les tentatives faites par des érudits modernes, comme T. P. Cross, O. M. Johnston, R. N. Illingworth, pour retrouver les sources de Marie de France dans la littérature irlandaise ou galloises s'avèrent assez décevantes. On a tenté de rapprocher le lai de *Guigemar* ou le lai d'*Yonec* de textes celtiques. Mais les divergences sont éclatantes. Aussi, pour tenter d'établir de fragiles passerelles, les critiques allèguent-ils une foule de textes hétérogènes. Pour le lai d'*Yonec* T. P. Cross présente à la fois le *Livre de Leinster*, la *Tain Bo*, l'*Imram Brain*, le *Dinnshenchus*, le *Togail Bruidne Da Derga*.

58. Marie de France et la Bretagne, *Annales de Bretagne*, 1953, t. 60, p. 243-258.

Chaque fois, il y a une petite analogie, mais lointaine. Ainsi dans le *Livre de Leinster* et le *Dinnshenchus* l'amant prend les traits d'une autre personne, et point l'apparence d'un oiseau. Dans la *Razzia des Bœufs de Cualngé (Tain Bo Cualngé)* la déesse Morrigane se transforme en oiseau, mais la scène n'a rien à voir avec l'amour. Même chose dans le *Voyage de Bran (Imram Brain)*. A la fin de la *Cour faite à Etain*, si Midir et Etain s'éloignent tous deux sous forme de cygnes, au grand dépit du mari, le roi Eochaid, c'est un effet de la puissance magique de l'amant surnaturel, mais la situation n'est pas du tout la même. Le seul texte un peu proche, la *Destruction de l'Hôtel de Da Derga (Togail Bruidne Da Derga)*, possède les deux motifs de la femme emprisonnée (il s'agit d'une adolescente, fille du roi d'Ulster, et non d'une femme mariée) et de l'arrivée d'un amant métamorphosé en oiseau (le roi Eterscele, qui lui fait un enfant et lui annonce qu'il se nommera Conaire et ne devra pas tuer d'oiseaux), mais il n'y est point question de la mort sanglante de l'homme-oiseau, qui est l'épisode central du lai d'*Yonec*. Ces récits irlandais narrent des aventures tout à fait dissemblables, insérées dans des contextes très éloignés des contes de Marie. Jamais nous ne rencontrons la matrice du conte de Marie avec ses éléments de structure solidement agencés. Jamais dans ces textes nous ne voyons d'oiseau blessé par des broches de fer. Les histoires sont si différentes que les chercheurs de sources celtiques sont obligés de se référer à une pluralité de sources, de faire fi de la chronologie, de procéder à bien des amalgames. Multiplier les textes et les explications, c'est suggérer qu'aucun des exemples n'est vraiment pertinent. Mieux vaudrait reconnaître que les schémas de contes dont Marie s'est inspirée ont disparu. Nous ne retrouvons rien d'identique ni dans le domaine celtique ni dans le folklore européen. Seuls subsistent, de loin en loin, quelques motifs isolés, pièces éparses insérées dans d'autres contextes et engagées dans d'autres ensembles.

Si les sources de Marie ont disparu, nous devinons qu'elles sont parvenues à notre poétesse aussi bien sous forme écrite que par voie orale. Les lais font référence à ces deux modes de transmission. Le commencement du lai de *Guigemar* nous dit :

> Sulunc la lettre e l'escriture,
> Vos mosterai une aventure. 24

Ici, Marie indique une source écrite. Mais ailleurs le verbe *oïr* revient avec une particulière insistance. Il figure dans le prologue général des lais :

> Des lais pensai k'oïz aveie. 33

Les derniers vers du *Chaitivel* déclarent :

> Plus n'en oï ne plus n'en sai
> Ne plus ne vus en cunterai. 240

On pourrait en citer d'autres exemples. Certes, en un temps où la littérature était diffusée par voie orale, le verbe *oïr* peut s'appliquer aussi à des sources écrites. Mais Marie distingue assez nettement tradition orale et tradition écrite. Le début du *Chèvrefeuille* nous dit :

> Plusur le me unt cunté e dit
> E jeo l'ai trové en escrit. 6

Pour parler de son propre travail, Marie parle de mettre *en escrit* (*Milon*, v. 535), de conter *par rime* (*Yonec*, v. 4) ou bien elle dit :

> Rimé en ai e fait ditié (Prologue, v. 41).

Ces vers semblent indiquer que les sources de notre auteur n'étaient pas versifiées. C'est tout ce qu'on peut raisonnablement supposer.

Dans la nuit qui enveloppe les productions littéraires du Moyen Age, Marie émerge à peine. Elle est un nom. Nous aimerions en savoir plus et apprécier l'originalité de la poétesse. Sur deux points essentiels nos recherches achoppent : la chronologie des textes nous échappent et leurs sources ont disparu. D'entrée de jeu, le grand problème de la création et de l'imitation s'avère donc hors de nos prises. A l'égard des textes conservés, qu'il s'agisse des lais de Marie de France, des romans antiques ou des lais anonymes, le plus sage est d'adopter une position moyenne. Il semble excessif de soutenir que l'auteur des lais est profondément tributaire de l'*Eneas*, de déclarer qu'elle a tout inventé et que les lais sont sortis de sa tête comme Athéna de la cervelle de Zeus, d'affirmer que tous les lais anonymes procèdent plus ou moins d'elle. Il ne faut ni enlever du talent à notre auteur en en faisant une plagiaire ni lui prêter une puissance créatrice extraordinaire en la plaçant à la racine d'un genre. Il a dû en être pour Marie de France comme pour les autres auteurs : elle s'est nourrie du suc d'autrui et elle a apporté à ses contes sa propre substance et son propre talent.

CHAPITRE II

Le genre des lais

La littérature des lais n'est pas pour le lecteur moderne un massif redoutable ou une forêt impénétrable. Comparée à des genres littéraires imposants comme les chansons de geste ou les romans, elle fait figure de modeste bosquet. Moins de trente-cinq textes au total. Des œuvres habituellement brèves, qui atteignent à peine cinq cents vers. Nous ne risquons pas de nous perdre dans des futaies obscures et interminables. Ce genre aux proportions modestes n'a pas duré pendant des siècles. Sa période d'expansion est assez ramassée, puisque la plupart des lais ont été composés dans le dernier tiers du XIIe siècle et le début du XIIIe siècle. Vers le milieu du XIIIe siècle, ils disparaissent, comme si la veine était épuisée, alors que les fabliaux, genre comparable par la longueur, se trouvent alors en plein essor. La brève trajectoire des lais à travers l'histoire pose problème.

Les lais parvenus jusqu'à nous sont en nombre restreint, mais le genre était, semble-t-il, un peu plus fourni. Divers témoignages nous apprennent l'existence de lais dont le texte n'a pas été conservé. Le lai d'*Orphée*, mentionné dans le lai de l'*Espine* (v. 181), a disparu et n'existe plus qu'en moyen anglais. Le lai de *Mabon*, dont parle le *Roman de Silence* (v. 2765) d'Heldris de Cornouailles, est également perdu. Les lais de *Merlin* et de *Noton*, cités dans le *Roman de Renart*[1], ont subi le même sort. On pourrait sans trop de

1. Il s'agit de la branche de *Renart teinturier*, branche I *b* de MARTIN, publiée par M. ROQUES, Paris, 1948, t. I, v. 2436.

peine ajouter plus d'une vingtaine de titres à la série des lais. La collection des *Strengleikar*, qui traduit un manuscrit français, possède quatre lais inconnus : les *Deux Amants de Plaisance*, qui n'a rien à voir avec le conte de Marie, *Goron*, histoire différente du lai évoqué dans le *Tristan* de Thomas, *Richard le Vieux*, enfin le lai de la *Grève*[2]. La plupart des lais écrits en moyen anglais ont sans doute une origine française[3]. La liste de titres de lais conservés dans le manuscrit de Shrewsbury, bien que des lais lyriques se trouvent mélangés à des lais narratifs, permettrait aussi d'accroître notablement le nombre des œuvres disparues[4]. Mais, même en multipliant par deux l'ensemble des lais, même en admettant une cinquantaine ou une soixantaine de textes, on reste encore en présence d'un genre aux dimensions modestes, car les fabliaux sont deux fois plus nombreux[5].

LE MOT DE « LAI »

Si les lais de Marie sont des nouvelles en vers, le mot de *lai* n'a pas toujours désigné un genre narratif. Le terme est vraisemblablement d'origine celtique et s'appliquait, à l'origine, à une chanson, une composition musicale. Le vieil irlandais *laid* a le sens de « chanson »[6]. L'emploi de *lai* avec la valeur de « chant » ou « composition musicale » est bien attesté pendant tout le Moyen Age. R. Baum en

2. Une analyse des *Deux Amants* se lit dans H. BAADER, *Die Lais, Zur Geschichte einer Gattung der altfranzösischen Kurzerzählungen*, Frankfurt a. M., 1966, p. 196. Les trois autres lais ont été traduits par Pr. TOBIN, dans *Les lais anonymes des XIIe et XIIIe siècles*, Genève, 1976, p. 365-373.

3. Outre le *Franklins' Tale* de CHAUCER, ce sont *Sire Degarre*, *Emaré*, *le Freine*, *Sir Gowther*, *Haveloc*, *Sir Launfal*, *Sir Orfeo* et *The Erle of Tolous* : cf. M. DONOVAN, *The Breton Lay, A Guide to Varieties*, University of Notre Dame Press, 1969, p. 126-232.

4. Cf. G. BRERETON, A Thirteenth-Century List of French Lays and Other Narrative Poems, *Modern Language Review*, 1950, t. 45, p. 40-45.

5. Cf. R. KIESOW, *Die Fabliaux, Zur Genese und Typologie einer Gattung der altfranzösischen Kurzerzählungen*, Berlin, 1976, p. 24-26 et 148-151.

6. Cf. *REW*, 4854 et *FEW*, XX, 11.

a relevé de nombreux exemples dans la poésie des troubadours[7]. En langue d'oïl, le lai peut désigner « un chant d'oiseau » et d'une manière plus générale une mélodie. Nous avons conservé toute une série de pièces lyriques pourvues d'un accompagnement musical au XIIIe siècle et appelées lais[8]. La vitalité du genre éclate encore au XIVe siècle et au XVe siècle, où le lai lyrique connaît une seconde jeunesse et attire tous les grands créateurs.

Au XIIe siècle on parle couramment de lais bretons. Le fabliau de *Richeut* dit du fils de l'héroïne *Bien set faire les lais bretons* (v. 800). Le lai d'*Eliduc* fait référence à *un mut ancien lai bretun* (v. 1). On continuera plus tard d'indiquer par cet adjectif de « nature » le caractère celtique du lai. La *Chanson de Gaydon*, par exemple, ou le *Franklin's Tale* de Chaucer poursuivent cet ancien usage. Marie de France nous donne quelques informations sur les mystérieux lais bretons qui ne sont pas parvenus jusqu'à nous. Elles sont de différents ordres : tantôt elle a entendu parler d'un lai (*Chaitivel*, v. 2), tantôt elle a entendu raconter un lai (*Chèvrefeuille*, v. 5), mais elle ajoute également qu'elle l'a *trové en escrit* (v. 6), parfait mélange de tradition orale et de tradition écrite, si l'on admet ce témoignage. Une fois, à la fin du lai de *Guigemar*, elle nous donne un précieux renseignement, en nous disant que le lai est une composition instrumentale et que cette mélodie est encore jouée :

> De cest cunte k'oï avez
> Fu Guigemars li lais trovez, 884
> Que hum fait en harpe e en rote.
> Bone en est a oïr la note.

Nous avons ici l'assurance que Marie a assisté en personne à des séances musicales et y a pris plaisir.

La nature de ces lais bretons n'est pas facile à imaginer. Il est bien évident, d'abord, que la musique en est partie

7. Cf. R. BAUM, Les troubadours et les lais, *Zeitschrift für romanische Philologie*, 1969, t. 85, p. 1-44.
8. Cf. A. JEANROY, L. BRANDIN et P. AUBRY, *Lais et descorts français du XIIIe siècle*, Paris, 1901.

intégrante et que le lai est une composition instrumentale. La *rote* et la *harpe* sont fréquemment utilisées dans le monde celtique. La difficulté est de concevoir comment les paroles s'associaient à la musique. La comparaison entre le lai des *Deux Amants* et du *Chèvrefeuille* écrits par Marie et les pièces lyriques du même nom ne donne pas de résultat appréciable. Toutes les hypothèses paraissent *a priori* possibles. Les lais bretons étaient-ils des airs de musique sans paroles, mais pourvus d'un titre contenant un nom de personne et faisant donc allusion à une histoire ? Le lai anonyme de *Doon* semble le suggérer :

> Doon, cest lai sevent plusor :
> N'i a gueres bon harpeor
> Ne sache les notes harper ;
> Mes je vos voil dire e conter
> L'aventure dont li Breton
> apelerent cest lai Doon.

En lisant Marie, on sent que les titres des lais ont une importance toute particulière. Elle nous donne dans le *Bisclavret*, le *Chèvrefeuille* ou le *Laostic* des titres en plusieurs langues et dans le *Chaitivel* ou *Eliduc* elle indique que des titres différents ont cours. Mais il y a une difficulté considérable à se fonder sur le début du lai de *Doon* et à extrapoler. Comment se serait-on souvenu des *aventures*, si le lai musical les passait complètement sous silence ? E. Hœpffner a fait valoir qu'un court récit en prose pouvait apporter les explications et commentaires indispensables, comme certaines *razos* provençales précédant des chansons de troubadours[9]. Il est vrai qu'au début du lai d'*Eliduc* Marie emploie le mot *reisun* au sens de « explication » :

> D'un mut ancien lai bretun
> Le cunte e tute la reisun
> Vus dirai...

Pour qu'une explication fût nécessaire, il fallait bien que le lai instrumental ne la fournît point. Mais il est peu

9. *Les lais de Marie de France*, nouv. éd., Paris, 1959, p. 46-47.

vraisemblable que les sources de Marie fussent dans tous les cas des compositions instrumentales sans paroles et munies d'une brève élucidation. Marie nous dit elle-même qu'elle s'inspire de contes : *Plusur le m'unt cunté e dit* (*Chèvrefeuille*, v. 5). D'autres témoignages suggèrent que dans les lais des paroles accompagnaient la musique. Dans le *Tristan* de Thomas, lorsque la reine Iseut chante le lai de *Guiron*, lai *pitus d'amour* qui narre le meurtre de l'amant par le mari et la terrible histoire du cœur mangé, l'auteur nous dit clairement :

La reïne chante dulcement,
La voiz acorde a l'estrument.
Les mainz sunt beles, li lais buons,
Dulce la voiz, bas li tons.

(*Sneyd*, 791-94)

Faute de pouvoir trancher, la prudence conseillerait de penser que les anciens lais bretons étaient à la fois instrumentaux et vocaux. On expliquerait mieux ainsi comment un genre lyrique a pu donner naissance à un genre narratif.

Du mot lai, Marie de France fait un emploi instructif. Elle met le terme en rapport avec deux autres vocables : *aventure* et *conte*. Dans un article pénétrant et subtil, Martin de Riquer a soutenu que chez notre auteur le mot *lai* désignait une composition de caractère musical faite par les Bretons sur une *aventure* mémorable dont ils voulaient garder le souvenir, les récits composés par Marie s'appelant toujours des *contes*[10]. Il est vrai que Marie indique à plusieurs reprises que les lais bretons sont destinés à commémorer une aventure remarquable. Le mot de *remembrer* ou de *remembrance* revient plusieurs fois. Il suffit de rappeler le prologue :

Des lais pensai, k'oïz aveie.
Ne dutai pas, bien le saveie,
Ke pur remambrance les firent
Des aventures k'il oïrent 36
Cil ki primes les comencierent.

10. M. de Riquer, La « aventure », el « lai » y el « conte » en Maria de Francia, *Filologia Romanza*, 1955, t. 2, p. 1-19.

Marie répète qu'elle veut conter l'*aventure*, c'est-à-dire l'histoire, l'événement singulier qui sert de support au lai et qu'elle prend pour un événement réel, parfaitement *vrai*. Elle nous dit :

> L'aventure d'un autre lai
> Cum ele avint vus cunterai.
>
> (*Lanval*, v. 1-2)
>
> Une aventure vus dirai
> Dunt li Bretun firent un lai.
>
> (*Laostic*, v. 1-2)

L'affirmation de « vérité » ne doit pas nous surprendre. Quand Marie nous dit *les contes ke jo sai verrais* (*Guigemar*, v. 19) ou *Issi avint cum dit vus ai* (*Deux Amants*, v. 253), elle fait savoir par là qu'elle n'a pas inventé ces histoires et que ces récits sont vrais puisqu'ils sont authentifiés par la tradition. Il serait mal venu pour un auteur de jouer à l'esprit fort et d'émettre des doutes sur la véracité des histoires racontées. Mais il n'est pas vrai que Marie opère une distinction rigoureuse entre ses propres œuvres et les compositions des Bretons. Les récits sortis de sa plume, elle les appelle parfois *contes* et parfois *lais*. Ainsi *conte* apparaît à la fin de *Guigemar* (v. 883) et *lai* au début du *Bisclavret* :

> Quant des lais faire m'entremet,
> Ne vuel ublier Bisclavret. 2

On ne saurait douter du double sens du mot *lai* chez Marie. Certes, le plus souvent le terme fait référence aux compositions faites par les Bretons et antérieures aux récits de Marie. Il désigne, apparemment, les sources de la poétesse. Mais à certains moments l'auteur appelle ses propres créations des lais et se considère comme écrivant des lais. Le commencement du *Fresne* ou d'*Yonec* le montre sans ambages. De même, les derniers vers du *Chèvrefeuille* :

> Dit vus en ai la vérité
> Del lai que j'ai ici cunté. 118

On a donc parfaitement raison d'appeler du terme de lais les productions de Marie de France.

Faut-il s'étonner de trouver deux valeurs au mot lai ? L. Foulet en a malicieusement tiré parti. Il parle de flottement, d'emploi « hésitant »[11] et en conclut aussitôt que Marie est la première à donner le nom de lai à un texte narratif en vers, qu'elle est la première à composer des lais. Cette conclusion rapide est contredite par le témoignage de Marie qui, au lieu de se poser comme l'initiatrice d'un genre, prend soin de s'insérer dans une tradition. Si Marie n'a sans doute pas inventé le lai, elle n'a pas inventé non plus un nouveau sens du mot lai. Ewert a justement rappelé que le mot de chanson aujourd'hui s'emploie à la fois pour la musique et pour les paroles[12]. Il devait en être ainsi dans les compositions musicales propagées par les jongleurs bretons, qu'elles fussent des lais narratifs chantés, des poèmes lyriques précédés ou suivis de prose narrative ou des pièces mi-parlées, mi-chantées comme *Aucassin et Nicolette*. On devait appeler lai aussi bien les paroles que la musique, aussi bien le parlé que le chanté. Les lais anonymes, *Tydorel*, *Graelent*, *Tyolet*, l'*Espine*, etc., nous donnent un emploi tout à fait analogue : ces œuvres font référence aux compositions des Bretons (*li Breton en fisent un lai*, nous dit l'*Espine*, v. 504) et portent elles-mêmes le nom de lai (*Chi define li lais de l'Espine*). Marie n'a vraisemblablement pas opéré d'innovation en appelant lais ses récits. Même si elle a eu un rôle éminent dans la transmission des légendes celtiques, elle n'a pas été seule à composer des lais. Ce n'est pour elle ni une tare rédhibitoire ni une marque d'originalité que d'appeler ses œuvres à la fois contes et lais.

Des problèmes de dénomination bien plus difficiles apparaissent ailleurs dans l'histoire du genre. Au début, les textes narratifs appelés lais font référence aux Bretons et se passent en terre celtique. Lorsque Gautier d'Arras appelle *Ille et Galeron* un lai[13], nous sommes un peu surpris qu'il

11. *Zeitschrift für romanische Philologie*, 1905, t. 29, p. 311.
12. Edition des *Lais*, p. XII.
13. Ed. A. G. COWPER, Paris, 1956, v. 72.

mette ce roman de près de six mille vers sur le même plan que des textes dix fois plus courts. Nous comprenons qu'il ne se soucie nullement de la longueur de l'œuvre et qu'il emploie le terme, parce qu'il fait sans doute référence à sa source qui est un authentique lai[14]. La critique moderne estime à juste titre que par ses dimensions et la complexité de son intrigue, l'œuvre de Gautier d'Arras appartient pleinement au genre romanesque. Elle ne tient donc pas compte de l'appellation donnée par l'auteur. Quand le terme de lai a été appliqué à des nouvelles courtoises qui n'ont plus rien de breton, le genre s'est notablement élargi et a perdu le caractère féerique qu'il avait dans la plupart des contes bretons. Huon le Roi qualifie de *lay* son *Vair Palefroi* (v. 29). Jean Renart utilise le même mot pour son conte de l'*Ombre : en cest lai que je faz de l'Ombre* (v. 52). Nous n'y trouvons rien à redire. Ces auteurs composent des œuvres courtes. Ils ont trouvé parmi les lais bretons d'authentiques nouvelles courtoises : *Equitan*, le *Laostic*, *Fresne*, le *Chaitivel* en sont de parfaits exemples. Il était donc tout naturel qu'ils appelassent lais leurs contes. Mais des écrivains soigneux devaient s'apercevoir qu'il manquait à leurs créations narratives de s'insérer dans une tradition instrumentale et musicale comme les anciens lais. C'est ce qu'a bien senti l'auteur du lai de l'*Epervier*, lorsqu'il observe à la fin de son conte :

> Li lays de l'Esprevier a non
> Qui tres bien fait a remembrer.
> Le conte en ai oï conter,
> Mes onques n'en oï la note
> En harpe fere ne en rote[15].

Les véritables difficultés de dénomination commencent lorsqu'on se trouve en présence de textes plaisants. Le lai du

14. Sa source n'est certainement pas le lai d'*Eliduc* où les personnages ont des noms différents et des aventures tout autres. Il a dû s'inspirer du lai appelé *Anyle e Galerum* dans le manuscrit de Schrewsbury (titre n° 49).

15. Ed. MONTAIGLON-RAYNAUD, *Recueil général des fabliaux*, Paris, t. 5, 1883, p. 50.

Cor est appelé ainsi dans le manuscrit unique qui l'a conservé. Le lai du *Mantel* ne porte le titre de lai que dans un seul des cinq manuscrits qui nous l'ont transmis, *Auberee* dans deux copies sur huit au total, *Aristote* dans trois sur cinq. Doit-on ranger au nombre des fabliaux le lai d'*Aristote*, le lai de l'*Epervier*, le *Mantel* ? Certains critiques l'ont pensé[16]. D'autres persistent à croire que les lais ont pu se charger d'humour. Puisque le lai du *Cor*, qui se passe à la cour arthurienne, est de ton plaisant, pourquoi exclure le conte d'*Aristote* et celui de l'*Epervier* de la série des lais ? A vrai dire, les lais plaisants se trouvent aux frontières du genre. Les hésitations des copistes du Moyen Age, les incertitudes des critiques modernes sont bien compréhensibles. *Auberee*, qui est un fabliau, a autant d'élégance et de finesse que le lai de l'*Epervier*. Pour le contenu, le ton, le style et l'art, ces œuvres sont voisines. Pour opposer les lais plaisants et les fabliaux délicats, les critères de fond et de forme font défaut. Il ne reste plus que le hasard des dénominations dans les manuscrits. C'est dire l'arbitraire du choix pour ces cas douteux[17].

LA THÉMATIQUE DES LAIS

Le classement des lais a toujours embarrassé la critique en raison de la diversité des contes et de la fragilité des points de comparaison. Il faut avouer que, si les douze lais de Marie de France exploitent tous des situations amoureuses, il n'est pas facile d'opérer entre eux des regroupements. J. Lods a justement rappelé que « la variété est une loi commune de tous les recueils de contes »[18]. Les rapprochements qu'il est possible d'effectuer pour constituer des séries pèchent toujours d'une façon ou d'une autre.

16. Cf. J. Bédier, *Les Fabliaux*, nouv. éd., Paris, 1964, p. 35.
17. Cf. P. Nykrog, *Les fabliaux*, Copenhague, 1957, p. 15.
18. *Cahiers de civilisation médiévale*, 1974, t. 14, p. 356.

On pourrait répartir les lais en des catégories sensiblement différentes et aussi acceptables, si l'on utilisait d'autres principes de classement. Mais, bon gré mal gré, il faut choisir entre plusieurs regroupements possibles.

E. Hœpffner avait rapproché, dans son livre, les trois lais féeriques *Lanval*, *Yonec* et *Guigemar*, les deux premiers s'opposant comme les deux faces d'un même diptyque, le troisième étant chargé d'éléments humains et n'étant plus un simple conte de fée. Il avait rassemblé *Fresne* et *Milon*, où des enfants se trouvent séparés de leurs parents et ne se retrouvent qu'au dénouement, regroupé les *Deux Amants*, le *Chèvrefeuille* et le *Laostic* sous le titre de l'amour tragique, dégagé un cycle de la femme coupable dans le *Bisclavret*, *Equitan* et le *Chaitivel*. Seul restait à part le lai d'*Eliduc*, le conte du mari aux deux femmes. Ces rapprochements intéressants ne sont pas absolument à l'abri de la critique : les situations de *Lanval* et d'*Yonec* sont radicalement différentes ; le *Chèvrefeuille* n'est point traversé par la mort comme les *Deux Amants* et le *Laostic*. Enfin, l'héroïne du *Chaitivel* n'est guère comparable aux redoutables créatures du *Bisclavret* et d'*Equitan*. Il y a donc quelques failles dans les séries ainsi constituées.

S. Damon a proposé une tout autre classification[19]. Il commence par opposer les lais réalistes et les lais surnaturels. Dans cette dernière série, il range quatre lais : *Bisclavret*, *Guigemar*, *Lanval* et *Yonec*. Les lais dits réalistes, il les groupe par paires : le *Laostic* et le *Chèvrefeuille* à la couleur mélancolique, *Eliduc* et le *Chaitivel*, les *Deux Amants* et *Equitan*, où l'amour finit mal, *Milon* et le *Fresne* où il y a séparation et retrouvailles finales entre parents et enfants. Certaines de ces classes font sursauter : il est paradoxal de mettre ensemble *Eliduc* et le *Chaitivel*. Mais il faut reconnaître que plusieurs regroupements sont ingénieux ou judicieux.

19. Cf. S. Damon, Marie de France Psychologist of Courtly Love, *Publications of the Modern Language Association of America*, 1929, t. 49, p. 968-996.

Pour essayer de dégager de grandes avenues dans les lais, il faut sans doute renoncer aux critères extérieurs et regarder seulement les situations de l'amour et les dénouements. Peu importe que les amants soient des personnages surnaturels ou non, l'essentiel est ailleurs : il réside dans la nature de la crise et le caractère du dénouement. Tout change selon que la séparation des amants est provisoire ou définitive, que le dénouement est heureux ou malheureux. Dans cet esprit on peut déceler quelques catégories au sein de ces contes.

a / Le point de départ

D'abord, la situation initiale permet de rassembler les contes en quelques catégories.

Plusieurs lais font de l'héroïne une femme mal mariée, surveillée et même emprisonnée par un mari jaloux. Tel est le point de départ dans *Yonec* et *Guigemar*. Survient un amoureux qui est soit un humain, tel est le héros de *Guigemar*, soit un personnage surnaturel, comme le héros d'*Yonec*. Le cœur des protagonistes est tout de suite à l'unisson : un amour partagé les unit. Mais le mari veille, obstacle redoutable au bonheur de ceux qui s'aiment. Le héros était parvenu miraculeusement jusqu'à l'héroïne. Il ne restera pas longtemps auprès d'elle. L'homme venu en bateau et le chevalier-oiseau cesseront d'apporter leur amour à la tendre héroïne emprisonnée.

Malgré d'évidentes différences, le lai du *Laostic* entre dans la même classe. Une femme surveillée par son mari, un amour partagé avec un autre, tel est le point de départ. D'importantes modifications donnent à la situation un aspect original : il y a surveillance de l'épouse, sans emprisonnement manifeste ; il n'y a pas de réunion des amants, mais seulement brève entrevue à distance, par la fenêtre. L'amour existe, mais il n'est pas consommé. Nous sommes ici dans une histoire d'amour purement sentimentale, où le corps n'intervient pas. Si le mari est trompé en rêve, il ne l'est pas en fait.

Du *Laostic* on peut rapprocher le lai du *Chèvrefeuille*, brève rencontre entre Tristan et Iseut. Tristan, banni du pays, revient secrètement en Cornouailles, signale sa présence à Iseut, se cache près de la route où elle doit passer et retrouve celle qu'il aime pour une brève étreinte. Cette anecdote ne se trouve nulle part ailleurs, dans les termes où la rapporte Marie. Le bâton de coudrier n'apparaît pas dans les romans de *Tristan*. Le passage correspondant d'Eilhart est sensiblement différent, puisque Tristan est accompagné de Kaherdin et que la baguette de coudrier lancée sur le cheval d'Iseut n'entraîne pas une entrevue immédiate entre les amants. Faut-il croire que Marie a combiné le rendez-vous sous le pin, où le signe de la rencontre est constitué par un rameau accompagné d'un copeau sur lequel Tristan a dessiné une croix à cinq branches, et l'épisode de la chevauchée d'Iseut sous les yeux de Tristan et Kaherdin ? C'est ce qu'on a soutenu[20]. Doit-on penser, au contraire, qu'au lieu d'être une végétation parasite, en marge du roman, pur fruit de l'imagination de Marie, le conte du *Chèvrefeuille* a un caractère primitif ? On l'a pensé[21]. Il semblerait plus prudent de ne pas insérer à toute force dans un roman perdu l'épisode du *Chèvrefeuille*. Des lais ont existé sur Tristan et Iseut, comme nous l'apprend une branche ancienne du *Roman de Renart*[22]. Marie nous dit qu'elle a entendu raconter le lai. Rien ne nous oblige à ne pas lui faire confiance. On observera simplement que par rapport aux autres lais les conditions de la rencontre sont très originales, même si le motif de la brève rencontre est classique dans les lais et dans

20. Cf. M. Delbouille, dans *Mélanges J. Frappier*, Genève, 1970, t. 1, p. 207-216 (il croit que Marie a inventé la scène).

21. Cf. G. Schoepperle, *Tristan and Isolt*, New York, 1963, nouv. éd., t. 1, p. 142-147 (ce serait la forme primitive du rendez-vous à la fin de l'histoire) et A. Adams et J. D. Hemming, dans *Bulletin bibliographique de la société internationale arthurienne*, 1976, t. 28, p. 204-213 (ce serait la forme primitive du rendez-vous sous le pin).

22. Ed. Roques, v. 2437 et 2439. Ces lais sont distincts du *Chèvrefeuille* également cité.

toutes les histoires d'amours interdites ou impossibles.

Plusieurs lais présentent comme situation initiale des amours paisibles et sans problèmes. Ainsi la liaison entre célibataires qui apparaît dans *Fresne*, *Milon* et *Lanval*. Ici encore l'accord des amoureux est immédiat. Mais des menaces se devinent. Fresne est une enfant trouvée et Goron un seigneur important. Un homme de sa condition ne reste pas célibataire et n'épouse qu'une jeune fille de son milieu. Milon a rendu enceinte son amie et, après la naissance secrète de l'enfant, il est parti courir les tournois. La fée qui offre son amour à Lanval présente des exigences au héros, en échange du bonheur et de la richesse qu'elle lui apporte. Elle réclame le secret absolu. On peut craindre que ces trois situations ne durent pas très longtemps. Dans *Equitan* la liaison du roi avec une femme mariée se noue sans véritables difficultés. Bien que le mari soit irréprochable, l'épouse n'éprouve aucune gêne à répondre favorablement à la requête du roi. Ses rapports avec Equitan passent inaperçus, le mari ne se doute de rien. Mais le secret sera-t-il maintenu ? On pressent que quelque chose se produira dans un bref laps de temps.

Une autre série est constituée par des lais où l'amour naissant est entouré de difficultés et contrarié par des problèmes intérieurs. Dans les *Deux Amants*, l'héroïne accepte d'aimer le jeune homme qui s'est épris d'elle, mais elle refuse de partir avec lui. Par égard pour le roi son père, elle écarte toute perspective d'enlèvement et s'en tient à l'épreuve imposée par le roi aux prétendants de sa fille. Une incertitude initiale, un suspense se trouve donc au cœur de l'action. L'amant doit se soumettre aux conditions du père et porter dans ses bras la jeune fille jusqu'au sommet de la montagne, sans la déposer une seule fois sur le sol. Entreprise apparemment irréalisable, mais que les deux héros estiment possible, en raison du philtre confectionné spécialement pour la circonstance.

Au début du *Chaitivel* les efforts des quatre chevaliers qui prétendent au cœur d'une belle ne sont pas couronnés de succès, puisque aucun d'entre eux n'est agréé. La dame refuse de choisir entre des soupirants dotés d'un égal mérite et fait bonne figure aux quatre galants. Seul lai où l'amour n'est pas, dès l'abord, partagé ! Nous devinons qu'une semblable situation ne saurait durer et que cette conjoncture instable va évoluer.

Le lai d'*Eliduc* donne aux inquiétudes du héros qui hésite à s'engager pleinement dans un nouvel amour une tout autre profondeur. Eliduc est sensible au charme de la jeune fille qui lui a offert son amour et il s'éprend à son tour de Guilliadon. Mais sa situation d'homme marié, inconnue de la jeune fille, l'incite à beaucoup de prudence. L'Eglise interdit divorce et remariage. Aussi son amour reste tendre et discret et se garde de commettre des actions irréparables. Mais pourra-t-il maintenir longtemps cette attitude ambiguë ? Guilliadon ne le pressera-t-elle point de l'épouser ? On peut se poser ces questions, avant que la crise n'éclate.

Le seul lai à ne point entrer dans ces séries de situations amoureuses, c'est le lai du *Bisclavret*. Les deux héros sont mariés, mais aucune tierce personne ne les sépare. Une inquiétude emplit, cependant, l'épouse : elle voit disparaître son mari trois jours chaque semaine. Un désir la tenaille : savoir pourquoi il s'absente. Alors que l'épouse brûle de connaître la vérité, le mari a tout intérêt à cacher qu'il est un loup-garou. On ne révèle pas tout de go un aussi redoutable secret. Quand la révélation sera faite à l'épouse, il est évident que la situation basculera. La femme ne saurait éprouver une affection débordante pour un semblable conjoint.

b / Crise et dénouement

Si l'on considère la crise et le dénouement, d'autres séries apparaissent dans les lais. Un thème majeur rassemble toutes les phases critiques : c'est celui de la séparation. Mais il faut distinguer avec soin entre les dénouements heureux et les conclusions funestes.

La moitié des lais ont un dénouement heureux : *Lanval*,

Guigemar, *Milon*, *Fresne*, *Eliduc* et le *Bisclavret*. Dans les trois premiers la crise ou la difficulté est constituée par une séparation. La parole imprudente de Lanval entraîne la disparition de la fée. Il se greffe, sans doute, à cela un procès en bonne et due forme, intenté par le roi. Mais pour le héros la souffrance la plus vive tient à la soudaine absence de l'être aimé. Dans *Guigemar* l'intervention du mari oblige le héros à se rembarquer et à s'éloigner de celle qu'il aime. Les deux amants en sont vivement affectés, surtout la dame emprisonnée. La séparation ne touche vraiment les héros de *Milon* qu'au moment où Milon revient dans son pays. Son amie est surveillée comme bien des femmes mariées : elle ne peut communiquer avec Milon que par un subterfuge, le cygne volant, qui porte des messages sans qu'on le sache. Mais ces séparations ne sont pas définitives. A la fin de *Lanval*, la fée pardonne et revient sauver le héros. Lanval peut partir avec elle au pays merveilleux d'Avalon. Au terme du lai de *Guigemar*, ont lieu les retrouvailles des amants et une vie en commun longtemps attendue. Quant au lai de *Milon*, il s'achève sur les retrouvailles des parents et du fils qu'ils n'avaient jamais vu ainsi que sur les épousailles officielles des deux héros.

Dans les trois lais précédents la séparation est effective entre les amants. Ailleurs la séparation prend une forme un peu particulière. L'héroïne du lai de *Fresne* n'est pas reléguée loin de Goron, quand la décision est prise de donner pour femme au héros une autre personne. Mais une séparation morale a lieu fatalement, puisque Goron accepte de prendre une autre épouse. Dans le lai d'*Eliduc* l'évanouissement prolongé de Guilliadon est une authentique séparation, puisque l'héroïne passe pour morte pendant plusieurs jours. Et de surcroît la révélation de la vérité choque si vivement la jeune fille qu'une sorte de rupture morale se fait jour en elle. Mais ces moments pénibles n'ont pas de suite désagréable. Les retrouvailles de Fresne et de ses parents préludent au mariage avec Goron. Le retour de Guilliadon à la conscience et l'effacement de l'épouse légitime permettent aux amoureux de convoler en justes noces.

Si le lai de *Bisclavret* était original dans son début, il ne l'est pas moins dans sa phase critique et dans son dénouement. Ici la crise n'est pas une simple séparation, le refus de l'épouse de vivre avec un conjoint monstrueux. Elle prend forme d'une tentative d'élimination du loup-garou. L'épouse cherche à faire disparaître pour toujours ce personnage encombrant. Ce n'est pas à proprement parler un assassinat physique, mais un homicide moral : empêcher un être qui possède alternativement la nature d'un homme et celle d'un animal de recouvrer la condition humaine. Le succès de l'épouse est provisoire. Au dénouement, le héros redevient un homme et les méchants sont punis.

Les six lais qui ont un dénouement malheureux présentent une gradation dans la souffrance. Le *Chèvrefeuille* se contente d'évoquer rapidement la séparation de Tristan et Iseut. Si la douleur l'emporte au moment où les amants se quittent, un espoir de retour ultérieur subsiste. La séparation n'est pas définitive, suggère Marie de France. Avec le *Laostic* nous descendons d'un degré dans la tristesse. La mort du rossignol marque la fin des rencontres. Les amants ne pourront plus se voir, mais l'amour n'est pas éteint en leurs cœurs. Il brûle toujours sous la cendre.

Le *Chaitivel* s'achève sur la mort de trois soupirants et la grave blessure du seul survivant. On s'est demandé comment interpréter ce récit. Faut-il y voir une sévère condamnation de la dame inaccessible qui refuse de se donner à un homme pour mieux savourer les hommages de plusieurs soupirants ? C'est l'avis d'E. Hœpffner[23]. Faut-il mettre l'accent sur le sort du pauvre *chaitivel* qui aurait été blessé en un point délicat de sa personne et serait revenu eunuque du combat ? On l'a soutenu également[24]. L'argument allégué par R. Baum en faveur de cette dernière interprétation, à savoir que l'on ne comprendrait pas le titre « les Quatre deuils », si le cheva-

23. *Op. cit.*, p. 163-164.

24. Cf. E. Philippot et J. Loth, Le lai du *Lecheor* ; *Gumbelauc*, *Revue celtique*, 1907, t. 28, p. 333-334 et R. Baum, *op. cit.*, p. 186-191.

lier blessé n'était pas impotent désormais, ne résiste pas à l'examen. Rien n'oblige à comprendre les *Quatre Dols* autrement que les « Quatre Malheurs ». La signification proposée par E. Hœpffner est peut-être excessive. L'héroïne ne semble point une belle dame sans merci, une belle inhumaine se refusant à l'amour. Ce serait plutôt une femme au « cœur innombrable » donnant des gages d'amour à quatre prétendants. Il y a, sans doute, dans ce comportement une pointe de vanité et une certaine coquetterie, mais on ne saurait dire que la dame soit antipathique. Ses manifestations de douleur rachètent ce que son comportement initial pouvait avoir de paradoxal. La méditation dolente dans laquelle elle se plonge à la fin du récit lui donne de la dignité et une vie intérieure. Il faut donc estimer que dans ce lai le chevalier est parfaitement rétabli de sa blessure, comme le dit Marie, et que la tristesse du dénouement est purement morale. La dame pense toujours aux disparus et se lamente sur ce terrible coup du sort. Le seul survivant souffre de n'être point devenu vraiment l'amant en titre et de ne recevoir de la dame que des paroles affectueuses. Une double teinte de frustration et de deuil colore ce dénouement.

Le lai d'*Yonec* connaît une crise et une conclusion plus cruelles, puisque en plein milieu du lai, l'oiseau est frappé à mort par le mari. La disparition de l'amant cause à l'héroïne une peine très profonde, que voilent pour un temps la naissance et l'éducation d'un fils. Mais elle porte toujours en elle ce deuil, elle n'a pas oublié la perte de l'être aimé, malgré les années. A la fin du récit, la mort subite de la dame le montre bien.

Dans deux lais, les amants meurent ensemble au dénouement. La mort du prétendant, au terme de l'épreuve, affecte si vivement l'héroïne des *Deux Amants* qu'elle trépasse elle aussi. La jeune fille ne supporte pas l'idée d'une séparation définitive. Dans *Equitan*, la peur d'être abandonnée par le roi provoque le drame dans l'âme de la dame. Les machinations criminelles destinées à supprimer le mari se retournent contre les assassins. La mort des deux complices met un terme à leurs noirs desseins.

Entre les douze lais attribués à Marie on constate donc quelques points communs. Il y a des reprises thématiques. Si l'on entrait dans le détail des textes, on trouverait de loin en loin des motifs semblables. Mais il faut se hâter d'ajouter que les différences l'emportent. Le lecteur qui parcourt les lais à la suite n'a nullement le sentiment du déjà vu. Il éprouve, au contraire, une impression de perpétuel renouvellement. Même si la charpente des œuvres présente parfois quelques analogies, tout le reste diffère : décor, personnages, péripéties. Les similitudes ne vont jamais très loin, mais les dissemblances fourmillent.

En plus des lais de Marie de France, nous disposons d'une dizaine de lais bretons anonymes, écrits sans doute dans le dernier tiers du XIIe siècle et le premier tiers du XIIIe siècle. Il n'est pas sans intérêt de comparer leurs thèmes et leur atmosphère avec les lais de Marie. Un premier fait est immédiatement visible. Trois de ces contes narrent des histoires parallèles à celles de Marie. Le lai de *Graelent* ressemble au lai de *Lanval*, le lai de *Melion* au *Bisclavret*, le lai de *Doon* à *Milon*. A la suite de L. Foulet, de nombreux critiques ont cru que ces trois lais anonymes étaient à la remorque de Marie. La discussion s'est concentrée sur *Graelent*. Nous avons vu dans le chapitre précédent la fragilité des arguments allégués. Le lai de *Graelent* ne paraît ni mal construit ni dépendant de Marie. Les développements propres qu'il possède ont un relent d'archaïsme, tout comme le nom *Graelent Mor* « Graelent le Grand » sur lequel s'achève l'histoire (v. 732), nom authentiquement breton (c'est celui du roi Gradlon) et dont l'auteur n'a point hérité par Marie. Il faudrait faire les mêmes observations à propos de *Melion* et de *Doon*. Certes, il y a des maladresses dans *Melion*. On voit mal pourquoi la dame part avec un écuyer, alors qu'elle ne commet point d'adultère et s'apprête à revenir chez son père. On comprend mal que Melion ait l'imprudence de révéler de lui-même son secret à sa femme. Il se peut que l'auteur de *Melion* ait emprunté quelques détails délicats à Marie, comme la métamorphose dans une chambre isolée pour éviter de gêner le héros. Mais pour l'essentiel il diverge : le mariage avec la fille du roi d'Irlande, la métamorphose à l'aide d'une pierre magique, l'arrivée du héros en Irlande, au dénouement l'absence de l'épisode si remarquable du nez arraché, autant de traits propres à *Melion*, qui montrent l'originalité de ce récit. Quant au lai de *Doon*, il n'a de commun avec *Milon* que le combat incognito du père et du fils, leur reconnaissance par un anneau et leur retour au logis de la mère où tous trois se trouvent réunis. La première partie du lai, si particulière, avec l'épreuve tentée pour gagner la main de l'orgueilleuse Pucelle, et notamment l'aventure du lit périlleux, n'apparaît pas dans *Milon*. Ici encore il ne semble guère que l'auteur de *Doon* ait une lourde dette à l'égard de Marie.

Des motifs féeriques et folkloriques rapprochent, toutefois, les lais anonymes des lais de Marie de France. La rencontre d'un personnage surnaturel donnant son amour à un mortel est fréquente dans cette littérature. Le personnage de l'Autre Monde peut être une femme et prendre donc l'apparence d'une fée. C'est le cas dans *Guingamor*, *Graelent*, *Désiré* comme dans *Lanval*. Il peut aussi être un homme. On le voit bien dans *Tydorel* ou dans *Sir Orfeo*, qui donne une idée du lai perdu d'*Orphée*, comme dans *Yonec*. L'être féerique peut avoir un fils de la dame qu'il aime. Il en prédit la naissance à l'avance. De même que, chez Marie, Muldumarec annonce à la dame qu'elle donnera le jour à un enfant qui portera le nom d'Yonec, de même dans le lai de *Tydorel* le mystérieux chevalier du lac dit à la reine qu'elle aura de lui un fils qui s'appellera Tydorel et qui aura le don étrange de ne jamais dormir. Cet amour du personnage doit rester secret. Un silence absolu, on pourrait dire un silence religieux, est exigé de Lanval, de Graelent, de Desiré aussi, puisque la fée disparaît dès que le héros a confessé son amour à un ermite. A la reine du lai de *Tydorel* il est demandé de ne poser aucune question sur l'être surnaturel (v. 437-440) et il est précisé que leur amour durera jusqu'au jour où on les verra ensemble (v. 445-446). De fait, le jour où un inconnu les voit dans les bras l'un de l'autre, le personnage surnaturel disparaît pour toujours. Quant à l'homme qui les avait vus, il tombe soudainement malade et meurt le lendemain, à l'heure même où il était entré dans la chambre de la reine. Il est des mystères que les mortels n'ont pas le droit de connaître.

L'Autre Monde n'est pas plus longuement décrit dans les lais anonymes que dans les lais de Marie. On voit dans *Guingamor* ou dans *Graelent* que des rivières marquent les frontières du monde invisible. Le pays merveilleux commence au-delà de l'eau. Peut-être est-ce pour cela que la fée de *Lanval* a disposé sa tente au bord d'une rivière. L'étrangeté de l'Autre Monde est sensible au fait que les mortels en trouvent parfois les demeures vides. Dans *Yonec* la ville fantomatique a des rues vides et semble morte. De semblable façon, le héros du lai de *Guingamor* ne voit âme qui vive dans le château merveilleux (v. 393). La chasse d'un animal blanc conduit souvent au cœur des mystères. Dans le lai de *Guigemar* la rencontre de la biche blanche ouvre la série des aventures exceptionnelles et mène le héros vers l'amour. Plusieurs lais anonymes présentent des situations comparables : une biche blanche amène Graelent vers la source où se baigne la fée (v. 201-210) ; un sanglier blanc dirige également Guingamor vers la source où la fée l'attend (v. 418-428). Dans le lai de *Tyolet* le *brachet* blanc conduit le héros vers le cerf au pied blanc qui lui permettra d'obtenir la main de la fille du roi de Logres. Les épreuves probatoires ne sont pas fréquentes chez Marie : pour elle il n'est pas besoin de passer un concours, afin de gagner le droit d'épouser une jeune fille. Mais le vieux motif folklorique de l'épreuve impossible fait le fond du lai des *Deux Amants*. Les lais de *Tyolet* et de *Doon* nous montrent que seuls des héros exceptionnels, vainqueurs d'épreuves redoutables, obtiennent la main d'une princesse dans les contes populaires. Tyolet doit rapporter le pied blanc du cerf gardé par sept lions, pour gagner un cœur et un royaume. Doon doit avoir une rapidité extraordinaire et surtout triompher de l'épreuve du lit périlleux, où tant d'autres ont laissé leur vie, pour pouvoir épouser la Pucelle orgueilleuse. Autre grand motif de contes commun aux lais de Marie et aux lais anonymes : les reconnaissances et les retrouvailles de parents et d'enfants qui ne s'étaient jamais vus. Chez Marie, les lais de *Fresne* et de *Milon* en donnent des exemples. On en trouve également dans le lai de *Désiré* et dans celui de *Doon.*

Des différences assez sensibles distinguent, néanmoins, les lais de Marie et les lais anonymes. Dans ceux-ci le merveilleux est au premier plan et l'amour rapidement évoqué. C'est l'inverse dans ceux-là. On pourrait énumérer un assez grand nombre de détails merveilleux qui n'apparaissent pas chez Marie. Ainsi les prouesses d'un mortel contre un chevalier de l'Autre Monde : le héros du lai de l'*Espine* combat en un lieu et un temps magiques, au gué de l'Espine, la nuit de la Saint-Jean, contre des adversaires fantastiques. Ou encore, dans le lai de *Guingamor,* le monde surnaturel où pénètre le héros, qui échappe au temps, au vieillissement et à la mort et où trois jours de bonheur coulent si lentement, en un temps presque immobile, qu'ils équivalent à trois cents années de vie humaine (v. 533-540). Ou bien l'étrange monde aquatique où vit le chevalier de l'eau, dans le lai de *Tydorel,* qui se précipite aussi facilement dans les profondeurs d'un lac que s'il piquait des deux à l'air libre. Autre motif féerique : l'enfant pourvu d'un don magique. Tyolet attire les bêtes sauvages en sifflant. Tydorel, né d'un être surnaturel et d'une mortelle, a le don prodigieux de ne jamais dormir. Il ne faut pas s'étonner qu'on lui dise que celui qui ne dort pas n'est pas un homme :

.... n'est pas d'ome
Qui ne dort ne qui ne prent somme.

Il appartient à un autre monde, il a une autre nature, comme le montre sa disparition au fond des eaux, à la fin du lai.

Deux lais anonymes, *Guingamor* et *Tydorel,* sont chargés d'une poésie si extraordinaire qu'on les a autrefois attribués à Marie de France. Il est vrai qu'on ne prête qu'aux riches, mais ces deux textes ont été écrits par d'autres conteurs. Alors que Marie met toujours en pleine lumière les inquiétudes et les souffrances des amoureux, ces deux lais ne font quasiment aucune place aux émotions de l'amour. Un autre esprit les anime, qui est la recherche de l'aventure et de l'extraordinaire. On avouera que les deux auteurs ont parfaitement réussi leur dessein. La fin de *Guingamor* est d'une poésie saisissante. Lorsque le héros, revenu sur la terre des hommes, après trois siècles de bonheur qui lui ont semblé trois jours, oublie l'interdiction de manger qui lui a été énoncée dans l'Autre Monde, à peine a-t-il mangé trois pommes sauvages qu'il tombe de cheval, privé de toute force comme un vieillard décrépit. Rompre le jeûne, manger des fruits de la terre des mortels rend à Guingamor les caractères précaires des mortels. Il faut que des envoyées du pays des fées viennent se saisir de lui et l'emportent dans l'Autre Monde. Sinon, c'en était fait de lui. Le lai de *Tydorel* unit à la fois la poésie du verger épanoui en plein été, lieu clos favorable aux étreintes amoureuses, où tombent les interdits moraux et où surgit, dans la chaleur de la méridienne, comme dans *Sir Orfeo*, le personnage féerique porteur d'amour, et la poésie des eaux profondes qui recèlent des personnages mystérieux, une vie cachée, d'où vient le personnage surnaturel et où retourne Tydorel à la fin du lai, car c'est le pays de son père et sa vraie patrie. Il y a dans ces deux lais le sens de l'invisible et un certain frémissement intérieur devant les mystères qui nous entourent.

Quand on passe des lais bretons aux lais purement courtois, un dépaysement se produit, puisque le merveilleux s'envole et le mystère s'évanouit. Cependant, le changement d'atmosphère n'est pas complet : un tiers des lais de Marie de France, les contes d'*Equitan*, de *Fresne*, du *Laostic* et du *Chaitivel*, avaient déjà ce caractère. A ces histoires d'amour Marie avait imprimé sa marque. Elle leur avait donné une certaine tension pathétique. Mais fatalement ces contes, étrangers aux schémas des lais féeriques, présentaient une assez forte dispersion thématique. On retrouve ce trait dans toute la littérature des lais qui n'appartiennent pas à la matière de Bretagne. Il est difficile de trouver des points communs entre les sujets de l'*Oiselet* et du *Vair Palefroi*, d'*Ignaure* et du lai de l'*Ombre*. On commencera par mettre à part le lai d'*Haveloc* qui n'est ni breton ni courtois. Malgré une touche furtive de merveilleux — la flamme qui sort de la bouche du héros, quand il dort, est un signe auguste de naissance royale — le récit, inspiré de l'*Estoire des Engleis* de Geoffrey Gaimar[25], narre simplement la déchéance d'un fils de roi frustré de son héritage et devenu marmiton, puis la fulgurante ascension du valet de cuisine qui abat l'usurpateur et reconquiert son royaume. Ce conte, où l'amour ne tient guère de place, est plus proche de l'épopée que des textes courtois.

Les autres lais, en revanche, offrent presque toujours des variations sur le thème de l'amour. Seul le lai de l'*Oiselet*, essentiellement comique et accessoirement didactique, ne met pas en scène une situation amoureuse. Le petit oiseau a beau chanter au début du récit une chanson à la gloire de l'amour — *Dieus et amors sont d'un acort* (v. 140) « Dieu et Amour sont en accord » — nous ne voyons point l'amour en actes. Partout ailleurs, les lais exposent des problèmes de casuistique amoureuse — c'est le cas du lai d'*Amour*, texte peu attachant comme beaucoup d'œuvres pédagogiques, ou du lai du *Conseil*, peignant une jeune femme courtisée par trois hommes et ne sachant lequel choisir — c'est la situation du *Chaitivel* de Marie — jusqu'au moment où elle rencontre un quatrième, à qui elle donne spontanément son cœur[26] — ou bien ils se servent d'une scène concrète pour exposer une idée courtoise (il en va ainsi dans le lai du *Trot* qui

25. Cf. Edith FAHNESTOCK, *A Study of the Sources and Composition of the Old French Lai d'Haveloc*, New York, 1915.

26. Dans son étude des *Romanische Forschungen*, 1911-1912, t. 31, p. 831-860, A. BARTH a suggéré que le sujet du lai était une sorte de jeu-parti. A la question « Que peut faire une femme aimée par trois galants et accueillant favorablement les hommages de chacun d'entre eux ? » est faite une réponse piquante « Choisir, en fin de compte, un quatrième ».

montre en images le malheur des femmes qui se refusent à l'amour) ou encore ils représentent des comportements amoureux et des aventures d'amour. Le *Vair Palefroi* montre les vives souffrances de deux amoureux qui ne peuvent s'épouser, car le père de la jeune fille fait choix d'un prétendant vieux, mais riche, et, au dernier moment, le prodigieux hasard qui empêche un mariage mal assorti et qui réunit les amants. Le lai d'*Ignaure* narre l'histoire à la fois piquante et émouvante d'un galant qui a réussi à courtiser et à séduire douze femmes en même temps. Le jour où les dames découvrent cette conduite, le don Juan passe un mauvais moment et manque d'y perdre la vie : il doit se contenter d'une seule amie. Mais les maris trompés ne pardonneront point au séducteur. Ils s'empareront du galant, le mettront à mort, malgré les prières des épouses, et au cours d'un sinistre repas feront manger à leurs femmes le cœur du malheureux. C'est la plus ancienne version complète de la légende du cœur mangé[27].

De tous les lais courtois le plus brillant, le plus subtil, le plus profond, c'est incontestablement le lai de l'*Ombre*, écrit par Jean Renart apparemment entre 1217 et 1222[28], récit à deux personnages, où se font face un chevalier galant et une dame courtoise. Dans la forme et dans le fond, Jean Renart imprime sa marque au genre du lai. L'essentiel se passe en dialogues, si bien qu'un critique moderne a estimé que Jean Renart « dénature le genre qu'il utilise »[29]. Autre originalité de l'œuvre : tout le dialogue est une scène de déclaration amoureuse où s'affrontent deux adversaires d'égale force. Au début, le héros ressemble à un

27. Cf. la bibliographie donnée par J. MATZKE et M. DELBOUILLE, *Le roman du Castelain de Couci et de la dame de Fayel*, Paris, 1936, p. XLVI, n. 1 ; R. LEJEUNE, Le personnage d'Ignaure dans la poésie des troubadours, *Bulletin de l'Académie royale de langue et de littérature françaises de Belgique*, 1939, t. 18, p. 140-172 ; J. PIROT, *Recherches sur les connaissances littéraires des troubadours occitans et catalans des XIIe et XIIIe siècles*, Barcelone, 1972, p. 506-514.

28. Cf. F. LECOY, éd. de *Guillaume de Dole*, Paris, 1962, p. VI.

29. J. Ch. PAYEN, *Le lai*, Turnhout, 1975, p. 53.

cavalier tentant à la hussarde une expédition galante. Il parle sur un ton désinvolte et n'éprouve ni trouble ni souffrance, c'est dire qu'il n'est point vraiment amoureux. La dame répond par des protestations amusées et se défend avec une belle ironie. Très vite, le héros se pique au jeu. Les larmes lui montent aux yeux quand il voit qu'elle se dérobe. Est-ce seulement du dépit ou déjà une preuve d'amour véritable ? Il demande à la belle de le mettre à l'épreuve, mais ne réussit pas à l'amadouer. Avant de repartir, profitant d'un instant d'inattention de la dame, il passe un anneau à son doigt, comme pour forcer le destin. Cette ruse, ce don d'un gage d'amour ne plaisent guère à la dame, quand, peu après, elle découvre l'artifice. Sa bonne foi a été surprise. Elle ne tient pas être liée contre son gré. On comprend donc qu'elle demande au chevalier de reprendre ce compromettant anneau. Il doit s'y résigner. Mais une illumination lui traverse l'esprit. Au lieu de passer l'anneau à son doigt, il dit à la dame qu'il va le donner à celle qu'il aime le plus au monde après elle. Et, se penchant au-dessus de la margelle du puits, près duquel ils devisent, il le lance à l'image de la dame qui se réfléchit dans l'eau. Geste courtois qui touche définitivement la dame. Elle est maintenant conquise et donne spontanément au chevalier son propre anneau et son cœur. D'un bout à l'autre, jusqu'au revirement subit de la dame, se mêlent badinage et émotion, marivaudage et sincérité, divertissement et trouble, audace et ardeur du galant, résistance et persévérance de la dame. Dans l'éternel débat de l'homme et de la femme, comme l'a bien senti A. Micha, « l'esprit et le cœur se trouvent engagés »[30]. Aussi, cette œuvre enjouée et sérieuse, d'une belle complexité et d'une rare profondeur, dépasse de cent coudées les autres lais courtois et s'avère un des grands textes de notre ancienne littérature.

Un des traits les plus nets et les plus neufs des lais courtois est leur caractère plaisant ou piquant. Marie avait l'âme

30. *Dictionnaire des lettres françaises*, *Le Moyen Age*, Paris, 1964, p. 450.

trop tendre pour se divertir aux dépens de ses personnages. Ses lais ne laissent percer que de très rares et très pâles sourires. Il n'en va pas ainsi dans le lai de l'*Ombre*. La déclaration d'amour, la conquête d'un cœur exigent toute une escrime et nous sourions, avec l'auteur, des pointes portées et des coups parés. L'*Oiselet* est aussi une œuvre plaisante. L'oiseau frêle et menu échappe au rude *vilain* qui le tenait entre ses mains. La ruse l'emporte sur la force ! Les trois conseils donnés au rustre « Ne regrette pas ce que tu n'as jamais possédé (v. 261), « Ne crois pas tout ce que tu entends dire » (v. 291) et « Ne jette pas à tes pieds ce que tu tiens entre tes mains » (v. 316-17) servent de contrepoint ironique au comportement du *vilain*. Le but de l'auteur était manifestement de se gausser de la force épaisse et brutale ainsi que de la balourdise prêtées aux rustres, c'est-à-dire aux ennemis de la courtoisie. Mais il est des œuvres encore plus franchement et plus continûment comiques, comme le lai du *Cor*, d'*Aristote*, de l'*Epervier*, de *Nabaret*, du *Lecheor*. Dans ces textes l'émotion tendre, le pathétique qui donnaient un caractère si touchant aux lais de Marie de France ont disparu pour faire place au rire et au sourire. Le lai du *Cor* et le conte du *Mantel*, qui lui ressemble comme un frère, font railleusement de l'infidélité féminine un phénomène universel, puisqu'une seule exception à la cour du roi Arthur confirme bien que l'inconstance, fût-elle légère, est la règle. Le cor en renversant la boisson sur l'homme qui boit, le *mantel* en donnant un aspect grotesque à la personne qui le revêt sont producteurs de dérision et de sarcasmes. Il y a plus de délicatesse dans l'*Epervier* qui narre la spirituelle invention d'une femme, prise de court, pour se tirer d'affaire, alors qu'elle a dans sa chambre deux galants compromettants et que son mari survient à l'improviste. La mise en scène qu'elle imagine en un instant témoigne de sa subtile ingéniosité. Il y a également élégance et finesse dans le persiflage du lai d'*Aristote* montrant le vieux sage antique, incarnation de la sagesse et du savoir, marcher à quatre pattes et porter une jolie femme sur son dos. L'historiette suggère plaisamment la rouerie des femmes, la faiblesse des hommes, l'impuissance de la raison, la vanité de l'enseignement des maîtres, les charmes et les périls de l'amour. La célébrité du texte a tenu sans doute à son art délicat, mais aussi à sa richesse de signification[31]. *Nabaret* peint en quelques vers l'ébauche d'une querelle entre une épouse coquette et un vieux mari jaloux. Enfin, le lai du *Lecheor*, dont le titre est un aimable euphémisme pour éviter de mettre en vedette, dans un titre provocant, le sexe féminin, ressemble à une parodie narquoise ou à un jeu un peu cynique prenant le contrepied des idées reçues et révélant sans ménagement l'envers des choses. Derrière la façade élégante de la parure, des prouesses guerrières, des relations galantes, l'auteur discerne toujours la même réalité : l'envie du sexe féminin. Le ton est semblable à celui du *Dit du con* de Gautier le Leu.

Nous sommes là aux frontières du lai et du fabliau. Tous les lais plaisants, le *Cor*, *Aristote*, l'*Epervier* peuvent, à des titres divers être considérés comme des fabliaux, à l'instar du conte du *Mantel*. On ne saurait s'étonner que les éditeurs de fabliaux aient enregistré ces textes dans leurs collections. Entre les genres littéraires du Moyen Age il n'y a pas d'opposition précise et rigoureuse. Tous les contes à rire ne portent pas le nom de fabliau, puisque le *Cor* et l'*Epervier* s'appellent lai. Tous les contes courtois ne sont pas dénommés lai : à preuve *Piramus et Tisbé*, *Pleine Bourse de sens*, les *Trois Chevaliers et le chainse*, la *Chastelaine de Vergi*. On hésitait donc tout naturellement dans les appellations. Le copiste du manuscrit 2168 de la B.N. est le seul à nommer *lai* le conte de *Narcissus*, celui du manuscrit 1104 est le seul à appeler *lai* le conte du *Mantel*, les scribes d'*Auberee* et d'*Aristote* se partagent. La critique moderne s'épuise vainement à vouloir établir des distinctions rigoureuses. La thématique des lais plaisants ressemble étrangement à celle des fabliaux. Le conte de l'*Epervier* est un

31. Cf. Ph. Ménard, *Le rire et le sourire dans le roman courtois en France au Moyen Age (1150-1250)*, Genève, 1969, p. 177.

piquant récit de mari trompé. Le lai du *Lecheor* a les thèmes et le ton narquois du *Dit du con*. Le lai d'*Amour* et le lai du *Conseil* auraient pu s'appeler des *dits*. Il faut donc convenir que les déterminations littéraires médiévales restent assez floues et que les mots de *lai*, *aventure*, *conte*, *fablel*, *dit* peuvent s'employer les uns pour les autres[32]. Quand le lai cesse de s'inspirer des compositions musicales des Bretons, quand il n'a plus de décor arthurien, son emploi commence à devenir incertain.

TECHNIQUE DES LAIS

A s'en tenir aux lais bretons, et particulièrement aux lais de Marie de France qui nous intéressent au premier chef, le genre des lais présente divers traits notables au plan de la technique.

D'abord, le titre des lais. Presque toujours un nom propre sert de figure de proue, aussi bien chez Marie de France que dans les lais anonymes. Sur les douze contes de notre poétesse, huit fois il en va ainsi : dans sept cas un nom d'homme, une fois un nom de femme *(Fresne)* se trouvent mis en lumière. Il s'agit toujours de personnages de premier plan, sauf *Yonec*, où le nom mis en vedette est celui d'un personnage secondaire. Mais il faut observer que Yonec est le fils des deux héros et qu'après la mort des protagonistes ce personnage porte la vie, la continuité et l'espérance. On doit ajouter que dans trois autres lais un nom propre ne pouvait apparaître, pour la raison que les héros de l'histoire sont anonymes. Une fois, le nom propre est donc remplacé par un qualificatif pathétique le *Chaitivel* « Le pauvre malheureux », une autre fois par une appellation qui ras-

32. Cf. les justes remarques de R. Guiette, *Mélanges G. Cohen*, Paris, 1950, p. 231 ; J. Rychner, dans *La littérature narrative d'imagination, Colloque de Strasbourg 23-25 avril 1959*, Paris, 1961, p. 42-45 ; R. Dubuis, *Les Cent Nouvelles nouvelles et la tradition de la nouvelle en France au Moyen Age*, Grenoble, 1973, p. 407.

semble les protagonistes anonymes, les *Deux Amants*, dans le dernier cas par une dénomination chargée de poésie et de valeur symbolique, le *Laostic*, « Le rossignol ». Un autre nom symbolique sert de titre au lai mettant en scène Tristan et Iseut. Au lieu de nommer les héros, Marie ou sa source a choisi une plante, joliment emblématique, le *Chèvrefeuille*, signe de symbiose et donc d'amour indéracinable. De ces titres, dont Marie a certainement hérité, il est permis de tirer quelques observations. Quelques noms émergent, *Guigemar*, *Equitan*, *Bisclavret*, *Lanval*, *Milon*, *Yonec*, mais dans ces six lais les héroïnes sont anonymes. Il est patent, dès l'abord, que nous avons affaire à des contes populaires où l'action compte plus que l'individualité et la personnalité des acteurs. Parfois, pour la même histoire, des titres différents ont pu entrer en concurrence : les *Quatre Dols* ou le *Chaitivel*, *Eliduc* ou *Guildeluec ha Guilliadon*. Dans ce dernier cas, la préférence de Marie pour le titre « féministe » ne fait aucun doute. Quels qu'ils soient, tous ces noms suggèrent des aventures hors du commun et des destins hors série. Sans rien révéler de l'histoire, ils distinguent un protagoniste, suggèrent un acteur principal et permettent d'imaginer une vie exceptionnelle ou une aventure singulière.

Dans la mesure où les lais narratifs font référence à des compositions musicales et où, comme dit P. Zumthor, « ils projettent en narration les éléments d'un discours chanté »[33], ils pourraient parfaitement être dépourvus d'action au sens dramatique du terme. Dans les *Strengleikar* le lai de la *Grève* évoque rapidement le séjour du roi Guillaume au bord de la mer, sans qu'on voie le héros mettre à exécution ses desseins. Rien ne se passe[34]. On pourrait soutenir qu'il en va ainsi dans le lai du *Lecheor* et dans le lai de *Nabaret*. Chez Marie de France, au contraire, les lais possèdent une action dramatique. Les personnages principaux éprouvent des besoins et nourrissent des projets. En face, des obstacles

33. P. Zumthor, *Essai de poétique médiévale*, Paris, 1972, p. 384.
34. Cf. P. Tobin, *op. cit.*, p. 371-373.

se dressent, des adversaires interviennent. Bref, il y a vraiment une tension dramatique avec des forces contraires. Même si les héros ne parviennent pas à leurs fins comme dans le *Chaitivel*, même si les adversaires restent dans l'ombre comme dans le *Chèvrefeuille*, il subsiste toujours un intérêt dramatique, une incertitude, une inquiétude. Dans les lais les situations ne sont pas sûres, stables et paisibles. Le changement est au cœur des choses.

La plupart des lais étant des œuvres courtes qui ne dépassent guère cinq cents vers, le fil conducteur du récit apparaît avec une suffisante netteté. Alors que les romans arthuriens en vers dessinent parfois des méandres, alors que dans les vastes romans en prose la pluralité des héros de premier plan, les changements de perspectives, les quêtes entreprises, suspendues, recommencées, entrelacées, les multiples retours en arrière composent des écheveaux passablement embrouillés, la structure des lais est simple et claire. Des personnages peu nombreux : d'ordinaire, un couple de héros qui s'aiment et en face un adversaire, généralement un mari, parfois une personne morale comme la société ou la religion, plus rarement un père ou une femme. Le nombre restreint des personnages de premier plan ne permet pas au récit de s'égarer. L'action est rapidement nouée. L'auteur ne nous raconte pas longuement la jeunesse du héros ou l'histoire de ses ancêtres. On entre tout de suite dans le vif du sujet. Autre élément de clarté ! Enfin et surtout, la progression linéaire du récit est constante dans cette littérature : les événements nous sont contés dans l'ordre même où ils se produisent. Nous suivons pas à pas le fil de l'action qui se confond avec le cours du temps. Guigemar est vilainement blessé à la cuisse ; une nef l'emmène loin de son pays ; il trouve, là où elle aborde, une femme qui l'aime ; il doit la quitter et revenir chez lui ; la femme qu'il n'a pas oubliée arrive dans la contrée où vit le héros ; Guigemar et la dame se revoient et, malgré l'opposition d'un rival, réussissent finalement à vivre ensemble et à connaître le bonheur. Rien ne vient troubler la succession chronologique des événements. Il y aurait assurément des manières plus raffinées et plus compliquées de conduire le récit. D'autres écrivains nous précipitent *in medias res*, avant d'opérer de subtils retours dans le passé pour éclairer le présent. Certains auteurs mélangent les temps, juxtaposent brusquement des moments différents et nous présentent des pans de vie discontinus, heurtés et troublants. A la façon de beaucoup d'écrivains du Moyen Age, Marie procède tout autrement. Chez elle, les retours en arrière sont exceptionnels, fût-ce pour rappeler, comme dans *Fresne* (v. 296-302), un passé que nous connaissons et qu'un personnage ignore. Elle suit tout bonnement la succession temporelle. Quelques annonces de l'avenir viennent de loin en loin nous inquiéter. Ces anticipations ne laissent généralement rien augurer de bon. Mais Marie préfère ne pas trop révéler à l'avance, selon une technique éprouvée de conteur qui sait que le mystère pique toujours la curiosité du public.

Ordre linéaire ne veut pas dire enchaînement naïf et succession trop claire où les effets procèdent fatalement des causes. Il est bien vrai que, comme tous les anciens conteurs jusqu'aux temps modernes, Marie ne se soucie pas de justifier la connaissance qu'elle a des événements. Elle est un témoin privilégié, pourvu de perspicacité et d'ubiquité, à qui rien n'échappe. Mais il serait déplacé de lui reprocher d'être comme Dieu dans la création. Tous les conteurs du passé procèdent ainsi, et cela n'altère en rien le plaisir que nous prenons à leurs contes. Il est vrai aussi que nous n'éprouvons aucun ennui lorsque, tout au long d'un récit, l'histoire est narrée du point de vue d'un héros. Non que l'auteur nous fasse connaître seulement ce que voit ou éprouve le personnage. Il n'y a jamais limitation de l'information aux perceptions subjectives d'un être, fût-il le protagoniste. Mais parfois nous ne quittons jamais un héros, nous le voyons toujours sous nos yeux. Ainsi le lai de *Lanval* se déroule autour de Lanval et le lai d'*Yonec* ne nous fait guère perdre de vue la dame emprisonnée. Une semblable perspective donne unité et clarté à la narration. Il suffit de comparer avec les maladroits changements de point de vue du lai de *Desiré* pour ne point regretter la sage continuité des lais de Marie.

Il y a, toutefois, dans la présentation, des étagements qui se dessinent. Nous ne sommes pas dans un univers plat, privé de troisième dimension. Même dans les lais où un personnage semble tenir continûment le devant de la scène, il y a des alternances. A la fin du lai de *Lanval*, le héros reste dans l'ombre, le cortège de la fée et l'arrivée de cette femme éblouissante se trouvent en pleine lumière. Dans *Yonec* un coup de projecteur éclaire à un moment le mari. Ces rapides changements de perspective donnent une certaine profondeur au récit. Les héros sympathiques étant réduits habituellement à deux, les modifications de point de vue de la narration sont très restreintes. Quand il n'y a pas de séparation physique entre les protagonistes, tel est le cas dans *Equitan* ou dans les *Deux Amants*, le changement d'optique est difficile, puisque les héros forment quasiment un bloc solidaire. Mais on discerne clairement des gros plans successifs et même des modifications de perspective. Ici Eliduc tient la vedette, là Guilliadon, ailleurs Guildeluec. L'orientation linéaire de la narration n'impose pas au conteur une perspective unique. La simplicité de l'idée directrice, le petit nombre d'événements et de personnages, et l'ordre chronologique suivi dans la relation des faits n'entraînent pas obligatoirement dans le récit une excessive logique et une fâcheuse clarté.

Si la succession des événements nous est présentée, maintes explications nous sont celées. On ne nous dit pas pourquoi la fée de *Lanval* arrive dans la vie du héros à un moment plutôt qu'à un autre, pourquoi elle châtie et pourquoi elle pardonne, où elle se trouve quand elle n'est plus avec le héros. On ne nous explique pas qui a envoyé la biche blanche vers Guigemar, si cette bête est un animal ou une créature surnaturelle ayant pris cette apparence, qui a disposé la nef dans le havre, et ainsi de suite. Les causes des phénomènes extraordinaires ne nous sont pas données. Des éclaircissements nécessaires sur les phénomènes psychologiques ne sont pas toujours présentés : le comportement de la fée de *Lanval* et celui de la dame du *Chaitivel* ont quelque chose d'énigmatique. L'ordre linéaire ne détruit nullement le mystère.

Les lais de Marie de France sont inégalement chargés de matière : le *Chèvrefeuille* ne compte pas cent vingt vers, alors que le lai d'*Eliduc* s'étend sur près de mille deux cents vers. En dépit de cette notable différence de proportions qui va de un à dix, il n'y a peut-être pas des contrastes marqués et des divergences considérables entre les lais courts et les lais plus amples. Cela pourrait tenir au fait que la plupart des lais ont une longueur de trois cents à quatre cents vers, et aussi à une manière uniforme de conduire le récit. On observe que des lais courts comme le *Laostic* ou les *Deux Amants* se divisent en deux grandes parties. Une femme mariée se lève la nuit pour entrevoir à la fenêtre celui qu'elle aime. Son mari met un terme à ses levers nocturnes. Avec ses deux volets antithétiques l'histoire est toute simple. Si l'on utilisait les termes de Propp[35], on dirait qu'il y a d'abord une tentative pour satisfaire un manque, et ensuite l'accomplissement d'un méfait. Dans les *Deux Amants* schéma voisin : à la tentative pour satisfaire un besoin d'amour succède l'échec par imprudence et la mort des deux amants.

Des lais plus développés semblent présenter aussi une structure binaire. Le *Bisclavret* montre une femme apprenant le secret de son mari et commettant immédiatement un méfait (première partie). Nous assistons ensuite à la réparation du méfait (deuxième volet). Les lais de *Lanval* et d'*Yonec* possèdent également des ensembles nettement antithétiques. A Lanval triste et démuni l'apparition de la fée apporte tous les bonheurs possibles. Mais dans un second temps la transgression de l'ordre de la fée engendre les plus grands malheurs. Il faut attendre le dénouement pour qu'un heureux renversement se produise. Dans *Yonec* le bonheur

35. Vl. Propp, *Morphologie du conte*, Paris, Poétique, Seuil, 1970, p. 42-47.

de l'héroïne est brisé net par un terrible méfait, la mort de l'amant. La seconde partie tente d'apporter une consolation, une réparation au malheur subi.

Dans des lais plus amples comme *Guigemar* et *Eliduc*, si les événements sont beaucoup plus nombreux, les grandes lignes restent nettes. Un long mouvement tend à réunir Guigemar et la pauvre épouse emprisonnée. Quand l'intervention du mari détruit le bonheur des amants en les séparant, un autre grand mouvement a pour fonction de réparer le méfait. Après la séparation viendront les retrouvailles. Le lai d'*Eliduc* ne se laisse pas enfermer en un diptyque, mais il présente, semble-t-il, un redoublement de ces schémas antithétiques où s'opposent bonheur et malheur. Un long ensemble d'épisodes variés conduit le héros à la fortune et à l'amour, bien que cet amour s'accompagne en lui d'inquiétude. A ce mouvement ascendant succède la séparation et son cortège de souffrances. Une tentative entreprise pour abolir la souffrance (l'enlèvement de la jeune fille) était en cours, lorsqu'une souffrance plus vive surgit : la mort apparente de l'héroïne qui paraît une séparation définitive. Un dernier mouvement est donc nécessaire dans le récit pour supprimer les souffrances et réunir les amants. On pourrait soutenir sans paradoxe que le lai s'allonge parce qu'il y a réduplication du manque et de la souffrance et par voie de conséquence nouvelle réparation du malheur. Tous les lais n'offrent pas ces structures antithétiques. *Fresne* et *Milon* s'étalent sur une durée trop longue (*Fresne* va de la naissance au mariage de l'héroïne et *Milon* qui débute sur les prouesses d'un jeune chevalier s'achève sur le combat d'un homme vieilli) pour concentrer et resserrer leur matière dans des cadres aussi nets. Mais il est remarquable que la plupart des lais n'offrent aucune complication de structure et se laissent enfermer dans des pans symétriques.

Au cœur de ces récits, malgré la diversité des situations et la variété des personnages, la notion d'aventure est fondamentale. Nul hasard si dans les ouvertures des lais le terme revient souvent, si Marie répète que les lais bretons ont été composés pour rappeler le souvenir d'une aventure. Au sens large, le mot désigne l'histoire tout entière, dans la mesure où elle est surprenante, singulière et tranche sur l'ordinaire des jours. L'histoire de Fresne est bien une *aventure* (v. 515), il n'est pas commun d'être une fille abandonnée, de retrouver miraculeusement ses parents et de pouvoir épouser alors celui que l'on aime. Au sens étroit, le terme concerne tout événement inopiné et frappant qui surgit soudain et bouleverse les existences. Il n'y a pas de lais sans aventure. Tous les contes de Marie de France sont traversés au moins par une aventure. Dans les lais chargés de matière peuvent jaillir plusieurs aventures. Le héros du lai de *Guigemar* n'a pas à attendre longtemps pour voir apparaître un événement surnaturel qui va changer radicalement le déroulement de sa vie. Il part à la chasse et lance une flèche à une biche, sans rien soupçonner. C'en est fini de sa tranquillité. Toute son existence est bouleversée. Guigemar connaîtra d'autres péripéties : le départ imprévu sur la nef sans équipage, l'amour qui l'emplit pour la belle infirmière, le départ précipité pour sauver sa vie, les surprenantes retrouvailles de sa belle amie. On pourrait dire que la tranche de vie qui nous est contée est un vrai roman d'aventures. Sans doute, l'effet bouleversant des événements imprévus peut être atténué. Toutes les aventures ne produisent pas des perturbations psychologiques. On peut s'endurcir et résister à certains coups du sort. Mais la plupart du temps les aventures produisent des effets de surprise et des émotions assez vives. On le voit très clairement dans les lais brefs, où il n'est pas question de s'habituer à l'aventure, car il n'y a pas de répétition : l'aventure est unique et ne se produit qu'une fois. Le héros des *Deux Amants* s'effondre au sommet de la montagne, le rossignol du *Laostic* est tué par le mari. Comme on voit, l'aventure peut être terrible et prendre l'aspect du malheur. Elle n'ouvre pas toujours la porte d'un monde merveilleux[36]. La mort appa-

36. Contrairement à ce qu'à soutenu J. FRAPPIER, Remarques sur la structure du lai, dans *La littérature narrative d'imagination*, Paris, 1961, p. 32.

rente de Guilliadon est pour Eliduc une source de vive souffrance, comme la disparition soudaine de la fée pour Lanval.

Dans les romans arthuriens il suffit au chevalier de se mettre en route pour que surgisse l'aventure. Sur les chemins de l'errance il n'est pas besoin d'être longtemps en quête de rencontres : les surprises et les périls se succèdent. L'aventure chevaleresque, qui est une recherche du risque et une quête de gloire, un défi à relever et une épreuve qui force à se dépasser[37], semble étrangère à Marie de France. Milon est un errant et court les tournois, mais Marie ne nous conte guère ses prouesses. Guigemar se déplace, mais il n'y a en lui ni l'ardente envie de s'exposer au péril ni l'impérieux besoin d'acquérir la gloire. S'il part, c'est d'abord parce qu'il est atteint d'une blessure incurable, ensuite c'est pour échapper à la colère du mari trompé. Quand Eliduc met son épée au service d'un seigneur et devient *soudeier* (v. 339), il n'est pas non plus un chevalier errant. C'est un mercenaire recruté pour un temps défini et engagé pour une mission bien délimitée. Dans les lais de notre poétesse l'aventure n'est pas liée à la prouesse. Elle vient sans qu'on l'ait cherchée, souvent sans qu'on se déplace, apparemment sans qu'on l'ait méritée. En fait, les gens ordinaires n'ont jamais d'aventures. L'apparition d'un événement exceptionnel est un signe de distinction. L'aventure est réservée aux êtres d'élite. J. Frappier a finement suggéré que dans les lais le rôle de l'aventure est de permettre le passage du monde ordinaire à un monde idéal et supérieur : « L'irruption de l'événement extraordinaire ouvre aux héros et aux héroïnes l'accès à un monde autre que celui où ils vivaient auparavant »[38]. Il est vrai que nous avons parfois cette impression, mais cette définition n'est pas valable dans tous les cas. Si l'on scrute les textes, on discerne quelque chose d'un peu différent. L'aventure

37. Cf. Ph. Ménard, Le chevalier errant dans la littérature arthurienne, Recherches sur les raisons du départ et de l'errance, dans *Voyage, Quête, Pèlerinage dans la littérature et la civilisation médiévales*, Aix-en-Provence, 1976, p. 298-299.

38. *Op. cit.*, p. 34.

est un événement imprévu et aléatoire, ambigu comme un Janus *bifrons*. Elle peut apporter aussi bien le bonheur que le malheur. Mis à part le dénouement final d'*Equitan*, partout l'aventure a une résonance affective. Son effet le plus grand, son véritable retentissement s'opère sur les cœurs. A Lanval affligé, l'apparition de la fée donne soudain le bonheur. A la dame du lai d'*Yonec*, abandonnée dans sa tour, l'arrivée de l'oiseau procure une joie infinie. A l'héroïne du *Laostic*, la mort du rossignol cause une douleur extrême. Surgissant pour les héroïnes aussi bien que pour les héros, l'aventure répond aux aspirations du cœur. Elle vient souvent consoler des malheureux et satisfaire des besoins inassouvis. Un lien profond unit donc l'aventure et l'amour.

Lorsque plusieurs aventures surviennent dans un lai empli d'action, on observera qu'elles n'ont pas toutes la même importance. Il y a des aventures préliminaires ou subsidiaires et des aventures qui touchent plus profondément le héros. Les véritables aventures sont toujours en relation avec le besoin d'amour que portent en eux les hommes. Chez Marie, quelques aventures cruelles meurtrissent le cœur, beaucoup d'aventures heureuses le dilatent infiniment. On remarquera enfin que dans les lais les aventures ne semblent jamais des événements contingents et fortuits. Même si les mortels en subissent les effets sans en comprendre les causes, ils ont le sentiment qu'elles ne sont nullement des accidents obscurs et arbitraires. Tout au contraire, elles témoignent, sous le désordre apparent des choses, d'un ordre secret de l'univers, elles suggèrent la présence d'êtres surnaturels et invisibles. Au sens étymologique du terme (*ad ventura*, ce qui doit venir), les aventures abolissent le hasard. Comme l'a bien dit R. Bezzola, ce sont « des événements exceptionnels qui vous surprennent, si vous êtes un élu, au milieu de votre vie, et vous font descendre dans une couche plus profonde de votre existence où votre destinée s'accomplit »[39].

39. *Les origines et la formation de la littérature courtoise en Occident*, Paris, 1967, III, t. 1, p. 303.

La présence des aventures dans les lais conduit le lecteur moderne à poser le problème du romanesque et des vraisemblances chez Marie de France. Un esprit malveillant aurait beau jeu à relever les hasards favorables qui permettent aux héros de se déplacer et de se retrouver. On pourrait juger bien romanesques les retrouvailles des personnages à la fin du lai de *Guigemar* et plus encore à la fin de *Fresne* ou de *Milon*. Dans *Guigemar* comme dans *Yonec*, la manière dont l'épouse emprisonnée quitte la tour où son mari l'a enfermée est quasiment miraculeuse : la dame de *Guigemar* pousse une porte qui est ouverte ; l'héroïne d'*Yonec* saute d'une hauteur de vingt pieds sans se faire le moindre mal. L'enlèvement de Guilliadon dans *Eliduc* se fait avec une facilité déconcertante. On pourrait s'étonner aussi de la ceinture que tire soudain le héros de *Guigemar* pour la mettre autour des flancs de son amie. « Ne nous demandons pas d'où Guigemar tire tout à coup cette ceinture, observe E. Hœpffner. Dans ces contes il faut admettre certaines invraisemblances sans les discuter »[40]. A vrai dire, le terme d'invraisemblance semble inadéquat. Les vraisemblances varient selon les hommes et selon les genres littéraires. Dans les contes populaires on ne se soucie pas de justifier par des causes objectives et rationnelles les déplacements des personnages. Lorsqu'il faut procéder à des retrouvailles et plus encore à des reconnaissances, il n'est guère possible de s'appuyer sur des causes purement mécaniques et parfaitement raisonnables. La réunion de personnages séparés ne peut guère se faire sans miracles. L'ordre commun des choses ne permet pas à Fresne de retrouver sa mère ou à Milon son fils. On se méprendrait en voulant critiquer les contes au nom de la logique et de la raison et en prétendant les soumettre aux exigences positivistes. En lisant les lais, personne n'est choqué de l'évasion d'une héroïne et des retrouvailles des amants. On est pris par le récit et on souhaite trop le bonheur des héros pour pouvoir se formaliser des moyens mis en

40. *Op. cit.*, p. 88, n. 1.

œuvre. Le cœur veille et l'esprit critique est en sommeil. Quand la dame de *Guigemar* s'évade, personne ne songe à protester en déclarant qu'elle a vraiment trop de chance. Le lecteur est trop ravi de l'aventure pour trouver la fuite invraisemblable. D'ailleurs, à la réflexion on pourrait soutenir que la chance est un juste retour des choses, une compensation bien naturelle aux épreuves subies. Et Marie n'abuse pas des hasards favorables, pas plus que des événements merveilleux. Nous ne sommes pas dans des contes de fées qui défient sans cesse la raison, mais dans une littérature qui trempe discrètement dans l'esthétique des contes populaires et saupoudre la narration d'espoir. A l'implacable enchaînement des causes et des effets, Marie préfère parfois les péripéties romanesques et consolantes.

L'espace et le temps présentent aussi des traits qui relèvent de l'esthétique traditionnelle des contes : le flou des paysages et le vague des notations temporelles. Quelques noms de lieu réels, de loin en loin, enracinent les histoires ici et là, dans le pays de Galles ou le Northumberland, à Saint-Malo ou à Pitres dans l'Eure. Mais l'essentiel se passe en dehors des lieux connus, dans une nature incertaine. La rivière Duelas, sur les bords de laquelle se dresse le château fort où est enfermée l'héroïne du lai d'*Yonec* (v. 45), n'a pas de localisation géographique plus précise que la rivière près de laquelle apparaît la fée dans le lai de *Lanval* (v. 15). Les aventures peuvent surgir au sein des lieux habités, comme le montrent, par exemple, les lais d'*Yonec* et du *Laostic*. Il n'est pas nécessaire de fuir la vie civilisée et de s'égarer dans des lieux déserts et sauvages pour trouver des prodiges. Si le héros du *Bisclavret* hante les endroits écartés, c'est parce qu'il est lui-même un personnage un peu ténébreux. Mais la forêt où chasse Guigemar, la forêt entourant l'ermitage où Eliduc a laissé le corps de Guilliadon ne sont pas obscures et impénétrables comme les forêts germaniques ou romantiques. Guigemar ne chasse point la biche dans des sous-bois torturés à la Dürer. Même la mer est sans trouble lorsque Guigemar la traverse sur la nef magique.

C'est dans une nature apaisée et sereine qu'apparaissent les aventures. Point de profondeurs mystérieuses et d'arrière-plans inquiétants. Le paysage semble ordonné et policé comme dans un jardin à la française. La fée de *Lanval* dresse sa tente dans une riante prairie, aux bords de l'eau. La rivière n'est pas chez Marie une barrière infranchissable de l'Autre Monde, comme on le voit dans le lai de l'*Espine* ou bien à la fin de *Graelent* et de *Guingamor*. Les frontières entre les deux mondes s'effacent, l'inquiétude s'estompe. La dame d'*Yonec* s'engage sans doute dans un boyau ténébreux, mais elle débouche aisément dans le pays merveilleux et elle en revient aussi facilement. Plus souvent encore, l'aventure surgit dans le paysage habituel et le décor familier de la vie de tous les jours.

Le temps subit dans les lais une évidente déformation. Les histoires narrées se passent dans un lointain passé. L'adverbe *jadis* revient avec quelque insistance[41]. Dès l'ouverture des récits, nous sommes transportés loin en arrière. « En ce temps-là Hoël régnait sur le pays », ainsi commence le lai de *Guigemar* (v. 27). C'est « l'autrefois » vague et flou des contes. Au lieu de sentir dans ces histoires la présence obsédante du temps, on l'oublie assez souvent. L'intemporel est l'atmosphère fréquente de ces récits. Les héros n'y subissent guère les outrages du temps. Ils ne vieillissent pas. Ils ne se hâtent pas. Ils ont tout leur temps. Quand Lanval part avec la fée pour l'île d'Avalon, il va manifestement vers un lieu où l'on est soustrait au temps et à la mort. Les prédictions de l'avenir font référence à un temps magique sur lequel la liberté de l'homme n'a pas prise. Mais il ne faut pas croire avec P. Zumthor que dans ces récits le déroulement du temps est à peine sensible, que la durée est écrasée ou abolie[42]. Dans des récits brefs, les notations temporelles sont fatalement réduites à l'essentiel. Lorsqu'elles ne sont pas indispensables, elles restent au

41. Cf. *Equitan*, v. 3 ; *Fresne*, v. 3 ; *Bisclavret*, v. 5 ; *Yonec*, v. 11.
42. P. Zumthor, *Essai de poétique médiévale*, p. 387.

second plan. Mais des œuvres d'une certaine ampleur comme *Guigemar*, *Fresne*, *Yonec*, *Milon* ou plus encore *Eliduc* montrent bien la présence du temps et même le sentiment du temps vécu. Les observations faites sur les romans de Chrétien de Troyes peuvent s'appliquer aussi aux lais de Marie de France[43]. On ne saurait parler d'indifférence au temps, quand le conteur laisse de côté des précisions chronologiques lourdes et inutiles. Glisser sur la suite des jours est un signe de fine sensibilité littéraire. On ne demande pas à un conteur d'histoires de consulter un comput comme un chroniqueur. Mais il faut insérer dans le récit des repères temporels : fêtes et saisons jouent ce rôle chez Marie, bien plus que l'opposition du jour et de la nuit. Presque rien ne se passe la nuit, sauf les insomnies des amoureux. Les levers nocturnes dans le *Laostic* n'en prennent que plus de relief et montrent que, la seule fois où la nuit tient une place importante, elle est le temps de l'amour. Le rôle du temps se marque dans l'évolution des personnages (la mère de Fresne n'est pas la même au début et à la fin de l'œuvre) et, lorsque les lais durent assez, dans le vieillissement : quand il affronte son fils, Milon est un homme âgé. Enfin et surtout, le prix du temps est sensible aux cœurs qui aiment. Il se mesure cruellement dans l'absence et la séparation. Le temps se dilate dans les grands moments de la vie où l'on savoure intensément le bonheur et l'amour, en ces instants où, comme a dit Baudelaire, « le temps et l'étendue sont plus profonds et le sentiment de l'existence immensément augmenté ». Dans les lais, les indications vagues et imprécises tout comme les fines notations temporelles tiennent aux nécessités du récit et relèvent de l'art du conteur.

Le dénouement des lais montre que la technique littéraire de Marie est moins faite de simplicité que de complexité. On a dit qu'à la fin des lais le temps était clos, que le dénoue-

43. Cf. Ph. Ménard, Le temps et la durée dans les romans de Chrétien de Troyes, *Le Moyen Age*, 1967, t. 73, p. 375-401.

ment était virtuellement donné dès le début et que s'opérait alors « un retour conclusif à la situation initiale »[44]. La réalité est beaucoup plus souple : alternent les dénouements heureux et les dénouements tristes, les conclusions fermées et les conclusions ouvertes, les achèvements attendus et les achèvements imprévus. Dans près de la moitié des lais le dénouement a un caractère inattendu. Rien ne laissait supposer le geste du chevalier dans le *Laostic*, les retrouvailles de la mère et de la fille dans *Fresne*, la mort soudaine de la jeune fille dans les *Deux Amants*, le brusque trépas de la dame dans *Yonec*, le subit châtiment des amants criminels d'*Equitan*. Certains dénouements sont des péripéties tout à fait saisissantes. Même dans des conclusions préparées de longue main et qui ne sont pas, à proprement parler, des coups de théâtre, il y a parfois un grain d'imprévu : Lanval sautant sur le cheval de son amie et partant avec elle, Eliduc et Guilliadon entrant en religion, le mari de l'amie de Milon passant de vie à trépas. Les dénouements dépourvus de surprise, comme celui de *Guigemar*, ne sont pas les plus répandus. A côté de fins mélancoliques, telle celle du *Laostic*, du *Chaitivel*, du *Chèvrefeuille*, ou douloureuses, comme dans *Yonec* et les *Deux Amants*, sans parler de la conclusion juste et dure d'*Equitan*, apparaissent des dénouements heureux qui réunissent les amants. C'est le cas dans *Guigemar*, *Fresne*, *Lanval*, *Milon* et *Eliduc*. Il faut y joindre le *Bisclavret*, où le héros recouvre forme humaine. Ainsi fins éprouvantes et fins consolantes s'équilibrent. La plupart du temps, les contes ont un dénouement fermé. Ils s'achèvent sur un mariage *(Fresne, Milon)*, sur une réunion des amants qui est un quasi-mariage *(Guigemar, Lanval)*, sur une entrée en religion *(Eliduc)* ou bien sur la mort *(Equitan, Yonec, les Deux Amants)*. Dans toutes ces vies une page est définitivement tournée. Un mariage longtemps souhaité vient clore une suite de tribulations. Parfois, le trépas met un terme irrémédiable aux existences. Est-il barrière plus nette ?

44. P. Zumthor, *op. cit.*, p. 390-391.

Mais dans plusieurs lais se dessine et se devine une certaine ouverture. Rien ne s'achève complètement et définitivement à la fin du *Bisclavret*. Au terme du *Chèvrefeuille* perce un espoir de retour. Jamais on ne peut dire que le mouvement du lai est circulaire et qu'au dénouement on assiste à un retour de la situation initiale. Le poids du passé et du vécu subsiste. Parfois un espoir se lève. A la fin d'*Yonec*, le fils prend la relève. Le plus beau de ces dénouements délicatement ouverts est celui du *Laostic* : l'oiseau, embaumé comme une relique, montre que le passé n'est pas aboli et que l'amour vit toujours au plus profond des cœurs.

STRUCTURE DU LAI

Les éléments rassemblés permettent-ils de définir le genre littéraire du lai ? Y a-t-il suffisamment de traits communs entre les contes de Marie pour dégager des constantes significatives ? Le problème se pose avec insistance.

Les premiers critiques se fondaient sur le contenu pour définir le genre. Gaston Paris voyait dans les lais des « contes d'aventure et d'amour où figurent souvent des fées, des merveilles »[45]. La définition est belle, mais elle ne s'applique qu'à une petite partie du corpus. Plus subtilement, Ernest Hœpffner estimait que les lais rapportent « des cas extraordinaires qui frappent par leur singularité »[46]. Une caractérisation aussi générale conviendrait également au fabliau de la *Bourgeoise d'Orléans*, à l'histoire de la *Fille du comte de Ponthieu* ou au conte édifiant du *Prévôt d'Aquilée* dans le recueil de la *Vie des Pères*. Une clé qui ouvre autant de serrures est forcément un passe-partout.

Le retour de certains motifs donne assurément aux lais un air de famille. Trois lais, *Guigemar*, *Yonec* et le *Laostic*, mettent au premier plan la malmariée et font fatalement des

45. G. Paris, *Littérature française du Moyen Age*, Paris, 1888, p. 91.
46. *Op. cit.*, p. 47.

adversaires des personnages de l'amant et du mari. Situation triangulaire classique dans les fabliaux ! Par ailleurs, l'apparition d'un personnage féerique apportant son amour à un mortel rattache deux contes, *Lanval* et *Yonec*, à la grande tradition des histoires bretonnes. Dans les lais de Marie, tout bruissants d'amour, un motif est sans cesse répété : c'est la séparation des êtres qui s'aiment. Nombreuses sont les variations sur ce sujet : brèves rencontres, disparition volontaire d'un amant, séparations provisoires ou définitives, retrouvailles dans la vie ou dans la mort. Mais aucun de ces motifs n'est vraiment spécifique des lais, hormis peut-être l'amour d'un être surnaturel pour un mortel. Malheureusement, ce dernier sujet n'emplit pas les contes de Marie.

Sans doute, les événements de plusieurs lais peuvent se regrouper dans de grandes séries d'inspiration analogue. Si l'on prend de la hauteur et si l'on ne regarde pas le détail des choses, on discerne un mouvement aboutissant à un instant de bonheur. A cette période faste succède toujours une phase de trouble et de souffrance. Certains lais s'achèvent là, comme le *Laostic* et les *Deux Amants*. D'autres connaissent un renversement de situation et se terminent heureusement : *Guigemar*, *Fresne*, *Lanval*, *Eliduc*. Cette perspective cavalière n'est pas inexacte, mais plusieurs lais ne se conforment pas à ce schéma. Le *Bisclavret*, le *Chaitivel* et *Milon* n'entrent pas dans ce cadre. On pourrait utiliser aussi les notions de manque et de méfait, de réparation du manque ou du méfait, mises à la mode par Propp, et observer qu'il y a toujours dans les lais une tentative pour satisfaire un manque et réparer un méfait. Toutefois, les divergences sont visibles, selon que la tentative échoue ou réussit. Et surtout, d'un récit à l'autre, l'ordre des séquences n'est pas le même. Au début du *Bisclavret* le héros est bien paisible, tandis qu'au commencement de *Lanval* le protagoniste est fort abattu. Dans le détail les méfaits sont irréductibles. Il n'y a rien de commun entre le fait d'accuser mensongèrement un innocent, comme on voit dans *Lanval*, et celui d'empêcher sa femme de se lever la nuit, comme cela se produit dans le *Laostic*.

La notion d'aventure serait-elle une constante permettant d'assembler une matière passablement hétérogène ? Jean Frappier l'a pensé et a tenté de le démontrer dans un article subtil et attachant[47]. Pour ce critique, deux plans s'opposent dans les lais : le monde banal, ordinaire, vulgaire et l'Autre Monde, féerique, supérieur, idéal. L'aventure permettrait le passage du plan inférieur au plan supérieur. « L'aventure se place aux moments critiques du récit, note-t-il, produisant un choc, une surprise, jouant comme une bascule, un déclic »[48]. Cette accession à un monde supérieur ne serait pas suivie de rechute. Le lai s'achèverait sur un dénouement heureux « où triomphe l'amour, où s'ouvre une perspective de félicité ». Aux yeux de J. Frappier non seulement les lais féeriques, mais encore les lais courtois présenteraient cette structure. Cette séduisante analyse s'applique assez bien à la plupart des lais bretons : *Lanval*, *Graelent*, *Guingamor*, *Tydorel*. Mais maints textes résistent. Nombre de lais n'ont pas, tel *Yonec*, des dénouements heureux. D'autre part, il faut avouer que, dans les lais courtois comme le *Vair Palefroi* ou le lai de l'*Ombre*, on reste d'un bout à l'autre au sein d'un même univers. Nulle accession à un monde supérieur. La notion d'Autre Monde utilisée par J. Frappier ne s'applique que par métaphore aux textes qui ne sont pas des lais féeriques. Et c'est le cas de dire : comparaison n'est pas raison. D'ailleurs, le critique s'était bien rendu compte que sa définition ne convenait pas à la moitié des lais de Marie, puisqu'il déclarait qu'*Equitan*, le *Bisclavret*, les *Deux Amants*, le *Chaitivel* ne devaient pas être considérés comme des lais. Quand on est obligé d'exclure toutes ces pièces du bagage d'un auteur, n'est-ce point le signe que la perspective adoptée est discutable ? Pour passer des lais merveilleux aux lais courtois, la notion d'aven-

47. *Remarques sur la structure du lai*, p. 23-39.
48. *Op. cit.*, p. 32.

ture est une fragile passerelle. Résisterait-elle au lai du *Lecheor* ou au lai du *Cor* ?

Récemment, R. Dubuis a essayé de préciser et d'affiner la notion d'aventure mise au premier plan par J. Frappier. Il a discerné une structure ternaire : d'abord, un récit linéaire qui se poursuit sans à-coup, jusqu'au moment où un événement nouveau sert de tremplin à l'action et lui donne une orientation radicalement nouvelle ; un autre événement imprévu vient modifier le cours des choses, c'est le point de bascule qui conduit le récit à sa conclusion définitive. Il y aurait donc une tripartition constante : récit linéaire, tremplin, point de bascule[49]. Les lais simples présenteraient clairement cette structure et dans les lais complexes il suffirait de remplacer la notion de point de bascule par celle de palier duratif pour retrouver le même schéma. Cette interprétation fine et ingénieuse nous donne-t-elle la matrice des lais ? Sous des termes différents les mots de tremplin et de point de bascule désignent la même chose, à savoir une péripétie qui produit un renversement de l'action. Est-il vrai qu'il y a toujours deux péripéties et seulement deux péripéties dans les lais ? Le lai du *Laostic* ne présente qu'une péripétie, la mort du rossignol, et le *Chèvrefeuille* n'en offre aucune. Si l'on ne s'abuse, le lai de *Guigemar* en compte au moins trois : la blessure imprévue du héros au cours de la partie de la chasse, l'arrivée fracassante du mari et le départ inopiné de Guigemar, enfin les retrouvailles inattendues des amants. On pourrait discuter aussi les éléments qui composent le schéma ternaire mis en relief. Est-il licite de mettre sur le même plan une durée, le récit linéaire, et deux événements ponctuels, tremplin et point de bascule ? Cette présentation risque de faire croire que les lais se composent fatalement de trois parties. Or un renversement de situation n'est pas une partie, car les crises sont brèves et subites. Si l'on regarde le sens des développements dans les lais, on constate qu'ils s'ordonnent assez

49. *Op. cit.*, p. 467.

souvent en diptyque, plutôt qu'en triptyque. La bipartition l'emporte. Enfin et surtout, même si elle s'avérait pertinente pour tous les lais sans exception, la structure dégagée par R. Dubuis ne serait pas spécifique de cette littérature. Le critique la retrouve dans bien d'autres textes comme les fabliaux ou les *Cent Nouvelles nouvelles*. Il faut donc convenir que d'un point de vue formel rien ne distingue vraiment le lai des autres genres courts.

Pour conclure, diversité thématique, absence d'une structure unique et spécifique, autant de traits qui montrent l'impossibilité d'une définition rigoureuse du genre. Certains lais comme *Equitan* portent une morale que rappelle et résume un développement final :

> Tels purcace le mal d'autrui
> Dunt tuz li mals revert sur lui.

Quelques-uns comme *Yonec* ou les *Deux Amants* suggèrent que la mesure est le bien suprême, beaucoup ne suggèrent aucune morale, même implicite, et se contentent de narrer une belle et pathétique histoire. Ici on distingue aisément deux grandes parties antithétiques, là le découpage est incertain, ailleurs, comme dans *Eliduc*, les grands pans du récit sont plus nombreux. Dans les lais courts l'histoire se borne à un épisode ou deux : une rencontre (le *Chèvrefeuille*), la fin de brèves entrevues (le *Laostic*). Les contes plus longs se chargent d'événements : ainsi *Guigemar*, *Fresne*, *Yonec*. Sans dessiner une véritable biographie poétique, certains deviennent de petits romans, tels *Milon* ou *Eliduc*. De toutes parts, se manifestent des phénomènes de divergence. On ne doit pas s'en étonner après tout. Ils seraient encore plus accusés si l'on voulait essayer de réduire à l'unité les productions romanesques. Le lai, comme le roman, est un genre protéiforme. Il entre mal dans le lit de Procuste des critiques littéraires qui veulent lui imposer des règles et des bornes. Même en prenant simultanément en compte le fond et la forme, en considérant les thèmes, le ton, le style et la composition, l'opposition du lai et du fabliau n'est pas toujours nette. On voit bien que la condition des personnages n'est pas la même : ici le monde aristocratique, ailleurs le monde mêlé des bourgeois, des clercs et des vilains. On sent une différence d'inspiration entre les lais bretons et les fabliaux : dans les uns prédomine l'émotion, dans les autres le détachement du conteur. Mais il est exagéré de soutenir avec P. Le Gentil que « le lai baigne dans l'optimisme et le merveilleux, tandis que le fabliau prend ses racines dans le réel. A cet égard, le fabliau est l'envers du lai »[50]. C'est oublier toute la série des lais plaisants. C'est méconnaître les rêves dont maints fabliaux sont porteurs. Plus justement H. Baader a dit : « On ne trouve pas du merveilleux dans tous les lais et tous les fabliaux ne s'en tiennent pas au réalisme de la vie quotidienne »[51]. C'est par commodité que l'on distingue des genres littéraires à l'intérieur de la *short story*. P. Zumthor exagère à peine en déclarant que le lai ne se distingue nettement du fabliau ni dans ses thèmes ni dans son style[52]. L'identité des genres est fuyante et leur autonomie incertaine.

Les oppositions de genres n'étant pas nettes, les dénominations littéraires n'étant pas sûres, l'histoire du lai reste passablement énigmatique. Dans l'essor du lai narratif, même si Marie de France n'est pas la seule ou la première, le nombre et l'éclat de ses productions ont dû jouer un rôle considérable. Marie a notablement filtré et réduit le merveilleux, sensiblement amplifié l'amour et le pathétique. On le voit bien en comparant ses œuvres aux lais anonymes. Il y a beaucoup moins de touches merveilleuses dans *Milon* que dans *Doon*, qui narre une histoire parallèle. Les grands lais féeriques de *Guingamor* et de *Tydorel* témoignent, comme les œuvres de Marie, de qualités littéraires de premier plan, mais sont davantage chargés de mystère et de poésie. Bien des lais bretons connus au XIIe siècle ont dû

50. *La littérature narrative d'imagination*, p. 54.
51. H. BAADER, *op. cit.*, p. 14.
52. *Histoire littéraire de la France médiévale*, Paris, 1954, p. 150.

disparaître. Quand le héros du *Roman de Renart*, déguisé en jongleur breton, énumère les bons lais qu'il faut savoir, sur les sept noms qu'il cite, six nous sont inconnus : les récits de *Merlin* ou de *Noton*, d'*Arthur* ou de *Tristan*, d'*Iseut* ou de *saint Brandan* ne sont point parvenus jusqu'à nous. Dans le premier quart du XIIIe siècle, le lai reste toujours vivant, mais les contes courtois et plaisants se substituent aux aventures féeriques. Jean Renart écrit le lai de l'*Ombre* avant 1222, semble-t-il, et Henri d'Andeli compose le lai d'*Aristote* dans les années 1225-1230[53]. A en juger d'après les textes conservés, avant le milieu du XIIIe siècle, le lai n'existait plus ou plutôt on n'employait plus cette dénomination. Jean de Condé fait figure d'exception au XIVe siècle, lorsqu'il appelle lais trois de ses contes[54]. Le lai ne meurt pas d'épuisement au milieu du XIIIe siècle. Il n'est ni atteint de consomption ni frappé d'un mal subit. Ce n'est point le virus de la mode, la maladie du changement qui lui portent un coup fatal. Seul le mot disparaît pour faire place à des termes aussi vagues, mais plus résistants, comme *fablel*, *essemple*, *conte* aux emplois inépuisables et aussi *dit* alors en plein essor. Plus on avançait dans le temps, en effet, plus le lai perdait son atmosphère féerique, plus il s'ouvrait au réalisme, au didactisme, au comique, et plus le terme devenait flou. Le terme de *lai* tombe dans la trappe de l'oubli et inversement le mot de *dit* s'enfle, s'étend, monte au pinacle. Cette alternance de surface est la loi de nature. Mais, derrière les changements apparents, les choses profondes continuent de vivre. L'histoire courte ne meurt pas soudain en plein milieu du XIIIe siècle. Sous des noms différents elle poursuit une irrésistible expansion, elle conquiert de nouveaux domaines. Elle est encore pleine d'ardeur et de jeunesse.

53. Cf. F. LECOY, éd. de *Guillaume de Dole*, Paris, 1962, p. VI et M. DELBOUILLE, éd. du lai d'*Aristote*, Paris, 1951, p. 30.

54. Cf. J. RIBARD, Des lais au XIVe siècle ? Jean de Condé, dans *Mélanges J. Frappier*, Genève, 1970, t. 2, p. 945-955.

CHAPITRE III

Les personnages et l'amour

Tous les lais de Marie de France rapportent des histoires d'amour. Même dans le conte du *Bisclavret*, apparemment étranger à ce genre de récits, l'amour s'insinue, puisqu'on y sent, au début, l'affection du héros pour son épouse et puisqu'on y voit, ensuite, l'épouse se déprendre de son mari monstrueux et se tourner vers un autre compagnon. Jeanne Lods a bien noté cette constante dans l'œuvre narrative de Marie[1]. Qu'il s'agisse d'aventures faciles, de liaisons difficiles ou d'amours impossibles, les situations amoureuses sont toujours au premier plan. C'est autour d'elles que se noue l'action. Le héros du *Bisclavret* mis à part, les protagonistes du récit sont toujours des amants.

LA PEINTURE DES PERSONNAGES

Dans la littérature d'action, où l'auteur s'intéresse surtout à la conduite de l'intrigue, la peinture des personnages reste forcément rapide et sommaire. Les lais n'échappent pas à cette loi générale des contes. La critique traditionnelle, persuadée qu'il n'y a pas de grande littérature sans analyse des sentiments, a exagéré la profondeur psychologique des lais. E. Hœpffner a eu tort de voir dans chaque lai une étude de caractères et L. Spitzer s'est mépris en croyant que chacun

1. *Les lais de Marie de France*, publiés par J. Lods, Paris, 1959, p. XII.

des douze lais traitait un problème psychologique et moral. Il convient de ne point prêter à ces courts récits des visées trop intellectuelles. Marie prend plaisir à narrer des histoires attachantes et touchantes. Ne les compliquons point indûment.

Il serait aussi abusif d'attribuer à Marie de France une psychologie constamment rudimentaire et de méconnaître la délicatesse de certaines notations. A certains moments Marie quitte le monde conventionnel et simple des contes. Sans insister, sans analyser longuement, en peignant la psychologie, comme dans les épopées, par les gestes et le comportement plus que par l'introspection et le dialogue, elle atteint intuitivement la vérité profonde des êtres. Elle se distingue, ce faisant, de la plupart des auteurs de lais anonymes. Elle se trouve à mi-chemin entre la simplicité élémentaire des contes et la subtile complexité des nouvelles psychologiques. Cette zone intermédiaire n'est dépourvue ni de finesse ni de charme.

Les personnages secondaires

On rencontre, d'abord, dans les lais une masse de personnages secondaires qui ont seulement une utilité dramatique. Ils ne possèdent ni aspect physique particulier ni caractère nettement individualisé. Ils se contentent de remplir une fonction d'auxiliaire apportant aide au héros ou d'adversaire visant à lui nuire. Les uns et les autres appartiennent à des classes sociales diverses, mais restent des figurants. Rois, hauts barons, chambrières et chambellans remplissent un petit rôle sur scène, avant de disparaître. Assez souvent, ces personnages secondaires, même s'ils sont dénués de psychologie profonde, ne sont pas privés de vie. D'un trait, Marie les anime.

On peut laisser de côté des comparses très effacés, comme les serviteurs dans le *Fresne* et *Milon* ou le roi d'Exeter dans le lai d'*Eliduc*. Le statut social des personnages importe peu ici. Quand un roi sert de figurant, il n'a pas plus d'importance qu'un domestique : il reste, lui aussi, un serviteur de l'action. Le roi d'Exeter a pour seule mission de servir d'intermédiaire entre Eliduc et Guilliadon. Son rôle est de mettre en présence le héros et l'héroïne. Une fois cette tâche accomplie, ce personnage discret rentre dans l'ombre. Nous n'avons plus besoin de le voir.

Quelques personnages secondaires se détachent, cependant, et prennent un instant un certain relief. Tel est le roi dans le lai du *Bisclavret*. Il apparaît au moment où le loup suppliant se jette à ses pieds. Pour permettre au loup-garou de recouvrer forme humaine, il fallait que le roi prît l'animal sous sa protection et l'admît à sa cour. C'est ce qui se produit. Ce souverain bienveillant et généreux fait aussi figure de justicier. Il use de son autorité pour connaître les méfaits commis et tenter d'y remédier. Grâce à son intervention décisive, la femme du héros avoue son forfait et rapporte les vêtements dérobés. Mais le personnage ne se réduit pas à la seule fonction de révéler la vérité cachée et de réparer le préjudice subi par le bisclavret. Il est tout à fait conforme à l'image que l'on se fait du roi et possède, de manière exemplaire, majesté, justice et bonté. En plus, ce personnage a des traits humains : il ne trouve pas tout seul les résolutions à prendre, il a besoin d'être conseillé ; il éprouve de la tendresse pour le bisclavret et, aussitôt après la métamorphose, il court embrasser le chevalier endormi. Ce personnage sympathique ne se réduit pas à une simple utilité.

Quelques menus serviteurs se signalent aussi à l'attention. Ainsi la suivante de la dame dans le lai de *Guigemar*. En femme avisée, elle devine les sentiments que porte Guigemar à sa maîtresse et elle l'exhorte à déclarer sa flamme. Mais par discrétion elle ne lui révèle pas qu'il est aimé de la dame. Elle se contente de l'encourager à parler. Ce personnage stimule et réconforte le héros à un moment décisif. Il joue donc un rôle à la fois calmant et tonique, il remplit une mission de catalyseur, comme on dit en chimie. Ici il s'agit de chimie amoureuse : il faut précipiter la déclaration pour qu'apparaisse un corps nouveau, l'amour partagé.

Le chambellan du lai d'*Eliduc* a une condition plus brillante, mais remplit également une fonction d'intermédiaire. En effet, Guilliadon ne pouvait faire ouvertement des avances au mercenaire de son père, sans s'attirer des reproches. Au Moyen Age une jeune fille de bonne famille devait éviter de faire une déclaration d'amour à un homme[2]. C'eût été manquer à la réserve de son sexe et braver les convenances. L'héroïne utilise donc les services d'un messager et a recours à des présents discrètement symboliques, sa ceinture, son anneau[3]. Même si la mission du messager n'est pas décisive, même si, plus tard, il est nécessaire que Guilliadon fasse l'aveu de ses sentiments, il reste que le chambellan s'entremet pour complaire à sa maîtresse. Le branle est donné, le premier pas est fait. L'emploi d'un messager atténue l'audace de la jeune fille. En même temps, ce personnage secondaire nous fait entrevoir quelque chose des usages courtois. Il n'est pas simplement un porteur de dépêches ou de présents. Nous le voyons plein d'élégance, de prudence, de diplomatie dans l'exercice de sa mission et dans l'interprétation qu'on lui demande au sujet du comportement et des paroles d'Eliduc. Ce chambellan plein d'urbanité ne manque pas de vie.

Les adversaires ont, cependant, plus de présence que les auxiliaires, puisqu'ils donnent au récit vivacité et tension. On peut distinguer plusieurs sortes d'opposants. D'abord, les figurants anonymes représentant la collectivité. Dans le lai de *Fresne* (v. 314) et dans *Equitan* (v. 201) la voix de la société se fait entendre pour regretter qu'un seigneur ne prenne pas femme. Aux yeux de tous le célibat est mal vu, car il compromet la stabilité des fiefs et des hommages vassaliques. Les vassaux souhaitent qu'un fils prenne un jour la relève du seigneur et que la continuité soit assurée. Mais

2. Cf. Ph. MÉNARD, *Le rire et le sourire dans le roman courtois en France au Moyen Age*, Genève, 1969, p. 214-216.

3. Sur le rôle de l'anneau dans les lais, cf. K. RINGGER, *Die Lais, Zur Struktur des dichterischen Einbildungskraft der Marie de France*, Tübingen, 1973, p. 89.

c'est là une réclamation impersonnelle, anonyme, collective, qui ne donne pas lieu à des affrontements animés. Même si la voix de la société joue un rôle important dans l'action et oriente finalement les conduites des héros, elle ne s'incarne pas véritablement.

Rivaux et maris jaloux ont infiniment plus de relief. Le seul rival qui brigue vraiment la main de l'héroïne, c'est Mériaduc dans le lai de *Guigemar*. Bien qu'il soit une silhouette fugitive, il a, à la fin du récit, beaucoup de présence et de vie. Dès que Guigemar apparaît et s'asseoit à côté de la dame, Mériaduc n'est guère satisfait. Quand les deux héros se sont reconnus, le rival refuse de rendre la jeune femme. Ses paroles sont éloquentes :

> Jeo la trovai, si la tendrai
> E cuntre vus la defendrai. 852

Mais le rapport de forces n'est pas en sa faveur, et ce rival, dont la jalousie reste digne et l'ambition légitime, est vite déconfit. Vainement il a tenté de conquérir le cœur de la dame, vainement il essaie de la garder pour lui.

Les maris jaloux attirent davantage les regards, car les amants ont alors affaire à des adversaires singulièrement coriaces. Un premier point rapproche les maris jaloux de *Guigemar* et d'*Yonec* : ce sont des vieillards mariés à une jeune femme. Le motif des unions mal assorties est assez répandu dans la littérature et dans l'art du Moyen Age[4]. Le vieillard craint d'être trompé par une épouse encore jeune et fringante. D'où ses soupçons, sa perpétuelle jalousie et son comportement de geôlier. Le mari enferme sa femme pour qu'elle lui soit fidèle. Mais en séquestrant son épouse et en se montrant un tyran domestique, il prend le chemin

4. Les chansons de *mal mariées*, publiées sous le titre trop général de romances par K. BARTSCH, dans *Romanzen und Pastorellen*, Leipzig, 1870, présentent assez souvent cette situation. Voir sur cette forme littéraire en dernier lieu P. BEC, *La lyrique française au Moyen Age (XII*e*-XIII*e *siècle)*, Paris, 1977, t. 1, p. 69-90. Sur les couples d'âge mal assorti dans l'art, cf. R. VAN MARLE, *Iconographie de l'art profane au Moyen Age et à la Renaissance*, La Haye, 1932, t. 2, p. 476.

le plus sûr et le plus rapide pour devenir un mari trompé. Marie de France se contente de simples esquisses qui vont à l'essentiel. La littérature romanesque des XIIe et XIIIe siècles confirme ces ébauches et montre que le type littéraire du mauvais mari permettait de justifier toutes les amours illégitimes[5].

Des maris jaloux évoqués par Marie de France le plus intéressant et aussi le plus intelligent est celui du lai du *Laostic*. L'auteur ne parle pas franchement de ce que nous appellerions un sentiment de jalousie, les soupçons d'un amour ombrageux et le désir de possession exclusive de l'être aimé, mais certains détails (le haut mur de pierre grise, les levers nocturnes de la dame) suggèrent la surveillance pointilleuse du mari. Marie en convient :

> Kar la dame ert estreit gardee,
> Qaunt cil esteit en la cuntree.

Le récit parallèle des *Gesta Romanorum* indique clairement que le mari est un vieillard[6]. On s'étonne donc que les commentateurs aient omis de relever la jalousie du personnage, alors que nous avons affaire à un jaloux infiniment supérieur à tous les autres. Il évite d'enfermer son épouse et de se transformer en geôlier. Il masque sa suspicion et feint de se soucier de sa femme. Mais l'habile réponse de la dame ne le convainc nullement. Il n'est pas naïf au point de croire que son épouse se lève nuitamment pour entendre chanter le rossignol. Il ne dit rien. Il répliquera avec les armes de l'adversaire : les faux semblants. Elle prétendait se lever à cause du rossignol. Il fera semblant de prendre soin du sommeil de la dame et supprimera le rossignol. Tout se passe ici à fleurets mouchetés. Le mari est d'une tout autre force que les vieillards tyranniques de *Guigemar* et d'*Yonec*.

5. Cf. A. MICHA, Le mari jaloux dans la littérature romanesque des XIIe et XIIIe siècles, *Studi medievali*, 1951, t. 17, p. 303-320, repris dans *De la chanson de geste au roman*, Genève, 1976, p. 447-464. Voir aussi Ph. MÉNARD, *Le rire et le sourire dans le roman courtois*, p. 250-253.

6. *Gesta Romanorum*, éd. H. OESTERLEY, Berlin, 1872, chap. 121.

Il manie aussi bien la ruse que la violence. Voilà pourquoi cet adversaire intelligent et redoutable l'emporte sur l'amant.

On peut rapprocher du mari jaloux le père abusif du lai des *Deux Amants*. Certes, Marie n'insiste pas, elle ne parle point d'amour incestueux. Mais ce père qui refuse sa fille à tous les prétendants, qui ne peut se séparer d'elle, qui reste près d'elle nuit et jour a une attitude malsaine, même si la mort de sa femme explique en partie cette fixation anormale à sa fille unique et le transfert psychologique afférent. Ce roi fait invinciblement penser au roi incestueux qui apparaît dans plusieurs contes anciens, et notamment dans le célèbre récit d'*Appollonius de Tyr*[7]. Chez Marie le comportement du roi est jugé si pathologique qu'il fait jaser :

> Plusur a mal li aturnerent,
> Li suen meïsme le blamerent. 34

Les mauvais bruits qui courent sur lui amènent le roi à imaginer une ruse pour conserver sa fille, sans qu'on trouve rien à redire. D'où l'épreuve impossible à réaliser, motif ancien dans de semblables histoires et qui apparaît déjà dans *Apollonius de Tyr*[8]. Bien que le roi reste un figurant assez pâle, on doit convenir que ce personnage est pour l'amant de la jeune fille un adversaire intelligent et redoutable[9].

Dernier type d'opposants vigoureux et inquiétants : les femmes. Deux d'entre elles émergent, à coup sûr : la reine de *Lanval* et l'épouse du *Bisclavret*. Dans le lai de *Lanval* la reine a beaucoup plus de relief que son époux. Le roi accuse assurément Lanval de *felunie* (v. 439) et ne plaisante point sous le chapitre de son honneur, mais en fin de compte il reste le porte-parole de sa femme. L'amoureuse repoussée qui se venge en accusant celui qui n'a pas répondu à ses avances est un personnage classique de contes. E. Hœpffner

7. Cf. *Historia Apollonii regis Tyri*, éd. A. Riese, Leipzig, 1871, p. 4.

8. L'épreuve est différente (le prétendant doit résoudre une énigme), mais le résultat identique (le vainqueur de l'épreuve peut épouser la fille du roi). Dans *Apollonius* le prétendant réussit l'épreuve.

9. Cf. W. Noomen, dans *Etudes offertes à F. Lecoy*, Paris, 1973, p. 473.

a rappelé à ce propos l'histoire de la femme de Putiphar[10]. Mais on trouve ailleurs des histoires semblables[11]. Peu importe, au demeurant, le modèle de l'épisode. Il suffit d'observer, dans la perspective où l'on se place, la vie extraordinaire du personnage. Dès l'abord, elle déclare ses sentiments avec une tranquille et altière assurance. Elle dit au héros : « Je vous accorde mes faveurs. Comme vous devez être joyeux de ce que je fais ! » (v. 267-268). Lanval repousse ses avances sans ménagements. Le dépit de la reine en est d'autant plus grand et son animosité plus vive : elle insulte acrimonieusement celui qui a l'impudence de la contredire. Quand Lanval réplique vertement à l'injure et déclare que la moindre des servantes de celle qu'il aime dépasse de loin la reine à tous égards, elle s'effondre. L'humiliation est trop grande. Elle se retire dans sa chambre en pleurant et jure qu'elle ne se relèvera pas si le roi ne tient pas compte de ses plaintes. Cette femme ardente et opiniâtre est déterminée à se venger. Rien ne l'arrête : ni la crainte d'être confondue ni la peur d'échouer ne la retiennent. Quand le roi rentre, son audace est extrême, son aplomb superbe. La femme coupable feint l'innocence outragée. Elle attaque pour mieux se défendre et accuse Lanval d'avoir essayé de la séduire et, en outre, après avoir été éconduit, de s'être grossièrement vanté d'avoir une amie plus belle qu'elle-même. Cette reine qui use si facilement de la calomnie est une créature bien plus terrible que la reine de *Graelent* (v. 149-182) ou de *Guingamor* (v. 137-152). Cette femme en qui se mêlent l'amour-propre froissé, la rancœur acerbe, la duplicité sournoise, l'impudence effrontée, l'implacable esprit de vengeance est une des figures les plus extraordinaires des lais. Elle sort de l'ordre commun.

La femme du héros du *Bisclavret*, l'épouse instruite du secret de son mari et qui s'emploie à le perdre, est aussi un

10. *Op. cit.*, p. 63.

11. C'est la situation initiale de l'*Historia Septem Sapientum*, éd. A. Hilka, Heidelberg, 1912, p. 3-4. Cf. aussi *Deux rédactions du roman des Sept Sages de Rome*, éd. G. Paris, Paris, 1876, p. 3-4 et p. 67-69.

personnage hors série, dont on trouve des exemples dans les contes traditionnels[12]. Mais chez Marie de France il est modelé avec beaucoup de finesse. D'abord, une inquiétude très humaine l'envahit, l'obsède, la tenaille : elle voudrait savoir pourquoi son mari disparaît trois jours chaque semaine. Au fond d'elle-même, elle redoute qu'une autre femme l'ait subjugué. Pour faire parler son époux, elle use d'une subtile stratégie, unissant la tendresse et l'insistance. La grande scène d'interrogation commence un jour où le mari se montre tout joyeux et fort affectueux. Il refuse de répondre et ce comportement attise la curiosité et avive l'inquiétude de l'épouse. Mais à force de caresses, de cajoleries, de persévérance, elle parvient à connaître le secret de son mari. Situation classique dans les contes et que l'on retrouve encore dans la *Chastelaine de Vergi*[13]. Quand elle sait que son conjoint devient périodiquement un loup-garou, elle continue de l'interroger. Rien n'est dit alors sur les sentiments de la jeune femme, mais nous pouvons deviner que le sort du Bisclavret est déjà arrêté. Si l'épouse pose des questions sur les conditions et le lieu de la métamorphose, ce n'est pas sans arrière-pensée : épouvantée d'avoir épousé un être monstrueux, la dame songe déjà aux moyens de l'empêcher de redevenir un homme. A l'obstination de l'épouse pour connaître la vérité se mêle déjà la ruse. Ici encore nous avons devant nous un personnage tout à fait vivant.

Les personnages principaux

Dans les lais les personnages principaux sont également fréquemment stylisés et leur personnalité n'offre pas toujours beaucoup d'intérêt psychologique. On l'a remarqué depuis longtemps. E. Schiött avait observé : « Il n'y a presque pas

12. Il apparaît, par exemple, dans le conte égyptien des *Deux Frères*, dans l'histoire de Samson et Dalila, etc. ; cf. G. Huet, *op. cit.*, p. 134.

13. Cf. la *Chastelaine de Vergi*, éd. G. Raynaud, nouv. éd., Paris, 1921, v. 550-658.

de différence entre les héros de Marie »[14]. R. Dubuis a bien noté que certains personnages de premier plan, comme le Bisclavret ou les héros du *Chaitivel*, sont dépourvus de toute profondeur psychologique[15]. On pourrait soutenir sans paradoxe que d'un lai à l'autre les traits physiques et moraux des protagonistes se ressemblent étrangement. Des qualificatifs comme *sages e pruz* (*Guigemar*, v. 42) ou *si bel, si pruz ne si vaillant* (*Yonec*, v. 462) ne nous font guère avancer dans la connaissance des êtres. L'aspect physique des héroïnes est à peine évoqué. Quand l'auteur nous laisse entrevoir quelque chose de leur extérieur, les stéréotypes reviennent. Voici la fée de *Lanval* :

> Les oilz ot vairs e blanc le vis,
> Bele buche, neis bien asis. 566

Voici dans *Eliduc* Guilliadon avec son *cors tant eschevi* (v. 1014). Une jeune fille qui a *les braz lungs e blanches les meins* (v. 1016) n'est guère individualisée ! Même un détail particulier d'habillement, le bliaud ou le chainse lacé sur les côtés et laissant voir un peu les flancs de la dame (*Lanval*, v. 559-560), n'est pas caractéristique d'une personne. On le retrouve ailleurs chez Marie : l'héroïne de *Guigemar* (v. 738-739), les deux suivantes de la fée dans *Lanval* (v. 58-59) sont ainsi vêtues. Cette tenue est donc un fait de civilisation, et non le choix délibéré d'un personnage.

L'effort de caractérisation et d'individualisation des protagonistes ne va pas très loin. Des héros amoureux comme Guigemar, Goron dans *Fresne* ou l'amoureux anonyme du lai des *Deux Amants* n'ont pas grande personnalité, en dehors du sentiment qui les emplit. Les mal mariées sont des femmes tendres et fragiles, comme on l'a remarqué à plusieurs reprises, de J. Bédier à S. Battaglia[16], mais il

14. Cf. E. Schiött, *L'amour et les amoureux dans les lais de Marie de France*, Lund, 1889, p. 46.

15. *Op. cit.*, p. 396.

16. Cf. J. Bédier, *op. cit.*, p. 858, et S. Battaglia, *La Coscienza letteraria del Medioevo*, Naples, 1965, p. 342.

n'est guère possible de les différencier nettement. Entre elles les ressemblances l'emportent sur les différences. On trouve dans les lais divers personnages qui n'incarnent qu'un seul sentiment ou peu s'en faut. L'héroïne de *Lanval* a le caractère habituel des fées. Elle apparaît donc comme une grande dame à la fois secourable et redoutable. Quand elles sont offensées, les fées bienfaisantes deviennent vite malveillantes, comme nous l'apprend, entre autres textes, le *Jeu de la Feuillée*. Des femmes comme Fresne ou Guildeluec représentent le type de la femme soumise qui accepte tout de l'être aimé. E. Sienaert, après avoir reconnu que Guildeluec était la « représentation de la femme aimante, soumise, effacée, généreuse », s'est étonné qu'elle incarne l'abnégation « sans lutte intérieure, sans effort »[17] et a estimé que c'était là une attitude de personnage « merveilleux ». Un tel jugement est excessif. Nous sommes ici sur le chemin qui conduit à Grisélidis, personnage typique de conte. Toute la littérature de contes est faite de personnages plats, sans épaisseur véritable, sans complexité. Les héros des contes incarnent certaines conduites de manière exemplaire. Le méchant est mauvais sans remède, le bon est toujours bon. Nous sommes dans une littérature où le général l'emporte sur le particulier, l'exemplaire sur l'individuel, le simple sur le compliqué. Deux phénomènes connexes, idéalisation et simplification, opèrent dans ce type de récits et aboutissent aux mêmes effets.

Une première explication saute aux yeux. Il est tout à fait naturel que les personnages des contes soient bien tranchés, que les protagonistes soient parés de toutes les qualités et leurs adversaires chargés de toutes les noirceurs. Une littérature faite pour susciter les rêves et répondre aux aspirations du cœur a besoin de héros admirables et de méchants parfaitement antipathiques. Si l'on veut obtenir du public des sentiments simples et nets, il faut limiter

17. E. Sienaert, *Les lais de Marie de France, Du conte merveilleux à la nouvelle psychologique*, Paris, 1978, p. 172.

la peinture à quelques touches fondamentales. La complexité inquiète, mais la simplicité d'un portrait rassure. Point d'incertitude pour juger les personnages. On sait comment réagir. Spontanément, nous nous identifions aux bons et nous nous écartons des méchants. Tout devient d'une limpidité parfaite.

Une seconde explication doit être avancée. Dans un récit court comme le lai, il n'est guère possible à l'auteur de broder finement des dentelles de nuances psychologiques. Il ne s'attarde point à noter des impressions fugitives et contradictoires, alors que le déroulement de l'action requiert tous ses soins. Les analyses minutieuses apparaissent dans des textes plus amples. Nul hasard si le lai le plus long, celui d'*Eliduc*, qui compte mille cent quatre-vingt-quatre vers, nous offre des notations psychologiques finement détaillées. Nul hasard si le lai de *Milon*, qui est pourtant un petit roman en abrégé, puisque le héros est un adolescent au début du texte (v. 10) et un homme aux cheveux blancs à la fin du récit (v. 421), ne nous offre en raison de ses cinq cent trente-trois vers aucune profondeur et reste à la surface des cœurs. La psychologie ne saurait être fouillée dans les œuvres brèves. Prédominance de l'action et simplification des touches descriptives marchent de pair.

Même si, comme l'a dit R. Dubuis, l'analyse psychologique a dans les lais « une importance... secondaire »[18], il reste que les héros de Marie de France ne sont pas toujours d'une pièce et que l'auteur se signale par des intuitions fines et des notations délicates. Marie n'a pas besoin de longs développements pour faire vivre de l'intérieur un personnage. Une ou deux touches suffisent. « Par un geste, par un mot, par un cri, quelque fois par un silence, a remarqué justement E. Hœpffner, Marie révèle les sentiments profonds et puissants que ses personnages cachent au fond du cœur »[19]. Chez Marie ce sont surtout

18. *Op. cit.*, p. 410.
19. *Op. cit.*, p. 92.

les gestes et les attitudes qui traduisent les sentiments intérieurs. Ainsi lorsque Lanval rencontre pour la première fois la fée, on ne nous explique point que la jeune femme cherche à séduire le héros. On nous dit seulement qu'elle est étendue sur un lit dans sa tente et qu'elle a le visage, le cou et la poitrine découverts. En un temps où les femmes portaient une guimpe sur la tête pour cacher leurs cheveux, il est évident que la fée se singularise, qu'elle fait délibérément étalage de ses charmes. Sa posture est déjà tout un programme.

Autre attitude fort significative : quand le même personnage quitte la cour d'Arthur, à la fin du lai, aucune parole n'est adressée par la fée à Lanval. On pourrait s'étonner de ce mutisme, alors qu'elle est venue spécialement dans le monde arthurien pour sauver le héros. Mais ce silence est révélateur des sentiments de la fée. Elle sait que la faute de Lanval est involontaire, que son ami a des circonstances atténuantes et qu'il doit échapper à une condamnation injuste. Elle a donc eu pitié, elle a pardonné. Mais elle ne veut pas donner l'impression qu'elle est à la poursuite du héros. Elle fait semblant de ne pas le voir. Cet apparent détachement trahit le caractère altier de la fée, qui se sait supérieure à son amant et agit en grande dame. Un petit pincement d'amour-propre est perceptible ici. Mais la dame attend que le héros saisisse la chance qui s'offre à lui, qu'il lui exprime son amour et sa gratitude. Tout est possible, à condition que le « coupable » fasse les premiers pas et montre qu'il porte toujours respect et attachement à sa bienfaitrice. Ce silence est presque pour l'amant une épreuve probatoire. Il est riche de significations.

Parfois, une parole suffit pour traduire tout un monde de sentiments enfouis au plus profond de l'être. A la fin du lai de *Guigemar*, quand les deux héros se sont retrouvés et reconnus, la dame explique au style indirect en quelques vers ce qui s'est passé depuis leur séparation. Ce sont là choses du passé, choses secondaires. Mais ce qui compte à ses yeux, elle l'exprime au style direct, sur un ton vibrant, d'un cri :

> Amis, menez en vostre drue ! 836

La seule parole que nous entendons tremble d'émotion longtemps contenue et jaillit comme un appel pressant. On y sent toute l'ardeur d'un vibrant amour.

Les attitudes corporelles n'expriment pas seulement des sentiments simples et directs, elles traduisent aussi des nuances délicates de la sensibilité. A la fin du lai du *Bisclavret*, le loup-garou semble ne prêter aucune attention aux vêtements disposés devant lui. On ne comprendrait pas les raisons de ce comportement, si l'auteur ne nous faisait connaître par la bouche d'un Sage que le Bisclavret a honte de changer de forme en public. Une secrète pudeur le retient et explique cette indifférence feinte aux habits indispensables à la métamorphose. Dès que le loup-garou se trouve seul dans une chambre, à l'abri des regards, il redevient vite un homme. L'attitude surprenante de l'animal tenait donc à la gêne délicate qu'il éprouvait à se trouver nu en public et peut-être aussi à effectuer devant des spectateurs une opération de métamorphose qui garde, peu ou prou, quelque chose de dégradant.

Par les gestes et les attitudes, Marie se plaît à rendre la psychologie concrète, mais elle n'ignore pas les techniques classiques d'exploration de la vie intérieure : le monologue, procédé habituel d'introspection, qui ne semble point dans nos textes un simple monologue intérieur, mais qui paraît un véritable soliloque, le discours d'une personne seule qui pense et parle à haute voix ; les dialogues, qui permettent d'affiner la connaissance de soi et des autres ; le style indirect libre pour les sentiments plus condensés, sur lesquels l'auteur ne tient pas à s'étendre ; enfin, les interventions d'auteur, brusques coups de projecteur qui, de l'extérieur, éclairent l'intérieur. On trouve dans les lais des exemples de ces divers modes d'analyse psychologique. Le monologue, où l'on essaie de voir clair dans le trouble de l'âme, se rencontre dans *Equitan* (v. 65-88 et 91-100). Mais il est exceptionnel. Habituellement, dans nos lais il traduit la douleur intérieure, le désarroi intime : c'est le cas dans *Fresne* (v. 71-94) ou dans *Yonec* (v. 67-104). Des dialogues existent pour les déclarations d'amour dans *Guigemar* (v. 501-526) ou dans *Equitan* (v. 115-176). Bien qu'ils ressemblent plutôt à des monologues juxtaposés, car les réparties ne sont pas très vives et les échanges très longs, ils permettent d'isoler des nuances affectives intéressantes, par exemple la gêne qu'éprouve une femme à répondre favorablement aux premières avances d'un homme. Le style indirect libre est réservé à des propos de second ordre, émanant de personnages secondaires (*Fresne*, v. 319-327), ou bien il résume des paroles déjà énoncées (*Lanval*, v. 318-324). Mais, à l'occasion, il peut condenser des propos essentiels — une déclaration d'amour — dont on ne veut retenir que les points saillants : c'est le cas dans *Eliduc* (v. 510-518). Les interventions d'auteur, toujours brèves, vont parfois très loin dans la connaissance des cœurs. Ainsi au sujet de Lanval, privé de dons et désemparé, Marie nous dit :

> Ore est Lanval mut entrepris,
> Mut est dolenz, mut est pensis !
> Seignurs, ne vus esmerveillez :
> Hum estrange descunseillez,
> Mut est dolenz en autre tere,
> Quant il ne seit u sucurs quere !

En quelques mots denses, mis en valeur par un appel direct à l'auditoire, l'auteur exprime la souffrance des étrangers privés d'appui dans un pays où ils ne connaissent personne. Remarque pénétrante et mélancolique où l'on sent presque le souvenir d'une expérience personnelle. Mais il faut convenir que ces techniques d'exploration ne sont pas très fréquemment mises en œuvre. Si Marie les utilisait constamment, l'action n'avancerait guère. Elle se limite donc à des notations allusives, à des évocations rapides, préférant aux longs monologues, où l'on amène l'obscur de soi-même à l'élucidation, les gestes et les expressions corporelles qui peignent une psychologie en action, une psychologie implicite, une psychologie elliptique.

La palette psychologique est assez ouverte et va des émotions douces de la tendresse et du bonheur partagé qu'on trouve dans *Guigemar* (v. 530-532) jusqu'aux chocs émotifs où l'être s'effondre et tombe en pâmoison. Ces grands bouleversements ne sont pas rares dans les lais : Guilliadon, dans *Eliduc*, tombe en léthargie, l'héroïne d'*Yonec* s'abat, morte, sur le tombeau de celui qu'elle aimait, l'héroïne des *Deux Amants* s'effondre sur le corps de son ami. Chez Marie le bonheur est fugace. Ce qui prédomine, c'est la tristesse, l'inquiétude, la souffrance, bref les heures grises et noires de la vie affective. Abattement de Guigemar après sa blessure, dénuement et déréliction de Lanval qui se sent abandonné, inquiétude de la femme du Bisclavret craignant que son mari ne soit épris d'une autre femme, souffrance intérieure de Fresne quand l'homme qu'elle aimait s'apprête à se marier, mélancolie des héros du *Laostic* après la mort du rossignol. L'amour est la source première du trouble. Il suscite l'inquiétude et fait perdre la paix intérieure[20]. Guigemar craint de déclarer ses sentiments (v. 399-412), Equitan s'interroge douloureusement (v. 64-88), Eliduc se sent partagé entre des aspirations contradictoires (v. 585-603). En ses débuts, l'amour fait toujours naître le déséquilibre. Ensuite, après une brève période de bonheur, ou un espoir de bonheur, surviennent les souffrances de la séparation, comme le montrent les lais de *Guigemar*, du *Chèvrefeuille*, du *Laostic*, d'*Eliduc*, ou de la mort, séparation définitive, dans *Yonec*, les *Deux Amants*, le *Chaitivel*. Malgré la variété des histoires, il y a une dominante de discrète tristesse ou plutôt de mélancolie digne et calme dans les lais de Marie de France. Si on compare ces récits aux lais anonymes, on serait tenté d'attribuer ce climat affectif à notre auteur.

20. Cf. K. RINGGER, *op. cit.*, p. 73.

Parmi les brèves évocations mélancoliques, la plus délicate est peut-être la présentation de Lanval. Nous le voyons, au début du lai, étendu sur le sol, tel un gisant dans la solitude, à l'écart des autres hommes. Cette posture finement symbolique suggère que le héros est désemparé et abandonné de tous. Marie a bien senti la tristesse de la solitude, du dénuement et de l'exil sur une terre étrangère avec toutes ses harmoniques : être démuni de ressources, n'avoir personne à qui se confier, n'avoir plus le cœur de résister et finalement se laisser aller, s'abandonner au mauvais sort qui vous entraîne. E. Hœpffner a peut-être exagéré, en jugeant Lanval « faible », en faisant de lui « un rêveur, vivant loin et en dehors du monde »[21]. Ce personnage n'a rien du héros romantique perdu dans ses pensées, noyé dans sa tristesse, cultivant sa mélancolie avec une délectation malsaine. Mais ce n'est pas un lutteur. Il subit plus qu'il ne réagit. Il est un introverti, comme nous dirions en langage moderne. Une fois que la fée l'a abandonné, quand le roi l'accuse devant la cour, on aurait mauvaise grâce à le taxer d'apathie et de mollesse. Par un cruel revers de fortune, tout s'abat sur lui en même temps : l'être aimé le quitte et le roi le poursuit de son ressentiment. Comment ne pas comprendre son accablement, son désespoir ? Au début comme à la fin du lai, Lanval est sans voix et sans force, parce que tout effort est vain. Il ne peut rien faire pour trouver des moyens de subsistance pas plus que pour se justifier. Il est obligé de subir son destin parce que les moyens de s'y soustraire font défaut. Ce personnage touchant, enfermé dans une sorte de cercle fatal, est profondément humain.

On décèle dans les lais non seulement des touches délicates, mais aussi des évocations complexes. On le voit bien dans les lais courts. L'héroïne des *Deux Amants* en est une image. Elle aime vraiment son prétendant (v. 72)

21. *Op. cit.*, p. 68.

et, en même temps, elle refuse de fuir avec lui, craignant de chagriner son père :

> Certes, tant l'eim e si l'ai chier,
> Jeo nel vodreie curucier.

L'âme de cette jeune fille n'est donc pas simple et se trouve partagée entre des aspirations, sinon contradictoires, du moins opposées. Entre son père et le soupirant, elle souhaite un compromis : elle désire épouser celui qu'elle aime, sans contrarier trop vivement l'auteur de ses jours. Solution modérée et raisonnable qui s'avérera irréalisable.

Au plan psychologique, les héros des lais courts restent des ombres fugitives. Seul, le lai plus détaillé et plus développé d'*Eliduc* permet véritablement des caractérisations complexes. Il en va ainsi pour deux personnages de premier plan : Guilliadon et Eliduc.

Les critiques ont parfois estimé que le personnage de Guilliadon était d'une « naïveté touchante »[22]. On parle d'elle comme d'une héroïne de conte merveilleux, sous prétexte qu'elle ressemble à une princesse endormie durant sa longue léthargie[23]. Mais de cette jeune fille qui aime pour la première fois, de cette amoureuse passionnée, Marie de France a fait une peinture vivante et délicatement nuancée. Guilliadon est à la fois timide et audacieuse, inquiète et confiante, fragile et déterminée. Ces sentiments contrastés apparaissent tout au début, quand elle tombe amoureuse d'Eliduc. Elle craint d'avouer son amour (v. 395) et il lui est insupportable de ne point le déclarer (v. 337). Sa passion est vive — elle confesse elle-même *jeo l'aim durement* (v. 440) — mais Guilliadon ne manque pas de lucidité. Elle est beaucoup plus avisée que son chambellan et comprend parfaitement que les réactions favorables d'un homme à qui l'on fait un cadeau ne peuvent raisonnablement s'appeler de l'amour (v. 369-373). Dès l'abord, elle n'ose pas déclarer ses

22. B. Wind, dans les *Mélanges M. Delbouille*, Liège, 1964, t. 2, p. 742.
23. E. Sienaert, *op. cit.*, p. 169.

sentiments au beau capitaine, mais en utilisant un messager elle brave un peu les convenances. Elle ignore tout d'Eliduc, elle ne sait pas s'il est de bonne naissance, si son cœur est libre. L'impatience de la jeune fille est manifeste ; mais à peine le messager est-il parti qu'elle voudrait le rappeler (v. 384). Ces mouvements ont le charme de la spontanéité !

Cette jeune fille décidée, énergique, qui offre sa main, sans hésiter, au *soudoier* de son père, reste, toutefois, fragile. Quand l'amour l'envahit, elle déclare : « A aucun moment, cette nuit, je n'ai pu trouver le repos » (v. 341). On pourrait soutenir que cette créature ne trouve jamais la paix et le repos intérieur. Avant la déclaration amoureuse, elle est inquiète (v. 503). Au moment du départ d'Eliduc, elle est si émue qu'elle se pâme (v. 661). Plus tard, l'annonce du retour de son ami la trouble tellement qu'elle se met à pleurer de joie (v. 784). Pendant la tempête, quand elle apprend qu'Eliduc est marié, elle tombe comme morte (v. 853). Elle avait mis toute sa confiance en Eliduc. La découverte que celui qu'elle aime est marié est pour elle un coup de poignard en plein cœur. Ne parlons pas ici d'abdication ou de « fuite en avant dans le rêve »[24]. C'est, au contraire, un choc brutal, une souffrance insupportable. Quand elle revient à elle, elle condamne vigoureusement la trahison masculine et s'écrie : « Elle est bien folle la femme qui croit un homme ! » (v. 1084). Mais dès qu'elle revoit son ami, elle pardonne (v. 1117). Comment douter du naturel et de la profonde vérité de cette jeune fille qui obéit si joliment aux impulsions de son cœur ?

Si Guilliadon a des sentiments frais et variés, Eliduc possède plus de complexité car c'est un homme à l'âme partagée. Il sent s'éveiller en lui un nouvel amour, mais ne voudrait pas se montrer trop infidèle à sa femme. D'où la réserve du héros, qui accepte aimablement les présents de la jeune fille et répond courtoisement à ses avances, sans s'engager véritablement. Dès l'abord, il y a une nette diffé-

24. E. SIENAERT, *op. cit.*, p. 170.

rence de tons entre eux. Elle parle d'amour (v. 513-514) ; lui, se contente de la remercier, d'exprimer rapidement sa joie et, pour marquer son acquiescement, utilise une phrase négative très neutre : *ne remeindrat pas endreit mei* (v. 523) « il n'y aura pas de difficultés de ma part ». Ensuite, il insiste sur le temps limité qu'il passera en Grande-Bretagne et ne cache pas que son départ aura lieu dans un an. Le mot d'amour n'est point prononcé par Eliduc. Ces paroles auraient été chez d'autres une habile dérobade, une courtoise façon d'éconduire la jeune fille. Pour Eliduc il n'en est rien. Au moment où il parle, il éprouve de l'inclination pour Guilliadon. Mais le héros maîtrise ses réactions et contrôle son langage. Il se garde de toute parole imprudente et de toute proposition irréversible. Dans le cœur d'Eliduc il n'y a pas lutte douloureuse entre deux sentiments contradictoires, comme l'a cru E. Hœpffner[25]. On y décèle plutôt gêne pour concilier deux sentiments différents (d'un côté, le charme invincible d'un nouvel amour, de l'autre, la peur d'être en infraction ouverte avec les lois de l'Eglise et de se rendre coupable de bigamie), malaise tenant à la difficulté de trouver un compromis. Point d'opposition entre l'amour de l'épouse et celui de la jeune fille, entre la fidélité et le plaisir du changement. Pratiquement, l'épouse est vite oubliée. Le cœur du héros a choisi, sans retour.

Faut-il parler, avec L. Spitzer, d'un « conflit entre *crestienté* et *amor* »[26] ? Il est bien évident que seules les contraintes religieuses empêchent Eliduc d'épouser Guilliadon. Le héros confesse clairement :

> S'a m'amie esteie espusez,
> Nel sufferreit crestientez. 602

Avec Guilliadon il évite de se compromettre par des actes définitifs et irrévocables. Nul rapport charnel, peu de sensualité : *n'ot entre eus nule folie* (v. 575). Son amour chaste et pudique ressemble à une amitié amoureuse. Mais la

25. *Op. cit.*, p. 105.
26. L. SPITZER, *Zeitschrift für romanische Philologie*, 1930, t. 50, p. 31.

crestienté est, cependant, battue en brèche, quand le héros décide de se soumettre totalement à sa nouvelle amie (*Jeo ferai trestut sun pleisir*, v. 345). Sans doute, il se grandit en quittant celle qu'il aime pour aller remplir son devoir de vassal. La souffrance est purificatrice, et le héros se rachète en partant. Mais en prenant une position ambiguë, en nouant des liens tendres et galants avec Guilliadon sans rompre les liens du mariage, en tentant de concilier l'inconciliable, Eliduc s'engage dans une situation sans issue. E. Hœpffner a bien vu que notre héros manquait de scrupules : il est « obligé de mentir à sa femme pour lui cacher son nouvel amour, obligé de mentir à la jeune fille à qui il doit cacher son mariage »[27]. Ne nous montrons pas plus sévère que Marie de France à son égard. Ne disons pas qu'il commet une double infidélité. Ne jugeons pas que « l'indécision est la constante du caractère d'Eliduc »[28]. Mettons-nous à sa place dans la société chrétienne du XIIe siècle. Séparation et divorce avec l'épouse légitime sont impossibles, hormis les cas exceptionnels d'annulation du mariage prévus par le droit canonique. Eliduc a trop de franchise pour s'engager dans les voies de la casuistique et de la procédure. L'union libre serait un moindre mal, mais elle ne convient pas ici, car Guilliadon pense au mariage et n'entend point devenir la maîtresse d'un homme marié. Trancher net ce nouvel amour, avant qu'il devienne envahissant et tenace, aurait pu être le parti d'un homme énergique et décidé. Eliduc n'a point cette trempe et cette grandeur d'âme. Il goûte au plaisir troublant d'un nouvel amour, il est sensible à la fraîcheur d'un cœur qui s'offre à lui. Il ne résiste pas au charme de Guilliadon, et cependant il évite l'irréparable. Cette attitude ambiguë et modérée, habile et conciliante aurait pu durer assez longtemps, si Eliduc n'avait commis l'imprudence d'enlever la jeune fille. Ce rapt débouche sur une crise. Que faire de la jeune fille et de l'épouse légitime ? Il eût été

27. *Op. cit.*, p. 105.
28. E. SIENAERT, *op. cit.*, p. 166.

cruel de les mettre face à face. Dès lors, la tempête et la léthargie de Guilliadon sont les bienvenues. Elles suppriment un personnage encombrant. On aurait sans doute aimé qu'Eliduc fût un amant plus loyal, qu'il eût révélé de lui-même la vérité. Quand il enlève la jeune fille, on découvre avec stupeur qu'il n'a rien prévu et rien préparé. Il est porté par les événements. Mais cet homme de l'instant, du provisoire, de l'inachevé, des demi-mesures est notre semblable, notre frère. Comment en vouloir au sympathique Eliduc, si humain, trop humain ? Ne trouve-on point aujourd'hui d'autres variations sur le vieux conte du « mari aux deux femmes »[29] ou plutôt du « mari entre deux femmes »[29] infiniment moins délicates et moins nuancées ?

LA REPRÉSENTATION DE L'AMOUR

Si la pénétration psychologique de Marie de France ne fait aucun doute, la sensibilité intuitive de l'auteur apparaît tout particulièrement dans la peinture du sentiment de l'amour, chair et substance profonde de toutes ces histoires.

Les écrivains du Moyen Age estimaient qu'il y avait des étapes obligées dans toute aventure amoureuse et distinguaient habituellement cinq *stationes amandi*[30] : *visus* (la vision de la personne aimée), *alloquium* (les paroles échangées et la déclaration amoureuse), *tactus* (les étreintes), *oscula* (les baisers), enfin *factum* (le dernier point, c'est-à-dire l'union charnelle). On suivrait une mauvaise voie, si l'on voulait ranger à toute force dans ce cadre les peintures amoureuses que nous offrent les lais. Marie n'attache pas une importance égale à toutes les phases de la vie érotique. Elle s'intéresse surtout à l'histoire du sentiment, et notamment aux deux moments essentiels de son surgissement : la naissance de

29. Sur le conte du mari aux deux femmes au Moyen Age, cf. G. PARIS, *La poésie au Moyen Age*, Paris, 1895, p. 105-130.

30. Cf. P. DRONKE, dans *Classica et Mediaevalia*, 1959, t. 20, p. 167.

l'amour dans le cœur humain et la déclaration à l'autre. Elle est donc particulièrement attirée par la période de la genèse et par celle de la formulation explicite, de la conquête d'un cœur. Tout le reste, c'est-à-dire l'ensemble de la liaison amoureuse, une fois l'aveu accompli, est beaucoup plus rapidement évoqué.

Il faut avouer que la naissance de l'amour donne rarement lieu dans la littérature médiévale à des analyses délicates et subtiles. On ne voit point de Marivaux, aux XIIe et XIIIe siècles, qui suive, à travers l'inquiétude, la lucidité et la mauvaise foi des personnages, le cheminement secret du sentiment dans l'inconscient, avant son jaillissement en pleine lumière. C'est qu'il n'y a guère d'obstacles intérieurs qui retardent la cristallisation de l'amour et l'empêchent d'accéder rapidement à la conscience. Chez nos auteurs point de longue durée, de cheminement souterrain, d'incertitudes, de refus voilés de l'amour. Tout se passe très vite. La cristallisation du sentiment s'opère en un instant. Dès que Guigemar a vu la dame, il s'éprend d'elle. De même, Lanval s'enflamme tout de suite pour la belle qui s'offre à lui. Même rapidité dans le lai de *Milon*, dans *Yonec*, dans *Equitan* et même dans *Eliduc* pour Guilliadon. C'est seulement dans les *Deux Amants* et dans le *Laostic* qu'une certaine durée intervient : il faut, semble-t-il, un certain nombre de jours et de prières du galant pour que l'héroïne accepte d'aimer et de se laisser aimer. Partout ailleurs, point de laps de temps, de précautions ou de réflexions préliminaires. La naissance de l'amour est immédiate. Le caractère instantané de son apparition se marque clairement par l'image des flèches du dieu Amour, vieille métaphore traditionnelle, ou par l'image plus neuve de l'étincelle d'amour. Dans le lai de *Guigemar* on nous dit du héros :

> Mes Amur l'ot feru al vif 379

Dans le lai de *Lanval* :

> Amur le puint de l'estencele
> Ki sun quor alume e esprent. 119

Comment s'explique cette omniprésence du coup de foudre ? Le coup de foudre ne présente que des avantages dans la littérature de contes. Il rend sensible, d'abord, l'importance de l'attrait physique. Le spectacle de la beauté suffit pour faire chavirer un cœur. En pareil cas, il n'est pas besoin d'une longue attente et de longs débats intérieurs. En second lieu, le coup de foudre exprime bien l'ardeur et l'intensité extrêmes de la passion amoureuse. Un amour qui a mis beaucoup de temps à se former et à se fortifier a quelque chose de fragile et d'incertain. En revanche, un amour immédiat atteint d'emblée son point de perfection. Il a un caractère absolu. Et il est d'autant plus réconfortant qu'il saisit souvent au même moment les deux partenaires. C'est un amour total et réciproque. Que souhaiter de plus ? On comprend que la littérature éprise d'idéalisation et soucieuse de brièveté aime particulièrement les amours vite formées. Le coup de foudre est de rigueur quand on veut indiquer le caractère exemplaire de la passion.

De même que l'amour apparaît en un instant, il vient immédiatement à la conscience du sujet aimant. Les amoureux n'hésitent pas sur la nature du nouveau sentiment qui les emplit. Ils comprennent tout de suite la cause de leur trouble. Dans *Guigemar*, *Equitan* et *Eliduc* le personnage amoureux est la proie d'une insomnie, il soupire et se tourmente durant la nuit. La comparaison de l'amour avec une plaie (*Equitan*, v. 56), avec une blessure (*Guigemar*, v. 381), le terme d'*effrei* (*Eliduc*, v. 315) désignant un trouble profond indiquent bien que, dès sa naissance, l'amour s'accompagne de souffrance. L'inquiétude et l'agitation des amoureux tiennent toujours au fait qu'ils ne savent pas si leur passion sera favorablement écoutée et qu'ils craignent plus que tout d'être repoussés. Mais, quand il y a très vite accord réciproque, comme dans *Yonec* ou *Lanval*, quand le protagoniste sait, d'avance, qu'il est aimé, les émois et la souffrance sont inconnus. On passe tout de suite aux joies du premier amour.

Sur les causes de la naissance du sentiment Marie reste fort discrète. Presque toujours, on pourrait dire « parce que c'était lui, parce que c'était elle ». Sans doute, toute explication rationnelle n'est pas à écarter. La damc du *Laostic* accepte d'aimer le galant qui la courtise, en raison de ses mérites, « pour le bien qu'elle entendit dire de lui » (v. 27) et aussi « parce qu'il était son voisin » (v. 28). L'amour de loin, visible dans le lai de *Milon* (v. 25-32), est vraiment exceptionnel chez Marie. Il fait figure de corps étranger. Normalement, il faut que les deux partenaires soient proches l'un de l'autre et soient mis en présence. Chez les théoriciens de l'amour, comme André le Chapelain, la *visio* de l'être aimé était la grande source de l'amour[31]. On sent que pour Marie la proximité, la présence, des rapports familiers jouent un effet bénéfique. Mais il est impossible d'aller très loin dans les motivations. Il faut se contenter de dire qu'il y a sympathie et attirance mutuelles, et parfois avec une telle brusquerie qu'on a vraiment l'impression que les deux êtres sont faits l'un pour l'autre. Il suffit de se voir pour s'aimer.

Dans les contes populaires on ne s'attarde guère sur la déclaration amoureuse : tout se passe bien pour les héros. L'essentiel est d'arriver très vite aux épousailles. Mais les écrivains qui s'intéressent à l'analyse psychologique savent que la scène de l'aveu est d'un vif intérêt. Dans cette importante étape, on va du clos à l'ouvert, de l'intérieur à l'extérieur, de l'introspection à la communication. Parfois, la déclaration se fait sans difficultés. Parfois, des obstacles divers la retardent ou l'inhibent. Parfois, comme le héros craint de se déclarer, une tierce personne intervient et sert d'habile intermédiaire. On a étudié, il y a quelques années, les déclarations amoureuses dans la littérature arthurienne du XIIe siècle[32]. Qu'en est-il chez Marie de France ?

Il est, d'abord, des aveux faciles que rien n'arrête, que rien ne gêne. Quand un être féerique s'éprend d'un mortel, aucune timidité, aucune pudeur ne vient suspendre ou

31. Cf. la définition célèbre : *Amor est passio quaedam innata, procedens ex visione et immoderata cogitatione formae alterius sexus*, *Art d'aimer*, éd. S. BATTAGLIA, Rome, 1947, p. 4.

32. Ph. MÉNARD, La déclaration amoureuse dans la littérature arthurienne au XIIe siècle, *Cahiers de civilisation médiévale*, 1970, t. 13, p. 33-42.

troubler la déclaration. Tout se passe le plus naturellement du monde. La fée du lai de *Lanval* parle avec assurance, en femme qui ne craint point d'être contredite ou éconduite :

> Lanval, fet ele, beus amis,
> Pur vus vinc jeo fors de ma tere :
> De luinz vus sui venue quere !
> Se vus estes pruz e curteis,
> Emperere ne quens ne reis
> N'ot unkes tant joie ne bien,
> Kar jo vus aim sur tute rien.

Aucune hésitation ou tergiversation pour avouer son amour. Elle n'attend point qu'on lui fasse des avances. Si elle prend l'initiative de se déclarer, c'est parce qu'elle est un personnage de l'Autre Monde, une créature supérieure, au-dessus des lois et des usages auxquels se plient les simples mortels. On pourrait en rapprocher la déclaration de la reine dans le lai de *Lanval*. Lorsque cette grande dame dit au héros *Ma druerie vus otrei*, on sent dans ces paroles de la hauteur et une certaine condescendance. Une reine n'est pas n'importe qui.

Les hésitations, les déclarations embarrassées des héros timides offrent plus d'intérêt que les aveux simples et directs. La timidité amoureuse est un lieu commun littéraire (*Amorosus semper est timorosus*, disait André le Chapelain), mais elle ne joue pas dans les lais de Marie de France un rôle aussi important que dans les romans de Chrétien de Troyes. Dans *Eliduc*, Guilliadon commence, sans doute, par utiliser les services de son chambellan, ce qui est un aveu déguisé. Elle a bien conscience que son attitude est un peu déplacée et craint que l'étranger ne blâme son audace (v. 395). Mais la peur de choquer ou d'être repoussée ne l'empêche nullement de faire sa déclaration, presque tambour battant. Ici la timidité reste une ombre légère (v. 503-504). Le lai de *Guigemar* ne cache pas l'inhibition qui paralyse un instant le timide : chacun des deux partenaires est inquiet (v. 400-406 et 476). Le héros craint d'être éconduit parce qu'il est un étranger, *pur ceo qu'il ert d'estrange tere* (v. 478). Mais Marie ne cherche pas à approfondir la psychologie du timide. Elle glisse, sans essayer de filtrer les sentiments complexes qui se mêlent dans la timidité amoureuse : peur de souffrir et de voir un rêve de bonheur complètement anéanti, peur d'être humilié par un refus (l'amour-propre gît, caché, dans l'inconscient), peur de froisser les susceptibilités féminines par une déclaration prématurée, doute de soi. Marie avance à grands pas, sans se pencher sur le nœud psychologique de la timidité. Les auteurs pressés ne peuvent s'attarder longtemps sur les sentiments qui risquent de différer le déroulement de l'action.

Des déclarations très rapidement menées, dans le lai de *Guigemar* (v. 500-506) et dans celui d'*Equitan* (v. 114-116), où, de surcroît, les paroles sont au style indirect, montrent que Marie s'intéresse moins à l'aveu qu'à la réponse de la dame. Réaction féminine bien légitime ! Dans les deux textes, les répliques féminines ont un point commun : on y sent que les usages du temps conseillent au personnage féminin de ne pas s'engager tout de suite, de ne pas répondre favorablement à la première requête d'amour. C'est là une attitude de prudence parfaitement compréhensible, dans la mesure où la femme, en amour, est beaucoup plus exposée que l'homme. Ensuite, les dialogues des deux lais divergent. Pour convaincre la dame, Guigemar fait valoir que seules les coquettes et les femmes légères (*feme jolive del mestier*, v. 515) se font prier longtemps. Il précise qu'elles font les fières pour se faire valoir et aussi pour faire accroire à leur soupirant qu'elles ignorent tout des plaisirs de l'amour. Un jugement aussi sommaire serait suspect d'antiféminisme, si l'auteur du lai n'appartenait pas au beau sexe. La retenue des femmes ne s'explique pas aussi simplement : il y entre beaucoup de choses, et notamment le plaisir de se laisser courtiser, la peur de se donner au premier solliciteur, le désir de mettre l'homme à l'épreuve pour ne point confondre le premier galant venu avec un authentique amoureux, la conscience « des dangers que court la femme dans l'aventure amoureuse »[33], sans parler du poids des traditions sociales

33. Comme l'a bien dit J. LODS, *op. cit.*, p. XXVI.

régissant la pudeur et l'honnêteté des femmes. Même s'il nous paraît singulier, l'argument de Guigemar est efficace, puisque la dame rend les armes tout de suite. Manifestement, Marie préfère les conduites simples et naturelles aux comportements empreints d'artifice.

Le lai d'*Equitan* est le seul texte à détailler assez longuement les inquiétudes féminines, mais il est vrai que la situation est un peu particulière puisqu'un roi y requiert d'amour la femme de son sénéchal. La dame est sensible à la différence de statut social qui sépare les deux partenaires. Elle craint d'être abandonnée par le roi, dès qu'elle se sera donnée à lui. Remarque assez pénétrante ! Elle explique au roi qui la courtise qu'un monarque est un amant redoutable. Au lieu d'être prévenant comme un homme de modeste condition, un roi, habitué à commander, se montre facilement dominateur. Peur de l'abandon et peur de la sujétion envahissent donc l'héroïne. On conviendra que l'analyse psychologique est ici parfaitement juste et perspicace. Dans la société médiévale où les femmes étaient souvent soumises à la tutelle de leurs maris, où elles sentaient le poids de la puissance maritale, les hommages et les tendres égards d'un amant avaient de quoi plaire aux cœurs féminins. La femme se trouvait placée sur un piédestal. Elle devenait une dame *(domina)*, une reine. Elle prenait plaisir aux requêtes répétées des soupirants. En revanche, les faveurs d'un amant impérieux et dominateur risquent de rebuter. Dans *Equitan*, pour que la dame accepte, il faut que le roi s'humilie et se mette volontairement dans une situation d'infériorité :

> Ma chiere dame, a vus m'ustrei :
> Ne me tenez mie pur rei,
> Mes pur vostre humme e vostre ami.
> Seürement vus jur e di
> Que jeo ferai vostre pleisir.
> Ne me laissiez pur vus murir!
> Vus seiez dame e jeo servanz,
> Vus orguilluse e jeo preianz.

Marie de France a bien senti qu'en amour une femme n'aime pas avoir devant elle un seigneur et maître. Dans la vie, les femmes dépendent souvent de leurs maris. En amour, les hiérarchies sont renversées : il appartient à l'homme de supplier, de s'incliner, de s'humilier et à la femme de commander. S'agit-il d'une revanche fictive, provisoire, illusoire ? Est-ce une juste compensation ? Peu importe sur le fond des choses. L'essentiel est de voir que Marie a parfaitement compris et exprimé le profond plaisir qu'éprouve une femme à asseoir sa domination sur un amant. L'héroïne d'*Equitan* avait beau prôner l'égalité en amour, dans une belle formule : *Amur n'est pruz se n'est egals* (v. 137). Elle n'accepte les propositions du roi que lorsqu'elle est sûre de pouvoir exercer son autorité sur lui. Un amant, même royal, doit se montrer soumis. Pour sa constante et remarquable pénétration cette scène du lai d'*Equitan* est un des plus grands textes écrits par Marie de France. Il dépasse de loin les autres scènes de déclaration amoureuse et va profondément dans la connaissance des cœurs.

Toutefois, chez Marie les déclarations amoureuses tournent vite court. Il n'est pas besoin de déployer de longues argumentations pour ébranler la résistance d'autrui, comme font les héros du lai de l'*Ombre* ou les personnages diserts présentés par André le Chapelain dans son *Art d'aimer*. Dans les contes, les amoureux tombent vite d'accord, l'entente est immédiate, la sympathie réciproque. La déclaration n'est qu'un moment fugitif, un passage. L'important, c'est la liaison amoureuse.

Douceur et tendresse colorent les scènes d'amour. Des qualificatifs comme *doucement* ou *tendrement* se rencontrent çà et là. Alors que dans les chansons de geste du XIIe siècle on sent encore une certaine rudesse de l'homme pour la femme, ici affection et effusion se manifestent. Quand Guilliadon s'évanouit, Eliduc essaie de réconforter sa fragile amie : il la prend dans ses bras et l'embrasse en pleurant tendrement (v 666-667). Même si Marie n'insiste pas, une place est faite au corps dans la vie amoureuse. Le bonheur tout neuf des amants n'est pas fait seulement de satisfactions sentimentales. Quand l'auteur dit que les héros connaissent

« une vie délicieuse » — *Mut fu deliteuse la vie*, est-il précisé dans le lai de *Guigemar* (v. 537) — il faut comprendre qu'ils goûtent à tous les plaisirs de l'amour :

> Ensemble gisent e parolent
> E sovent baisent e acolent. 532
> Bien lur covienge del surplus,
> De ceo que li autre unt en us !

L'allusion souriante au « surplus », euphémisme habituel pour désigner l'union charnelle, montre bien que l'amour des amants n'a rien de platonique. On en voit bien des traces dans les lais. Fresne a des relations charnelles avec Goron, l'amie de Milon devient enceinte, l'héroïne du lai d'*Yonec* a un enfant de l'être féerique. Comme l'a justement noté J. Lods, Marie ne recule pas « devant les conséquences physiques de l'amour »[34]. Mais il faut ajouter qu'elle reste en ce domaine d'une grande délicatesse et n'insiste jamais. Aucune description de l'acte sexuel. Le *sorplus* est présent, mais éludé. Marie n'est ni pudibonde ni dévergondée. Elle tient un juste milieu.

La liaison amoureuse présente toujours un mélange de souffrances et de constance. L'irruption de la souffrance ne se fait guère attendre. A peine l'amour est-il déclaré et partagé que les amants doivent se séparer. Cette péripétie pathétique survient dans nombre de lais, comme l'attestent les récits de *Guigemar*, *Lanval*, *Yonec*, le *Laostic*, *Milon*, le *Chèvrefeuille*, *Eliduc*. Dans les lais les femmes souffrent peut-être de la séparation plus intensément que les hommes. Les héroïnes de *Guigemar* et d'*Eliduc* ont le cœur déchiré. En perdant celui qu'elle aime, la femme perd le goût de vivre. Plus rien ne peut la consoler. Elle n'essaie pas de lutter. Elle se désole sans trêve ni repos. Des souffrances plus cruelles existent, mais elles sont exceptionnelles. Ainsi découvrir que l'on a été trompé par l'être qu'on aimait le plus au monde et en qui l'on avait mis toute sa confiance. C'est le cas de Guilliadon lorsqu'elle apprend qu'Eliduc est

34. *Op. cit.*, p. XXIV.

marié. Le degré ultime de la souffrance, c'est la mort, séparation définitive, irrévocable, qui entraîne chez la femme le désespoir, la mort subite. On le voit dans les *Deux Amants.*

Aux séparations le temps qui passe n'apporte guère de consolation et d'oubli. Les héros des lais gardent toujours le souvenir de l'être aimé. La constance est caractéristique des liaisons amoureuses, fussent-elles hors mariage. Point d'infidélité, même passagère, point d'intermittences du cœur. On reste toujours fidèle à son premier et à son unique amour. Les protagonistes du lai de *Guigemar* donnent une image exemplaire de cette fidélité qui résiste aux épreuves du temps. Le lai d'*Eliduc* est évidemment une exception, puisqu'on y voit un mariage qui se défait et un nouvel amour qui naît. Mais ce texte n'illustre pas le droit au changement et ne fait pas de l'inconstance une vertu, comme la dix-septième règle d'amour d'André le Chapelain « Nouvel amour chasse l'ancien »[35]. Marie veut que le héros nous soit sympathique : elle glisse rapidement sur les sentiments d'Eliduc à l'égard de sa femme. On a l'impression qu'une fois marié, il éprouve pour son épouse plus d'estime que d'affection et que le grand amour de sa vie naît quand il rencontre Guilliadon. Ainsi, malgré les apparences, il n'y a pas de frivolité et de légèreté chez Eliduc.

LE PROBLÈME DE L'INSPIRATION COURTOISE

La peinture de l'amour faite dans les lais est-elle tributaire de l'inspiration courtoise ? M. Lazar a retrouvé dans l'œuvre de Marie un nombre important de motifs de la *fin'amor*[36]. B. Wind estime, au contraire, que les lais s'écartent des doctrines courtoises[37]. Que faut-il en penser ?

35. Andrea CAPELLANO, *Trattato d'amore*, éd. S. BATTAGLIA, Rome, 1947, p. 358 *(Novus amor veterem compellit abire)*.

36. Cf. M. LAZAR, *Amour courtois et fin'amors dans la littérature du XII*e *siècle*, Paris, 1964, p. 174-198.

37. B. WIND, L'idéologie courtoise dans les lais de Marie de France, *Mélanges M. Delbouille*, Liège, 1964, t. 2, p. 741-748.

Deux situations classiques de la *fin'amor* se rencontrent assurément dans nos textes : le mari présenté comme un ennemi, l'amour adultère. Maints lais montrent que l'amour ne se développe pas au sein du mariage : *Guigemar*, *Equitan*, le *Bisclavret*, *Yonec*, le *Laostic*, *Milon*, le *Chèvrefeuille*, *Eliduc*, le *Chaitivel*. Cela fait une masse impressionnante de textes. André le Chapelain disait que « le prétexte de mariage n'est pas une excuse valable contre l'amour » *(Causa coniugii ab amore non est excusatio recta)* dans la première des trente et une règles d'amour[38]. Manifestement, Marie pense de même. Très souvent, on voit chez elle un amant s'éprendre d'une femme mariée, et non d'une jeune fille. Le fait est incontestable.

Des usages courtois transparaissent à plusieurs reprises dans son œuvre. On trouve chez elle des traces de la rhétorique courtoise. Il est question de mourir d'amour dans *Guigemar* (v. 501) et dans *Equitan* (v. 114), de crier *merci* (*Guigemar*, v. 417), de *druerie*, mot clé des conduites amoureuses courtoises, dans *Guigemar* (v. 505), *Equitan* (v. 185), le *Chaitivel* (v. 57). La joie d'amour mentionnée dans le lai du *Laostic* : « Il n'a pas de joie au monde celui qui n'entend pas le rossignol chanter » (v. 84-85) fait penser à des vers de troubadours, à la première strophe de la chanson *Pel doutz chan que-l rossinhols fai* de Bernard de Ventadour ou encore aux beaux vers du même poète :

> Ben es mortz qui d'amor no sen
> Al cor calque dousa sabor[39].

Les vertus courtoises tiennent une place notable dans les lais. La démesure entraîne le malheur des amants dans le lai d'*Yonec* et dans celui des *Deux Amants*, et aussi dans le *Laostic* et dans le *Chaitivel*. On pourrait soutenir sans

38. Ed. BATTAGLIA, p. 356. A. le Chapelain fait dire plus nettement encore à la comtesse de Champagne : *Dicimus enim et stabilito tenore firmamus amorem non posse suas inter duos iugales extendere vires* (éd. cit., p. 179-180).

39. Ed. M. LAZAR, Paris, 1966, p. 60, pièce I, v. 9-10.

paradoxe qu'elle cause également la perte des héros du lai d'*Equitan*. Marie constate explicitement que le protagoniste du lai des *Deux Amants* est dépourvu de mesure : *Kar n'ot en lui point de mesure* (v. 189). L'idée de mesure est si importante dans l'idéal courtois et apparaît si fréquemment dans la poésie des troubadours qu'on lui a consacré une thèse[40].

Autre vertu courtoise : la règle du secret. André le Chapelain en fait la treizième de ses *regulae amoris : Amor raro consuevit durare vulgatus* « L'amour peut rarement durer quand il est divulgué »[41]. On comprend aisément qu'un amour illicite ne puisse vivre que dans le secret. Si l'amour des héros du lai de *Guigemar* et du lai d'*Yonec* avait été celé au mari, les amants n'auraient pas connu la souffrance et le malheur. Dans le lai de *Lanval*, quand le secret est enfreint, le héros perd l'amour de la fée. Plusieurs critiques, E. Hœpffner, L. Spitzer, M. Lazar, ont estimé que Lanval avait commis « une infraction au code courtois » et que la dame le punissait de sa vantardise.

Dernière attitude courtoise : la soumission de l'amant. Le service d'amour est peut-être le trait le plus original de la *fin'amor*. A. le Chapelain rappelle que l'amant doit obéir en tout point aux commandements des dames, *dominarum praeceptis in omnibus obediens*[42]. Le premier des troubadours, Guillaume IX, parle déjà d'être *obediens*[43] et beaucoup de poètes, d'oc et d'oïl, diront avec Bernard de Ventadour « Je suis l'homme-lige de ma dame »[44] ou avec Guillaume le Vinier « Noble créature, votre homme vous fait hommage »[45]. Sans doute, les amants des lais ne sont pas toujours

40. C'est la thèse de Jacques WETTSTEIN, soutenue devant l'Université de Berne, et dont seulement une partie a été publiée sous le titre « *Mezura* », *L'idéal des troubadours, son essence et ses aspects*, Zurich, 1945.
41. Ed. S. BATTAGLIA, p. 358.
42. *Ibid.*, p. 124 (précepte 7).
43. GUIGLIELMO IX d'AQUITANIA, *Poesie*, éd. Nicolo PASERO, Modène, 1973, p. 197, pièce VII, v. 30.
44. Ed. M. LAZAR, XXI, 13.
45. Ed. Ph. MÉNARD, Genève, 1970, pièce XV, v. 33.

des soupirants éperdus d'amour, attentifs aux moindres désirs de la femme aimée. Mais des traces du service d'amour percent en quelques endroits. Les quatre rivaux du lai du *Chaitivel* font assaut de prouesses et rivalisent de mérites dans l'espoir de se faire agréer de la dame. Le héros du lai d'*Equitan*, malgré sa condition supérieure, s'abaisse devant celle qu'il aime et lui dit sans ambages : *Vus seiez dame e jeo servanz* (v. 175). C'est là le comportement typique des fidèles dévots de la *fin'amor*.

Toutefois, si les influences courtoises sont indéniables dans les lais de Marie de France, elles restent superficielles. L'amour, tel que le décrit et l'imagine Marie, est, pour l'essentiel, étranger aux représentations et aux rites courtois.

Certaines analogies doivent être écartées, car elles n'ont rien de pertinent. J. Frappier a justement distingué la courtoisie et l'amour courtois[46]. Celui-ci est un art d'aimer raffiné, une culture du désir érotique, réservée à un petit nombre de fidèles ; celle-là une manière de vivre élégante et distinguée, répandue dans tous les milieux aristocratiques. La politesse, la discrétion, la mesure appartiennent au fond commun de la civilisation courtoise et ne sont point caractéristiques de l'amour courtois. On pourrait aller plus loin et soutenir que les règles de discrétion et de mesure remontent très loin dans le passé. Elles sont au cœur de la littérature antique. L'idée qu'il faut se garder de trop parler, que le silence est d'or a un lointain passé. On la trouve au Moyen Age dans des textes étrangers à toute courtoisie, comme la *Disciplina clericalis*, l'*Historia septem Sapientum* ou les *Distica Catonis*, avant de la voir reprise par tous les auteurs et dans tous les genres littéraires. C'est vraiment un lieu commun de la sagesse universelle[47]. L'idée que la mesure est le bien suprême a été maintes fois célébrée par les Tragiques grecs, avant qu'Aristote lui donne un nouvel éclat. Au Moyen Age,

46. Cf. *Amour courtois et Table ronde*, Genève, 1973, p. 3 et sqq.
47. Cf. V. Roloff, *Reden und Schweigen, Zur Tradition und Gestaltung eines mittelalterlichen Themas in der französischen Literatur*, München, 1973.

les textes les plus divers, y compris des chansons de geste ardentes et emportées comme *Raoul de Cambrai*, montrent que la démesure est toujours fatale à l'homme. La mesure attendue de la dame dans le lai d'*Yonec* est un simple acte de prudence et n'a rien d'une vertu qui ennoblit. La fée du lai de *Lanval* ne punit pas le héros parce qu'il a omis de se conformer au code courtois. Nous avons affaire à un vieux schéma de conte : la transgression d'une interdiction amène automatiquement le malheur.

Les représentations du mari jaloux et de l'adultère dans les lais ne sont pas plus décisives. L'amour conjugal a rarement inspiré les artistes médiévaux. Dans la littérature, l'amour hors mariage est toujours beaucoup plus répandu, parce qu'il est piquant et chargé de traits romanesques. Mais l'adultère n'est pas un élément constitutif de l'amour courtois, sinon les fabliaux relèveraient aussi de son domaine et une foule d'œuvres de la littérature universelle. Et, de surcroît, si l'amour courtois concerne, à l'occasion, des couples adultères, il n'est pas fondamentalement une apologie de l'adultère. Un bon connaisseur de la littérature des troubadours, A. R. Press, a montré que des liaisons pouvaient s'établir avec des femmes non mariées et que dans la plupart des textes il était impossible de connaître le statut de l'amante[48]. D'ailleurs, tous les lais de Marie de France ne font point du mariage une peinture défavorable. Le mariage est dans nos lais une valeur si solide que, lorsque la situation le permet, les liaisons illégitimes prennent fin et s'achèvent sur des épousailles en bonne et due forme. Le mariage de Milon en est un exemple.

Enfin, la situation clé de l'amour courtois, c'est-à-dire la domination du partenaire féminin et la soumission de l'amant, reste étrangère aux conceptions de Marie de France. On ne saurait s'en étonner, car il en va ainsi dans beaucoup

48. Cf. A. R. Press, The Adulterous Nature of « Fin'Amors », A Re-Examination of the Theory, *Forum for Modern Language Studies*, 1970, t. 6, p. 327-341.

de textes narratifs des XIIe et XIIIe siècles, depuis *Erec et Enide* jusqu'à *Aucassin et Nicolette*. Le service d'amour n'est pas mis en pratique dans les lais. La belle dame sans *merci* des poésies courtoises, la belle inhumaine, n'a point les faveurs de Marie. En tant que femme, la poétesse aurait pu trouver de l'agrément à cette représentation de la dame imposant ses vouloirs à l'amant, acceptant le suave encens des hommages et se refusant toujours à lui. Mais, au nom de l'amour, elle s'éloigne de ces jeux subtils et inquiétants. Elle choisit le grand chemin du cœur. On ne saurait dire que dans le lai du *Chaitivel* Marie accepte la *fin' amor* et condamne seulement l'attitude de la dame orgueilleuse, comme l'a soutenu M. Lazar[49]. On ne peut distinguer ici dame orgueilleuse et amour courtois. Faut-il croire avec E. Hœpffner que Marie réprouve dans ce texte « la dompna inaccessible, égoïste, dont l'amour n'est qu'un froid calcul et qui en fait d'amour ne connaît que l'amour d'elle-même »[50] ? Il est vrai qu'il y a ici une atmosphère courtoise. Rien ne défend à une femme d'être aimée de plusieurs hommes, nous apprend la dernière des règles d'amour d'André le Chapelain[51]. Mais, même si le jugement d'E. Hœpffner est trop sévère pour une héroïne qui n'est pas fermée à la pitié et insensible aux autres, nous sentons que Marie préfère un amour partagé à un amour refusé. Dans le lai d'*Equitan* l'héroïne déclare *Amur n'est pruz se n'est egals* (v. 137). Cette maxime, l'auteur la fait sienne. Or aucune idée n'est plus radicalement opposée aux représentations traditionnelles de l'amour courtois. Un poète courtois ne place jamais les amants sur un pied d'égalité.

A plusieurs reprises Marie laisse entendre comment elle voit les relations amoureuses entre homme et femme. Dans le lai de *Guigemar*, elle condamne ouvertement la femme orgueilleuse et farouche qui refuse de donner tout de suite

49. *Op. cit.*, p. 197.
50. *Op. cit.*, p. 165.
51. Ed. BATTAGLIA, p. 358 (Règle 31 : *Unam feminam nil prohibet a duobus amari et a duabus mulieribus unum*).

son cœur et qui prend plaisir à se faire longtemps prier. On peut trouver partiale l'explication qu'elle donne de ce comportement. Mais la sévérité du jugement qu'elle porte montre bien qu'elle ne comprend pas du tout les raisons qui peuvent expliquer les résistances féminines. En faisant de la belle inhumaine une femme de petite vertu, Marie indique sans ambiguïté de quel côté vont ses vœux. Elle est pour l'amour franchement partagé, pour les réactions spontanées et naturelles. Voilà pourquoi il n'est pas nécessaire chez elle de procéder à de longues déclarations et d'écouter les réponses subtilement alambiquées de belles dames compliquées. Dans la plupart des lais les amants tombent vite d'accord. Ils s'entendent tout de suite.

Ainsi, bien que les lais de Marie de France aient de loin en loin une vague couleur courtoise, ils restent foncièrement étrangers au mythe de la *fin'amor*. B. Wind a bien observé qu'il y a « dans l'œuvre de Marie une mesure, une modestie dans le rôle joué par la femme qui cadrent mal avec les conceptions de l'amour courtois »[52]. L'amour que peint et que prône Marie est bien éloigné de l'érotisme savamment cultivé et passablement artificiel des poésies courtoises. Aux élégances affectées, aux finesses et aux subtilités de la *fin'amor* Marie préfère l'amour spontané, sincère et loyal, l'amour à fleur de peau et parlant cœur à cœur. « Marie traitait une matière qui était virtuellement courtoise, a bien dit B. Wind, mais elle n'en retint que l'aspect émouvant et humain »[53].

LA CONCEPTION DE L'AMOUR DE MARIE DE FRANCE

Ces peintures ne nous instruisent pas seulement sur la finesse psychologique de l'écrivain, elles nous font connaître aussi la façon dont Marie se représente la nature et le rôle

52. *Op. cit.*, p. 742.
53. *Op. cit.*, p. 748.

de l'amour dans la vie des hommes. En dépit de la variété des histoires, malgré les sujets et les éléments traditionnels dont Marie a certainement hérité, on perçoit dans les lais une inspiration identique et un climat unique.

D'abord, il est bien évident que pour les individus l'amour représente le bien suprême, le vrai bonheur, la valeur absolue. On le voit bien pour les femmes. Mais même les hommes trouvent dans l'amour des raisons de vivre. Chez Marie les chevaliers ne recherchent guère l'aventure et la gloire. Par goût ils resteraient sédentaires pour savourer à loisir de paisibles amours. Quand ils se déplacent, comme Eliduc, et mettent leur épée au service d'un prince, c'est parce qu'ils sont obligés de trouver à l'étranger des moyens de subsistance. Milon, qui court, en partie, pour son plaisir les tournois et les combats, reste une exception. D'ordinaire, les héros des lais ne sont point des chevaliers errants. L'amour suffit à combler les cœurs.

Cette représentation si marquée, qui néglige les ambitions et les rêves de puissance des hommes, a peut-être quelque chose de féminin. Elle tranche assez nettement avec ce que l'on trouve dans les lais anonymes et surtout dans les romans arthuriens. Mais ce parti pris donne à l'amour un haut degré d'incandescence, sans qu'il soit chargé, pour autant, de la folle ivresse, de l'exaltation frénétique et du déséquilibre congénital de la passion. Tout en étant absolu et exclusif, l'amour semble avoir assez de santé et de vitalité pour échapper aux pulsions malsaines et morbides. Les amants peuvent avoir des faiblesses passagères. Ils ignorent les dépressions persistantes et les dérèglements gravement pathologiques. Quand l'amour est satisfait, il apporte tout naturellement la plénitude. On l'observe dans le lai de *Guigemar*, où l'héroïne est transfigurée lorsqu'elle aime et lorsqu'elle est aimée. Le puissant effet d'un amour épanoui est visible même aux yeux des étrangers. Cet amour a un besoin vital de la présence de l'autre. On peut lui appliquer l'image symbolique qui donne toute sa poésie au lai du *Chèvrefeuille* : l'intime enlacement du chèvrefeuille et de la branche de noisetier. Il marque le profond besoin d'union des amants. Comme dit si justement Tristan dans ce même lai :

> Bele amie, si est de nus :
> Ne vus sanz mei, ne jeo sanz vus. 78

Un tel amour transcende assurément les médiocres affections de la vie ordinaire. Il s'impose comme un élan irrésistible, comme un besoin incoercible issu des profondeurs et presque venu d'ailleurs. Il a la grandeur des choses éternelles et l'obscure épaisseur des choses primordiales. Les lais de *Guigemar* et d'*Yonec* le montrent magnifiquement. Au début du lai de *Guigemar*, la biche prophétise que le héros formera avec une femme un couple exemplaire

> Dunt tuit cil s'esmerveillerunt
> Ki aiment e amé avrunt. 120

On sent que Guigemar n'est pas libre d'aimer qui il veut. Son destin est tracé d'en haut : un amour exceptionnel lui est réservé. Dans le lai d'*Yonec* les paroles du chevalier-oiseau à la dame ont un caractère extraordinaire. Quand il lui dit « Jamais je n'ai aimé d'autre femme que vous et jamais je n'en aimerai une autre. Mais je ne pouvais sortir de mon palais et venir jusqu'à vous, si vous ne m'aviez pas, d'abord, appelé » (v. 129-133), on découvre soudain qu'en vertu d'une loi mystérieuse un homme était destiné à cette femme, c'est dire que les amants étaient faits l'un pour l'autre et que l'amour a un caractère unique. Sans le savoir, la dame était aimée, désirée, attendue par un être qui la connaissait. Un beau jour, elle prononce, à son insu, les paroles fatidiques : le voile se déchire, le chevalier-oiseau répond à son appel. Dans une semblable histoire, l'amour ne naît pas d'une rencontre fortuite. Il n'est pas le fruit des caprices du hasard. Il est inscrit dans les étoiles. Par-delà la parole vague et dolente de la dame, on pressent que le cours des événements est fixé depuis longtemps, presque de toute éternité. Entre des êtres si différents, si éloignés et dont l'un ignore tout de l'autre existent d'étranges affinités. Le héros et l'héroïne n'appartiennent pas au même monde et pourtant ils se trouvent miraculeusement accordés. Cet amour voulu par les lois du Destin et d'une bienveillante Providence révèle donc une véritable prédestination. C'est là une idée splendide qui abolit le hasard. Nous quittons le monde vulgaire, où règnent l'incertitude, les choses contingentes, les calculs sordides, pour entrer dans un monde supérieur. Nous accédons à un univers magique où se dessinent des correspondances insoupçonnées, des harmonies cachées, des finalités mystérieuses. Un amour de cette nature, qui éclot dans les profondeurs insondables du surnaturel, est magnifique. On comprend qu'il comble pleinement les cœurs.

L'amour satisfait les individus, mais s'intègre-t-il aisément à l'existence sociale ? Amour et société forment souvent un diptyque aux deux volets rigoureusement antithétiques. Les amants n'ont cure des règles inventées par la société et des exigences de la vie sociale. Inversement, la société rejette et dénonce les amoureux qui se replient sur eux-mêmes et n'assument pas les devoirs de la vie collective, tels Tristan et Iseut. Chez Marie de France l'opposition n'est pas vive et systématique entre l'amour et la société. Il est bien évident que l'amour a essentiellement une finalité individuelle. Les couples qui s'aiment vivent assez renfermés en eux-mêmes, refermés sur eux-mêmes, puisqu'un des deux partenaires est enserré dans le vase clos d'une tour ou d'un château, voire, dans *Fresne*, d'un établissement monastique, et que leur liaison est interdite et illégitime. Même si ces liens sont justifiés par la solitude, la méchanceté du mari, la souffrance d'un partenaire, ils restent en infraction avec les lois sociales. A plusieurs reprises, on voit un héros célibataire s'intéresser à la femme d'un homme marié : il en va ainsi dans *Guigemar*, *Equitan*, *Yonec*, le *Laostic*, et même *Milon*, après la mariage de la jeune fille. Tout en étant un peu à part, le *Chaitivel* et le *Chèvrefeuille* rentrent dans la même catégorie. L'épouse du Bisclavret cesse d'aimer son mari et se tourne vers un autre homme. Eliduc se déprend de sa femme et s'amourache d'une autre. Manifestement, l'amour est un corps étranger à la vie réglée et organisée par la société. D'autre part, le mariage est une très mauvaise serre pour l'amour. Dans les liens du mariage, il s'étiole, il languit, il dépérit. *Mariages est maus liens*, comme dira plus tard ironiquement un personnage de Jean de Meung. Est-ce à dire que Marie défende l'union libre ? A cette question on ne peut apporter que des réponses nuancées.

Il est sûr, tout d'abord, que Marie ne se pose pas la question de savoir si l'amour de ses héros est légitime ou illégitime. Les liaisons amoureuses hors mariage lui paraissent parfaitement naturelles. L'idée qu'en pareil cas les amants puissent être coupables ne semble pas lui venir à l'esprit. On a l'impression que l'attitude de Marie est naïvement amorale, si on la compare aux réactions fines et délicates de Béroul dans sa version du *Tristan.* Chez Béroul, Iseut n'est pas indifférente aux remontrances de l'ermite Ogrin. Elle n'a pas bonne conscience et elle se trouble. On chercherait en vain de semblables inquiétudes chez les héroïnes de Marie de France. Dans les lais, les amants se cajolent et se caressent, sans craindre pour leur salut éternel. L'héroïne d'*Yonec* s'unit sans honte à Muldumarec. Le héros du lai de *Lanval* ne songe point à appeler un prêtre pour légaliser sa liaison avec la fée. L'union libre représente assurément dans nos textes la recherche inconsciente et insouciante du plaisir. Elle débouche sur l'union sexuelle. Chamfort définissait railleusement l'amour comme « l'échange de deux fantaisies et le contact de deux épidermes ». L'idée de caprice et de penchant passager ne convient pas à l'amour peint dans les lais, mais la part du corps ne doit pas être minimisée. Amour physique, accord charnel immédiat ne sont pas rares. Faut-il s'en étonner ? Est-ce un hasard si les êtres féeriques apparaissent dans les lais ? Assez souvent, les fées incarnent les grandes forces telluriques, la puissante voix de l'instinct. Rien de surprenant si elles s'exposent quasiment nues et se tiennent au ras de l'herbe. Leur apparition suggère que l'amour naît à fleur de peau et dans un frisson de plaisir.

Mais dans ces unions libres qui se nouent sans gêne et sans scrupule s'exprime surtout un ardent désir de bonheur. On aurait tort de croire que le mariage est vraiment contesté et les aventures extra-conjugales constamment glorifiées. Tout n'est pas si simple. Dans nos textes le mariage reste une valeur sûre, et même une valeur-refuge. Ni l'adultère ni le concubinage ne s'étalent impudemment. Des unions libres s'établissent entre célibataires parfaitement libres de leurs personnes : c'est le cas dans le lai de *Lanval* et aussi au début de *Fresne* et de *Milon.* Certaines liaisons sont de quasi-mariages sous le rapport de la fidélité et de la durée. Ainsi celle de Guigemar. Et surtout plusieurs situations irrégulières finissent par se régulariser. Tout rentre dans l'ordre. Goron prend Fresne pour femme, Eliduc se marie avec Guilliadon et Milon avec la jeune femme à qui il avait fait un enfant. Ces épousailles finales montrent bien que les amants rêvent toujours de se marier. Quand le mariage est impossible, l'union libre s'y substitue. On voit mal la fée de *Lanval* ou le chevalier-oiseau d'*Yonec* se présenter devant les autels. Mais cette union ressemble fort à un authentique mariage, puisqu'il y entre consentement mutuel, amour réciproque et fidélité.

On ne saurait dire que chez Marie de France les relations amoureuses soient affranchies de toute règle et qu'il n'y ait pas une éthique de l'amour. Jeanne Lods a été un peu trop loin en affirmant que l'on a affaire à une « morale indécise, qui n'a jamais tout à fait le courage ni de ses hardiesses ni de ses renoncements », en estimant que « la seule morale de l'amour est l'harmonie des couples » et, en déclarant, somme toute, qu'il y a « plus de psychologie que de morale chez Marie de France »[54]. J'inclinerais à croire, tout au contraire, qu'en dépit de la diversité des contes, une orientation morale se dessine. La froideur, l'indifférence aux autres est désavouée. L'héroïne du lai du *Chaitivel*, distante et coquette, nous inquiète un peu. Le refus de l'amour, la

54. *Op. cit.*, p. XXVI.

stérilité de cœur sont condamnés au début du lai de *Guigemar*, quand le héros reste de glace aux nombreuses requêtes d'amour qui lui sont adressées. La voix commune le tient pour un *peri* (v. 67), c'est-à-dire, semble-t-il, pour un homme « moralement perdu ». On estime apparemment qu'un célibataire endurci a des amours contre nature, et la sodomie a très mauvaise presse au Moyen Age, comme le montre, entre autres textes, le lai de *Lanval* (v. 278-286), après le *Roman d'Eneas* (v. 8567-8621). La légèreté et l'infidélité systématiques des galants sont blâmées dans *Guigemar* (v. 487-489). La fourberie criminelle des protagonistes du lai d'*Equitan* est châtiée de manière exemplaire. L'amour n'absout pas tout. Le bonheur des uns ne peut s'édifier sur le malheur des autres. On voit bien que Marie n'hésite pas sur les comportements peccamineux et ne confond nullement le bien et le mal. Les mauvais maris sont flétris et les amants criminels voués à la réprobation et à la vindicte. Dans les relations amoureuses les vertus cardinales pour Marie sont la loyauté et la constance. Voilà pourquoi elle n'éprouve aucun respect pour un mariage fondé sur l'intérêt, renforcé par la contrainte et dépourvu de tout amour. Voilà pourquoi elle excuse facilement l'adultère. Sans amour le mariage n'est pas valable. C'est un cadre vide. Marie ne pousse point le formalisme juridique très loin en pareil cas. Avec une charmante spontanéité, elle estime qu'une association de ce genre est caduque et ne mérite aucune considération. Quand le mari est trompé, les amants n'ont rien à se reprocher. Le mari a lieu de s'estimer responsable de la situation.

A vrai dire, un problème moral se poserait à l'auteur et à nous-mêmes face à un mari parfaitement honnête pour sa femme. Il en va ainsi dans le lai d'*Equitan*, où le sénéchal est tout à fait correct et où, au début, les amants n'ont rien d'antipathique. Faut-il plaindre le mari trompé ou accepter la conduite des amoureux ? Marie ne reste pas longtemps dans cette situation délicate. Mais on devine, avant que les héros d'*Equitan* nous choquent par leurs desseins criminels, que l'auteur a tendance à se placer du côté des amants. L'amour a presque tous les droits, et, à moins de grave faute morale, il n'est pas considéré comme coupable. Dans la morale de Marie de France il y a peut-être ici comme une difficulté, comme une faille, au moins pour les esprits modernes. Mais il reste que pour l'essentiel l'éthique amoureuse de Marie possède une belle franchise et une noble élévation. C'est une morale de la sincérité et de l'authenticité. L'amour loyal et fidèle est la pierre de touche des comportements. Aux yeux de la poétesse, si un mariage sans amour est une union mensongère, le mariage d'amour reste l'idéal.

Cette éthique du cœur et de l'attachement réciproque se trouve affrontée à un problème délicat quand un des conjoints aime l'autre, sans être payé de retour. Tout se règle facilement lorsqu'il y a un couple factice, un couple purement légal, où les conjoints n'éprouvent aucune affection l'un pour l'autre. L'auteur peut aisément faire naître un véritable amour en dehors du mariage. Mais la situation est beaucoup plus difficile à trancher lorsqu'il y a chez un des conjoints un authentique amour conjugal. C'est ce qui se produit dans le lai d'*Eliduc*. L'épouse fidèle et vertueuse n'a pas démérité. Elle reste douce et aimante envers son mari, même lorsqu'elle se voit délaissée. Elle ne lui témoigne aucun ressentiment. Mieux, elle manifeste spontanément de la tendresse et de la pitié à l'égard de sa rivale. Ce cœur généreux rappelle à la vie la jeune fille qui l'a supplanté. D'elle-même, elle s'efface pour faire le bonheur d'Eliduc et de Guilliadon. Les mérites de Guildeluec sont si rares et si éclatants qu'on regrette un peu qu'elle ne puisse trouver chez son mari l'affection qui lui est due. Entre une épouse noble et digne et une jeune fille tendre et touchante, entre Guildeluec et Guilliadon il aurait été impossible de choisir. Mais les deux femmes ne sont pas vraiment concurrentes et ne prétendent pas toutes deux au cœur d'Eliduc. L'habileté de Marie a été de supprimer très vite la rivalité, de faire disparaître le conflit : l'abnégation de l'épouse légitime qui s'efface volontairement nous épargne un cruel embarras.

La délicatesse de l'auteur est, cependant, visible au dénouement, lorsque Eliduc et Guilliadon entrent eux aussi en religion. On ne s'attendait point à cette ultime péripétie. Cette fin un peu surprenante n'est pas vide de signification. Il ne s'agit pas seulement ici d'une de ces fins de vies édifiantes, comme on en voit si souvent au Moyen Age : après une existence mouvementée dans le *siècle*, beaucoup de héros se retirent dans la paix d'un ermitage ou d'un monastère, afin de réparer le passé et de se préparer chrétiennement à entrer dans l'au-delà. Le dénouement indique que Marie n'a pas voulu sacrifier complètement Guildeluec à Guilliadon. Tout en donnant la préférence à l'amour et à la jeunesse, elle ne méconnaît pas les droits de l'épouse et ne veut pas élever le bonheur des uns sur le renoncement des autres. Il eût été un peu choquant de voir le nouveau couple s'adonner délicieusement aux joies de l'amour, tandis que la première épouse pratique macérations et pénitences et connaît la vie ascétique des moniales. En faisant entrer à leur tour Eliduc et Guilliadon au monastère, Marie de France cesse de leur attribuer un sort privilégié. Les trois personnages principaux ont désormais le même lot. Il faut voir là une certaine délicatesse morale de notre poétesse, un raffinement et une élégance assez rares dans la littérature courtoise. Les amants n'ont pas tous les droits. Il leur faut se dépasser et renoncer aux plaisirs de l'amour et au bonheur humain. N'est-ce point la preuve de l'élévation morale de notre auteur ?

Une dernière question se pose sur le sens ultime de l'amour dans les lais de Marie de France. Quel rôle joue la religion dans les conduites amoureuses ? A-t-elle vraiment une influence sur les comportements ? On doit convenir que la plupart des héros n'appliquent guère dans leur vie les principes de la morale chrétienne. Assez souvent la religion est mise entre parenthèses, comme si l'amour se trouvait fatalement en marge des lois de l'Eglise. Non que Dieu soit absent des récits, que les articles de la foi soient méconnus et les pratiques religieuses oubliées. Maintes références et allusions montrent bien que les personnages vivent dans une atmosphère religieuse qui enveloppe toute l'existence. On s'adresse à Dieu comme au maître suprême capable de modifier le cours des choses et des vies. La croyance au Créateur se manifeste à plusieurs reprises. D'antiques formules religieuses apparaissent dans les lais. Le héros du lai d'*Yonec* rappelle, par exemple, que le Créateur est « la vie et la lumière des pécheurs » (v. 154). Les cérémonies et rites utilisés au Moyen Age se rencontrent : bénédiction du lit nuptial dans *Fresne* (v. 407), encensement solennel de la tombe d'un prince dans le lai d'*Yonec* (v. 507).

Mais la manière dont on utilise parfois la religion frise le sacrilège ou dénote, du moins, une certaine légèreté. L'héroïne d'*Yonec* s'adresse à Dieu dans sa détresse, mais elle demande au Ciel de lui envoyer un amant (v. 91-104). C'est, d'ailleurs, ce qui se produit. Signe que cette curieuse prière ne choque nullement Marie de France. On devait trouver tout naturel que Dieu aime et aide les amants, à la façon de l'auteur d'*Aucassin et Nicolette*, qui dit très naïvement *si con Dix le vaut qui les amans ainme* (XXVI, 11). Pour rassurer celle qu'il aime et lui faire comprendre qu'il n'a rien de diabolique, le chevalier-oiseau d'*Yonec* demande à recevoir le *cors Damedeu* (v. 162). Mais cette communion ne l'empêche nullement, aussitôt après, de s'unir charnellement avec la belle dame emprisonnée. Dans un domaine où l'Eglise a particulièrement légiféré, pour les choses qui relèvent de l'amour et du sexe, on est donc amené à penser que les héros ne se soucient guère des injonctions ecclésiastiques, que l'idée du péché ne les trouble pas, bref que leur religion reste assez superficielle. Les interdits religieux n'empêchent pas les relations sexuelles avec des femmes mariées *(Guigemar, Equitan, Yonec)* ou non *(Fresne, Lanval, Milon)*. L'amour est consommé, sans que les héros soient troublés. Quand ils s'inquiètent, ce n'est pas pour des raisons religieuses, mais à l'idée, toute profane, que la naissance d'un enfant illégitime pourrait compromettre gravement la situation et la respectabilité de la jeune femme, car les sociétés humaines voient d'un très mauvais œil les filles mères. Ainsi donc entre la foi chrétienne et la pratique religieuse de nos personnages il y a un abîme.

Partout, l'amour est allégrement vainqueur, sauf, toutefois, dans le lai d'*Eliduc*. Ce point mérite d'être noté. On ne saurait dire avec J. Ch. Payen qu'Eliduc « se situe par-delà toute morale »[55], car la présence et le poids de la religion y sont bien visibles. Divorce et remariage étant quasiment impossibles dans la société chrétienne, Eliduc résiste au sentiment qui l'entraîne vers Guilliadon. S'il n'y avait pas eu la religion, tous les autres obstacles auraient sans doute été balayés par l'amour. La foi jurée à la première épouse n'aurait pas tenu très longtemps et ne l'aurait pas empêché de s'abandonner à son nouvel amour. Mais la religion est un verrou autrement puissant, d'autant que l'individu n'est pas seulement affronté à sa conscience : pour un remariage il a affaire à toute l'institution ecclésiastique. Les consciences individuelles peuvent être laxistes (on le voit dans les autres lais au chapitre des rapports sexuels), mais le corps ecclésiastique est, d'ordinaire, rigoriste. Comme Eliduc n'a pas l'autorité d'un roi ou d'un grand baron pour répudier sa femme, comme il ne tient pas à faire scandale, comme il redoute vraiment d'être bigame, il doit s'incliner. La situation est sans issue : ici la religion semble un frein inébranlable.

Mais les hommes acceptent mal de voir un amour authentique être écrasé dans l'œuf. L'entrée en religion de l'épouse légitime est donc un expédient qui tire d'embarras. Il permet au héros d'épouser celle qu'il aime. Cette solution n'était peut-être pas très canonique, puisque l'Eglise, en principe, n'admettait la séparation d'un couple et l'entrée en religion d'un des conjoints que si l'autre faisait vœu de chasteté[56], mais elle était conforme aux usages du

55. *Le lai*, Turnhout, 1975, p. 63.

56. Cf. A. FOURRIER, *Le courant réaliste dans le roman courtois en France au Moyen Age*, Paris, 1960, p. 299-300.

temps : A. Fourrier a relevé plusieurs exemples de remariage du mari dans des familles nobles, après dissolution du premier mariage et entrée de l'ancienne épouse au monastère[57]. C'était là un moyen commode de résoudre des problèmes personnels délicats et de tourner finement le grand principe de l'indissolubilité du mariage. Marie de France aurait pu s'en tenir là. Elle a préféré ne pas rester strictement légaliste. Guildeluec n'est pas la seule à entrer au couvent, « refuge des âmes endolories et fatiguées du monde », comme a dit joliment E. Hœpffner[58]. Eliduc et Guilliadon la rejoignent au dénouement, et on pourrait soutenir que le sentiment religieux ne s'épanouit vraiment que dans ce brusque dénouement du lai d'*Eliduc*. C'est en Dieu et par la prière que les trois héros dépassent les antagonismes humains et trouvent une forme d'union supérieure, épurée des appétits charnels, empreinte de paix et de lumière.

Cet accent inconnu des autres lais, cette soudaine élévation religieuse posent un petit problème. Dans le ms. *H*, le lai d'*Eliduc* clôt la série des douze lais de Marie de France. Serait-ce un texte plus tardif ou simplement le dernier lai qu'elle ait composé ? Y aurait-il une certaine évolution dans son inspiration ? Le ton des autres lais est plus païen et profane. Dans *Eliduc* le bonheur humain ne suffit plus et l'homme se tourne vers Dieu. Serait-ce le signe que ce lai est une œuvre de maturité ? Ce n'est pas impossible, mais rien ne nous oblige à le croire. La séparation volontaire d'Eliduc et de sa seconde épouse répond chez Marie de France à une exigence de justice : il fallait que la première femme du héros ne fût pas seule à pratiquer l'ascèse. L'équité voulait que les amants connussent aussi de semblables mortifications. On se contentera donc de relever l'esprit religieux de ce dénouement sans chercher à toute force à l'expliquer par des hypothèses invérifiables. En fin de compte, le lai d'*Eliduc* tente de concilier les aspirations

57. *Ibid.*, p. 299.
58. *Op. cit.*, p. 103.

de l'amour et les exigences de la religion et ne nous présente ni une religion de l'amour ardente et absolue ni un amour de la religion allant jusqu'au sacrifice complet des inclinations humaines.

Pour conclure, on essaiera d'éviter de porter sur Marie des jugements tranchés et catégoriques. L. Spitzer a lu les lais en intellectuel du XXe siècle et s'est persuadé que ces textes traitent de problèmes amoureux[59]. Ainsi *Guigemar* montrerait que la souffrance est inséparable de l'amour et qu'elle est même nécessaire aux hommes, les *Deux Amants* que la mort est la suite normale d'un amour excessif, *Yonec* que l'amour doit éviter de se laisser surprendre et trahir par les jaloux, le *Bisclavret* que l'adultère n'est pas admissible lorsqu'il est le fruit d'une lâche trahison, le *Laostic* qu'en dépit de la méchanceté et de la trahison l'amour persiste, indestructible, *Lanval* qu'un sincère amour peut parfois oublier le devoir de discrétion et se trouver placé dans une pénible situation. Mais il ne faut pas transformer le recueil de Marie en un manuel de casuistique amoureuse ou de psychologie appliquée. Ce serait se méprendre sur les intentions de la narratrice, gauchir et figer son œuvre. Les lais sont des contes pathétiques, et non des problèmes intellectuels. Le lai de *Guigemar* n'a pas été écrit pour illustrer le « problème » de la souffrance amoureuse, mais pour conter une belle histoire d'amour, pleine de péripéties et de pathétique, qui nous touche le cœur. L. Spitzer cherche dans les lais des constatations et des conseils. Mais la morale de ces récits est toujours secondaire. Marie n'a pas voulu illustrer des vérités morales : c'eût été un naïf et médiocre dessein. De ces histoires se dégage implicitement une signification morale, qui ne se réduit pas, d'ailleurs, au bref message isolé par L. Spitzer. Le lai de *Guigemar* montrerait aussi bien l'exemplaire fidélité des amants, malgré la séparation et les épreuves, que la nécessité de la souf-

59. L. Spitzer, Marie de France — Dichterin von Problem-Märchen, *Zeitschrift für romanische Philologie*, 1930, t. 50, p. 29-37.

france. En fait, les lais n'ont pas été rédigés pour montrer ou démontrer quelque chose. Ils peignent des hommes et des femmes qui se cherchent et s'aiment, comme l'a finement dit P. Jonin, « avec une hardiesse contenue et une pudeur limitée »[60]. Ils narrent des aventures largement humaines. Voilà qui suffit à notre plaisir et à la gloire de l'auteur.

La peinture des personnages et de l'amour révèle que l'auteur est d'abord un conteur. La technique du conte exclut que les personnages soient longuement décrits et profondément fouillés. Il ne faut pas insister exagérément sur la psychologie profonde et les analyses de caractère, comme le faisaient les anciens critiques, formés dans la tradition classique. Marie de France n'est pas Mme de La Fayette. Mais elle n'est pas non plus Ponson du Terrail. Il serait fort injuste de méconnaître la vérité saisissante de maintes notations, heureux fruit du talent et de l'effort, heureux mariage de l'observation juste et de l'intuition délicate.

La palette de l'écrivain ne manque pas de variété, puisqu'elle sait peindre avec autant de relief la femme aux desseins tortueux et criminels du lai d'*Equitan* et l'épouse admirable, modèle d'abnégation et de charité chrétienne, du lai d'*Eliduc*. L'amour qu'elle peint n'est pas sans cesse embelli et idéalisé comme dans les contes bleus. Marie n'est pas Delly. Elle n'oublie pas les morsures de l'inquiétude et les déchirements des séparations. La souffrance est toujours présente dans son œuvre. Lanval, éploré, appelant en vain celle qui l'a abandonné ou l'héroïne de *Guigemar* voulant se noyer de désespoir restent dans notre mémoire. Y aurait-il, comme on l'a soutenu, un lien structural entre l'amour et la souffrance ? Est-ce forcément par la souffrance que l'amour « s'éprouve et se fortifie »[61] ? Il se peut. Mais Marie a trop de mesure pour valoriser exagérément la souffrance (la douleur

60. *Les lais de Marie de France*, traduits par P. Jonin, Paris, 1972, p. XII.

61. E. Hœpffner, *op. cit.*, p. 92.

reste pour elle un mal, un élément négatif, et non une valeur positive) et croire que l'amour porte fatalement en lui des germes de souffrance et de mort. Notre auteur est moins pessimiste : elle ne blâme point l'amour et garde confiance en l'homme. Mais elle sait que les aventures amoureuses ne sont pas toujours heureuses, même si l'amour n'est pas inévitablement responsable du malheur des hommes. Chez elle, les malheurs naissent parfois de la démesure des amants, souvent des situations cruelles de la vie et de l'action néfaste des adversaires de l'amour. On se gardera, cependant, de noircir l'inspiration de notre auteur. Pour les écrivains le bonheur n'est pas un bon sujet littéraire : les gens heureux, comme on dit, n'ont pas d'histoire. Pour intéresser et émouvoir, Marie devait fatalement conter des histoires pathétiques, où se mêlent l'amour et la douleur. Mais dans les lais, l'amour est un puissant soleil qui illumine et épanouit les cœurs.

Les représentations de l'amour dans les douze lais de Marie ne se laissent pas ramener à un système. L'auteur n'avait pas vocation pour chercher à dégager une morale ou une métaphysique de l'amour. Ces contes mesurés et sensibles, qui échappent, en partie, aux naïves simplifications des contes populaires et qui s'écartent assez nettement des conventions un peu artificielles de l'amour courtois, ces histoires d'amour, qui embrassent le parti des amants sans ignorer complètement les exigences morales et les prescriptions religieuses, nous touchent si fortement parce qu'ils ont une vérité très profondément humaine.

CHAPITRE IV

Le folklore et le merveilleux

On a senti depuis longtemps que les lais de Marie de France s'enracinaient dans ce qu'il est convenu d'appeler les traditions folkloriques. F. Lot disait en 1899 : « Les lais ne sont en somme que du folklore versifié »[1]. On n'a cessé de le répéter. Un éminent connaisseur des contes populaires, Reinhold Kœhler, a ajouté de précieuses notes comparatives à l'édition des lais procurée par Warnke[2]. Bien des érudits ont présenté divers rapprochements entre les lais de Marie et les contes médiévaux ou modernes. Tout récemment, un jeune chercheur, Edgard Sienaert, a choisi d'étudier la structure et la thématique des lais dans la perspective du conte merveilleux[3]. Aujourd'hui où le folklore est à la mode, où l'on s'intéresse de plus en plus aux traditions populaires, où l'on dispose d'utiles répertoires[4], il convient d'examiner à

1. Cf. *Romania*, 1899, t. 28, p. 46.

2. Les remarques de R. KŒHLER figurent dans la 2e édition (Halle, 1900) et dans la 3e édition (Halle, 1925). Il faut consulter la 3e édition qui bénéficie de notes complémentaires du folkloriste Johannes BOLTE.

3. E. SIENAERT, *Les lais de Marie de France, Du conte merveilleux à la nouvelle psychologique*, Paris, Champion, 1978.

4. Pour nos études, les plus utiles sont ceux de Stith THOMPSON, *Motif-Index of Folk-Literature*, nouv. éd., Helsinki, 1955-1958, 6 vol. ; de A. AARNE et St. THOMPSON, *The Types of the Folktale*, nouv. éd., Helsinki, 1961 ; de P. DELARUE et M.-L. TÉNÈZE, *Le conte populaire français*, Paris, 1957-1972 (les deux premiers volumes embrassent l'ensemble des contes merveilleux français) ; de T. P. CROSS, *Motif-Index of Early Irish Literature*, Bloomington, 1952, et aussi de J. BOLTE et G. POLIVKA, *Anmerkungen zu den Kinder- und Hausmärchen der Brüder Grimm*, Leipzig, 1913-1932, 5 vol.

nouveau les lais pour les confronter au trésor des contes populaires.

Dès l'abord, une question préliminaire se pose. Le mot de folklore est souvent un terme flou et incertain, aussi obscur que le mot de mythe. De ces vocables vagues la critique est prodigue : elle en aime l'*aura* mystérieuse et ténébreuse. Avant d'y recourir, essayons, toutefois, de le définir. Un bon spécialiste des contes, G. Huet, nous dit que « les contes populaires sont des récits traditionnels, oraux, transmis surtout par des gens du peuple »[5]. Acceptons cette définition et regardons si l'on peut l'appliquer à la littérature médiévale. Immédiatement, deux obstacles majeurs se présentent. De la littérature médiévale nous ne connaissons que les textes écrits. Nous n'avons que des manuscrits. Les choses orales se sont envolées des lèvres des hommes et nous n'avons plus les moyens de les entendre. En second lieu, la majeure partie de la littérature profane est destinée à des milieux aristocratiques et elle est d'ordinaire l'œuvre de clercs, frottés de culture et de latin. Comment pourrait-on dire qu'elle est populaire ? Si l'on emploie le mot de folklore pour les réalités médiévales, il faut tout de suite enlever au terme les deux idées de littérature orale et de littérature populaire. Le concept en est donc singulièrement appauvri.

Il reste le troisième élément, celui de littérature traditionnelle. Dans son intéressante étude, *The Folktale*, un classique du genre, Stith Thompson ne retient que cet élément et appelle folktale tout texte narratif, écrit ou oral, qui met en œuvre des matériaux traditionnels, c'est-à-dire qui ont circulé de main en main dans l'espace et dans le temps[6]. La définition est si large qu'elle s'applique à la littérature médiévale tout entière. On comprend aisément que Thompson se soit refusé à séparer la littérature écrite et la littérature orale, car entre les deux modes d'expression il y

5. G. Huet, *Les contes populaires*, Paris, 1923, p. 68.
6. St. Thompson, *The Folktale*, Berkeley, nouv. éd., 1977, p. 4.

a des relations inextricables. Mais on conviendra que tout devient alors folktale : conte, épopée, roman, vie de saint. Bien que le terme de folklore ou de traditions populaires ne soit pas complètement satisfaisant, il est possible de l'employer quand on parle de notre ancienne littérature. Une indéniable parenté thématique rapproche les textes narratifs du Moyen Age et les contes populaires recueillis au XIXe et au XXe siècle. Quand nous lisons les grands répertoires de folklore, comme le *Motif-Index of Folk Literature* de Stith Thompson ou *The Types of Folktale* de Aarne-Thompson, qui n'ont pas dépouillé les textes du Moyen Age[7], nous avons sans cesse l'impression de retrouver les motifs et les schèmes narratifs de la littérature médiévale. Les œuvres du Moyen Age ont véhiculé des thèmes et des motifs de contes, dont beaucoup se retrouvent dans la littérature populaire du XIXe siècle. Les livrets de colportage ont diffusé dans les masses des textes comme les *Quatre fils Aymon* ou *Valentin et Orson*, depuis longtemps oubliés des milieux cultivés[8]. Pour les textes du Moyen Age la notion de littérature traditionnelle serait assurément bien préférable à celle de folklore. Mais le terme de folklore ou de traditions populaires est entré dans l'usage commun et il est bien difficile de l'en extirper. Nous nous souviendrons seulement que le terme de folklorique, appliqué à la littérature médiévale, ne désigne nullement une littérature orale ou une littérature spécifiquement populaire. Il indique seulement que l'on se trouve en présence d'une littérature qui véhicule des motifs traditionnels.

7. Le *Motif-Index* a été publié à Helsinki de 1932 à 1936 à une époque où les éditions de textes du Moyen Age étaient déjà fort nombreuses. Mais la tâche aurait été impossible à réaliser par un seul homme. Le répertoire *The Types of Folktale*, révisé par THOMPSON, a paru pour la première fois en 1928. Il complète le *Verzeichnis der Märchentypen* de AARNE, qui date de 1910.

8. Cf. Ch. NISARD, *Histoire des livres populaires*, Paris, 1968, nouv. éd., p. 449-475.

PRÉSENCE DU FOLKLORE

Ces réserves faites, les lais de Marie de France présentent tout un assortiment de traits folkloriques. Il y a quelques années, Mary H. Ferguson a répertorié les motifs des lais attestés dans le *Motif-Index* de Stith Thompson[9]. Elle en a recensé un très grand nombre. Ainsi dans le lai de *Guigemar* la biche qui parle, c'est le motif B 211.2.1 ; la flèche qui revient comme un boomerang, c'est le motif F 661.11. Dans *Yonec*, l'amant en oiseau qui vole, c'est le motif B 641.1. Dans *Lanval*, l'amie féerique, c'est le motif F 302 ; le tabou enfreint, c'est le motif C 31.5. Dans les *Deux Amants* le père abusif qui empêche sa fille de prendre un époux, c'est le motif T 50.2 ; l'épreuve imposée au prétendant, c'est le motif H 331.1.1. On pourrait continuer de semblables énumérations. Même si l'auteur exagère en dénombrant cent onze motifs dans les lais (le fait de tomber amoureux est-ce vraiment un motif folklorique ?), il reste qu'un grand nombre de rapprochements sont possibles. Mais se borner à dresser un répertoire ne suffit pas. Il faut distinguer l'essentiel de l'accessoire, les schémas de contes des motifs épisodiques.

Si l'on se fonde sur les travaux de Gédéon Huet et de Stith Thompson[10], on observe que le sujet d'une foule de contes n'est autre que le rétablissement d'un équilibre rompu. Au début d'un conte, un déséquilibre apparaît : un manque ou un méfait, dans le langage de Propp[11]. Le corps du récit montre le héros endurant victorieusement une ou plusieurs épreuves, si bien qu'au terme du conte l'équilibre se trouve rétabli. Ce schéma qui consiste à abolir le désordre, à supprimer les souffrances et les injustices criantes, à instaurer dans le monde un ordre équitable caractérise tout

9. Cf. M. H. FERGUSON, Folklore in the *Lais* of Marie de France, *Romanic Review*, 1966, t. 57, p. 3-24.

10. G. HUET, *Les contes populaires*, Paris, 1923, et St. THOMPSON, *The Folktale*, Berkeley, 1946.

11. Vladimir PROPP, *Morphologie du conte*, Paris, Le Seuil, 1970, nouv. éd., p. 42-46.

particulièrement les contes merveilleux, car il n'en va pas forcément ainsi dans les autres séries de contes, les contes de voleurs et de fripons, les histoires comiques, les récits d'animaux, etc.[12]. Dès l'abord, il est intéressant de remarquer que la moitié des lais de Marie de France répond à ce schéma. *Guigemar*, *Fresne*, *Bisclavret*, *Lanval*, *Milon*, *Eliduc* présentent ce type de structure.

En outre, plusieurs lais mettent en œuvre un grand thème des contes merveilleux, l'amour d'un mortel et d'un être féerique, le personnage surnaturel pouvant être du sexe masculin ou du sexe féminin. On le voit très nettement dans *Lanval* et dans *Yonec*. Pour le lai de *Guigemar* la question est plus délicate. *Lanval* nous peint un héros oublié dans une distribution de dons[13], démuni et solitaire. Surgit une fée qui lui apporte richesse et amour, qui apparaît à lui chaque fois qu'il le désire. Le motif des souhaits d'un mortel exaucés par un personnage surnaturel est connu dans le folklore. Mais en littérature les moments heureux ne sauraient durer très longtemps. Une interdiction est signifiée au héros, et naturellement il l'enfreint. Vieux motif de contes[14]. Interdiction et transgression se répondent. L'interdiction est nécessaire, pour qu'il y ait transgression et que le héros soit précipité dans le malheur. Ne nous hâtons pas de parler de tabou[15] ou de geis[16]. Ne croyons pas qu'il y ait obligatoire-

12. Cf. HUET, *op. cit.*, p. 8-15.

13. Le motif du héros injustement traité dans une distribution de dons se retrouve non seulement dans *Graelent* (v. 141-158), mais encore dans des textes parfaitement étrangers à la matière celtique, comme le *Décaméron* (X, 1).

14. Cf. PROPP, *op. cit.*, p. 37-38.

15. Sur la notion de tabou les observations de S. REINACH, dans *Cultes, mythes et religions*, Paris, 1909, t. 2, p. 6-13, n'ont aucunement perdu leur valeur. Dans le *Rameau d'or* de James FRAZER le gros volume *Tabou et les périls de l'âme*, trad. par H. PEYRE, Paris, 1927, est à interpréter avec prudence. Cf. aussi de James FRAZER *The New Golden Bough*, revised and edited by Theodor H. GASTER, New York, 1964, p. 46-52, 187-272 et 661-672, avec les remarques critiques de Th. GASTER sur la notion de tabou, p. 265.

16. L'ouvrage de John R. REINHARD, *The Survival of Geis in Mediaeval Romance*, Halle, 1933, p. 240, voit ici une geis. Il est vrai que cet auteur en trouve abusivement partout.

ment là d'antiques croyances figées dans des interdits rituels[17]. Il s'agit simplement de produire un renversement de situation. Dans *Lanval* la fée apparaît près d'une rivière. Le motif originel était sans doute un peu différent : la fée devait se baigner nue dans une source, comme nous le voyons dans *Graelent* et *Guingamor*. On comprendrait ainsi la *touaille* et la paire de bassins portées par les deux pucelles. Elles ne servent plus à rien dans *Lanval*, alors que dans les lais anonymes c'étaient les instruments du bain[18]. Autre vestige, semble-t-il, de la scène du bain : le déshabillé galant[19] de la fée, qui n'est guère à sa place dans *Lanval*. Les malheurs du héros dureront assez longtemps, mais au dénouement il retrouvera le bonheur et l'amour. Il sera sauvé par celle qu'il aime, il partira avec elle dans l'île d'Avalon, au pays bienheureux où l'on échappe au temps, au vieillissement et à la mort, dans l'île des fées

17. C'est ce qu'on a soutenu à propos de l'interdiction qui figure dans le conte de *Psyché* : cf. G. HUET, *op. cit.*, p. 95.

18. Le lai de *Graelent* et celui de *Guingamor* ne mentionnent pas les bassins et la serviette. *Graelent* dit simplement de la baigneuse : *Dex damoiseles le servoient, / Sor l'eur de la fontaine estoient* (éd. TOBIN, Genève, 1976, v. 211-212). *Guingamor* précise : *Une pucele s'i baingnoit / Et une autre son chief pingnoit ; / El li lavoit et piez et mains* (*ibid.*, v. 427-429). On sait qu'au Moyen Age, pour se laver les membres, et notamment les mains, on utilisait deux bassins, l'un pour verser l'eau propre, l'autre pour recueillir l'eau sale. Parmi bien d'autres textes, le *Perceval* de Gerbert de MONTREUIL le montre clairement (v. 2666). Dans *Guigemar* deux bassins servent à laver la cuisse du héros blessé : *En bacins d'or ewe aporterent, / Sa plaie e sa quisse laverent* (v. 369-370). Il est donc tout naturel de penser que les servantes de la fée devaient forcément utiliser dans *Graelent* et dans *Guingamor* une paire de bassins ainsi qu'une serviette. Dans *Lanval* les deux bassins apparaissent au vers 61 et la *tuaile* au vers 64, entre les mains des servantes de la dame en quête de Lanval. Comme l'héroïne ne se baigne plus, ces objets ne sont guère à leur place. On ne s'avance pas avec une paire de bassins quand on cherche quelqu'un. Mais Marie trouvera une habile utilisation de ces objets un peu plus tard. Assez vite Lanval est invité à manger en compagnie de la fée. A ce moment-là les servantes, selon l'usage, lui lavent les mains : *L'ewe li donent a ses meins / E la tuaille a essuier* (v. 178-179).

19. C'est ce qu'a bien vu Tom Peete CROSS dans son étude Celtic Elements in the Lays of *Lanval* and *Graelent*, *Modern Philology*, 1914-1915, t. 12, p. 609.

où l'on connaît pour toujours le bonheur et l'amour[20].

Dans *Yonec*, en dépit d'un début (le motif de la mal mariée et de l'épouse séquestrée) et d'une fin (châtiment du parâtre, responsable de la mort du père) assez particuliers, on retrouve plusieurs des éléments fondamentaux du conte appelé l'*Oiseau bleu* d'après le récit compliqué publié en 1697 par Mme d'Aulnoy[21]. A vrai dire, Mme d'Aulnoy a certainement apporté des modifications à une histoire plus simple. Mais nous relevons chez les deux auteurs trois traits communs : l'emprisonnement de l'héroïne, l'arrivée de l'amoureux en oiseau, la blessure causée à l'oiseau par une main malveillante. Le reste diverge. Si l'on en croit P. Toldo, le récit primitif s'achevait comme le conte russe du *Faucon resplendissant* : quand l'oiseau disparaît, l'héroïne se lance à sa poursuite, finit par le rejoindre et par l'épouser[22]. A cette fin heureuse, le récit médiéval (nous ne pouvons dire si c'est Marie ou sa source) a substitué le récit pathétique de la descente dans le monde souterrain. Rien de comparable dans les histoires de métamorphose en oiseau du conte type 432. Mais le cheminement sous terre, l'arrivée dans une ville magnifique où l'on ne rencontre âme qui vive, la découverte du prince gisant à demi-mort sur un lit somptueux, tout cela rappelle des traits de conte[23]. On doit se souvenir que pour les Celtes, les tertres (les *Sidhe*) sont des lieux hantés et que l'Autre Monde est fréquemment un monde souterrain[24].

20. Sur l'île d'Avalon, cf. E. FARAL, L'île d'Avalon et la fée Morgane, *Mélanges A. Jeanroy*, Paris, 1928, p. 243-245 ; T. CHOTZEN, *Etudes celtiques*, 1948, t. 4, p. 255-274 ; R. Sh. LOOMIS, *Arthurian Literature in the Middle Ages*, Oxford, 1959, p. 65-68.

21. L'analyse en est donnée par P. DELARUE et M.-L. TÉNÈZE, *Le conte populaire français*, Paris, 1964, t. 2, p. 112-113 (conte type 432).

22. Cf. P. TOLDO, *Romanische Forschungen*, 1904, t. 16, p. 609-629, et notamment p. 628-629.

23. Cf. E. BOZOKY, Roman médiéval et conte populaire : le château désert, *Ethnologie française*, 1974, t. 4, p. 349-356, qui a relevé d'utiles références. On ajoutera que le motif de la ville apparemment morte se trouve déjà dans *Partonopeus* (v. 790 et sq.). On observera que dans *Gui de Warewic* (v. 12309-12325) comme dans *Lanval* les murailles qui entourent la ville de l'Autre Monde sont extraordinaires.

24. Cf. J. MARX, *La légende arthurienne et le Graal*, Paris, 1952, p. 83-89.

Giraud de Barri et Gautier Map nous narrent des récits de descente sous terre[25]. Nous avons donc encore affaire ici à un motif folklorique. Après la mort du héros, les objets donnés par l'être féerique (l'anneau magique qui fait oublier le passé au mari de la dame, l'épée destinée au fils à naître) permettent au récit de s'achever sur une note d'espérance : l'auteur du méfait est châtié, la justice est rétablie. Ainsi donc dans le lai d'*Yonec* se trouvent combinés deux grands thèmes de contes : la venue d'un chevalier-oiseau auprès d'une femme emprisonnée et la descente d'un mortel dans l'Autre Monde. Etaient-ils associés depuis longtemps ? Nous ne pouvons le dire.

Les choses sont moins nettes pour le lai de *Guigemar*. Y a-t-il à la racine du conte l'histoire de l'amour d'une fée pour un mortel ? On peut hésiter à se prononcer. Depuis longtemps, les critiques ont observé que la biche blanche (et même tout animal blanc) était dans les contes une bête conduisant un héros vers une fée[26]. Récemment, un critique italien, Sergio Cigada, pourtant peu favorable à l'origine celtique des légendes arthuriennes, a reconnu que la biche de *Guigemar* qui lance une « malédiction-prophétie » est proche des cerfs blancs servant de messagers et envoyés par l'Autre Monde[27]. Il se pourrait que dans un état plus ancien du récit la biche ait été dirigée vers Guigemar par la dame

25. Cf. Giraldus CAMBRENSIS, *Opera*, éd. J. F. DIMOCK, London, 1868, t. 6, p. 75-77, et Gautier MAP, *De Nugis Curialium*, éd. JAMES, Oxford, 1914, p. 13-15. Ces deux récits sont analysés par V. HARVARD Jr, dans *The Dwarfs of Arthurian Romance and Celtic Tradition*, Harvard, 1958, p. 9 et 12.

26. C'était déjà l'avis de Roquefort et celui de Le Grand d'Aussy : cf. l'édition WARNKE, 3e éd., Halle, 1925, p. CIII. La dissertation de C. PSCHMADT, *Die Sage von der verfolgten Hinde*, Greifswald, 1911, rassemble d'utiles matériaux. Voir aussi les références de BOLTE-POLIVKA, *op. cit.*, t. 2, p. 345 et sq., et les remarques de R. Sh. LOOMIS, *Arthurian Tradition and Chrétien de Troyes*, New York, 1961, p. 68-70, et de Prudence O'HARA TOBIN, *Les lais anonymes des XIIe et XIIIe siècles*, Genève, 1976, p. 40-42.

27. Cf. S. CIGADA, La Leggenda medievale del Cervo Bianco e le Origini della « Matière de Bretagne », Roma, 1965, *Atti della Accademia dei Lincei*, série VIII, vol. 12, p. 42.

lointaine, fée éprise du héros, fort capable de guérir une blessure incurable. Telle est l'idée de R. N. Illingworth[28]. Dans beaucoup de textes arthuriens l'animal blanc est un leurre, destiné à attirer un héros dans l'Autre Monde. Ici s'y ajoute la nef magique que l'on rencontre dans d'autres récits féeriques comme *Partonopeus*[28]. Mais dans le récit de Marie l'héroïne est une jeune femme emprisonnée. Soutenir qu'il y a dans *Guigemar* le mélange de deux traditions, le conte d'une femme emprisonnée *(femina inclusa)* et une histoire de fée, c'est fort possible, mais cela reste une vue de l'esprit. Les éléments merveilleux (la biche qui parle, la nef magique) ne sont pas obligatoirement en relation avec une fée. On peut concevoir un conte où ces éléments interviennent pour apporter du bonheur à une malheureuse épouse séquestrée par un méchant mari. Le récit de Marie n'offre aucune incohérence grave obligeant de supposer qu'on a fâcheusement substitué une mal mariée à une fée. On peut hésiter à se prononcer.

Outre ces schémas de contes, il est indéniable que les lais sont emplis d'une foule de motifs de contes populaires.

Il peut se faire qu'un lai soit composé d'une enfilade de motifs. Ainsi le lai des *Deux Amants* avec le motif du roi incestueux empêchant sa fille de se marier, assez répandu dans la littérature médiévale, d'*Apollonius de Tyr* au *Roman du comte d'Anjou*[29], avec le motif du prétendant obligé de remplir une impossible épreuve pour obtenir la main de celle qu'il aime[30], avec le motif de la potion magique, de l'élixir souverain, enfin avec le motif de la mort du survivant sur le corps de l'autre, répandu dans de célèbres histoires d'amour comme *Pyramus et Tisbé* ou le roman de *Tristan*.

28. Cf. R. N. ILLINGWORTH, Celtic Tradition and the Lai of *Guigemar*, *Medium Aevum*, 1962, t. 31, p. 177, n. 7.

29. Cf. O. M. JOHNSTON, Sources of the Lay of the Two Lovers, *Modern Language Notes*, 1906, t. 21, p. 34-39, et la note de J. BOLTE dans WARNKE, 3e éd., p. CXLI, n. 1. Une étude d'ensemble du motif dans la littérature médiévale est encore à faire.

30. Cf. Stith THOMPSON, *The Folktale*, Berkeley, nouv. éd., 1977, p. 105 et sq.

Même des lais apparemment étrangers aux récits traditionnels, tel le lai du *Laostic*, s'insèrent profondément dans la thématique des contes. Une histoire des *Gesta Romanorum* présente, en effet, de curieuses affinités avec le *Laostic*[31]. On y voit un jeune chevalier pauvre épouser une vieille femme, un vieux chevalier riche se marier avec une jeune femme. Situation éminemment instable ! On devine que le jeune chevalier s'éprendra de la femme du vieillard : dans les contes les unions mal assorties se défont rapidement. Comme dans le *Laostic*, la jeune épouse se lève la nuit pour écouter le chant du rossignol. Le vieux mari, furieux, abat d'une flèche le rossignol et présente le cœur à sa femme. Informé de ce qui s'est passé et craignant pour sa vie, le jeune chevalier entre chez son rival, le tue et épouse sa veuve. Nous ne pouvons dire quelle était la version primitive de l'histoire. A l'origine le dénouement était-il mélancolique comme chez Marie ? Etait-il heureux comme dans les *Gesta Romanorum* ? Qui pourrait se flatter de le dire ? L'essentiel est de voir qu'ici encore nous avons affaire à un récit traditionnel.

Les motifs traditionnels sont répandus dans tous les lais narratifs. Parfois, ils apparaissent sous une forme un peu nouvelle. Ainsi la ceinture et le nœud impossibles à dénouer dans le lai de *Guigemar*[32]. Généralement, ils sont identiques à ce que l'on connaît par ailleurs. La reine qui fait des avances à un homme, dans *Lanval*, et qui, dépitée d'avoir été repoussée, accuse l'homme d'avoir tenté de la séduire, c'est exactement l'antique histoire de Joseph et de la femme de Putiphar dans la Bible (*Genèse*, XXXIX, 7-22). Le point de départ du lai de *Fresne*, l'idée que la naissance de deux jumeaux révélerait que la mère s'est donnée à deux hommes, est une vieille croyance attestée par plus d'un texte[33]. Le motif de la reconnaissance entre parents et enfants long-

31. Cf. l'éd. Œsterley des *Gesta Romanorum*, chap. 121, ou bien la traduction française, *Le violier des histoires romaines*, éd. G. Brunet, Paris, 1858, chap. cvi.
32. Cf. R. Kœhler dans l'éd. Warnke, p. ciii-civ.
33. Cf. R. Kœhler dans l'éd. Warnke, p. cxi-cxxi.

temps séparés est également traditionnel. Chez Marie il se rencontre à la fois dans *Fresne* et dans *Milon*. Ce dernier lai opère la reconnaissance sous la forme, très anciennement attestée, du combat entre le père et le fils[34].

Certains motifs ont incontestablement un caractère merveilleux. Il y a des objets merveilleux : oreiller magique qui empêche les cheveux de blanchir dans *Guigemar* (v. 179-180), anneau magique qui efface toute jalousie et tout souvenir du passé chez le mari dans *Yonec* (v. 414-420), potion magique qui doit donner une force surhumaine dans les *Deux amants* (v. 144-152), enfin et surtout nef magique qui navigue sans équipage dans le lai de *Guigemar*[35]. Ce navire d'une richesse prodigieuse qui conduit le héros droit au but ressemble aux nefs merveilleuses qui apparaissent dans d'autres textes du Moyen Age, comme le *Tristan* ou le *Partonopeus*. Il se peut que le motif de l'embarcation sans pilote ni équipage, confiée aux vagues et aux vents, ait pris naissance chez un peuple de marins et soit d'origine celtique[36].

Il y a aussi des animaux merveilleux. La biche blanche du lai de *Guigemar* présente tout un ensemble de traits extraordinaires : sa blancheur éclatante, signe d'un animal de l'Autre Monde ; le fait qu'en dépit de son sexe elle porte des bois de cerf, qu'elle blesse par ricochet le chasseur qui l'a frappée, enfin qu'elle prenne la parole et prophétise l'avenir. Voilà une belle surabondance de traits merveilleux. Autre animal surprenant : la belette qui traverse le lai d'*Eliduc* et connaît la fleur merveilleuse rappelant les morts à

34. Cf. R. KŒHLER dans l'éd. WARNKE, p. CLX et CLXII, ainsi que Stith THOMPSON, *Motif-Index*, N 731.2 ; M. A. POTTER, *Sohrab and Rustem, The Epic Theme of a Combat between Father and Son*, London, 1901 ; J. WITTHOFF, *Das Motiv des Zweikampfes zwischen Vater und Sohn in der französischen Literatur*, Nuremberg, 1921 ; A. VAN DER LEE, *Zum literarischen Motiv der Vatersuche, Verhandelingen der Koninklijke Nederlandse Akademie van Wetenschappen, afd. Letterskunde*, Nieuwe Reeks, Deel 63, n° 3, Amsterdam, 1957 ; P. O'HARA TOBIN, *op. cit.*, p. 56-57.

35. Cf. les vers 151-199, 618-630, 678-689.

36. Cf. J. BOLTE dans WARNKE, p. CIII ; G. SCHŒPPERLE, *Tristan and Isolt*, New York, 1963, nouv. éd., t. 2, p. 370-374 ; P. O'HARA TOBIN, *op. cit.*, p. 58-59.

la vie. D'antiques croyances se sont toujours attachées aux belettes[37]. On pensait que la belette connaissait des plantes permettant d'échapper au venin des serpents. Toutefois, dans les contes, ce sont normalement d'autres animaux, et tout particulièrement le serpent, qui utilisent la plante qui ressuscite. Il en va ainsi dans le conte XVI *(Les trois feuilles du serpent)* du recueil des frères Grimm. R. Kœhler avait relevé divers récits où se rencontre l'herbe qui ressuscite[38]. Apparemment, les contes populaires français n'ont pas conservé le motif[39]. Chez Marie nous avons affaire à une fausse morte, à une personne tombée en léthargie, mais la plante merveilleuse rappelle la quasi-morte à la vie. Et de surcroît, en reprenant conscience, l'héroïne prononce une parole rituelle de conte : *Deus, fet ele, tant ai dormi* ! (v. 1066), comme l'a justement remarqué R. Kœhler[40]. Signe patent du caractère merveilleux de tout l'épisode de la belette.

La nature, parfois, s'associe aux prodiges. Elle s'anime et agit comme un personnage doué de vie. Telle est la mer dans *Eliduc*, qui se déchaîne en tempête parce qu'il y a un criminel à bord du navire. C'était une très vieille croyance des marins que la mer a horreur des êtres impurs, qu'elle porte à regret les nefs félonnes, qu'elle n'aide jamais aux rapts et aux traîtrises. Dans cette perspective, quand une tempête s'élève, c'est le signe qu'il y a un coupable à bord du navire. Il faut jeter le criminel par-dessus bord pour que la tempête s'apaise. Le folklore et la littérature antique offrent beaucoup d'attestations de cette antique superstition[41].

37. Cf. E. ROLLAND, *Faune populaire*, Paris, 1876, t. 1, p. 53 ; R. KOEHLER dans WARNKE, p. CLXXVIII ; Thomas S. DUNCAN, The Weasel in Religion, Myth and Superstition, *Washington University Studies*, Humanistic Series, 1924, t. 12, p. 62-65, et E. SCHOTT, *Das Wiesel in Sprache und Volksglauben der Romanen*, Tübingen, 1935.

38. Cf. R. KŒHLER dans l'éd. WARNKE, p. CLXXV-CLXXVIII.

39. Dans le conte type 612 (Les feuilles qui ressuscitent) il est question d'une pommade, et non d'une plante : cf. DELARUE-TÉNÈZE, *op. cit.*, t. II, p. 509.

40. Ed. WARNKE, p. CLXXVIII.

41. Elle n'est pas propre à la littérature celtique, contrairement à ce que soutient H. NEWSTEAD, The Enfances of Tristan and English Tradi-

Le *Tristan en prose* en donne un bel exemple, quand il montre Sadoc prenant le large après avoir tué son frère. Une effroyable tempête se lève alors. Les matelots soupçonnent immédiatement qu'elle est causée par la présence d'un criminel à bord. Dès qu'ils ont jeté Sadoc à la mer, immédiatement la tempête se calme[42]. Ici on observera que Marie de France ne va pas jusqu'au bout. Elle fait tomber en pâmoison l'héroïne, mais le ravisseur n'est pas lancé à la mer. Il ne lui était pas possible de précipiter son héros dans les flots. D'où le singulier parti de jeter dans l'onde le malheureux marin qui a dit la vérité, sorte de substitut du rite traditionnel.

Même si le merveilleux n'est pas partout chez Marie[43], les éléments folkloriques occupent une place importante dans les lais. Il faut ajouter, cependant, qu'aucun des lais ne suit de près les grandes lignes d'un conte populaire. Mary Ferguson affirmait qu'*Yonec* est proche du conte type 432 (le Prince en oiseau) et le *Bisclavret* voisin du conte type 425 (la Quête de l'époux disparu). Ces rapprochements paraissent excessifs. S'il est vrai que le motif, c'est « le plus petit élément d'un conte ayant le pouvoir de persister dans la tradition »[44] et le type un conte entier, englobant toute une série de motifs et comprenant plusieurs épisodes, il faut convenir que les récits de Marie de France ne s'intègrent à aucune des versions connues des contes types conservés.

tion, *Studies in Medieval Literature in honour of Albert Croll Baugh*, Philadelphie, 1961, p. 169-185. Cf. J. BÉDIER, *op. cit.*, p. 838, et surtout R. KŒHLER dans l'éd. WARNKE, p. CLXX-CLXXIV, qui en relèvent plusieurs exemples dans l'Antiquité.

42. Ed. R. CURTIS, t. I, München, 1963, p. 44-45, § 16.

43. La critique moderne ajoute parfois du merveilleux là où il n'y en a pas. Ainsi dans un article de la *Revue belge de Philologie et d'Histoire* (1961, t. 39, p. 662-686), intitulé Le mystère chez Marie de France, J. WATHELET-WILLEM s'est demandé si dans le lai de *Lanval* « les bassins et la touaille n'évoqueraient-ils pas furtivement quelque cérémonie lustrale au moment d'entrer dans l'Autre Monde » (p. 683). C'est là une hypothèse gratuite. Bassins et serviette s'expliquent tout autrement, semble-t-il : cf. dans le présent chapitre la n. 18.

44. St. THOMPSON, *The Folktale*, Berkeley, nouv. éd., 1977, p. 415.

Il n'y a que trois motifs d'*Yonec* qui se retrouvent dans le conte type 432 : la femme emprisonnée, l'homme-oiseau, l'oiseau blessé. Tout le reste diverge. La mort de l'homme-oiseau, la descente de l'héroïne dans l'Autre Monde, la naissance du fils posthume, la vengeance finale n'apparaissent que dans le récit de Marie. Entre le *Bisclavret* et le conte 425 les ressemblances sont encore plus minces et plus superficielles, comme le montrent les différentes versions recueillies par P. Delarue et M.-L. Ténèze[45]. Le conte type 425 c'est l'histoire d'Amour et de Psyché. Trois éléments fondamentaux caractérisent ce récit : le mariage d'une jeune fille avec un époux surnaturel (qui peut avoir l'apparence d'une bête), la violation des interdits par l'épouse, ce qui entraîne la disparition de l'époux, enfin la quête de l'époux par l'épouse, et après l'accomplissement de tâches très difficiles les retrouvailles de l'être aimé. On admettra sans peine que la structure du *Bisclavret* est tout à fait différente, puisque l'épouse cherche à se séparer du loup-garou qu'elle a épousé sans le savoir. Par définition les deux dernières parties du conte type 425 ne peuvent apparaître dans un récit semblable à celui du *Bisclavret*. Dès lors, quand les divergences sont si éclatantes, il faut éviter les amalgames hâtifs. Peut-on soutenir avec Mary Ferguson que Marie de France renverse volontairement les données folkloriques ? Etant donné que nous ignorons tout des sources de la poétesse, il serait plus prudent d'observer que le lai d'*Yonec* présente quelques motifs du conte type 432, sans suivre la charpente du conte. Pour les autres lais de Marie il n'est pas possible d'instaurer des comparaisons avec le répertoire des contes types élaboré par Aarne et Thompson. C'est une première limite à la présence du folklore.

Un second ensemble de faits révèle qu'il ne faut pas prendre les lais de Marie pour de simples contes populaires. Les récits folkloriques ne se soucient jamais de psychologie.

45. P. Delarue et M.-L. Ténèze, *Le conte populaire français*, Paris, 1964, t. II, p. 112-114.

Dans les contes, le héros est toujours « dépourvu de vie intérieure »[46]. Il s'occupe seulement de combler un manque ou de réparer un méfait qui le touche. Chez Marie il y a des survivances multiples de cet état de choses : maints personnages ont une psychologie rudimentaire. Mais on rencontre aussi des héros chargés d'une troublante et profonde humanité. Première infraction aux règles traditionnelles des contes populaires. Autre différence : dans les contes il n'est guère question de liberté humaine. Les dés sont jetés, avant même que le héros se mette en chemin. Le protagoniste est pris en main par les puissances d'en haut et il doit suivre son destin. On trouve des traces de cette représentation dans les lais. Pressentiments, annonces de l'avenir, absence de toute hésitation chez certains personnages indiquent que le futur est prévu et voulu d'avance. On peut parler alors de fatalité, de secret déterminisme. Guigemar n'a pas à choisir. Muldumarec et Yonec accomplissent les actes qui correspondent à leur destinée. Mais pour d'autres personnages rien n'est acquis d'avance. Les héros d'*Equitan*, d'*Eliduc*, des *Deux Amants* décident eux-mêmes de leur avenir. Ils créent librement leur destin. Preuve que chez Marie le monde n'est pas toujours régi par des forces aveugles et toutes-puissantes. Troisième différence remarquable : les contes idéalisent et embellissent la vie. Ils s'achèvent sur des dénouements heureux. « En général, note G. Huet, le héros ou l'héroïne triomphe, après avoir traversé des épreuves »[47]. Or chez Marie on sent le poids déchirant de l'existence. Il y a des fins cruelles, comme le montrent les lais d'*Equitan*, d'*Yonec*, des *Deux Amants*, du *Laostic*, du *Chaitivel*, des souffrances qui durent, comme le suggère le lai du *Chèvrefeuille*. La moitié des lais de Marie de France se termine sur une note mélancolique. La proportion est considérable. Elle indique clairement qu'on ne saurait identifier tout uniment les lais aux contes merveilleux. Enfin, dans les contes populaires le grand

46. E. SIENAERT, *op, cit.*, p. 40.
47. G. HUET, *Les contes populaires*, Paris, 1923, p. 72.

sujet, c'est l'élévation sociale des humbles. G. Huet l'avait bien observé : « Toute personne qui lit un recueil de contes populaires doit être frappée de la fréquence de cette donnée : l'homme de rien, le pauvre diable qui réussit dans la vie grâce à son habileté (contes réalistes), grâce à une aide surnaturelle, au secours d'un animal reconnaissant, etc. (contes merveilleux). C'est le cas du héros du *Chat botté*, celui d'*Aladin*, de *Cendrillon* ». Et il ajoute finement : « Ces sortes de récits semblent l'œuvre de gens faisant partie de la foule, de la masse qui n'a pas une vie aisée, qui peine et qui se console de son sort en imaginant des histoires où l'homme du commun, la jeune fille maltraitée arrivent à une destinée magnifique »[48]. Il est bien évident que les héros des lais n'appartiennent pas à la classe populaire. Nous n'y voyons pas de fils du peuple quittant la chaumière de leurs ancêtres, courant le monde, pauvres comme Job, et finissant un jour, grâce à un exploit ou à un miracle remarquable, par s'élever, épouser une princesse et devenir roi d'un pays. Point de semblables promotions dans les lais, où les héros appartiennent tous à la meilleure société. Point de changement de statut social, mais une constante aspiration à l'amour et au bonheur. Tous ces traits nous invitent à ne point confondre hâtivement les lais et les contes populaires. A côté d'une indéniable présence du folklore dans les lais, transparaissent aussi des phénomènes de rejet. Il en résulte une incontestable originalité des lais. Faut-il l'attribuer à Marie ? On serait tenté de le faire. Mais l'ignorance où nous sommes des modèles dont elle s'est inspirée nous conduit à ne point avancer des hypothèses hasardeuses. Contentons-nous d'observer que, si les lais s'insèrent dans les traditions folkloriques, puisent dans le folklore, ils ne sont pas, toutefois, du folklore versifié. Les lais se rapprochent et se séparent des contes populaires.

48. *Ibid.*, p. 73.

MYSTÈRE, FANTASTIQUE ET MERVEILLEUX

Au lieu d'appliquer à Marie des idées toutes faites, il convient de se livrer à une étude plus délicate pour voir comment l'auteur a réussi à créer un climat très particulier où se mêlent réalisme et étrangeté, comment elle sait saupoudrer le récit de menues touches de merveilleux, comment, à l'occasion, elle fait naître le fantastique, avant de l'estomper assez rapidement.

D'abord, il est évident que la base fondamentale des lais, c'est l'insertion dans le réel. La réalité passe presque inaperçue. On remarque le merveilleux, fût-il rare, mais on ne prête guère attention à l'ordinaire des jours, au cadre de vie médiéval, au style de vie aristocratique. Certes, Marie n'insiste jamais. Elle ne s'attarde pas à décrire longuement le décor, les costumes et les occupations chevaleresques. Un mot lui suffit pour évoquer les réalités de la vie. Mais dans tous ses lais, la vie du temps est bien présente. Même dans les lais qualifiés de féeriques la réalité quotidienne n'est jamais oubliée. Le lai de *Guigemar* s'ouvre sur une scène de chasse très médiévale et s'achève sur un défi et sur un siège tout à fait réalistes. Le lai de *Lanval* fait une place importante au procès du héros et respecte parfaitement les usages judiciaires du temps[49]. Les garants (les *pleges*) d'un accusé, le délai accordé à l'inculpé, le jugement par les pairs, autant de traits de la procédure médiévale. Le lai d'*Yonec* s'insère dans la réalité féodale puisque les hommes de Muldumarec, après la mort de leur seigneur, attendent que le fils soit en âge de prendre la succession. Partout ailleurs se rencontrent des notations réalistes. Le lai de *Fresne* nous montre un grand seigneur donnant des terres à un monastère et acquérant le droit d'être hébergé dans la communauté. E. Nagel a justement signalé que le mot *fraternité* (*Fresne*, v. 267) a un sens

49. Cf. E. A. FRANCIS, *The Trial in Lanval*, *Studies presented to Mildred K. Pope*, Manchester, 1939, p. 115-124.

technique très précis dans les donations médiévales. A la fin du lai d'*Eliduc* nous assistons à la fondation d'une abbaye : ici encore il est question des biens fonciers nécessaires à son existence. Le lai d'*Equitan* ne nous laisse rien ignorer des fonctions d'administrateur et d'officier de justice du sénéchal :

> Equitan ot un seneschal,
> Bon chevalier, pruz e leal ;
> Tute sa tere li gardout
> E meinteneit e justisout. 24

Nous voyons dans *Eliduc* le héros mettre son épée au service d'un roi et devenir mercenaire pour une durée d'un an (v. 267). De semblables *soudeier* existaient au Moyen Age. Les tournois guerriers sont mentionnés à plusieurs reprises dans les lais et le *Chaitivel* en donne une description tout à fait juste et pleine de vie. Les scènes d'intérieur ne sont pas absentes non plus : il est question d'une partie d'échecs dans le lai d'*Eliduc* (v. 485), des préparatifs de la chambre nuptiale dans le lai de *Fresne* (v. 389-496), des cuves de bain disposées dans les chambres pour le roi et le sénéchal d'*Equitan* (v. 273-306). Il n'est pas nécessaire de multiplier les exemples pour faire comprendre que non seulement le décor, mais encore la trame du récit, le tissu complet de l'action est composé d'éléments empruntés aux réalités de la vie médiévale. Les lais de Marie de France ne se déroulent pas dans un pays surnaturel ou dans un monde enchanté. Ils se passent en plein sur la terre des hommes. En dépit de leur brièveté, ils peignent avec justesse les occupations et les divertissements, les travaux et les jours des milieux aristocratiques.

Sur ce tissu narratif se détachent avec d'autant plus de vivacité les touches de mystère, de merveilleux, de fantastique. Entre ces trois notions esthétiques il convient d'établir une distinction. Mystère et merveilleux sont deux réalités à la fois proches et distinctes. Le merveilleux est toujours mystérieux, mais l'inverse n'est pas vrai : le mystère n'est pas forcément merveilleux. Dans la quête de l'étrange et du surprenant, le mystère, c'est le premier degré. Etymologiquement, le mystère est une chose secrète, une cérémonie religieuse secrète réservée à des initiés, les mystes. Le mot dérive du verbe grec *muo* qui signifie « fermer, clore, se taire ». Dans le *mustérion* des Grecs se rassemblent deux idées : la notion de secret et celle de sacré. Sans laisser complètement de côté cette dernière acception, qui doit parfois être invoquée, il faut surtout se souvenir qu'en littérature le mystère, c'est tout ce qui est caché par l'auteur, tout ce qui n'est pas immédiatement intelligible. Parfois les définitions les plus satisfaisantes sont faites d'éléments négatifs. Le mystère se tient en deçà du merveilleux. Il ne nous fait point pénétrer dans un monde surnaturel. Nous restons dans un monde humain, mais dans un monde obscur. Nous sommes à la surface des choses, parce que les explications profondes nous font défaut.

Le merveilleux et le fantastique nous introduisent dans un autre monde, celui de la surnature. Les lois qui régissent l'univers humain n'ont plus cours. L'espace et le temps ne sont plus les mêmes. La pesanteur des choses et les limites imposées par la nature aux forces humaines disparaissent. Tout devient possible ou presque. C'est le monde des objets magiques aux pouvoirs extraordinaires, c'est le monde des métamorphoses où l'être vivant est capable de quitter sa forme originelle pour changer d'apparence. Les héros d'*Yonec* et du *Bisclavret* le montrent éloquemment. Mais on abuse, semble-t-il, du terme de merveilleux. Il serait souhaitable de distinguer les deux aspects de la surnature, le côté inquiétant, troublant, c'est-à-dire le fantastique, et le côté reposant, réconfortant, c'est-à-dire le merveilleux. Cette opposition psychologique est importante : le climat des œuvres ou prédomine le merveilleux n'est pas du tout celui des textes où des fantasmes s'expriment. L'atmosphère fantastique traduit l'inquiétude et l'angoisse que nous éprouvons. On a dit justement que le fantastique était fait de frissons[50]. L'univers merveilleux nous enchante parce qu'il répond aux rêves de bonheur et aux aspirations des hommes. Certes,

50. E. SIENAERT, *op. cit.*, p. 20.

merveilleux et fantastique peuvent se mêler. On passe vite du trouble à la sérénité, de l'inquiétude à la satisfaction des désirs et à la paix intérieure. Mais, d'ordinaire, les deux réalités sont assez nettement différenciées. Il y a tout avantage à ne pas les confondre sous une appellation unique.

Le mystère n'emplit pas de bout en bout les lais de Marie de France. Si on laisse de côté les mystères que les personnages se font les uns aux autres (les héros ont des choses à cacher à leurs adversaires éventuels), mais dont nous sommes parfaitement informés, si l'on se borne aux énigmes que l'auteur pose à ses lecteurs, on conviendra qu'il y a des lais sans mystères. Il en va ainsi des lais d'*Equitan* et de *Fresne*. Il faudrait peut-être ranger dans la même classe le *Chèvrefeuille* : le message de Tristan à Yseut pose problème aux érudits modernes[51]. Mais l'obscurité du passage tient sans doute à l'art dense et elliptique de Marie. Pour Yseut tout est clair. Il est des lais où le mystère est presque insignifiant : par exemple, le *Laostic*. Rien n'est dit sur les raisons de la conduite du mari. Marie nous dit simplement que la dame était étroitement surveillée, lorsque le galant était dans le

51. Est-il gravé en entier sur le bâton, comme l'ont cru plusieurs érudits ? C'est matériellement impossible et ce serait, de surcroît, fort dangereux pour l'expéditeur et le destinataire. Une inscription en écriture ogamique, comme le veut Grace FRANK (*PMLA*, 1948, t. 63, p. 405-411), est peu vraisemblable. Le bâton *paré* (v. 53) doit ressembler à ce que l'on voit encore aujourd'hui, d'après P. DURAND-MONTI, *Bulletin bibliographique de la Société internationale arthurienne*, 1960, t. 12, p. 117-118. Il n'y a apparemment que le nom de Tristan sur la baguette de coudrier. Dès lors, malgré l'avis de L. SPITZER (*Romania*, 1946, t. 69, p. 80-90), de A. HATCHER (*ibid.*, 1950, t. 71, p. 330-344) ou de J. FRAPPIER, *Mélanges I. Frank*, Sarrebruck, 1957, p. 215-224, on ne peut guère comprendre comment Marie peut parler de la *summe de l'escrit* (v. 61), si elle ne fait pas allusion à une lettre expédiée par Tristan à Iseut quelques jours auparavant. Cette idée, avancée par L. SUDRE (*Romania*, 1886, t. 15, p. 551), acceptée par L. FOULET (*Zeitschrift für romanische Philologie*, 1908, t. 32, p. 279), fortifiée par les remarques de Mlle E. FRANCIS (*Medieval Miscellany E. Vinaver*, Manchester, 1965, p. 136-145), a été défendue de façon convaincante par M. DELBOUILLE dans les *Mélanges J. Frappier*, Paris, 1970, p. 207-216. L'interprétation compliquée de J. RYCHNER (éd. cit., p. 276-279), comme l'éditeur en convient lui-même, heurte les vraisemblances.

pays (v. 49-50). Nous devinons que le mari doit appartenir à la race des jaloux. Mais un petit mystère demeure.

Les lais où le mystère prend de la consistance et de la profondeur sont ceux où interviennent des éléments merveilleux, où surgissent des personnages doués de pouvoirs surnaturels. C'est dire que chez Marie le mystère accompagne habituellement le merveilleux ou le fantastique.

Marie n'abuse pas des chiffres mystérieux, si habituels dans les contes populaires, comme trois et sept. Elle les utilise seulement dans *Yonec*. Pendant plus de sept ans (v. 37), le méchant mari tient sa femme enfermée. Les textes magiques ou religieux font toujours une place insigne au chiffre sept. Est-il besoin de rappeler les sept jours de la semaine, les sept degrés de la perfection, les sept vertus (les trois théologales et les quatre cardinales), les sept péchés capitaux ? Ce chiffre qui marque l'accomplissement d'un cycle est parfaitement à sa place dans le conte : pour la malheureuse emprisonnée une période s'achève, le bonheur est proche. Autre chiffre chargé de mystère : le chiffre trois. Dans le palais souterrain où elle cherche celui qu'elle aime, l'héroïne ne le trouve qu'après avoir traversé plusieurs chambres. Elle le retrouve *en la tierce chambre* (v. 386). Depuis des temps très anciens, le chiffre trois a un caractère auguste. Il indique l'achèvement, la totalité. On ne saurait s'étonner qu'il figure ici.

Pour créer du mystère, Marie use d'un procédé classique qui consiste à nous cacher les explications nécessaires. Les faits apparaissent, mais les causes profondes restent dans l'ombre. Muldumarec se change en oiseau, le héros du *Bisclavret* se transforme en loup. Rien n'est dit sur les raisons de ces métamorphoses et le processus exact de ces changements de forme ne doit pas être révélé à des tiers. Le héros du *Bisclavret* sait qu'il lui arrivera malheur, s'il découvre à sa femme son secret (v. 53-54). Le héros d'*Yonec* prévient celle qu'il aime que des mystères lui resteront obscurs :

> Se li segrei vus sunt oscur,
> Gardez ke seiez a seür. 124

Dans le lai de *Lanval* la dame ordonne au héros de ne révéler son secret à personne : *Ne vus descovrez a nul humme* (v. 145) ! Elle le prévient que s'il ne préservait pas le secret, il la perdrait pour toujours. Ainsi donc revient avec insistance dans plusieurs lais l'idée qu'il y a des choses interdites, qu'il y a des secrets que les mortels ne doivent pas chercher à pénétrer, qu'il faut garder le silence sur les mystères dont on a été le témoin. Sinon, le malheur viendra. D'antiques croyances expriment cette vieille peur des hommes. Le lai de *Tydorel* s'en fait l'écho lorsqu'il nous peint la mort d'un homme qui a assisté involontairement à une scène qu'il n'aurait jamais dû voir[52]. Marie de France ne va pas si loin. Elle ne nous dit pas qu'il y a des choses surnaturelles que l'homme ne peut regarder en face. Mais on devine, cependant, l'existence de mystères insondables, presque de choses sacrées. On pourrait, sans doute, essayer de justifier l'ordre de la fée dans *Lanval* et dire que l'amour et le bonheur accordés gratuitement au héros impliquent une contrepartie, un échange, une obligation. Celui qui reçoit doit rendre à celui qui donne. Le destinataire doit être lié au donateur. En outre, l'interdiction énoncée semble une épreuve que l'auteur du bienfait ménage au bénéficiaire. Enfin, comme on l'a déjà observé, interdiction et transgression vont de pair : la suite du récit exige ici ce motif. Mais aucune de ces justifications n'est présentée par l'auteur. L'assertion de la fée a le caractère impérieux et comminatoire des ordres qui viennent d'en haut, qui n'ont pas besoin d'explication et qui ne souffrent aucune discussion. C'est donc une parole mystérieuse. Lanval et la dame ne se trouvent pas au même plan. Dès le début de la rencontre, Marie a suggéré le pouvoir mystérieux de la dame. Elle appelle le héros par son nom, lui annonce qu'elle est venue le chercher (v. 112), alors qu'il ne l'a jamais vue et qu'il ignore tout d'elle. Rencontrer un inconnu qui vous connaît a quelque chose de troublant. La juxtaposition brutale du savoir et de l'ignorance inquiète.

52. Cf. v. 196-218.

Malgré lui, Lanval est soumis à la domination du personnage qui le nomme et qui a, ce faisant, prise sur lui. Nous ne saurons jamais comment la dame connaît Lanval. Le mystère est nécessaire pour donner de la poésie et de la profondeur au personnage. Il suffit d'un peu d'ombre pour faire rêver. La lumière implacable du soleil détruit tous les rêves.

Au mystère le fantastique ajoute une nuance supplémentaire : un je ne sais quoi de trouble. Il est lourd d'oppressions, de fantasmes, d'évocations macabres. Il exprime l'inquiétude, la peur, l'horreur, l'angoisse, l'épouvante des hommes. Ces évocations éprouvantes traversent très rarement les lais. Un frisson d'effroi est perceptible à certains moments. Quand la dame du lai d'*Yonec* assiste à la métamorphose de l'oiseau en homme, elle éprouve une peur bien compréhensible :

> La dame a merveille le tint ; 116
> Li sens li remut e fremi,
> Grant poür ot, sun chief covri.

Se couvrir la tête, c'est refuser de regarder un spectacle insoutenable. La notation est belle et traduit bien l'épouvante de l'héroïne. Dans le lai du *Bisclavret*, quand l'épouse apprend le redoutable secret de son mari, elle devient toute rouge de peur :

> La dame oï cele merveille,
> De poür fu tute vermeille. 98

Il n'y a pas que les humains à trembler. Les animaux sentent parfois des choses qui échappent aux humains. Au début de *Lanval*, le héros se couche tout affligé près d'une eau courante, il ne devine rien. *Mes sis chevals tremble forment* (v. 46). R. Kœhler a supposé que ce motif n'apparaissait pas dans le conte originel : le héros devait avoir enfourché une misérable haridelle, comme dans *Graelent*, un cheval sans forces[53]. Chez Marie le cheval tremble parce qu'il sent, à proximité,

53. Cf. *Graelent*, v. 156, et R. Kœhler dans l'éd. Warnke, p. cxxxvii.

la présence d'un personnage surnaturel. Une obscure terreur l'emplit. La notation est joliment suggestive.

En dehors de ces touches fugitives, l'atmosphère fantastique ne se rencontre que dans le lai du *Bisclavret*. Mais dans cette histoire de loup-garou Marie fait tout ce qu'elle peut pour voiler l'horreur et estomper l'angoisse.

Des vestiges archaïques subsistent, cependant, dans le récit. D'abord, des motifs folkloriques vaguement inquiétants, qui ne sont pas propres aux histoires de loups-garous. Ainsi le motif du « don téméraire », lorsque le mari s'engage de lui-même à répondre, avant de connaître le contenu de la question[54], le motif de la révélation du secret à l'épouse et l'action perfide de la méchante femme qui s'emploie à perdre son mari, le motif de l'impossible retour à la condition humaine et de la vie d'un être humain ayant conservé intelligence et raison humaines sous les traits d'un animal (vieux thème de l'*Ane d'or* d'Apulée).

Apparaissent surtout des motifs traditionnels de ces récits d'épouvante que sont les histoires de loups-garous. Disparitions régulières du mari. Une redoutable périodicité veut que le mari disparaisse plusieurs jours chaque semaine. Rien n'est dit sur les causes de cette métamorphose. Serait-ce une fatalité, un destin inexorable, l'effet d'un sortilège, d'une naissance coupable, d'une possession démoniaque, d'un pouvoir mystérieux, d'un goût pervers ? Ou encore un châtiment divin, comme dans l'histoire contée par Giraud de Barri[55]. Nous l'ignorons, mais nous devinons que le Bisclavret ne peut échapper à son destin. Qu'il devienne

54. Sur le don contraignant dans la littérature arthurienne, cf. J. FRAPPIER, dans *Amour courtois et Table Ronde*, Genève, 1973, p. 225-264. Malgré l'avis de J. Frappier, il est permis de penser que nous n'avons point affaire là à un motif celtique : cf. mes remarques dans les *Cahiers de civilisation médiévale*, 1977, t. 20, p. 383.

55. Le récit de Giraud de BARRI (*Topographia Hibernica*, 2, 19) a été signalé et réimprimé par F. LIEBRECHT dans son édition des *Otia Imperialia* de Gervais de TILBURY, Hannover, 1856, p. 161, et plus récemment par M. BAMBECK, dans la *Zeitschrift für romanische Philologie*, 1973, t. 89, p. 123-147.

loup-garou volontairement ou involontairement, il est enchaîné à des forces toutes-puissantes. Personne ne pourrait le retenir parmi les humains.

Fort troublant est le processus de la métamorphose. Il s'opère à l'écart, loin des hommes, dans un lieu sauvage. Dans toutes les histoires de loup-garou il y a une *fuga mundi*[56]. Parfois, l'homme-loup devient furieux contre les autres hommes et perd la raison avant de s'enfoncer dans les bois. Il en va ainsi dans un curieux passage des *Otia imperialia* de Gervais de Tilbury[57], où l'aliénation précède la métamorphose. Ce n'est pas le cas pour le Bisclavret. Mais on devine qu'entre le loup et les hommes il n'y a plus que des relations d'ennemi à ennemi.

Pour devenir loup, le rite essentiel, c'est de déposer ses vêtements et de rester nu sous le ciel. On rencontre déjà ce trait dans la terrifiante histoire du *Satiricon* de Pétrone (§ 62), où le héros se déshabille dans un cimetière. On le relève encore chez Gervais de Tilbury. Le texte latin est clair : *vestes suas, relictis omnibus sociis, sub dumo vel rupe secreta seponere*[58]. On en trouverait aussi des exemples dans le folklore moderne[59]. L'abandon des vêtements marque de manière symbolique le rejet de la civilisation, de l'humanité et de la raison. Il implique un changement radical de statut, l'entrée dans le monde des bêtes sauvages. Ici le symbole devient réalité. Il faut déposer ses vêtements pour devenir un loup. Inversement, si l'on dérobe ses vêtements au loup-garou, il ne peut plus recouvrer forme humaine. Les vêtements jouent donc un rôle essentiel dans la métamorphose : ils représentent la passerelle entre deux mondes, entre l'existence humaine et la vie animale.

Marie ne nous dit jamais que son héros disparaît pour mener une vie sauvage et sanguinaire. Mais au début du récit

56. Cl. SEIGNOLLE, *Les Evangiles du diable*, Paris, 1964, p. 544-563.
57. Ed. LIEBRECHT, chap. CXX.
58. *Op. cit.*, p. 51.
59. Cf. E. CARNOY, *Littérature orale de Picardie*, Paris, 1885, p. 106 ; Stith THOMPSON, *Motif-Index of Folk-Literature*, D 537.

elle ne peut se dispenser de faire savoir que d'une manière générale les loups-garous sont des êtres malfaisants :

> Hummes devure, grant mal fait,
> Es granz forez converse e vait. 13

On comprend donc que le loup-garou ne cherche à satisfaire que des instincts de violence et d'agressivité. Quand il s'enfonce dans les bois, *al plus espés de la gaudine* (v. 63), il oublie tout, raison, morale, religion. Plus rien ne le retient. Tout devient permis pour lui. La sauvagerie primitive remonte en lui et l'emplit totalement. Les histoires de loup-garou sont toujours des récits de dévastation, de carnage, de massacre de victimes innocentes. Gervais de Tilbury nous dit que le loup court la gueule grande ouverte, *ore patulo*[60]. Il incarne manifestement la force aveugle et brutale. Dans ces histoires dont le héros est un animal sanguinaire et meurtrier s'exprime la profonde peur qu'éprouvent les hommes devant les mystères et les cruautés de la vie sauvage. Nul hasard si dans le lai de Marie de France la femme infidèle a le nez férocement arraché : la cruauté fait foncièrement partie de ces récits d'épouvante[61].

Enfin, le personnage du loup-garou participe à la vie de deux espèces : il n'est ni complètement homme ni totalement animal. Dernier aspect inquiétant de ce personnage qui n'a pas une place claire et nette au sein de la création. Cet être qui plonge dans l'animalité et en qui remontent de redoutables instincts de violence semble un homme incomplet, inachevé. Il y a en lui une imperfection originelle, une tare mystérieuse. La division troublante de sa nature, l'alternance entre une face diurne et une face nocturne composent autour de lui toute une zone d'ombre.

Mais Marie de France a cherché à estomper les aspects

60. Ed. cit., p. 51.

61. Cf. *Satiricon*, § 62 (moutons égorgés dans la bergerie) ; *Otia imperialia*, p. 51 (*tantam patriae cladem intulit quod multorum colonorum mansiones fecit esse desertas. Infantes in forma lupina devoravit, sed et grandaevos ferinis morsibus lacerabat*).

troubles de l'histoire, à atténuer le malaise et l'angoisse. Il n'y a pas dans le *Bisclavret* une réelle poésie de l'angoisse et de l'épouvante. On y sent seulement un discret frémissement. D'abord, nous ne voyons jamais s'opérer la métamorphose. Point de description, mais des informations indirectes et fragmentaires. L'auteur ne veut pas nous faire trembler comme Pétrone. A la fin du récit elle voile délicatement le processus de retour à la condition humaine. Tout se passe dans une chambre écartée. Nul n'est témoin du changement. L'opération de métamorphose est un état instable qui a quelque chose de dégradant. Marie refuse de peindre son héros en cet instant assez trouble. Nous voyons le Bisclavret redevenu homme, dormant dans le lit du roi. C'est une belle trouvaille que d'avoir imaginé le sommeil comme pivot de la métamorphose, comme médiateur entre deux états radicalement différents. Au moment où le héros se réveille, il peut croire que le passé est un cauchemar, un mauvais rêve. Les auditeurs n'ont rien vu : ils n'ont donc pas été fâcheusement impressionnés.

Ensuite, pour faire du protagoniste un personnage sympathique — ce qui est paradoxal dans les histoires de loups-garous — Marie nous cèle la vie sauvage du loup. Elle passe sous silence toute la face nocturne de son être. Sinon, nous aurions éprouvé plus d'horreur que de pitié. Quand elle le présente, elle en fait un animal doux et bienveillant, une sorte de chien-loup qui baise le pied du roi, couche aux pieds de son lit et lui porte une évidente affection. Il n'est pas nécessaire de supposer, comme l'a fait S. Battaglia, que Marie a combiné ici deux thèmes différents, d'une part le lycanthrope, de l'autre le chien vengeur qui se rencontre dans la chanson de *Macaire*[62]. Il n'y a rien de comparable entre le dénouement du *Bisclavret* et celui de *Macaire*. Le chien de *Macaire* venge son maître mort. Dans le *Bisclavret*, mis à

62. Cf. *Macaire*, éd. F. Guessard, Paris, 1866, v. 980-1265. Voir l'argumentation de S. Battaglia, Il mito del Licantropo nel *Bisclavret* di Maria di Francia, dans *La coscienza letteraria del Medioevo*, Naples, 1965, p. 381-389.

part le châtiment de la femme infidèle, le loup conserve raison et mémoire humaines. En lui subsistent douceur et humanité. Bien d'autres textes nous montrent un loup bienfaisant : par exemple, *Arthur et Gorlagon* et *Guillaume de Palerne*[63]. La douceur extraordinaire d'un animal habituellement féroce, c'est là un motif traditionnel du merveilleux médiéval. On le rencontre dans les légendes hagiographiques. Le loup de Gubbio en est une illustration dans la légende de saint François[64]. La seconde partie du *Bisclavret* efface le malaise provoqué par le début. Après nous avoir inquiété, Marie nous rassure. Elle veut que nous éprouvions de la sympathie pour le protagoniste, que nous plaignions une innocente victime.

Le *Bisclavret* conserve des vestiges anciens qui ne se rencontrent plus dans *Arthur et Gorlagon*, *Melion* ou *Guillaume de Palerne*. Il fait une place fugace à l'ombre, au mystère, à l'inquiétude. Mais Marie n'insiste pas. Le climat fantastique y reste très discret.

TECHNIQUE ET SIGNIFICATION DU MERVEILLEUX

Le merveilleux est un des éléments les plus remarquables des lais de Marie de France. C'est par référence au merveilleux que la critique moderne a souvent défini le genre littéraire du lai. Gaston Paris jugeait ainsi des lais de Marie : « Ce sont des contes d'aventure et d'amour, où figurent souvent des fées, des merveilles, des transformations ; on y parle plus d'une fois du pays de l'immortalité, où les fées conduisent et retiennent les héros ; on y mentionne Arthur,

63. Le conte latin d'*Arthur et Gorlagon* a été publié et étudié par G. L. Kittredge dans les *Studies and Notes in Philology and Literature*, Boston, 1903, t. 8, p. 149-275. Sur le loup-garou bienfaisant dans *Guillaume de Palerne*, cf. les vers 51-269, 3221 et sq., 4255 et sq.

64. Cf. les *Fioretti di santo Francesco*, chap. XXI (Come San Francesco fece per virtu'divina ammansire un lupo ferocissimo), dans Piccola Biblioteca Longanesi, *Tutti gli Scritti di San Francesco, seguiti dai Fioretti*, Milano, 1951, p. 164-167.

dont la cour est parfois le théâtre du récit, et aussi Tristan. On peut y reconnaître les débris d'une ancienne mythologie, d'ordinaire incomprise et presque méconnaissable »[65]. L'évocation est belle, mais excessive. Dans les douze lais de Marie, il n'est question que d'une fée et il n'est fait mention du pays de l'immortalité, l'île d'Avalon, qu'une seule fois : dans le lai de *Lanval*. Les métamorphoses ne sont qu'au nombre de deux : celle du chevalier-oiseau dans *Yonec* et du loup-garou dans le *Bisclavret*. Les merveilles ne pullulent pas. La moitié des lais en est dépourvue. Dans l'autre moitié des contes, c'est-à-dire dans les lais de *Guigemar*, des *Deux Amants*, d'*Yonec*, de *Lanval* et d'*Eliduc* (le lai du *Bisclavret* doit être mis à part, puisqu'il appartient au domaine du fantastique), le merveilleux reste singulièrement discret. Mais on en remarque d'autant plus la présence : les choses rares sont toujours des choses insignes. De tous les lais, le conte le plus féerique, c'est celui d'*Yonec*, où l'on voit un personnage surnaturel apparaissant dans le monde des hommes, où l'on assiste à une métamorphose, où l'on suit l'héroïne dans sa descente vers l'Autre Monde. Le merveilleux est subtilement présent d'un bout à l'autre. A la fin du récit, on ne sait plus si l'héroïne est dans le monde d'ici-bas ou dans l'au-delà, au moment où elle s'écroule sur le tombeau de celui qu'elle a tant aimé. Il n'y a pas de barrières nettes et infranchissables entre le monde des hommes et l'Autre Monde. L'ici-bas se trouve aux portes de l'au-delà. La surnature nous entoure de partout. Le lai de *Lanval* présente encore le thème d'un être féerique venant se mêler au monde des hommes, mais l'histoire se passe tout entière sur notre terre. Même au dénouement, nous ne suivons point le héros dans l'île d'Avalon. Dans les autres lais les éléments merveilleux sont plus réduits encore. Il ne s'agit plus de personnages, mais d'objets ou d'animaux : une biche et une nef magiques dans *Guigemar*, un élixir dans les *Deux Amants*, une belette et, à la rigueur, une tempête dans *Eliduc*. On ne saurait donc dire

65. *La littérature française du Moyen Age*, Paris, 1905, 3e éd., p. 97.

que le merveilleux soit partout, qu'il s'insinue dans tous les récits et en soit la composante majeure. Il faut nuancer le jugement de G. Paris. Chez Marie de France rareté et importance du merveilleux vont de pair. Il en va du merveilleux comme d'un parfum de femme : une goutte suffit pour embaumer. Nous nous souvenons longtemps de son arôme persistant.

Dans la technique du merveilleux le premier point notable est l'irruption soudaine de l'extraordinaire dans l'histoire. Point de préparation, d'étapes, de degrés, mais un brusque jaillissement. La biche blessée se met à prophétiser au commencement de *Guigemar*. L'oiseau change d'aspect et devient un homme au début d'*Yonec*. Le merveilleux surgit à l'improviste. Il nous frappe de plein fouet, sans que nous ayons le moins du monde prévu sa venue. Il disparaît avec la même rapidité. En un instant la biche blanche sort de notre champ de vision et cesse de figurer dans le récit. En un clin d'œil, à la fin de *Lanval*, la pucelle féerique quitte la cour du roi Arthur. Personne ne peut la retenir. Chaque fois l'effet de surprise est vif. Nous sommes saisis, stupéfaits, interloqués d'être brutalement précipités dans le mystère.

A la différence du conte populaire dont le héros est presque toujours un « vagabond »[66], il n'est pas nécessaire dans les lais de courir après le merveilleux. L'extraordinaire vient à la rencontre des mortels malheureux, et notamment des pauvres épouses injustement emprisonnées. La fée s'offre au héros de *Lanval* triste et dolent. La nef est toute prête pour que Guigemar s'embarque, seul et souffrant. Bien vite, la dame du même lai verra apparaître le bonheur et l'amour, dons inespérés dans la prison où elle languit. Le chevalier-oiseau pénètre dans la tour où soupire l'héroïne du lai d'*Yonec*. L'apparition du merveilleux est ici fort intéressante, car elle répond non seulement à une attente et

66. « Ein Wanderer », comme dit Max LÜTHI, dans *Das europäische Volksmärchen*, Berne, 1960, 2e éd., p. 29.

à une souffrance, mais encore à une prière du personnage concerné. Le chevalier-oiseau ne serait pas venu, si l'héroïne ne l'avait pas appelé. Il faut au préalable l'accord des mortels. Tout se passe comme si le personnage surnaturel respectait la liberté humaine, malgré l'amour qu'il porte depuis longtemps à la dame. Il déclare, en effet :

> Jeo vus ai lungement amee
> E en mun quor mut desiree ;
> Unkes femme fors vus n'amai
> Ne jamés autre n'amerai.
> Mes ne poeie a vus venir
> Ne fors de mun paleis eissir,
> Si vus ne m'eüssez requis.

Est-ce une délicatesse du personnage de l'Autre Monde ou plutôt une impossibilité manifeste ? Il faut un appel des hommes pour qu'il intervienne dans le monde humain. C'est la seule fois où le merveilleux n'est pas parfaitement autonome et se trouve soumis à la demande antérieure d'un mortel qui, sans le savoir, suscite l'apparition du surnaturel. Partout ailleurs, on se passe du bon vouloir des mortels et on ne leur demande pas leur avis. Ni dans *Lanval* ni dans *Guigemar* les puissances d'en haut n'ont besoin d'un appel des hommes. Elles disposent librement et imposent leurs desseins.

Autre point remarquable : le mélange indissociable du merveilleux et du réel. C'est dans le décor de la vie quotidienne qu'apparaît brusquement un élément féerique. Il y a sans doute des lieux privilégiés qui attirent le mystère. Les profondes forêts ont toujours vaguement inquiété les hommes. Rien d'étonnant si dans le lai de *Guigemar* l'animal blanc surgit au cœur des bois. Bien d'autres textes du Moyen Age, qu'il s'agisse du lai de *Tyolet* ou de *Guingamor*, du roman de *Partonopeus* ou des diverses *Continuations* du *Conte du Graal*, nous montrent qu'une rencontre exceptionnelle s'opère fréquemment à l'ombre des forêts. Le mystère surgit aussi près des sources : les fées sont fréquemment représentées comme des déesses des eaux. Nous en avons un faible souvenir dans le lai de *Lanval* : le héros descend de cheval près d'*une ewe curaunt* (v. 45). Autre lieu merveilleux : les tertres dans le monde celtique. Nul hasard si dans le lai d'*Yonec* l'héroïne s'enfonce par un étroit boyau au cœur d'un tertre, avant d'accéder à l'Autre Monde. Mais il faut avouer que dans toutes ces évocations le réel est singulièrement présent et le merveilleux fugitif. La scène de *Guigemar* est tout à fait conforme aux parties de chasse du Moyen Age. Nous voyons les chiens se précipiter, les veneurs courir, le héros prendre son arc et décocher une flèche à la biche. Mis à part deux ou trois traits extraordinaires, l'essentiel de la description est parfaitement réaliste. Dans le lai de *Lanval* le climat est encore plus ordinaire, encore plus dénué de touche merveilleuse. Seules les paroles de la dame nous surprennent. Tout le reste est conforme au cours habituel des choses. Lanval se couche tout dolent sur l'herbe d'un pré. On l'amène près d'une magnifique tente. Il y voit une très belle femme, couchée sur un lit, qui lui fait une déclaration d'amour et l'invite à déjeuner. Ensuite, il repart. Si l'on fait abstraction des propos de la fée, rien de merveilleux ne s'est passé.

Il ne faut pas se contenter de parler du mélange indissoluble du merveilleux et du réel. Il faut aller plus loin et observer chez Marie la singulière discrétion des touches merveilleuses. Loin de multiplier le merveilleux, d'insister sur l'extraordinaire, Marie l'atténue, l'estompe. Le processus d'humanisation et de rationalisation que l'on trouve chez d'autres écrivains du Moyen Age est ici profondément engagé. Le lai de *Lanval* est tout à fait révélateur à cet égard. Le mot de *fée* n'est jamais prononcé. Marie emploie le terme neutre de *dame*. Tout se passe comme si l'on se trouvait dans le monde habituel, comme si l'on assistait à une partie de campagne, à un déjeuner sur l'herbe. La beauté de la dame est sans doute prodigieuse. Mais cela ne suffit pas à en faire un personnage surnaturel. Les traits qui l'élèvent au-dessus de la condition humaine (le pouvoir de rendre riche, d'apparaître quand elle veut et où elle veut, d'être invisible aux autres) ne sont indiqués que de manière allusive. Ils ne sont pas montrés en action. On doit donc dire que le caractère irréductible du monde merveilleux et du monde humain n'est pas mis en claire lumière, que le pouvoir extraordinaire des êtres merveilleux reste un peu dans l'ombre. Ce n'est pas le merveilleux qui intéresse vraiment Marie de France. R. Dubuis a parfaitement eu raison de déclarer : « Le merveilleux peut fort bien être absent des lais, et là où il se trouve, malgré l'importance de sa double fonction d'ornement et d'instrument, il ne constitue jamais véritablement la raison d'être du récit »[67]. En fin de compte, même dans les lais dits merveilleux les éléments humains prédominent et le merveilleux prend souvent l'apparence de l'humain. R. Dubuis a justement remarqué que n'importe quelle femme aurait pu formuler les exigences de la fée de *Lanval*. Dans *Eliduc*, Guilliadon revient à la vie dans des conditions extraordinaires, grâce à l'herbe salutaire de la belette. Mais l'héroïne n'était point morte. Elle revient à la conscience après une période d'évanouissement exceptionnellement longue. Ce n'était qu'une fausse mort, une perte de conscience, un coma prolongé, une léthargie où les facultés de l'esprit sont suspendues, mais où la vie du corps n'est point arrêtée. Si l'on compare le lai d'*Yonec* et le conte de l'*Oiseau bleu*, on découvre que le texte le plus humain, le moins rempli de merveilleux, c'est le lai de Marie de France. Comment expliquer cette limitation du merveilleux ? Marie se montre bien plus discrète que les auteurs des *Mabinogion* ou de maints contes celtiques.

Pourquoi cette humanisation et cette rationalisation du récit ? Serait-ce un secret souci de vraisemblance dont les contes merveilleux n'ont cure ? Il se peut. Serait-ce le désir de ne point verser dans les chimères et les rêves extravagants et de créer un monde digne, à la mesure de l'homme ? Serait-ce le refus de la naïveté et de l'optimisme béat des

67. *Les Cent Nouvelles nouvelles et la tradition de la nouvelle en France au Moyen Age*, Grenoble, 1973, p. 375.

contes bleus ? Je le croirais volontiers. Chez Marie le merveilleux n'efface point la souffrance et n'abolit point la mort. Le chevalier-oiseau féerique du lai d'*Yonec* meurt comme un homme ordinaire. Dans les lais quelques vestiges merveilleux subsistent de loin en loin, mais Marie se refuse de trop embellir et de trop idéaliser la vie humaine. La transformation des fées en belles dames ou « pucelles » n'est point le signe d'un refus du merveilleux. C'est la marque que le mystère est subtilement apprivoisé, policé, humanisé. De même que les oiseleurs prennent des précautions pour apprivoiser les faucons farouches, les hommes ont parfois besoin d'adoucir les mystères.

Comment expliquer l'emploi du merveilleux dans les lais ? Il tient à plusieurs raisons. D'abord, il est évident que le merveilleux répond à des besoins techniques : il est un utile *deus ex machina*, une pièce nécessaire dans l'économie du récit. A-t-on besoin de déplacer Guigemar ? La nef magique apparaît à point. Après l'intervention du mari, veut-on séparer le héros et l'héroïne ? Le navire reprend le large et vogue en sens inverse. Faut-il réunir les deux protagonistes ? La nef reparaît et conduit la jeune femme au pays où se trouve celui qu'elle aime. Dans le lai d'*Eliduc*, quand il est nécessaire de rappeler à la vie la jeune Guilliadon, la belette survient fort opportunément. Dans le lai d'*Yonec*, pour empêcher que la dame soit tourmentée par son mari, pour lui permettre d'élever normalement son fils, bref pour faciliter le dénouement, l'emploi de l'anneau magique est particulièrement commode. Il fait oublier au mari tout ce qui s'est passé, il permet à la dame de n'être plus séquestrée. On pourrait donc soutenir que le recours au merveilleux est principalement une facilité romanesque, une utilité pour faire avancer l'action dans le sens souhaité, puisque aucun des éléments merveilleux n'est gratuit. Chaque fois que des merveilles apparaissent, c'est pour donner une inflexion nouvelle au récit. Il n'était pas facile de faire parvenir un amant auprès d'une jeune femme étroitement surveillée par son mari et enfermée dans une tour. Si Marie de France n'avait pas fait appel au merveilleux, elle aurait dû utiliser, en pareil cas, des procédés ingénieux et peu vraisemblables pour réunir les héros, comme on le voit dans d'autres textes, tels les romans de *Joufrois* ou *Flamenca*. Il aurait fallu montrer le héros faisant creuser un souterrain et trompant ainsi la vigilance du mari. Mieux valait, peut-être, avoir recours à une nef magique ou à une métamorphose en oiseau pour régler le problème du déplacement des personnages. Le merveilleux est donc lié à une difficulté de l'intrigue, à un obstacle qu'il permet de vaincre. Il répond à une nécessité structurale. Mais il faut se hâter d'ajouter que le merveilleux ne se réduit pas à ce rôle subalterne. La meilleure preuve qu'il n'est pas un simple procédé narratif, c'est que l'auteur pouvait utiliser d'autres moyens pour faire avancer l'action. Le merveilleux porte en lui quelque chose de séduisant. Il répond à un secret plaisir des hommes.

Une touche de merveilleux suffit pour satisfaire le goût que les hommes ont toujours éprouvé pour l'étrange. Il s'y mêle sans doute un brin d'inquiétude à l'occasion. L'héroïne du lai d'*Yonec* se voile la tête pour ne pas voir la métamorphose de l'oiseau en homme. Une fois sa peur calmée, elle n'est pas complètement rassurée. Le lecteur moderne pourrait s'étonner de voir l'homme-oiseau lui proposer alors de prendre l'apparence de la dame et de communier. Cette communion qui précède une union charnelle interdite par l'Eglise nous semble singulièrement incongrue et presque sacrilège. Mais elle s'explique parfaitement dans une perspective médiévale. L'émoi de la dame persiste. Elle se demande si l'être surnaturel appartient au monde de Dieu ou à celui du diable. Elle ne tient pas à être abusée par un incube. Il fallait donc que l'être merveilleux fît la preuve qu'il n'avait rien de diabolique. On en trouve ailleurs d'autres exemples[68]. Il faut du temps et des précautions pour que

68. Cf. lai de *Desiré*, v. 387-390, et le roman de *Partonopeus*, éd. GILDEA, v. 1123-1124 et 1160-1162.

l'inquiétude des humains s'apaise face à un spectacle merveilleux. Nous sommes un peu semblables à ce personnage. Un frémissement nous saisit à certains moments : ainsi, au début de *Guigemar*, quand la biche blessée se met à parler et annonce au héros des souffrances à venir. Faut-il parler de frisson délicieux ? Peut-on dire que nous prenons plaisir à avoir peur ? Ce serait aller trop loin. L'inquiétude est rarement vive et désagréable. D'ordinaire, elle est menue, discrète et ressemble à une simple surprise. Nous n'éprouvons pas d'impression de gêne et de malaise devant le merveilleux. Le plaisir que nous ressentons est franc et net. Le merveilleux apporte, en effet, une aventure. Il vient troubler des vies jusqu'alors calmes et paisibles ; il est à la fois un mouvement en avant et un renversement imprévu de situation. Il offre donc un plaisir analogue à celui d'une péripétie. Un souffle d'air frais vient balayer des vies un peu monotones. Tout change, tout commence. On passe du clos à l'ouvert, on quitte la fixité et l'uniformité du quotidien pour entrer dans le mouvement et le renouvellement. L'existence de Guigemar bascule à partir du jour où il a rencontré l'animal magique : le héros s'expatrie et tente de trouver celle qui le guérira. La rencontre de la fée renverse complètement la vie de Lanval : désormais tout est transfiguré. Au sens fort du terme, une aventure s'est produite, un événement extraordinaire est survenu qui a changé radicalement la couleur de la vie.

Le merveilleux n'est pas seulement une rupture avec le passé, un bond en avant, une renaissance. La satisfaction qu'il procure n'est pas le simple plaisir du changement, même s'il est vrai que les hommes préfèrent parfois la nouveauté à la stabilité et le mouvement à la durée fixe et immuable. Il y a, en plus, dans le merveilleux étrangeté et profondeur. Il présente des choses singulières qui intriguent et excitent la curiosité. La nef, par exemple, qui emporte Guigemar vers une autre terre est fort singulière avec ses chevilles d'ébène et sa voile de soie, avec son lit merveilleux d'or et d'ivoire (le lit magique est bien connu dans la littérature arthurienne). L'absence de tout homme d'équipage à bord est plus surprenante encore. Le navire prend le large et vogue de lui-même, sans le secours d'un seul bras humain. Pour le lecteur le merveilleux est empli d'énigmes à la fois troublantes et fascinantes. Les lois habituelles qui règlent le monde sont contredites par l'irruption du merveilleux. Nous pressentons que des mystères nous entourent, que des connaissances nous échappent, que l'univers physique ne se réduit pas aux lois implacables du hasard et de la nécessité. Nous devinons que les seules forces matérielles ne mènent pas le monde. Autre chose existe. Des forces obscures qui nous dépassent interviennent de temps à autre. Ainsi donc le merveilleux donne à l'univers une profondeur secrète. Nous découvrons une surnature au cœur de la nature qui nous entoure. Dans l'ici-bas où nous vivons, nous sentons les traces visibles de la présence d'un ailleurs. L'au-delà est presque parmi nous.

Mais plus encore que le plaisir ambigu de l'étrange, le merveilleux apporte aux hommes une consolation. C'est la part du rêve, la satisfaction imaginaire des aspirations humaines. Dans les contes merveilleux les pauvres deviennent riches, les malheureux finissent par connaître le bonheur. L'univers merveilleux est celui de la compensation imaginaire. On prend sa revanche sur les tristesses de la réalité. Les lecteurs de contes l'ont souvent remarqué[69]. Il en va également ainsi dans les lais de Marie de France. Une jeune femme a beau être enfermée dans une tour : un chevalier-oiseau vient la visiter et l'aimer. Un héros se trouve démuni, délaissé et dolent : survient une fée qui lui donne richesse et amour. Une épouse est emprisonnée par son mari dans un château au bord de la mer : une nef magique conduit un amant en ce lieu inaccessible. Tout devient possible. Les rêves se réalisent. Les obstacles matériels se trouvent miraculeusement supprimés, les contraintes de l'espace et du temps abolies. Les limites assignées à la

69. Cf. G. Huet, *op. cit.*, p. 78.

condition humaine disparaissent. Pour ceux qui souffrent des duretés de la vie et des injustices du sort, l'irruption du merveilleux dans la fiction brise l'enchaînement inflexible des causes et des effets. Il est porteur d'espérance. Comme l'a bien dit E. Sienaert, « le conte oppose à la vérité désolante du monde réel la vérité consolante du monde merveilleux »[70]. La réalité est grise, froide et cruelle. Elle semble régie par un hasard capricieux ou un déterminisme inexorable. Dans le monde féerique une bienveillante Providence veille sur les mortels. Elle exauce les prières des hommes (on le voit bien au début du lai d'*Yonec*), elle rétablit les équilibres bouleversés, elle fait disparaître les frustrations et les souffrances. Dans les lais, le merveilleux semble fait pour apporter le bonheur et l'amour. Il répond donc profondément aux aspirations secrètes du cœur. On comprend dès lors l'enchantement produit par une rapide et discrète touche de merveilleux. Les exigences de justice se trouvent satisfaites, les aspirations humaines comblées. C'est l'épanouissement après le dépérissement, la plénitude après l'inquiétude. Le merveilleux n'a pas besoin d'être prodigué dans nos contes pour charmer et envoûter. Il ressemble à une échappée de ciel bleu.

Si fugitif qu'il soit, le merveilleux exerce sur les lecteurs des lais une prodigieuse fascination. La raison majeure de cet enchantement tient au fait qu'il est un élément particulièrement rassurant. Au plan psychologique il apporte la sécurité et la sérénité. L'abus du merveilleux aurait été lassant. Marie attribue les prodiges au temps passé, au bon vieux temps :

> Meinte merveille avum veüe,
> Ki en Bretaigne est avenue.
>
> (*Bisclavret*, 259)

Mais elle se garde de les multiplier dans ses contes, préférant la discrétion à la profusion, la litote à l'hyperbole. Chez elle réel et surnaturel sont toujours intimement unis, inextricablement mêlés. On aurait mauvaise grâce à lui reprocher

70. *Op. cit.*, p. 27.

ce mélange. Comme l'a très bien senti Jean Rychner, « en faisant surgir l'irrationnel et le merveilleux dans le décor ordinaire de la vie, ce n'est pas le merveilleux que Marie tue, c'est la vie qu'elle poétise »[71]. Dans les récits de notre poétesse point de merveilleux subtilement facétieux, légèrement irisé d'humour, comme chez Chrétien de Troyes. Marie n'a point l'humeur badine du romancier champenois, mi-enchanté, mi-amusé par les *mirabilia*. Elle ne laisse percer aucun scepticisme, aucun détachement narquois. Nous devinons en elle bien plus une adhésion poétique qu'une crédulité naïve. Avec un tact délicat elle se refuse à expliquer le merveilleux : c'eût été le rabaisser et couper les ailes à la poésie. Avec art elle choisit les personnages dignes d'avoir accès aux merveilles : ce sont toujours les héros de premier plan. Avec sensibilité, elle associe le merveilleux et l'amour : les prodiges permettent aux hommes d'aimer et d'être aimés. Mais si l'amour disparaît, le merveilleux s'envole. Dans les lais de Marie de France le dosage et la subtile utilisation du merveilleux révèlent un bel assemblage d'intuition et d'art. Ici encore la réussite du conteur est éclatante.

71. *Les lais de Marie de France* publiés par J. RYCHNER, Paris, 1966, p. XVIII.

CHAPITRE V

L'art de Marie de France

Les lecteurs d'aujourd'hui prennent plaisir aux lais de Marie de France et ne contestent ni leur plaisir ni le talent de l'écrivain. Ont-ils la délectation trop facile ? Est-ce naïveté ou aveuglement ? Les premiers critiques n'ont pas toujours montré pour notre auteur une admiration sans restriction. Dans un intéressant article de la *Revue des Deux Mondes*, Joseph Bédier reconnaissait que les lais de Marie n'étaient pas sans mérites, que la poétesse faisait montre d'une « certaine grâce sobre », d'une « langue agile et fine, dont la gracilité même n'est pas sans charme ». Il ne trouvait chez elle « nul bavardage, nulle rhétorique », ce qui est un compliment, s'il est vrai que la rhétorique passe parfois pour de l'artifice et de l'affectation. Mais les éloges n'allaient pas très loin, puisqu'il déclarait : « Sa valeur poétique est médiocre », puisqu'il prêtait à Marie de la « sécheresse d'imagination » et estimait finalement : « Elle s'arrête au seuil de l'art »[1].

La belle lucidité de Bédier, experte à déceler les défaillances, à démasquer les erreurs, à dégonfler les illusions, a peut-être été emportée ici d'un élan juvénile de sévérité. A la date où il prononçait ce jugement, en 1891, Bédier n'était pas encore chargé d'ans et d'expérience : il avait seulement vingt-sept ans. Sans doute n'était-il plus un débutant et avait-il déjà lié une belle gerbe de lectures,

1. *Revue des Deux Mondes*, 1891, t. 107, p. 857.

puisque, deux ans plus tard, il devait publier sa thèse sur les *Fabliaux*. Mais les jeunes savants ont parfois la verve caustique et l'indulgence rare. Si l'on jugeait avec la même rigueur toute la littérature du XIIe siècle, combien d'écrivains trouveraient grâce ?

Pour apprécier l'art de Marie de France, il faut se souvenir des maladresses de certains auteurs de lais anonymes. Les comparaisons sont toujours fécondes pour rétablir les véritables perspectives et donner au jugement critique objectivité et relativité. Il faut aussi éviter de juger les textes d'après des principes esthétiques qui leur sont radicalement étrangers. On ne peut exiger d'un genre court comme le lai les qualités d'analyse et le sens du concret qui s'étalent dans des genres aux proportions plus amples. Il faut accepter d'entrée de jeu une certaine rapidité d'allure et une inévitable sécheresse. A un joueur de flûte on ne saurait reprocher le son grêle de son instrument et lui imputer à grief de ne point faire entendre la voix profonde des grandes orgues. Ces précautions prises, il est permis de jauger et peser les lais sous le rapport de l'art.

L'ART DU CONTEUR

« La première et la plus frappante des qualités de Marie est un rare talent d'aller à l'essentiel », a justement noté J. Lods[2]. De fait, presque toujours Marie domine assez heureusement sa matière, déroule sans grincements le fil du récit, ici précipite le rythme, là s'attarde un peu, bref équilibre et organise agréablement les masses.

L'intuition native du conteur la porte à ne point distribuer au hasard les pans de la narration. Le simple enchaînement, la simple succession linéaire ne suffisent pas. Le conteur digne de ce nom sait et sent que tous les moments n'ont pas une égale importance, qu'il faut hâter le pas dans les

2. Ed. cit., p. XII.

passages de transition et les morceaux secondaires et s'arrêter un peu longuement dans ce qu'il est convenu d'appeler les « scènes à faire ». L'art du conteur consiste, d'abord, à trier l'essentiel de l'accessoire. Dans le lai de *Guigemar* la partie de chasse dure une cinquantaine de vers (v. 76-122), mais la scène d'amour, plus dense et plus riche, s'étend bien davantage (v. 379-534). Dans le lai de *Lanval*, la rencontre avec la fée, péripétie centrale et aventure extraordinaire, compte près de cent cinquante vers (v. 53-200), alors que la déclaration d'amour de la reine occupe trois fois moins de place (v. 259-302). D'instinct, l'écrivain apprécie comment les développements doivent se répartir. C'est un problème de disposition et de distribution des masses. Chaque conteur avance à l'aveuglette et décide au juger. On conviendra que Marie ne se tire pas mal d'affaire, qu'elle ne prend pas un monticule pour une montagne, un trait incident pour un fait important. La tentation de tout narrateur est de ne point suivre le droit fil du récit, de faire des haltes, de prendre des chemins de traverse et de se divertir dans d'aimables digressions. Marie évite ces faiblesses. Elle s'en tient à l'essentiel, sans perdre son temps à décrire des événements subsidiaires et complémentaires. Dans le lai des *Deux Amants*, le voyage du héros à Salerne ne dure que quelques instants : l'auteur ne s'amuse point à nous parler longtemps de la liqueur merveilleuse. Nous ne savons rien de sa fabrication, nous ignorons tout des simples qui entrent dans la recette et des procédés de distillation. On trouverait beaucoup d'exemples de la célérité de Marie. On dirait que notre auteur ne se laisse presque jamais distraire de son but. Comme tous les vrais conteurs, elle sait qu'il faut partir d'un bon pas. Au début le narrateur est toujours pressé. Il ressemble au montagnard qui se hâte de partir tôt matin, bien avant que le temps se gâte. Les récits de Marie sont vite lancés, et aussi vite arrivés au terme.

Parfois, il nous arrive de regretter la rapidité d'allure du conte. Nous aimerions nous reposer un instant, mieux voir les détails concrets, connaître quelque chose du paysage bien vite campé, aller au-delà des épures et des esquisses. Les lais les plus courts, le *Laostic* (160 vers), le *Chèvrefeuille* (118 vers), font penser à des résumés. Des lais plus fournis de matière, mais d'une longueur inférieure à 400 vers, comme *Equitan*, le *Bisclavret*, les *Deux Amants*, sont conduits également à vive allure. Les notations y sont condensées. En pareil cas, on ne saurait accuser Marie d'avancer lentement et lourdement, avec une componction naïve, et de nous ennuyer. L'inverse serait plutôt vrai. Nous prenons tant de plaisir au récit que nous regrettons d'être aussi vite arrivés au bout. Un peu plus de chair eût été la bienvenue. On sent que notre auteur ne perd jamais de vue le dénouement. Elle chemine à la façon des enfants qui marchent à travers la nuit, les yeux fixés sur la lumière qui brille au loin. Elle ne s'écarte donc pas de la ligne tracée. Elle ne s'égare pas. C'est là un premier mérite. Très rares sont les développements qui nous semblent un peu lents et un peu longs. Il faudrait regarder minutieusement le lai le plus ample, celui d'*Eliduc*, et en comparer soigneusement les différentes parties pour estimer, peut-être, que la première scène importante, la prouesse guerrière d'Eliduc (v. 89-265), aurait pu être un peu plus condensée. Cette impression, nous ne l'éprouvons pas à première lecture, lorsque nous ignorons tout du sens de l'histoire. C'est dire que cette réflexion seconde, fondée sur une représentation de l'ensemble du récit, ne met pas en cause l'agrément du développement. Elle constate une apparence de déséquilibre, que l'on pourrait, d'ailleurs, justifier, dans l'organisation de la matière.

Il est toujours instructif de regarder ce qu'un conteur laisse dans l'ombre et ce qu'il met en pleine lumière. Marie glisse vite sur tout ce qui prépare l'action : en deux mots elle nous instruit sur la famille et le rang social du héros au début du lai de *Guigemar*. Mais ailleurs, nous ignorons presque tout du protagoniste. Elle nous dit seulement du Bisclavret que c'est un « beau et brave chevalier » (v. 17) et de Lanval que c'est « un fils de roi » (v. 27) et, sans s'embarrasser d'autres précisions, entre directement dans l'action. Marie laisse également de côté tout le passé des personnages. Le lai est un genre trop resserré pour peindre des héros en cours d'évolution, des adolescents en période de formation. L'auteur prend ses personnages à l'âge adulte. Dans le lai d'*Yonec*, le fils de la dame et de Muldumarec ne nous est montré qu'une fois adoubé, lorsqu'il est capable de remplacer pleinement son père et de jouer un rôle dans l'action. On pourrait dire la même chose du fils de Milon. D'ordinaire, tout ce qui est transition, c'est-à-dire mouvement, déplacement de personnages, reste dans l'ombre et se trouve condensé en quelques lignes : ce n'est point le voyage qui compte aux yeux du conteur, mais le point d'arrivée. Le déplacement d'Eliduc de Bretagne jusqu'à Exeter ne nous est pas décrit. Nous assistons seulement au débarquement du héros à Totnes (v. 88). En revanche, la dernière traversée est assez longuement présentée et à juste titre, puisque Eliduc enlève Guilliadon et qu'à l'occasion de la tempête en mer la jeune fille découvre qu'elle a été trompée et tombe de ce fait en léthargie. Ce voyage est un des grands moments de l'action. Parmi les scènes mises au premier plan, on observera que les épisodes de combat chevaleresque, dans le *Chaitivel*, *Milon* et *Eliduc*, ne sont pas aussi fréquents que dans les romans arthuriens. Manifestement, on ne tire pas tellement l'épée dans les lais. Par contre, les scènes d'amour tiennent la vedette. Des pans entiers et importants du récit sont consacrés à la déclaration amoureuse et à l'accord des héros dans le lai de *Guigemar*, d'*Equitan*, de *Lanval*, d'*Yonec* et d'*Eliduc*. La séparation des amants tient un rôle important dans deux textes, *Guigemar* et *Eliduc*. La primauté des scènes d'intérieur et la suprématie incontestable des scènes d'amour éclatent aux yeux, si l'on passe en revue les grands moments des principaux lais. Le lai de *Guigemar* déroule tour à tour une partie de chasse, puis la rencontre du héros et de l'héroïne et la déclaration subséquente, ensuite la séparation et les retrouvailles. Dans le lai de *Lanval*, après l'ample scène avec la fée, viennent la déclaration de la reine, puis l'accusation et le jour du procès. Dans le lai d'*Yonec* trois grandes scènes se suivent : l'apparition de l'oiseau et la déclaration d'amour, la disparition de l'amant mortellement blessé, enfin l'arrivée du fils, de la mère et du meurtrier sur le tombeau du prince mort. Le lai d'*Eliduc* met au premier plan la prouesse d'Eliduc en Grande-Bretagne, puis la déclaration d'amour de Guilliadon, la séparation et la souffrance des amants, l'enlèvement de Guilliadon par Eliduc et la léthargie de l'héroïne, enfin la scène à l'ermitage qui aboutit à la « résurrection » de Guilliadon. Chaque fois Marie a bien vu quelles étaient les scènes à faire. Elle éclaire d'un puissant coup de projecteur les rencontres où l'amour se noue, les séparations où le cœur des amants saigne. Le reste de l'action pouvait sans dommage être condensé. On peut donc louer le sûr coup d'œil du conteur pour aller à l'essentiel, concentrer la caméra sur les moments cruciaux et en faire des gros plans.

L'art de captiver l'auditoire et de le faire participer intensément à l'histoire est un autre mérite du conteur. Pour le public il n'est que deux manières de « vivre » l'histoire : d'une part, s'identifier au couple de personnages sympathiques, d'autre part, se désolidariser des méchants. Ces deux modes de participation, Marie de France les suscite habilement. Dans la plupart de ses lais, elle met en scène des personnages simples et touchants : une tendre épouse injustement emprisonnée *(Yonec, Guigemar)*, ou surveillée *(Laostic)*, un héros délaissé et démuni de ressources *(Lanval)*, un couple d'adolescents sincèrement épris (les *Deux Amants*), une jeune fille passionnément amoureuse *(Eliduc)*, un héros grièvement blessé *(Guigemar)*. Les deux facteurs d'idéalisation et de simplification jouent en même temps. Nous n'aurions aucune envie de nous identifier avec un personnage médiocre ou avec un héros compliqué. On ne se projette que dans un héros paré de toutes les qualités. Dans les lais notre sympathie est rarement suspendue. Mis à part les amoureux du *Chaitivel*, qui nous surprennent, et ceux d'*Equitan*, qui nous épouvantent, partout ailleurs les protagonistes amoureux sont des personnages attachants.

De surcroît, ils se trouvent placés dans des situations émouvantes, voire pathétiques : ils ne peuvent se voir qu'à la dérobée ; on les empêche de s'aimer librement. Nous éprouvons tout naturellement à leur égard de l'affection, de l'estime et de la pitié. Nous voudrions apaiser leurs souffrances, combler leurs cœurs, sauver leurs vies. Inversement, à l'égard des méchants, qui sont des femmes mal intentionnées *(Bisclavret, Lanval)*, un père abusif *(Deux Amants)* ou des maris jaloux *(Guigemar, Yonec, Laostic)*, nous n'éprouvons que des sentiments d'hostilité. Comme Marie de France, à qui une situation injuste n'est guère supportable, nous souhaitons que les innocentes victimes obtiennent réparation et que les bourreaux soient châtiés. Ces deux réactions élémentaires, la pitié et la colère, se renforcent mutuellement. Elles tissent un fort réseau de participation à l'action. Dans les lais où il n'y a pas de méchant affiché — c'est le cas dans *Fresne*, dans *Milon*, dans le *Chaitivel* et le *Chèvrefeuille* — et où le malheur des amants tient aux circonstances, notre sympathie n'est nullement diminuée. Nous plaignons de toute façon les héros. Le seul lai où le public puisse hésiter par moments, c'est *Eliduc*. Le héros sent son âme incertaine. La tendre amante suscite estime et affection, la noble épouse pitié et admiration. La complexité du lai empêche une adhésion sans nuances. Mais, partout ailleurs, le dessin est net et la participation à l'histoire immédiate et spontanée. Sans embarras, nous nous identifions au héros valeureux et à l'épouse persécutée. Marie de France a même réussi la prouesse de nous faire éprouver de la sympathie pour un loup-garou. Confirmation de son talent !

L'art de conter, c'est encore et surtout tenir en haleine la curiosité des auditeurs. Marie de France sait parfaitement nous tenir en suspens. Elle se garde de donner trop d'explications. Trop de lumières détruiraient l'intérêt. Elle conserve une indispensable pénombre et un discret mystère. On ne nous apprend jamais d'où vient la fée du lai de *Lanval*, comment cette belle dame a connu le héros, pourquoi elle apparaît et disparaît soudainement. Les zones d'ombre sont nécessaires en art : elles font rêver. Le brouillard est propice à la poésie. Apporter trop d'élucidations et d'explications rationnelles, c'eût été abolir le mystère et tuer l'intérêt. Marie ne nous dit donc jamais où va le Bisclavret et ce qu'il fait dans ses courses errantes. Elle nous cèle adroitement qui a préparé le nef magique pour Guigemar. Les silences de l'auteur témoignent de son intuition et de son talent.

Si Marie nous cache adroitement une partie des choses pour nous intriguer et nous troubler, elle procède aussi à des révélations incomplètes et provisoires pour exciter notre curiosité. Quand le Bisclavret déclare à son épouse, qui le presse de questions, qu'il lui arrivera malheur, s'il lui révèle son secret, cette mystérieuse réponse nous fouette. Nous pressentons là un mystère inquiétant, une destinée fatale. Fort habilement, Marie nous présente l'avenir des héros comme sombre et troublant. La prédiction de la biche dans le lai de *Guigemar* est obscure à souhait, comme il convient aux révélations qui ne doivent pas trop nous instruire, tout en nous laissant pressentir un avenir chargé de péripéties. Marie sait parfaitement avancer entre ces deux précipices que sont pour tout narrateur des révélations excessives et des obscurités abusives. Les paroles de la biche ne nous laissent pas augurer un avenir délicieux pour le héros (ce qui est une petite malice de l'auteur ou plutôt une indéniable finesse, attendu que les hommes s'intéressent davantage aux malheurs de leurs congénères qu'aux vies pleines de félicité). On nous annonce que Guigemar est atteint d'une blessure incurable et qu'il ne sera guéri que par une femme qui souffrira pour lui des souffrances d'amour exemplaires. L'auteur se garde bien de nous dire que la guérison du héros est toute proche et qu'un bonheur radieux va venir illuminer sa vie. Dans sa formulation l'annonce faite par la biche ressemble un peu à une énigme et en même temps elle assombrit volontairement l'avenir. Nous ne voyons devant notre héros qu'un avenir de souffrances, nous compatissons à l'avance, nous désirons vivement connaître la suite. C'est dire que nous sommes pris à l'hameçon.

Les annonces de l'avenir sont rarement faites par l'auteur. En conteur habile, Marie préfère laisser parler ses personnages. Il est plus saisissant d'entendre un héros nous faire part de ses pressentiments. « Mon cœur me dit que je vais vous perdre », s'écrie l'amie du héros dans le lai de *Guigemar* (v. 547). Le chevalier-oiseau du lai d'*Yonec* dit à celle qu'il aime qu'il craint d'être trahi par la vieille duègne et d'y perdre la vie (v. 203-210). En pareil cas, l'inquiétude du personnage sympathique est la nôtre. Marie a eu le tact de s'effacer et de faire entendre la voix du personnage. Les prémonitions surgissent en plein milieu du bonheur et en brisent l'élan. Ce brusque renversement de situation, cet assombrissement soudain de l'atmosphère nous touche en plein cœur. Ici encore c'est un trait de la maîtrise de notre auteur que d'avoir fait des protagonistes du récit les annonciateurs de l'avenir.

L'art des préparations se marque encore par des pierres d'attente glissées dans la narration. On ne les remarque pas quand on lit pour la première fois le conte. Mais ces éléments témoignent que Marie ne conduit pas son récit à l'improviste. Tout est prévu et préparé de longue main. Ainsi, dans le lai d'*Yonec* la remise de l'épée à la dame au moment de la mort de Muldumarec. Rien n'est dit sur l'usage que le fils pourra faire de l'épée de son père. Nous l'apprendrons plus tard. La ceinture et le nœud fait à la tunique, impossibles à dénouer sauf par les intéressés, qu'échangent les amants dans le lai de *Guigemar* protégeront plus tard les héros contre les requêtes importunes et serviront aussi d'indiscutables signes de reconnaissance. Il y a dans l'économie des récits quelques dispositifs à retardement qui montrent que notre auteur organise et prévoit à l'avance le déroulement de l'action.

Marie n'ignore pas non plus l'art d'opérer des gradations et de ménager d'habiles transitions. On sait qu'un des soucis principaux de tout conteur est de préparer le dénouement. Il convient d'orienter finement l'histoire pour aboutir à la conclusion souhaitée. On le voit dans le lai de *Fresne*, à partir du moment où l'héroïne étend sur le lit des nouveaux époux le beau *paile* de soie byzantine. Là, il était facile d'amener le dénouement, la pièce de tissu permettant une prompte reconnaissance. Dans le *Bisclavret* la préparation de la conclusion demande davantage de soins, puisqu'il faut redonner forme humaine au héros réduit à la condition animale. Marie s'y prend de loin et a recours à plusieurs étapes : admission de l'animal à la cour royale, agression tentée contre le mari de son ex-femme, mutilation de l'épouse. Il ne reste plus qu'à soumettre la dame à la question pour la faire parler et à la contraindre à restituer les vêtements : alors le bisclavret pourra recouvrer forme humaine. Avant d'arriver au dénouement, de nombreux paliers étaient nécessaires. Il fallait que le loup arrachât le nez de son ancienne femme pour que le roi comprît que quelque chose d'anormal s'était passé, qu'un crime avait dû être commis. On conviendra que dans toute cette fin il y a une constante et habile gradation.

L'art des transitions ressemble parfois chez notre auteur à ce qu'il est convenu d'appeler dans la technique cinématographique le « fondu enchaîné », où une image s'efface lentement et une autre se substitue progressivement à la première, sans qu'il y ait d'arrêt clair et net. Ainsi dans le lai d'*Yonec* le passage du bonheur au malheur se fait presque insensiblement. Le héros éprouve d'abord un sinistre pressentiment (v. 199-210), puis la dame se montre imprudente et perd tout sens de la mesure (v. 211-224). Le mari commence à avoir des soupçons et demande à sa sœur d'épier sa femme (v. 225-256). La vieille découvre le secret des amants et le révèle à son frère, qui fait immédiatement préparer des broches de fer (v. 257-296). Enfin, le mari feint de s'absenter et l'oiseau se transperce mortellement (v. 297-322). La première partie d'*Yonec* apportait le bonheur à l'épouse emprisonnée, la seconde partie du lai fait disparaître l'amour et le bonheur. Mais on serait fort en peine pour indiquer où commence exactement la deuxième partie. Est-ce au vers 193, au moment où le chevalier-oiseau pressent que sa mort est proche? Est-ce au vers 225, quand le mari devine une anomalie dans la vie de sa femme ? Ou bien au vers 297, lorsque l'amant est transpercé par les broches de fer ? On peut hésiter à trancher, tant Marie évite les oppositions marquées et use d'une longue transition. On pourrait faire des observations analogues pour d'autres lais. Il n'est pas toujours facile d'isoler nettement le début et la fin d'une séquence narrative. On peut hésiter sur le découpage. Cela tient au fait que notre auteur avance parfois insensiblement, dans un très lent « adagio », comme pour détailler à plaisir toutes les phases d'une évolution et faire voir au ralenti tous les aspects d'un mouvement irréversible.

Mais les préparations, les gradations, les ralentissements de l'action ne composent pas tout l'art de Marie de France. Notre auteur pratique aussi les soudaines accélérations du récit et goûte au puissant plaisir des effets de choc et de surprise. Dans les histoires qu'elle conte surgissent fréquemment des aventures, c'est-à-dire des événements imprévus auxquels personne ne pouvait s'attendre. Guigemar se livrait à une paisible partie de chasse et soudain s'écroule, grièvement blessé à la cuisse par la flèche qu'il a décochée sur la biche. Lanval, triste et démuni, languissait d'ennui, quand deux belles inconnues l'abordent et l'invitent à venir jusqu'à la tente de leur maîtresse. L'héroïne du lai d'*Yonec* se lamentait dans la tour où elle était enfermée, lorsque apparaît soudain à ses yeux un oiseau féerique. On ne trouve pas dans tous les lais une aventure initiale qui vient bouleverser la vie d'un personnage. Tous les contes ne commencent pas par un coup de théâtre. Mais, à un moment ou à un autre, dans tous les récits d'action, c'est-à-dire dans tous les lais sauf le *Chèvrefeuille*, une aventure inattendue se produit au cours du récit. L'abbé d'Aubignac, au XVIIe siècle, définissait la péripétie comme un événement imprévu changeant radicalement la face d'une intrigue. Dans les lais de *Guigemar*, *Lanval* et *Yonec*, les péripéties initiales donnent au récit une ouverture dramatique et nouent immédiatement l'action. Des renversements de situation peuvent aussi survenir en plein milieu du récit, voire au dénouement : la disparition de la fée dans *Lanval*, la soudaine léthargie de Guilliadon dans *Eliduc*, l'arrivée inattendue du sénéchal et le saut du roi dans la cuve d'eau bouillante dans *Equitan* le montrent bien.

On se gardera, toutefois, de croire que les péripéties fourmillent dans les lais. Certains critiques donnent au terme un sens beaucoup trop général et estiment presque que tout événement nouveau est une péripétie. Il convient de s'en tenir à une définition plus stricte et de considérer que la péripétie doit présenter trois caractères : 1° elle est, conformément à l'étymologie, un événement imprévu ; 2° cet événement est extérieur aux deux personnages principaux ; 3° il entraîne un changement immédiat de situation. *Stricto sensu*, quand l'amour s'empare du cœur de Guigemar ou de celui de Guilliadon, nous n'avons pas affaire à une péripétie : le changement est intérieur. On observera que dans les lais un peu étendus il peut y avoir plusieurs renversements de situation. Mais Marie n'abuse pas des coups de théâtre. Elle sait bien que la répétition abusive d'un procédé émousse son effet expressif. Pour éviter les chocs et les tensions excessives, elle use parfois de péripéties adoucies et affaiblies, de pseudo-péripéties : l'irruption du mari qui force les amants à se séparer n'est pas vraiment une péripétie, car l'auteur l'avait annoncée ; de même, l'apparition de la fée à la fin de *Lanval* est préparée par la gradation finale. Marie réserve les effets de surprise aux grands moments de l'action. C'est le cas, par exemple, pour la résurrection de Guilliadon dans le lai d'*Eliduc*. Personne ne savait ce qu'avait la « fausse morte » et comment elle pourrait retrouver la vie. L'épisode de la belette et de la plante magique nous surprend donc vivement. Nous avons la même impression à la fin du lai d'*Yonec*, quand l'héroïne tombe morte sur le tombeau de son ami et quand son fils tire l'épée et coupe net la tête de son parâtre. Longtemps à l'avance, on nous avait vaguement laissé entendre qu'un jour le méchant serait puni, mais nous ignorions tout du détail du châtiment et nous n'en connaissions ni le lieu ni l'heure. Les péripéties véritables nous frappent de plein fouet et ont toujours un effet saisissant. Ici encore nous percevons que Marie domine pleinement la technique du conte. De même que les patients doivent faire un bon usage des maladies, les conteurs doivent faire un judicieux usage des péripéties. La poétesse ne les multiplie pas abusivement, elle les utilise avec discernement et mesure.

L'ESTHÉTIQUE DE LA BRIÈVETÉ

L'art du conteur relève, pour une part, de qualités personnelles, mais il dépend aussi du genre littéraire pratiqué. Dans ses lais et dans ses fables, Marie a cultivé assidûment le récit court. Avec ses mille cent quatre-vingt-quatre vers le lai d'*Eliduc* est une exception notable dans sa production, et pourtant le texte n'est pas d'une longueur considérable puisqu'il compte simplement une vingtaine de pages en traduction de format in-12. Si l'on sait que la longueur moyenne des lais de Marie de France est de quatre cent soixante-dix-sept vers, on conviendra que les exigences du genre et les goûts de Marie s'accordent pour une esthétique de la brièveté.

On pourrait faire reproche à notre auteur d'une certaine sécheresse. Il est évident que le style narratif des lais manque un peu de chair. Les phrases sont réduites à l'essentiel. Elles courent vite, comme si l'auteur avait hâte d'en finir et d'arriver au terme du récit. Les adjectifs ne se pressent pas autour des substantifs et les compléments autour des verbes. Marie avance à grands pas. On le voit, par exemple, au moment où se noue la situation centrale dans le lai des *Deux Amants*. On nous dit :

> El païs ot un damisel,
> Fiz a un cunte, gent e bel.
> De bien faire pur aveir pris
> Sur tuz autres s'est entremis.
> En la curt le rei conversot,
> Asez sovent i surjurnot.

La fille al rei aama,
E meintefeiz l'areisuna
Qu'ele s'amur li otriast
E par druerie l'amast.
Pur ceo ke pruz fu e curteis
E que mut le preisot li reis,
Li otria sa druerie,
E cil humblement l'en mercie.

Nous n'avons guère de précisions donnant couleur et mouvement à la scène, présence et vie aux personnages. Quelques verbes d'existence, une constatation générale relative aux efforts et aux mérites du jeune homme, deux verbes d'action, l'un marquant l'amour du héros et sa requête (au style indirect, mode de l'extrême discrétion), l'autre expliquant la réponse favorable de la jeune fille, tout cela est singulièrement condensé et vite énoncé. Non que le style ne soit coulant et clair. La phrase progresse sans à-coups. Elle n'a rien de heurté, de saccadé, d'embarrassé. Mais elle avance sur un rythme un peu grêle, presque monotone et elle est dite sur un ton bien neutre. Que retiendrons-nous de ce résumé si schématique, si décharné, si dépourvu d'éléments concrets ? Une situation abstraite, l'amour réciproque des deux héros, et au-delà du climat de noblesse un peu banal une seule notation suggestive : la révérence du soupirant accepté par la fille du roi. C'est peu, si l'on songe à tout ce que l'on aurait aimé connaître sur les deux personnages principaux.

Ce style neutre et sans éclat n'est pas réservé à des développements secondaires, moments de liaison, de transition, de mise en train. Il apparaît presque continûment, même dans les moments où nous attendrions un peu plus d'émotion. Voici la fin du lai d'*Yonec*, à l'instant où l'héroïne tombe inanimée sur la tombe de celui qu'elle aimait :

Sur la tumbe cheï pasmee ;
En la paumeisun devia,
Unc puis a humme ne parla.
Quant sis fiz veit que morte fu,
Sun parastre ad le chief tolu ;
De l'espeie ki fu sun pere
Ad dunc vengié lui e sa mere.

Puis ke si fu dunc avenu
E par la cité fu sceü,
A grant honur la dame unt prise
E el sarcu posee e mise
Delez le cors de sun ami.
Deus lur face bone merci!
Lur seignur firent d'Yonec,
Ainz que il partissent d'ilec.
Cil ki ceste aventure oïrent
Lunc tens aprés un lai en firent
De la pitié de la dolur
Que cil suffrirent pur amur.

On avouera que la succession des faits est présentée avec une extrême célérité et une évidente austérité. La nudité du style est si accusée qu'on a l'impression de lire un rapport d'accident. Une personne passe de vie à trépas, une autre a la tête coupée, l'inhumation de la dame décédée a lieu aussitôt, tel est le constat dressé par l'auteur de la relation. Un faible souffle d'émotion vient rider la surface du récit, quand la narratrice souhaite aux deux amants disparus la miséricorde de Dieu. Mais la concentration excessive des événements, l'absence de rhétorique, d'image, de couleur, de notation concrète et pittoresque laissent une persistante impression d'inexpressivité. Si l'on regarde avec attention, on perçoit bien qu'il n'y a chez Marie ni froideur ni impassibilité. Mais on peut regretter un art aussi fluet.

Antoinette Knapton a remarqué que la palette de Marie est bien restreinte, car sur un total de près de six mille vers dans les lais (5 729 très précisément) on ne décèle que quarante-trois termes de couleurs[3]. Si l'on examinait l'emploi de ces notations, on découvrirait que certaines d'entre elles sont encore affaiblies par des contextes traditionnels, voire conventionnels, et que finalement la sensibilité chromatique de l'auteur n'est pas éclatante. Des couleurs fondamentales manquent à sa palette et c'est autour de trois teintes majeures, l'or, le rouge et le blanc, que se regroupent,

3. A. Knapton, La poésie enluminée de Marie de France, *Romance Philology*, 1976, t. 30, p. 177.

contrairement à ce qu'a soutenu A. Knapton, la plupart des couleurs. Sans être absolument incolore, la vision de Marie reste un peu terne.

La couleur n'est pas seule à manquer à son style. Font aussi défaut assez souvent la vivacité et le sens du concret. Nulle recherche soutenue de l'expressivité comme chez Chrétien de Troyes. Point d'hyperboles ardentes, de mouvements emportés, de mises en relief fréquentes. La chaîne de l'énoncé se déroule, sans que nous soyons beaucoup sollicités. Un vocabulaire élégant et nuancé, mais qui semble peu étendu et assez peu imagé. Marie n'évite pas toujours la monotonie et l'uniformité, pas plus que le cliché. Allant vite à l'essence des choses, à l'essentiel, elle ne sait pas toujours voir et faire voir. Le langage des sensations qui donne tant de chair à l'expression est presque absent. Il en résulte une certaine grisaille stylistique. Souci de brièveté et économie de moyens marchent de pair. Il ne faut point être pressé pour charger sa phrase d'intensité, développer une comparaison, chercher à forcer l'attention. On comprend que Joseph Bédier ait dit : « Aucune splendeur dans le style »[4]. L'esthétique de Marie de France est simple et parcimonieuse. Elle se contente d'une langue sobre et dépouillée. Elle se satisfait souvent de petites phrases banales, sans chercher l'abondance et la véhémence. Style sans coquetterie et sans enflure, mais maigre et sec.

La sécheresse ne caractérise pas seulement l'expression, elle est également visible dans la mise en œuvre du récit. En combien d'endroits nous aurions souhaité que les développements fussent étoffés et les évocations plus nourries ! De la déclaration d'amour de Guigemar nous n'avons guère que la charpente :

> « Dame, fet il, jeo meorc pur vus !
> Mis quors en est mult anguissus :
> Si vus ne me volez guarir,
> Dunc m'estuet il en fin murir. 504

4. *Op. cit.*, p. 857.

Jeo vus requeor de druerie :
Bele, ne m'escundites mie! »

On sent que l'auteur n'a pas le temps de s'arrêter pour donner un accent un peu personnel à l'aveu du héros. Elle recourt donc à la phraséologie traditionnelle. Les dernières paroles que nous entendrons dans la bouche de Guigemar « Belle dame, mettons un terme à ce débat » *(Bele dame, finum cest plait)* montrent bien que le conteur n'a pas de temps à perdre. La fin du même lai est expédiée avec une remarquable rapidité : le défi lancé à Mériaduc, le départ de Guigemar et des siens hors du château tenu par l'adversaire, le siège de la forteresse, la victoire finale et la mort de l'ennemi ne tiennent pas une quarantaine de vers. Manifestement Marie a hâte de clore son récit. Tout le reste est secondaire à ses yeux. Tout au long des lais, le décor extérieur est réduit à sa plus simple expression : quelques lignes schématiques. Les paysages, les intérieurs, la vie quotidienne n'occupent guère de place. On entrevoit de loin en loin quelques étoffes. Mais presque rien n'est dit sur les costumes, les repas, les objets domestiques, les travaux et les jours des hommes. Marie de France n'est pas seulement un miniaturiste travaillant dans l'infiniment petit, elle est aussi un peintre de chevalet. Elle laisse systématiquement de côté les détails trop menus et se limite aux traits indispensables. Dans ces récits épurés et réduits à l'essentiel, seule compte l'aventure amoureuse.

Si cette esthétique de la brièveté a quelques insuffisances, elle n'est pas, toutefois, dépourvue de mérites. Il faut reconnaître chez Marie de France une sobriété de bon aloi.

En refusant de s'attarder et de délayer, Marie va au cœur des choses. Il n'est pas nécessaire de multiplier les détails pour faire voir et de crier pour se faire entendre. Il n'est pas nécessaire de forcer les effets, de cultiver systématiquement l'intensité et l'outrance pour tenir en haleine l'auditoire. Il suffit de choisir avec soin les moyens d'expression. Quelques notations suffisent, si elles sont habilement sélectionnées. A la fin du lai de *Lanval*, lorsque la fée fait son apparition triomphale à la cour du roi Arthur, Marie ne consacre pas de longs développements circonstanciés à faire le portrait détaillé du personnage. En quelques touches elle rend l'héroïne présente et vivante sous nos yeux. Le blanc palefroi qu'elle chevauche suggère la noblesse de la dame. La blancheur éclatante du teint se voit à son cou, plus blanc que neige. Le superlatif et la comparaison traditionnelle garantissent que l'héroïne est vraiment immaculée. Le contraste des cheveux blonds et des sourcils bruns constitue un raffinement supplémentaire et une hyperbole nous assure qu'un fil d'or a moins d'éclat que ses cheveux à la lumière. Jusqu'ici l'œil du peintre n'a pas tenté d'isoler des traits spécifiques pour individualiser le personnage. Il a préféré porter à un haut degré d'incandescence les qualités éminentes de la dame, voulant montrer qu'elle possède une beauté parfaite et absolue. Selon l'usage habituel des écrivains du Moyen Age, la description est générale et constamment idéalisée. Elle s'attache à l'essence, et non à l'existence, et tient à démontrer qu'en ce personnage l'essence de la beauté s'incarne dans toute sa plénitude. Mais nous trouvons chez Marie une sélection de détails, au lieu d'une accumulation intempérante de notations. Dans sa description, l'auteur part du milieu du corps et ensuite s'arrête et s'attache essentiellement aux éléments significatifs du visage, alors que tant d'écrivains avec une minutie d'écolier suivent l'ordre décroissant et ne nous font grâce d'aucun détail en descendant de la tête aux pieds. Marie ne suit donc pas servilement les traditions scolaires et ne cherche pas à entasser naïvement des particularités insignifiantes. Ici la brièveté est fort efficace : elle invite à la densité. Mais, en outre, Marie ne reste pas au niveau du général. Elle distingue et différencie son héroïne, en lui donnant la dignité d'une sorte de Diane chasseresse, car la dame, en s'avançant, relève son manteau de pourpre sombre et tient un épervier au poing, alors qu'un lévrier la suit. Comment oublier cette attitude originale et cette vision radieuse ? Comment ne point sentir l'allure décidée et l'air souverain de la dame ?

Nous n'aurions rien vu de plus, si l'auteur avait ajouté d'autres détails. Ces quelques octosyllabes ont suffi pour faire apparaître une femme extraordinaire. Il est évident qu'ici l'écrivain ne se contente pas de peindre un type idéal de beauté. Elle fait sentir la singularité individuelle des êtres.

Ce qui est visible pour la peinture physique des personnages apparaît aussi pour la peinture morale. Parfois un rien suffit pour montrer et faire voir l'intérieur. L'art est fait avec des riens. D'un mot Marie de France nous fait comprendre que Lanval est accablé. Elle le montre couché sur le sol, comme un gisant. C'est là une posture d'abattement : au début de la *Chanson de Roland*, le roi Marsile est allongé sur le sol, quand il déplore de ne pouvoir résister à Charlemagne (v. 12), et, après Roncevaux, le roi païen se couche à terre (v. 2573). Il n'est donc pas nécessaire à Marie d'insister, pour faire sentir que Lanval renonce à lutter contre le coup du sort qui le frappe. De même, nous n'avons pas besoin de longues explications à la fin du lai d'*Yonec*, lorsque nous voyons l'héroïne s'écrouler, morte, sur le tombeau de Muldumarec. Cette mort subite est une mort d'amour et d'émotion, comparable à la mort soudaine de la belle Aude dans la *Chanson de Roland*, à la mort d'Iseut sur le corps de Tristan, à celle de Tysbé sur le corps de Pyrame et à celle de la tendre héroïne du lai des *Deux Amants*. Plus rien ne retient à la vie l'amoureuse. Maintenant qu'elle a élevé son fils, elle peut disparaître, à la façon des grandes amoureuses qui meurent foudroyées. Autre attitude suggestive : à la fin du lai du *Laostic*, quand l'amant enferme les restes du rossignol dans un reliquaire. Rien n'est dit alors sur les sentiments du protagoniste, mais il est inutile à Marie de nous les expliquer. Nous devinons dans ce geste la permanence d'un fidèle amour. Il serait gauche et fâcheux de gloser cette conduite. Elle parle d'elle-même. Il faut savoir gré à Marie de ne pas nous avoir importunés d'explications encombrantes et inutiles.

On pourrait faire les mêmes remarques sur les évocations extérieures de paysages ou, de manière plus générale, sur l'insertion des histoires dans le réel. Ici encore la brièveté de Marie est infiniment suggestive. Le principe de la description rapide et ramassée sur elle-même, c'est de mettre en avant seulement quelques éléments saisissants et de faire appel pour le reste à l'imagination du public. Ainsi, pour faire comprendre la splendeur prodigieuse de la nef magique qui emporte Guigemar, Marie se borne à deux détails : les chevilles d'ébène et la voile de soie. Quand on a dit cela, il n'est pas nécessaire d'ajouter autre chose. Nos yeux sont suffisamment éblouis. Nous imaginons un navire d'un luxe inouï. Dans le lai d'*Yonec* la poétesse ne décrit pas longuement le pays de l'Autre Monde, elle se contente de deux ou trois touches : une ville close de remparts, où toutes les demeures semblent faites en argent ; une ville apparemment morte, aux rues vides et aux maisons endormies ; une chambre, dans un palais, où l'on brûle des cierges nuit et jour pour s'éclairer. Voilà qui suffit à nous intriguer puissamment et à créer une magnifique impression d'étrangeté. Il n'en faut pas plus pour nous dépayser. La concision de Marie de France conduit à une authentique poésie. Nous sommes sur le chemin du rêve, nous avons franchi les portes d'or de l'imaginaire. Il aurait été superflu et même nuisible d'accroître les notations. On comprend dès lors la densité poétique de cet art elliptique. En allant vite, en se contentant d'un trait à peine appuyé, Marie utilise une technique profondément évocatrice qui nous apporte un double plaisir : d'abord, le plaisir de savourer les raccourcis, d'entendre les sous-entendus, de comprendre à demi-mot. Au fond de nous-mêmes, nous remercions toujours un auteur qui nous permet de nous sentir intelligents. Ensuite, le plaisir que l'on prend à participer à l'œuvre d'art, à compléter intérieurement la peinture, à rêver à part soi. N'est-ce point là la voie royale de la poésie ?

La sobriété du conteur a un autre effet : elle produit sur nous une grande impression de simplicité. On perçoit bien que dans les lais l'absence de recherche et le naturel sans détours ne sont pas le fruit d'une pauvreté ou d'une incapacité créatrice, mais procèdent d'un choix délibéré. Le refus de la rhétorique a quelque chose de reposant et nous dispose bien mieux à sentir toutes les finesses et les nuances de l'expression. Les intentions de l'écrivain se remarquent avec plus de netteté lorsqu'elles se détachent sur un fond neutre. Elles ont encore fraîcheur et nouveauté, car rien ne s'use plus vite qu'un procédé. La transparence de l'écriture et l'honnête simplicité du style ne veulent pas dire que l'art de Marie soit uniforme et manque de variété. Le rythme narratif n'est pas partout le même. Ici il est calme et serein, là précipité et troublé. Le couplet d'octosyllabes ne forme point un bloc compact comme dans le *Saint Brendan* ou le *Bestiaire* de Philippe de Thaon. La brisure du couplet est une innovation que Marie n'a pas inventée, puisqu'elle se rencontre déjà dans l'*Eneas* et même chez Wace, mais qu'elle a perfectionnée et finement utilisée : en séparant des vers qu'unit la rime, elle plie souplement la versification au mouvement du récit. Avec une fine intuition elle fait disparaître ainsi un risque considérable de monotonie.

Sans avoir la virtuosité de Chrétien de Troyes pour modifier la cadence, changer de coupes, inventer une rime amusante ou surprenante, elle fait figure d'un bon ouvrier de la versification au talent probe et au métier assuré. L'honnêteté de son art l'éloigne de tout ce qui est rhétorique maniérée : antithèses forcées, pointes et images précieuses. Notre auteur ne cherche pas à surprendre et à éblouir. Elle ne fait pas étalage d'ingéniosité en filant la métaphore ou en mariant des rimes léonines. Elle ne fait pas le bel esprit en entrechoquant les mots. Le maniérisme et la complication, qui sont peut-être la rançon de l'extraordinaire brio de Chrétien de Troyes, n'apparaissent pas chez elle. Sans doute, la rareté des images donne au style des lais quelque chose de prosaïque. Mais toute rhétorique n'est pas absente. Des répétitions s'insinuent de loin en loin :

> Lanval donout les riches duns,
> Lanval aquitout les prisuns,

Lanval vesteit les jugleürs,
Lanval feseit les granz honurs ! 212

Des hyperboles ponctuent le récit aux moments opportuns. Les épithètes d'excellence, particulièrement répandues dans la littérature médiévale qui cherche à embellir et à idéaliser comme toute littérature de conte, n'emplissent pas exagérément le récit. Marie fait assurément l'éloge de ses personnages, mais sans emphase ni grandiloquence. De temps à autre des exclamations sensibles font frémir l'onde du discours. Elles ressortent d'autant mieux.

Il faudrait ajouter que la simplicité apparente de l'expression se charge d'une foule d'effets sous la voix chaude d'un récitant. Il suffit de lire à haute voix un passage qui semble passablement terne et inexpressif pour le voir s'animer. Les changements de ton d'un jongleur sensible et parfaitement maître de son métier introduisent à coup sûr dans la façade austère des lais des éclairs de vie. Selon que la voix s'abaisse ou s'élève, s'affaiblit ou s'amplifie, précipite ou ralentit le rythme, tout un monde nouveau de sentiments voit le jour. La sincérité de Marie débouche donc sur du plein, et non du vide. Elle met en valeur le talent du récitant et appelle sa collaboration. Les contes de Marie ont besoin d'être dits pour prendre vie. La voix de l'interprète par sa hauteur, sa force, sa chaleur, son registre, son débit les transfigure. Signe que la simplicité d'écriture des lais est riche et féconde.

La brièveté représente un refus de l'affectation et de la complication inutile. Elle implique par là réserve et discrétion volontaires. C'est le dernier aspect de cette esthétique de la sobriété. Il est bien évident, en effet, qu'un des traits marquants de l'art de Marie, c'est l'économie des moyens. Nul hasard si notre auteur utilise la litote, procédé de retrait et de modestie. Quand Lanval, par l'obligeance de la fée, a revêtu un habit neuf, il a fière allure. On attend naturellement une hyperbole : la situation appelle le superlatif. Marie préfère employer une litote malicieuse : *N'esteit mie fous ne vileins* (v. 178) ! Peu après, le héros est invité par la fée à un repas fort agréable. Ici encore Marie évite de hausser le ton et use plaisamment d'un détour négatif. Elle nous dit :

> Od s'amie prist le super :
> Ne feseit mie a refuser ! 182

C'est bien dans la manière de Marie d'atténuer l'expression et de dire peu pour suggérer davantage. Ici la litote contraste par sa réserve avec la situation et l'humour vient de l'attente trompée. Discrétion des sourires, discrétion de l'émotion caractérisent la manière de Marie de France. Un critique moderne, E. Mickel, a cru que l'ironie était un des traits fondamentaux de l'art de notre auteur[5] et il s'est persuadé que la structure des lais mettait en relief l'amère ironie du sort. Mais pour Marie de France le malheur des hommes est digne de pitié et on ne décèle nullement d'ironie systématique dans ses contes. De loin en loin, au détour d'un vers, un sourire malicieux affleure, un demi-sourire affaibli et voilé comme un soleil d'hiver. Mais il faut convenir que Marie n'est pas un écrivain enjoué comme Huon de Rotelande, Chrétien de Troyes ou Jean Renart. Un détail significatif : même les personnages de Marie de France ne rient pas. Sur près de six mille vers on ne relève que deux rires, et encore s'agit-il de rires méchants : rire de dénigrement de la femme maligne et médisante dans *Fresne* (v. 25), rire haineux du mari dans le *Laostic* (v. 92). Discrétion aussi de l'effusion lyrique. Le conteur n'est jamais indifférent aux souffrances des personnages sympathiques, mais elle n'intervient pas sur le ton vibrant de Béroul maudissant les méchants et plaignant les amants. Entre le trouvère, qui est sans doute son contemporain, et Marie il y a une nette différence d'accent. Béroul parle comme il sent, avec spontanéité. Marie n'élève pas la voix : elle laisse entendre ce qu'elle pense avec mesure et retenue. Ce faisant, elle use d'un art très classique.

5. Cf. E. Mickel, Use of Irony as a Stylistic and Narrative Device, *Studies in Philology*, 1974, t. 71, p. 265-290.

L'ESTHÉTIQUE DU PATHÉTIQUE

Cette manière voilée, feutrée, estompée ne signifie pas que notre auteur ne fait pas une place importante à l'émotion. Tout au contraire, son art est orienté vers ce pôle chaud, sensible et mobile de la vie psychologique qu'est l'émotion, et particulièrement vers les émotions vives qui composent le pathétique. Alain définissait l'émotion comme un « régime de mouvements qui s'établit dans le corps (cœur, poumons, muscles), sans la permission de la volonté, et qui change soudainement la couleur des pensées ». On pourrait nuancer cette vision un peu trop mécanique, mais il est vrai que l'émotion est étymologiquement un mouvement et qu'elle apporte bouleversement et perturbation dans l'être. Dans la vie psychologique à côté des moments de calme il y a des moments d'excitation. Ce sont ces instants que les contes de Marie de France mettent en relief : l'art du conte culmine dans les moments de tension et de souffrance, dans les émotions fortes (douleur, vive pitié, terreur, horreur) du pathétique. L'étymologie nous l'enseigne : en art le pathétique n'est rien d'autre qu'une souffrance, *pathos*.

Chez un écrivain soigneux de ses effets l'émotion est toujours habilement distribuée. Le pathétique ne saurait durer et s'étaler sans malaise. Il serait insupportable, s'il était permanent. Il se manifeste donc sous forme de crises, d'accès brefs et subits. Dans la conduite du récit un auteur de contes recherche le pathétique, mais il doit ménager des pauses et prévoir des alternances de tension et de détente.

Les lais courts comme le *Laostic* ou les *Deux Amants* ne connaissent guère qu'une acmé pathétique, ici quand le mari brise le cou du rossignol, là lorsque l'amant tombe épuisé sur le sol. L'irruption du pathétique ne se fait pas obligatoirement au dénouement. Si dans *Equitan* l'angoisse se fait vive au dénouement, quand les deux amants préparent leur machination diabolique, ailleurs le moment le plus pénible se situe en plein milieu du récit : c'est le cas dans le *Chaitivel* au cours de la scène de tournoi où trois des prétendants trouvent la mort et où le quatrième reçoit une terrible blessure.

Certains contes sont peu chargés de pathétique. Dans le lai de *Milon* c'est seulement au moment où la jeune fille s'aperçoit qu'elle est enceinte et dans le *Bisclavret* à l'heure où le loup-garou arrache furieusement le nez à son ancienne femme. Le lai du *Chèvrefeuille*, allusif et presque démuni d'action, est évidemment à part et ne saurait contenir des émotions intenses et désagréables : une rencontre amoureuse, même furtive, est un heureux épisode pour les amants.

Les lais plus étendus ne sont pas abusivement gonflés de pathétique. Deux ou trois scènes, au plus, font figure de grands moments de souffrance pour les héros. Ainsi, le lai qui a deux fois plus d'ampleur que les autres, celui d'*Eliduc*, ne possède que deux grands passages émouvants : d'une part la séparation d'Eliduc et de Guilliadon, lorsque le héros doit revenir en Petite Bretagne, car le départ d'Eliduc est fort mal supporté par la jeune fille, d'autre part la scène où Guilliadon tombe en léthargie et reste dans cet état de mort apparente, car Eliduc a le cœur brisé jusqu'à la résurrection de son amie. Séparation, trépas, voilà les deux sources ardentes du pathétique. On les retrouve dans bien d'autres lais, à condition que l'auteur ne glisse pas pudiquement sur ces moments douloureux.

Les lais de moyenne longueur, tels *Lanval*, *Guigemar*, *Fresne*, *Yonec*, ne versent pas davantage dans le mélodramatique et ne cherchent pas à nous tirer des larmes à chaque tournant du récit. Non que les moments de sérénité et de bonheur soient importants. Leur rareté est manifeste. Le climat qui fait le fond des lais n'est ni la joie bruyante ni le paroxisme de la douleur. Avec Marie on se trouve dans l'entre-deux : ce qui prédomine, c'est l'inquiétude muette, la tristesse calme, la mélancolie et la résignation. La souffrance intense, la douleur agitée apparaissent beaucoup plus rarement. Il faut des coups du sort, des semonces du destin pour que le pathétique surgisse. Dans le lai de *Lanval*, la disparition de la fée et l'accusation portée contre le héros font soudainement monter la tension. Ici encore on observera l'importance extrême du motif de la séparation dans la genèse du pathétique. Mais c'est le seul moment du lai proprement pathétique, et encore faudrait-il remarquer qu'après un accès de désespoir (v. 338-358), au demeurant bien compréhensible, Lanval retombe assez vite dans une sorte d'abattement morne. Le lai de *Guigemar* fait plus de place au pathétique : au début, la terrible blessure qui frappe le héros appelle notre pitié ; plus tard, la séparation des deux amants, apparemment irrémédiable, suscite encore notre compassion ; à la fin du récit, les retrouvailles des deux héros, pleines de péripéties et de passion, forment le troisième grand moment d'émotion. Chaque fois Marie met en relief les souffrances et les frémissements des personnages, mais elle n'abuse pas et ne cherche pas à faire vibrer inconsidérément la corde sensible. Le lai de *Fresne* ne contient guère que deux scènes pathétiques : la naissance des deux jumeaux, si cruelle pour la femme à la langue malveillante, ensuite les retrouvailles émues, après tant d'années de séparation, des parents et de leur enfant. Le lai le plus pathétique de tous est assurément *Yonec* avec la déploration initiale de l'épouse emprisonnée, la blessure et la mort cruelle du chevalier-oiseau, enfin le trépas de l'héroïne.

D'ordinaire, dans les lais, l'émotion ne va pas jusqu'au tragique, s'il est vrai que le tragique naît, comme l'a dit G. Lanson, au spectacle de la misère humaine, créée « par la mystérieuse violence de la destinée, par le jeu souvent ironique d'une force, incompréhensible, divine, qui confond l'homme et l'écrase »[6]. L'émotion tragique, d'une profondeur métaphysique et religieuse, ne pouvait guère apparaître dans des contes empreints de rêves, dans une littérature qui fait confiance à l'homme et à Dieu, dans un temps où le christianisme régnait sans partage et apportait aux hommes une

6. Cf. G. LANSON, *Esquisse d'une histoire de la tragédie française*, Paris, 1954, nouv. éd., p. 3.

invincible espérance. On peut estimer que parfois le climat du lai d'*Yonec* approche du tragique. Mais il reste, toutefois, nettement en deçà : les dieux n'interviennent pas pour écraser Muldumarec pas plus que la fatalité. Et Marie n'a pas voulu créer ici ou ailleurs une atmosphère effrayante et funeste. Il faut donc convenir que notre auteur en tout domaine garde la mesure et qu'elle ne nous serre pas la gorge d'angoisse. Les écrivains populaires ne reculent pas devant les scènes violentes et les émotions brutales. Marie ne commet aucune agression sur notre sensibilité et ne nous porte pas des coups de couteau au cœur. Elle a cette « pudeur hautaine de l'émotion », dont parlait Romain Rolland.

On serait bien en peine de dire s'il y a habituellement un crescendo ou un decrescendo dans la peinture de l'émotion. On voit, dès l'abord, que Marie ne nous précipite jamais au commencement du lai dans des abîmes de malheur. De même qu'elle n'aime pas lancer son récit *in medias res* et qu'elle préfère des transitions et des progressions, sous le rapport du pathétique elle évite de nous donner d'entrée de jeu un coup de poing dans l'estomac. Marie est un artiste expert en gradations, et non un spécialiste des chocs. Aussi pas d'entrée en matière convulsive et de frissonnement dès l'ouverture. Sans doute, dans trois lais, *Equitan*, les *Deux Amants* et le *Laostic*, c'est le dénouement qui est frémissant. Mais on aurait tort de dire que Marie attend la conclusion pour nous décocher une flèche pathétique, sorte de flèche du Parthe. Même si l'on adjoint à ces textes le dénouement du lai d'*Yonec*, on voit bien qu'il n'y a pas en règle générale dans les lais une montée de l'émotion, culminant au terme du récit. La majorité des contes nous montre l'inverse : d'ordinaire, tout se calme et s'apaise à la fin du lai. Les inquiétudes retombent, les tensions disparaissent, un nouvel équilibre voit le jour. Cette situation de repos est très visible quand s'achèvent le lai de *Guigemar*, celui de *Fresne*, le *Bisclavret*, *Lanval*, *Milon* et *Eliduc*. Dans les histoires d'amours pathétiques d'une certaine ampleur — *Guigemar*, *Lanval*, *Yonec* et *Eliduc* — la souffrance intense naît en plein milieu du récit. Elle représente un renversement de situation et répond à la destruction du bonheur. Ce type de lais présente donc le pathétique au centre de l'action et la marche du récit combine à la fois le crescendo et le descrescendo. On peut parler d'une alternance de temps forts et de temps morts, et non d'une progression géométrique de l'émotion.

On observera aussi que de délicates gradations sont ménagées : on passe des émotions douces aux émotions vives, de la tendresse touchante à l'inquiétude et au trouble, de la douleur à l'angoisse et au désespoir. Il n'y a pas d'étapes toutes tracées et de cheminement obligatoire. Les scènes de tendresse chez Marie sont fugitives, alors que l'inquiétude est répandue et durable. Le déroulement affectif de chaque lai reste tout à fait original. Le lai du *Laostic* commence avec un bonheur en demi-teinte, fait de brèves rencontres, de frustration et de rêves partagés. La mort du rossignol sonne le glas des entrevues : une vive douleur étreint le cœur de la dame. Mais dans les derniers vers, les souffrances se calment. On revient à un apaisement mélancolique, à une tendre nostalgie, au souvenir des choses qui ne sont plus, mais qui ont illuminé un instant la vie et qui restent, vivaces, au fond des cœurs. Dans le lai de *Guigemar* l'héroïne connaît d'abord les inquiétudes, puis le doux apaisement d'un amour réciproque, mais au moment de la séparation une cruelle angoisse l'emplit, le désespoir l'envahit. Ce sont alors les plus basses eaux, les eaux noires de la souffrance. Tout s'effondre en elle, jusqu'au jour où elle réussit à s'échapper et où les forces lui manquent pour se noyer. Nous sommes dans une civilisation chrétienne où l'on ne met point fin à ses jours. Ayant échappé à l'emprise de son mari, elle ne trouve pas pour autant la paix. A l'ennui d'être importunée par les sollicitations de Mériaduc se mêlent un souci persistant, une obsession : elle n'a point oublié celui qu'elle aime. Dans la scène des retrouvailles se manifestent une brusque poussée d'anxiété et même un indéniable tourment, avant que la reconnaissance ait lieu. Ensuite, tout s'apaise. Comme on voit, la délicatesse de touche de la poétesse est sensible. Elle varie finement les nuances de l'ennui, sait faire éclater le pathétique au moment opportun et laisser retomber habilement l'émotion et la tension. L'art de l'écrivain, qui refuse de cultiver l'horreur au pathétique grossier et préfère les teintes variées de la pitié, ne manque pas de distinction.

Il ne suffit pas de choisir la nature et la place de l'émotion, il faut encore savoir la faire partager. Il existe une rhétorique de l'affectivité, un art de toucher les cœurs. Le mot *pathos* est, comme on sait, un terme de la rhétorique antique, qui désigne les mouvements et les figures propres à émouvoir l'âme des auditeurs. Comment procède Marie de France pour remuer son public ?

D'abord, en prêtant aux personnages d'obscurs pressentiments, elle suscite à l'avance l'inquiétude chez les auditeurs. Lorsque le chevalier-oiseau invite son amie à ne pas se laisser surprendre par la vieille qui la garde et lui dit « Cette vieille nous trahira. Elle nous épiera nuit et jour, elle découvrira notre amour et le racontera à son maître » (v. 203-206), nous avons l'impression que le malheur est proche. Avant qu'il survienne, nous craignons pour les héros. C'est là une manière très habile de susciter l'émotion à l'avance et de nous mettre en émoi.

Autre procédé bien connu : ralentir un peu l'allure dans les scènes pathétiques et faire durer le « plaisir » le plus longtemps possible. On remarquera que d'instinct Marie ne presse guère le mouvement aux moments d'intense émotion. Le lai du *Laostic*, qui file pourtant à vive allure, consacre vingt-cinq vers à la mort du rossignol et une quinzaine à la souffrance et à la plainte de la dame. Le lai des *Deux Amants*, qui avance avec une semblable rapidité, s'arrête, aussitôt après la mort du jeune homme, pour peindre la douleur de l'héroïne : vingt vers sont nécessaires à Marie pour montrer la navrante détresse de la demoiselle. L'évocation peut-être la plus détaillée et la plus émouvante, c'est celle qui, dans le lai d'*Yonec*, détaille la mort du chevalier-oiseau. Marie ne nous épargne rien : la mise en place des redoutables broches de fer nous est montrée à l'avance. Avant que l'accident se produise, notre sensibilité est fortement mise en branle. Ensuite, la scène où l'oiseau est mortellement transpercé n'est nullement escamotée. Marie ne nous cache pas que la mort du héros est sanglante. Le sang revient comme un leitmotiv, quand l'héroïne marche sur les traces de son ami disparu. Signe que l'auteur n'hésite pas parfois à regarder bien en face les choses cruelles. Nous retrouverons peu après le prince sous forme humaine gisant sur son lit *in articulo mortis*. Il y a plus de cent cinquante vers entre le moment où le piège est préparé et le trépas du malheureux héros.

Pour faire sentir la douleur des personnages, les écrivains du Moyen Age mettent fréquemment dans leurs bouches des soupirs, des plaintes, des déplorations funèbres. Dans la tradition latine le *planctus*, dans la tradition provençale le *planh* sont même devenus des genres littéraires. La littérature française offre très anciennement des exemples de *planctus*, puisqu'on en rencontre déjà dans la *Chanson de Roland*[7]. Marie de France a parfaitement senti l'extrême intérêt de ces interventions dolentes pour approfondir l'émotion et amplifier le pathétique. Aussi, sans les multiplier indûment, elle leur fait une place importante dans son œuvre. Un signe suffira à le montrer : il y a plus de plaintes que de déclarations d'amour dans les lais. Cette présence des paroles dolentes ne veut pas dire qu'obligatoirement le deuil entraîne une déploration funèbre. Ni dans les *Deux Amants* ni dans *Yonec* il n'y a de lamentation sur le corps du héros trépassé. Dans le lai de *Lanval*, l'extrême douleur du héros ne s'exhale

7. Cf. P. ZUMTHOR, Etude typologique des *planctus* contenus dans la *Chanson de Roland*, dans *La Technique littéraire des chansons de geste*, Actes du Colloque de Liège (septembre 1957), Paris, 1959, p. 219-235. Sur le *planh* voir en dernier lieu les études de S. C. ASTON, The Provençal Planh, I : The Lament for a Prince, dans *Mélanges J. Boutière*, Paris, 1968, t. I, p. 23-30, et The Provençal Planh, II : The Lament for a Lady, dans *Mélanges R. Lejeune*, Gembloux, 1969, p. 57-65. L'étude de SPRINGER, *Das altprovenzalische Klagelied*, Berlin, 1895, reste toujours valable. Sur les *planctus* latins, cf. C. COHEN, Les éléments constitutifs de quelques *planctus* des Xe et XIe siècles, dans *Cahiers de Civilisation médiévale*, 1958, t. I, p. 83-86.

point sous la forme d'une plainte au style direct. L'auteur ne veut sans doute pas étaler la souffrance du protagoniste. Elle la condense en quelques vers qui traduisent sa détresse et son égarement (v. 338-350). Marie choisit donc les moments pathétiques où elle fera parler le personnage affligé. Une première série de plaintes a rapport avec une déclaration amoureuse prochaine. Deux d'entre elles précèdent la déclaration amoureuse, mais ne se ressemblent pas. L'inquiétude de Guigemar *Allas!, fet il, quel le ferai?* (v. 399) tient à la peur d'être repoussé par une femme *orguilluse e fiere* (v. 404). Celle d'Equitan à un malaise moral. Quand il s'écrie

> Allas! fet il, queils destinee
> M'amenat en ceste cuntree ? 66

il éprouve un sentiment de culpabilité. La souffrance d'Eliduc est plus vive :

> Allas, fet il, mal ai erré!
> Trop ai en cest païs esté! 586
> Mar vi unkes ceste cuntree!

Elle est plus complexe aussi, puisqu'il y entre la douleur de la séparation, des scrupules moraux un peu tardifs et le pénible sentiment de se trouver dans une situation sans issue. Mais qu'il s'agisse de plaintes antérieures à l'aveu, comme celles de Guigemar (v. 399-406), d'Equitan (v. 65-88) ou de Guilliadon (*Eliduc*, v. 387-400), ou postérieures, comme celle d'Eliduc (v. 585-618), le ton reste discret. Nous sommes émus, mais non chavirés. L'espoir subsiste. Aux plaintes se mêlent résolutions et décisions.

Les plaintes désespérées ont un tout autre frémissement pathétique. La dame du lai de *Fresne* est vraiment angoissée, quand elle donne le jour à deux jumelles, car elle pense être déshonorée :

> Lasse, fet ele, que ferai ?
> Jamés pris ne honur n'avrai! 74

Au début du lai d'*Yonec*, l'extrême affliction de la dame éclate dans une plainte vibrante :

Lasse, fait ele, mar fui nee!
Mut est dure ma destinee!
En ceste tur sui en prisun,
Ja n'en istrai si par mort nun.

C'est un ardent cri de protestation contre le destin impitoyable qui la brise. Plus brève, mais presque aussi émouvante, est la douloureuse plainte de l'héroïne du lai de *Guigemar* après la séparation (v. 668-673). Pour les épouses enfermées l'emprisonnement est une quasi-mort. Mais la situation la plus cruelle, celle qui suscite les cris, le pathétique, c'est évidemment la mort d'un être cher. La plainte sur la mort du rossignol à la fin du *Laostic* (v. 126-134) est sans emphase : il ne s'agit que d'un animal. Mais la mort de l'oiseau est une cruelle blessure faite à l'amour. Les deux amants ne pourront plus se voir à la fenêtre. D'où la pénétrante mélancolie de la plainte de la dame. Dans le lai du *Chaitivel* la pâmoison et les regrets de la dame réhabilitent un personnage que l'on pouvait taxer de légèreté et de coquetterie. Nous avons le sentiment alors qu'elle éprouvait vraiment de l'affection pour les disparus et qu'elle ne savait pas choisir entre ses quatre prétendants. Mais une certaine inquiétude persiste sur la sensibilité de ce personnage. La dignité de la déploration et l'impression que l'héroïne est partiellement responsable de ces morts nous empêchent de nous identifier véritablement avec ce personnage éploré.

La déploration funèbre la plus animée, la plus passionnée, la plus bouleversante est celle que prononce Eliduc sur le corps de la fausse morte :

Bele, fet il, ja Deu ne place
Que jamés puisse armes porter
N'el siecle vivre ne durer!
Bele amie, mar me veïstes!
Duce, chiere, mar me siwistes!

Nous ne savons pas si l'héroïne est vraiment trépassée. Marie ne pouvait pas nous révéler la vérité. Sinon, tout l'effet pathétique de la fin d'Eliduc aurait disparu. L'auteur a préféré nous voiler la réalité pour créer un climat d'intense émotion. On tient donc Guilliadon « pour morte » (v. 934), comme tous ceux qui la voient, et on déplore avec Eliduc cette disparition brutale. La mort soudaine d'un être jeune, frappé en plein bonheur, à l'âge du plein épanouissement des forces, a toujours quelque chose de profondément pathétique. En consacrant plusieurs vers de l'*Enéide* aux morts prématurées, Virgile l'avait bien senti. Ici, dans cette déploration concentrée, aussi vive, mais moins détaillée que la plainte d'Ismène sur le corps d'Athon dans le *Roman de Thèbes*[8], Marie montre un art très sûr. Profondeur psychologique en faisant apparaître dans l'âme d'Eliduc le sentiment douloureux d'une responsabilité et d'une faute. Vibration du cœur et de la voix qui n'apparaît pas avec cette densité dans les déplorations plus longues et plus raisonnables du *Roman d'Eneas*[9]. On voit bien que Marie sait parfaitement différencier les plaintes émues, adapter les mots aux situations, traduire sans enflure la douleur profonde des êtres et atteindre sans effort à l'effusion lyrique. Dans cet ensemble, deux plaintes se signalent par leur force et leur vérité saisissantes : les lamentations de la dame d'*Yonec* et la déploration funèbre d'Eliduc sur le corps de Guilliadon. Les chants désespérés sont toujours les plus beaux.

Les qualificatifs employés par l'auteur dans le récit ont beaucoup plus de discrétion. Certains d'entre eux visent à créer chez l'auditoire des sentiments de compassion. Marie de France n'emploie des termes forts que dans les grands moments. Elle use avec discernement de mots chargés de souffrance, comme *effrei* « trouble intérieur » (*Eliduc*, v. 315), *ennui* « tourment » (*Bisclavret*, v. 24), *anguisse* (*Guigemar*, v. 663), *martire* (*Guigemar*, v. 662). Aux heures de crise, elle rend sensible le désarroi des personnages, en rassemblant et en juxtaposant plusieurs termes expressifs.

8. Cf. l'éd. G. Raynaud de Lage, Paris, 1966, t. I, v. 6073-6134.

9. Cf. *Eneas*, éd. J. Salverda de Grave, Paris, 1929, v. 6147-6208 (déploration de Pallas par Eneas), 6301-6370 (déploration de Pallas par ses parents), 7369-7428 (déploration de Camille par Turnus).

Ainsi pour exprimer la détresse de la dame dans le lai de *Guigemar*, après la disparition de celui qu'elle aime, et sa souffrance à la suite d'un emprisonnement encore plus sévère, l'auteur nous dit :

> Nuls hum el mund ne purreit dire
> Sa grant peine ne le martire
> Ne l'anguisse ne la dolur
> Que la dame suffre en la tur. 664

L'accumulation des termes de douleur et l'hyperbole du narrateur renonçant à décrire l'affliction du personnage suggèrent l'extrême intensité de la souffrance. Pour renforcer l'effet expressif, Marie emploie à plusieurs reprises des couples formés de deux termes presque synonymes et cependant différents. Elle montre Eliduc *murnes e trespensez* (v. 314). Elle nous dit que Lanval *pensis esteit e anguissus* (v. 338). Ces notations rapides, fondues dans la trame narrative, témoignent que l'auteur ne se désintéresse pas de ses personnages.

A certains moments, Marie parle en son propre nom pour nous faire connaître sa tristesse, sa réprobation, plus rarement son désir de voir les méchants punis. Ces interventions ne laissent aucun doute sur les intentions de l'auteur. Marie ne parle à la première personne que lorsqu'elle n'arrive plus à contenir son émotion. *Oiez cum il s'est bien vengiez !*, s'écrie-t-elle dans le *Bisclavret* (v. 234), quand le loup-garou s'élance sur sa femme. La plupart du temps, l'auteur exprime des regrets, pousse des exclamations de pitié. Quand le mari a fait disposer les broches de fer sur la fenêtre, le conteur songe à l'oiseau et s'écrie : « Mon Dieu, que n'était-il au courant de la trahison machinée par le méchant ! » (*Yonec*, v. 295-296). Quand les vassaux demandent à Goron d'épouser Coudrier, l'auteur intervient pour dire : « Hélas ! Quelle malchance que les seigneurs n'aient pas su l'histoire des deux jeunes filles qui étaient sœurs jumelles ! » (*Fresne*, v. 345-348). Dans le lai de *Lanval* Marie prend la parole pour montrer qu'elle comprend et partage la détresse d'un homme privé d'appuis dans un pays étranger (v. 35-38). Ces interventions d'auteur sont d'autant plus frappantes que la poétesse ne les prodigue pas. Ce sont là des cris du cœur. Les héros ne sont pas seuls à souffrir. L'auteur, premier témoin, premier récitant, participe à leur souffrance. Un cercle de solidarité et de sympathie commence à se former autour des amants. Comment ne pas nous y associer ?

Habituellement, la personnalité du narrateur s'efface. L'émotion est immanente au texte, ne sort pas des personnages et se manifeste par des signes. Si l'on laisse de côté quelques manifestations éparses et furtives, on relève que la sémiotique de l'émotion utilise essentiellement deux symptômes fondamentaux : les larmes et les pâmoisons.

Premier degré, déjà fort élevé : les pleurs. On ne verse pas de larmes sans de fortes raisons dans les lais. Bien des personnages souffrent sans pleurer. La dame du lai de *Guigemar* ne verse pas de larmes, lorsqu'elle voit disparaître celui qu'elle aime. L'héroïne du lai de *Fresne* supporte dignement le malheur, quand elle voit qu'une autre deviendra l'épouse de Goron. Il y a des héros qui ont une force de résistance suffisante pour faire front aux coups du sort et réprimer leurs larmes. Si les larmes apparaissent, c'est l'indice soit que l'on a affaire à un personnage au cœur plus fragile, soit qu'un choc insoutenable a ouvert une brèche dans les barrières de la pudeur intime. Mais les larmes traduisent toujours une déchirure intérieure, un bouleversement, une vive souffrance. Les pleurs de joie, finement notés chez des spectateurs dans *Milon* (v. 480), au moment des retrouvailles entre un père et un fils qui ne s'étaient jamais vus, et dans *Eliduc* (v. 785) chez la tendre Guilliadon, à l'annonce du retour de celui qu'elle aime et des retrouvailles prochaines, ne sont pas seulement des larmes de soulagement, ils suggèrent aussi une certaine perturbation intérieure. D'ordinaire, les larmes répondent à un sentiment de peine et d'impuissance. Dans le *Chèvrefeuille*, quand Tristan et Iseut se séparent, les larmes viennent tout naturellement à leurs yeux (v. 104). Partir, c'est mourir un peu.

Dans le lai de *Lanval*, la reine se sent tellement humiliée d'avoir été éconduite qu'elle s'éloigne dans sa chambre en pleurant (v. 304). Sa fierté est cruellement blessée : elle s'effondre. Au début du lai d'*Yonec*, on comprend les pleurs de la dame (v. 46). Elle n'accepte pas le sort inique qui l'accable. Les larmes traduisent l'aspiration au bonheur et l'impossibilité d'échapper à un destin inexorable. A la source des pleurs, on devine une infinie désolation. Il n'y a rien d'autre à faire qu'à pleurer. On observera l'invincible attirance des larmes et de la mort. A cinq reprises, c'est-à-dire dans plus de la moitié des exemples, on verse des larmes au spectacle de la mort. La dame de *Guigemar* (v. 306), celle du *Laostic* (v. 122), les gens du pays de Muldumarec dans le lai d'*Yonec* (v. 511) et dans le lai d'*Eliduc* le héros (v. 975) et son épouse (v. 1029). On ne saurait dire que l'émotivité soit excessive dans les lais et qu'on y verse des « torrents de larmes ». Contrairement à ce qu'a soutenu P. Rousset à partir d'autres textes, on ne décèle pas ici d'impulsivité et d'instabilité affective se manifestant par un larmoiement exagéré[10]. Au contraire, de la simplicité, du naturel. On ne cache pas et on ne réfrène pas ses larmes, quand on a perdu un être cher. Nul repliement sur soi, nulle introversion psychologiquement fâcheuse[11]. Ecrivain pudique, Marie de France évite les grandes scènes de désolation rituelle qui emplissent beaucoup de textes. Une dizaine de pleurs pour presque six mille vers, cela reste fort raisonnable. Ecrivain sensible, elle ne peint ni des héros larmoyants ni des personnages aux yeux et au cœur secs.

Dans l'échelle secrète des signes, la pâmoison se trouve au-delà des larmes. Cette attitude, beaucoup plus théâtrale, apparaît une dizaine de fois dans les lais. C'est dire, dès l'abord, qu'il n'y a pas sensiblement moins d'évanouissements que de pleurs versés, puisque les proportions sont

10. Cf. P. Rousset, Recherches sur l'émotivité à l'époque romane, *Cahiers de civilisation médiévale*, 1952, t. 2, p. 53-67.

11. Cf. les très fines remarques de Ph. Ariès dans son beau livre, *L'homme devant la mort*, Paris, 1977, p. 572-576.

identiques. En second lieu, point de correspondance entre ces deux formes d'émotion : les pâmoisons ne s'accompagnent pas de pleurs. Elles surviennent brutalement, à l'improviste. Les larmes n'ont pas le temps de jaillir : le cœur a déjà fait défaut. On peut s'évanouir de joie. Dans le lai de *Guigemar*, l'héroïne défaille à demi quand elle apprend de Mériaduc que l'homme à la tunique nouée habite le pays (v. 766-769). A la fin du lai du *Fresne*, en retrouvant sa fille, la mère tombe à la renverse et perd conscience (v. 451-452). Dans les deux cas, la joie surgit si rudement et si intensément que la personne concernée n'a pas la force de résister à cette agression psychologique. Mais habituellement l'évanouissement tient à une souffrance intolérable. On s'effondre face à un malheur insupportable et irrémédiable. C'est un comportement de désespoir. Lanval s'évanouit plusieurs fois de douleur, quand son amie l'a abandonné (v. 342). La tendre et fragile Guilliadon tombe inanimée, dès qu'Eliduc lui annonce qu'il doit partir. Marie nous dit :

> Se pauma ele de dolur
> E perdi tute sa culur. 662

La découverte d'une trahison produit le même effet. Lorsque Guilliadon apprend que l'homme avec lequel elle est partie, pour lequel elle a quitté ses parents et son pays et qu'elle comptait fermement épouser a déjà contracté mariage, elle ne peut supporter cette terrible révélation. Le choc est trop fort. Elle s'écroule et tombe en léthargie. Cet évanouissement prolongé, ce coma tout à fait exceptionnel est à la mesure du traumatisme qu'elle a subi : il est aussi profond que sa détresse.

Mais la séparation la plus amère, la séparation définitive, c'est la mort. Aussi ne doit-on pas s'étonner que les pâmoisons traduisent le déchirement des êtres devant le trépas. Dans le lai du *Chaitivel*, dont le titre « Le pauvre malheureux » est déjà tout un programme pathétique, l'héroïne se pâme dès que lui est rapportée la funèbre nouvelle (v. 144). A la fin des *Deux Amants* le roi s'affaisse, lui aussi, à la triste vue du cadavre de sa fille (v. 242). Le conte le plus pathétique de tous, le lai d'*Yonec*, où la mort du héros s'étend et s'étale sous nos yeux, suggère par les défaillances successives de l'héroïne le désarroi et le désespoir de cette jeune femme. Elle s'effondre, aussitôt après l'accident, quand il lui annonce qu'il va mourir (v. 323) ; plus tard, dans le palais souterrain, sur le corps même de son ami (v. 396) ; ensuite, quand les cloches sonnent le glas, elle perd conscience à quatre reprises (v. 445-450). Gradation évidente et véhémence de la douleur hors de l'ordre commun, d'autant plus remarquable que Marie ne nous avait pas habitués à pareil paroxysme. Ce n'est pas tout. L'héroïne connaîtra une ultime syncope, longtemps après, sur la tombe de celui qu'elle n'a jamais oublié, et dans ce spasme, elle perd la vie (v. 540-541). Ici Marie opère sans ménagements. A histoire sanglante pâmoisons fréquentes.

Aujourd'hui, les évanouissements provoqués par des émotions n'envahissent plus la littérature et se font rares dans la vie. Il est mal vu de tomber en pâmoison : on fait figure de poule mouillée. Au Moyen Age les bienséances étaient tout autres. Au lieu de passer pour des faiblesses inadmissibles, ces instants de détresse affective étaient jugés parfaitement normaux, aussi naturels que les larmes. Les rudes guerriers des chansons de geste n'éprouvaient aucune honte à s'évanouir. Si les évanouissements étaient assez répandus, comme il semble, dans la vie médiévale, ils ne devaient pas tous procéder de causes psychologiques. Des raisons physiologiques doivent aussi expliquer leur fréquence. Mais la littérature ne retient pas les bouffées de chaleur et mentionne seulement les traumatismes affectifs. Ces pâmoisons, brusques chutes de tension morale, défaillances provisoires, n'apparaissent pas dans tous les lais. Près de la moitié des contes de Marie en sont dépourvus. Les autres textes en font un usage très modéré : l'émotion se concentre et s'exhale à un moment décisif. Seul le lai d'*Yonec* tranche sur cet ensemble et s'avère une œuvre éminemment pathétique. Signe que Marie sait varier sa manière et montre du discernement et du goût dans l'art de susciter l'émotion.

Dans les moments privilégiés où fuse l'émotion, le style de Marie de France ne reste pas neutre et inexpressif. Sans se tordre en contorsions baroques, il se tend et se contracte. Des cris lancés à l'impératif nous frappent au cœur. L'héroïne de Guigemar, après avoir raconté ses aventures et ses souffrances au style indirect, jette soudainement un cri au style direct : *Amis, menez en vostre drue!* (836). Ce vibrant appel suffit à nous faire sursauter. Ensuite, le ton peut retomber et l'émotion se calmer. Dans le lai d'*Yonec* le mouvement de la phrase s'accélère lorsque le prince, sur son lit de mort, donne à l'héroïne l'ordre pressant de partir :

> Bele amie, pur Deu merci,
> Alez vus en, fuiez d'ici! 402

Le style de Marie, bien qu'il soit d'ordinaire très peu coloré, se charge soudainement de belles images, quand le héros du lai de *Guigemar* retrouve celle qu'il aime et n'arrive pas à croire à son bonheur. En cet instant unique, l'amant bouleversé trouve spontanément le ton de l'effusion lyrique :

> Est ceo, fet il, ma duce amie,
> M'esperaunce, mun quor, ma vie,
> Ma bele dame ki m'ama ?
> Dunt vient ele ? Ki l'amena ? 776

Habituellement, les images ne viennent pas illuminer chez Marie les paroles émues. L'écrivain se contente de répétitions insistantes, d'interrogations et d'exclamations pressantes. A la subordination, compliquée et intellectuelle, fait place la juxtaposition, plus spontanée et animée. La déploration poussée par Eliduc sur le corps inerte de Guilliadon le montre bien. La reprise des tendres apostrophes lancées en tête de phrase *(Bele, Bele amie, Duce, chiere)*, la répétition du triste adverbe *mar* « c'est pour votre malheur », voilà des procédés classiques de l'épanchement lyrique. Même si ces moments sont exceptionnels, on voit que Marie trouve sans effort le langage du cœur et qu'elle sait rendre avec naturel les mouvements de l'âme. Le comble de l'art, c'est de se faire oublier. Les personnages des lais n'ont pas besoin de forcer la voix pour faire sentir leur émoi.

POÉSIE ET SYMBOLES

Le dernier aspect de l'art de Marie de France, le plus subtil et peut-être le plus attachant, tient au souffle de poésie qui vient, de temps à autre, donner fraîcheur et profondeur au récit. A vrai dire, chez notre auteur, l'inspiration poétique reste ténue. La brièveté du lai ne favorise pas l'épanchement lyrique. Pour faire naître la poésie, il faut suspendre un peu le récit et prendre un instant le temps de rêver. Dans *Eliduc* la scène de tempête aurait pu donner matière à poésie, mais l'auteur ne nous fait pas voir vraiment la tourmente. Il ne nous en dit que ce qui est indispensable à l'action et au pathétique, alors que d'autres écrivains du XIIe siècle, comme Wace et Thomas d'Angleterre, ont puissamment senti et fait partager la poésie de la mer déchaînée[12]. La grande sobriété de l'écrivain et l'absence d'images sont de sérieux handicaps pour la poésie. On ne doit pas s'étonner que l'essentiel des lais échappe à son emprise. Toutefois, on perçoit dans cette littérature un je ne sais quoi venu d'ailleurs : c'est un filet de poésie.

Un certain sentiment de la nature se fait jour. Le lai d'*Yonec* débute à la belle saison :

> Ceo fu el meis d'avril entrant,
> Quant cil oisel meinent lur chant. 52

Ces deux vers suffisent pour nous transporter au moment du renouveau, c'est-à-dire à la saison où, pour la sensibilité médiévale, les humains pensent naturellement à l'amour. Ils rappellent « l'ouverture printanière » qui emplit toute la

12. L'originalité stylistique de Thomas a été justement mise en valeur par J. GRISWARD, A propos du thème descriptif de la tempête chez Wace et chez Thomas d'Angleterre, *Mélanges J. Frappier*, 1970, t. I, p. 375-389.

poésie médiévale[13]. Dans la littérature d'oc une foule de chansons commencent de cette façon, qu'il s'agisse de chansons de danse comme *A l'entrada del temps clar*, d'estampies comme *Calenda maia* ou de maintes chansons d'amour. Jaufré Rudel inaugure ainsi une de ses plus belles poésies :

> Lanquan li jorn son lonc en mai,
> M'es belhs dous chans d'auzelhs de lonh.

Les trouvères du Nord chantent à l'envi le *renouvel de la douçour d'esté* avec Gace Brulé ou *la douçor du tens qui raverdoie* avec le Châtelain de Couci. Les deux vers de Marie font donc référence de manière brève et allusive à toute une tradition lyrique. Ils suggèrent que les âmes frémissent et palpitent d'amour au temps du renouveau. Marie le laisse comprendre clairement dans le lai du *Laostic*. Nul hasard si l'imprudence de l'amoureuse se manifeste à ce moment-là :

> Tant que ceo vint a un esté,
> Que bruill e pré sunt reverdi
> E li vergier ierent fluri ; 60
> Cil oiselet par grant duçur
> Mainent lur joie en sum la flur.
> Ki amur ad a sun talent,
> N'est merveille s'il i entent! 64

On conviendra que dans cette évocation d'une nature radieuse et dans cet épanchement lyrique le conteur suspend le récit et fait entendre un chant authentiquement poétique.

Si le prosaïque c'est l'ordinaire des jours et le vulgaire des vies médiocres, la poésie c'est la transfiguration du réel. Or chez Marie percent de loin en loin les fleurs du rêve. D'éblouissantes visions de beauté : Guilliadon au corps gracieux et svelte, gisant étendue sur le sol dans l'ermitage (*Eliduc*, v. 1012-1016), la fée du lai de *Lanval* qui s'avance à la façon d'une chasseresse, rassemblant en elle la séduction

13. Cf. D. SCHELUDKO, Zur Geschichte des Natureingang bei den Trobadors, *Zeitschrift für französische Sprache und Literatur*, 1937, t. 60, p. 257-334 et R. DRAGONETTI, *La technique poétique des trouvères dans la chanson courtoise*, Bruges, 1960, p. 162-176.

féminine et l'énergie masculine (v. 560-574). Ces créatures belles comme des déesses sont des femmes de rêve ! Des moments d'émotion intense et sublime : l'héroïne du lai des *Deux Amants* s'allongeant sur le corps de celui qu'elle aime, lui embrassant les yeux et la bouche et mourant ainsi ; la dame du lai d'*Yonec* s'effondrant sur le tombeau de celui qu'elle a perdu plus de quinze ans auparavant. Voilà des morts poétiques, tout à fait hors du commun, puisque ce sont des morts d'amour, des morts drapées dans la fidélité d'un unique amour. L'intensité d'une émotion pure et parfaite, épurée de toute faiblesse humaine, frappe et fascine. On en trouve quelques exemples éclatants dans les lais, depuis la passion persistante de la dame du lai de *Guigemar* jusqu'à l'abnégation héroïque de Guildeluec dans *Eliduc*.

La poésie demande du flou, du brouillard, des lignes incertaines et vaporeuses. Une lumière trop crue, un regard trop perçant la tuent. Elle naît quand on voit mal le monde réel, quand le contour des choses nous échappe, quand les explications rationnelles font défaut. Elle a besoin de mystères, à tout le moins de clair-obscur. Alors se font entendre les voix songeuses de l'imaginaire, les rêves qui montent des profondeurs de l'homme. Dans les lais de Marie de France, zébrés de merveilleux et traversés d'événements surprenants, passent des éclairs de poésie. Poésie des choses entrevues : dans le lai d'*Yonec* l'ombre du grand oiseau à travers une fenêtre étroite. L'œil ne détaille pas et ne voit pas de près le mystère. L'apparition imprévue dure un instant, elle est vue à demi et de loin. Poésie du sommeil, qui ressemble à la mort et fraie un passage vers une autre vie : redevenu homme, le Bisclavret dort, comme s'il vivait un songe ; Guilliadon, tombée en léthargie et ne donnant aucun signe de vie, semble dormir son dernier sommeil. Ces pertes de conscience énigmatiques suggèrent poétiquement une vie plus profonde. Poésie de l'étrange qui nous entoure de toutes parts : des animaux connaissent des secrets qui échappent à l'homme, telles la belette d'*Eliduc* ou la biche de *Guigemar*, qui, de surcroît, parle le langage des hommes. Nous sommes du temps que les bêtes parlaient, dans un jeune âge du monde, en un temps primitif où se produisent des miracles et des apparitions. Des personnages surnaturels viennent en ce bas monde pour aimer des mortels et parfois les humains peuvent entrer dans l'Au-delà. Cet univers incertain est plein de présences invisibles. On y éprouve le frisson du sacré. Quand la dame du lai d'*Yonec* s'engage dans le boyau souterrain sur les traces de son ami, puis pénètre dans cet Autre Monde où apparemment il fait nuit et où, cependant, une curieuse lumière éclaire ville et campagne, nous avons l'impression d'entrer avec elle dans un monde interdit. Nous sommes en plein pays de poésie, comme dans certaines pages de Nerval. Poésie des choses tues et de l'intériorité, des sentiments cachés et de la vie silencieuse : la méditation dolente de Lanval ou bien celle de la dame du *Chaitivel*. Ces attitudes mélancoliques sont chargées d'une certaine poésie, car elles laissent entrevoir de douloureux secrets dans les âmes. A cet égard, le lai du *Laostic* avec son climat en demi-teinte, ses élans contenus et sa nostalgie est d'une délicate poésie. Dans d'autres lais la poésie de la souffrance est plus vive, plus accusée : la présence obsédante du sang vermeil au cœur du lai d'*Yonec* est une très belle invention poétique. Mais ici c'est à demi-mots que les espoirs, les fragiles joies et les tristesses des amants sont suggérés. La poésie procède ainsi : elle suggère, elle insinue, elle fait découvrir des choses cachées.

La rêverie poétique porte naturellement à la création de symboles évoquant une autre réalité et donnant une mystérieuse profondeur aux choses. Les chercheurs de symboles à travers les lais de Marie sont légion[14] et la série

14. L'initiateur en est L. SPITZER dans son article Marie de France, Dichterin von Problem-Märchen, *Zeitschrift für romanische Philologie*, 1930, t. 50, p. 29-67, qui voit dans les lais non des thèses figées, mais une symbolique de problèmes humains. A quoi F. SCHÜRR a répondu, dans Komposition und Symbolik in den *Lais* der Marie de France, *Zeitschrift für romanische Philologie*, 1940, t. 50, p. 556-582, que le symbolisme n'était pas chez Marie un moyen de poser des problèmes intellectuels. Autre propagateur des recherches symboliques : S. FOSTER DAMON, dans son

n'en est pas close. Mais on se perd dans ces forêts de symboles, on s'inquiète de ces hypothèses fragiles et contradictoires, on s'étonne de tant de *senefiances* sans fondement. Il est vrai que la critique a la partie belle, puisqu'elle se contente d'affirmer sans prouver, d'énoncer sans démontrer. Dans la quête des symboles il est facile de commencer et difficile de s'arrêter. Mieux vaut être privé de l'intrépide assurance des chercheurs de symboles et n'avancer qu'à pas comptés. Il est prudent de penser que les symboles ne sont pas partout. La surabondance n'est pas dans la manière de Marie de France. Il est permis de croire que tous les éléments obscurs et surprenants ne sont pas nécessairement porteurs d'un sens caché.

Cela dit, il est dans les lais des réalités emblématiques qui ont incontestablement une valeur affective. La ceinture impossible à desserrer et le pan de la tunique impossible à dénouer échangés par les deux amants dans le lai de *Guigemar*, voilà de belles images qui matérialisent la fidélité ou plutôt l'impossible infidélité. Le nœud qui ferme, qui lie, qui enserre est un antique symbole : c'est une attache,

étude Marie de France : Psychologist of Courtly Love, *Publications of the Modern Language Association of America*, 1929, t. 44, p. 968-996, qui voit dans les lais féeriques un symbolisme sexuel. Deux investigations modérées : I. Nolting-Hauff, Symbol und Selbstdeutung : Formen der erzählerischen Pointierung bei Marie de France, *Archiv für das Studium der neueren Sprachen und Literaturen*, 1963, t. 199, p. 26-33 (sur le *Laostic*, le *Chèvrefeuille* et le *Chaitivel*), et J. Ribard, Le lai du *Laostic*, structure et signification, *Le Moyen Age*, 1970, t. 76, p. 263-274. Une enquête érudite et audacieuse : Antoinette Knapton, *Mythe et psychologie chez Marie de France dans « Guigemar »*, Chapel Hill, 1975. Divers « essais » subjectifs : R. D. Cottrell, Le lai du *Laustic*, From Physicality to Spirituality, *Philological Quarterly*, 1968, t. 47, p. 499-505 ; D. Fasciano, La mythologie du lai, les *Deux Amants*, *Rivista di cultura classica e medioevale*, 1974, t. 16, p. 78-85 ; R. T. Pickens, Thematic Structure in Marie de France's, *Guigemar*, *Romania*, 1974, t. 95, p. 328-341 ; et R. B. Green, hardi quêteur de symboles, dans Marie de France's *Laüstic*, Love's Victory through Symbolic Expression, *Romance Notes*, 1974-1975, t. 16, p. 695-699, et The Fusion of Magic and Realism in two Lays of Marie de France, *Neophilologus*, 1975, t. 69, p. 324-336 (sur *Guigemar* et *Milon*). Le livre de S. Bayrav, *Symbolisme médiéval, Béroul, Marie, Chrétien*, Paris-Istanbul, 1957, ne brille pas par la profondeur.

une ligature. Ici ce lien volontaire est plus puissant qu'un lien conjugal. Dans le lai du *Chèvrefeuille* l'image du chèvrefeuille et du coudrier, qui vivent en symbiose et meurent si on les sépare, suggère admirablement que l'union de Tristan et Iseut est un besoin vital, aussi exigeant qu'une loi de la nature. Il n'est pas possible d'aller plus loin et d'identifier une des plantes avec un des amants[15]. Il suffit d'observer la beauté poétique de cette comparaison.

A côté de ces symboles dont le sens est expliqué par l'auteur, il y a dans les lais des suggestions plus obscures, chargées de profondeur et de poésie. Ainsi les vêtements dans le lai du *Bisclavret*, à la fois pivot de l'action et emblème de la vie civilisé. Quand le Bisclavret retire ses vêtements, il embrasse immédiatement la vie sauvage. Quand il les remet, il redevient homme. On peut soupçonner ici un rite de magie sympathique, et pas seulement un symbole poétique, dont Marie a dû hériter. Mais elle a finement placé l'action d'enlever et de remettre les habits au cœur du récit, sans chercher à donner d'explications rationnelles, en conservant la poésie mystérieuse et sauvage de la nudité. Autre notation troublante : les deux noms de Fresne et de Coudrier, donnés à deux sœurs jumelles dans le lai du *Fresne*. On comprend que l'une d'entre elles porte un nom d'arbre, puisque c'est une enfant abandonnée trouvée sur un frêne. Mais l'autre n'a aucune raison de s'appeler Coudrier. On devine dans ce parallélisme une secrète correspondance, au sens baudelairien du mot. Est-ce pour suggérer les mystères de la gémellité ? pour laisser entendre la parfaite ressemblance des jumeaux, leur amour réciproque ? Ici, bien qu'elles aient été séparées par la vie, les jumelles portent mystérieu-

15. Mme Ch. MARTINEAU-GENIEYS, dans un suggestif article (*Le Moyen Age*, 1972, t. 78, p. 98), pense que Tristan est le noisetier et Iseut le chèvrefeuille. Elle voit dans le bâton un symbole mâle et dans le chèvrefeuille l'enroulement de la femme autour de l'homme. J. FRAPPIER déclare « Tristan est le Chèvrefeuille et Iseut la Coudre », dans *Du Moyen Age à la Renaissance, Etudes d'histoire et de critique littéraires*, Paris, 1976, p. 71, n. 18. Rien n'est sûr.

sement un nom semblable et se trouveront, un jour, rivales pour épouser le même homme. Ces deux noms semblables rapprochent deux êtres du même sang. On pressent chez Marie ou plutôt dans sa source une intuition poétique.

Il semble que chez Marie de France les symboles soient rares et épars. La blessure de Guigemar fait penser à la blessure d'amour dont il souffrira peu après. Elle en est une obscure annonce, puisqu'elle cesse de le faire souffrir au moment même où l'amour se met à le tourmenter (v. 383). Mais on ne suivra pas le critique qui voit dans la biche blanche aux bois de cerf un symbole de l'union sexuelle de l'homme et de la femme, dans la flèche un contact symbolique également sexuel, dans la nef et le voyage par mer une image de renaissance et de régénération[16]. Il fallait bien un animal fantastique pour arracher le héros à sa vie quiète et un déplacement pour le transporter au pays où il doit trouver l'amour. Habituellement, l'union sexuelle ne court pas, elle ne porte pas de cornes, elle n'est pas blanche comme neige et elle ne prédit pas l'avenir. Si tous les détails du récit se trouvaient volontairement chargés d'un sens second, nous aurions affaire à un cryptogramme et la poésie disparaîtrait. Heureusement, Marie a plus de mesure et de délicatesse. Il n'y a pas à chaque instant un au-delà mystérieux à suggérer. Quelques touches discrètement symboliques pour la sensibilité : la tour, image de prison dans *Guigemar* et *Yonec*, le verger clos *(hortus conclusus)* qui appelle à l'amour dans *Guigemar* (262), le rouge éclatant du sang qui coule ou de la fleur portée par la belette, la pâleur de Guilliadon et la blancheur incomparable du teint de la fée dans *Lanval*. Quelques gestes et attitudes traduisant des sentiments inexprimés et assez faciles à deviner. Mais dans la plupart des lais, comme *Equitan*, *Fresne*, *Lanval*, *Milon*, le *Chaitivel*, les *Deux Amants*, les symboles sont absents ou presque

16. Cf. R. T. Pickens, *Romania*, 1974, t. 95, p. 335 (sur l'animal androgyne), et R. B. Green, *Neophilologus*, 1975, t. 69, p. 325-327. M. Lazar n'a pas davantage raison en affirmant que la biche « représente le destin de Guigemar, son double, sa fatalité », *op. cit.*, p. 189.

inexistants. Rien ne nous autorise à voir dans le cygne du lai de *Milon* ou dans le flacon magique du lai des *Deux Amants* des symboles sexuels.

Un lai plus lyrique présente, toutefois, une concentration assez remarquable de détails symboliques : c'est le lai du *Laostic*. J. Ribard en a justement relevé un grand nombre[17]. D'un côté, les images de souffrance : le grand mur de pierre grise, qui est obstacle, séparation ; les pièges tendus à l'oiseau par le mari ; le rossignol au cou brisé et la tache de sang sur la tunique de la dame, à la hauteur de la poitrine. De l'autre, les images d'espoir : le renouveau de la nature et le chant du rossignol qui incitent à l'amour ; les fenêtres, qui permettent échanges et communications ; la lumière de la lune, qui permet aux amants de se voir, dans le silence de la nuit ; le reliquaire, où l'amant place, au dénouement, le corps du rossignol, signe de la permanence et de la fidélité d'un unique amour. Il y a enfin, au premier plan, le rossignol qui donne son titre au lai. On y a vu bizarrement un symbole masculin, s'opposant au symbole « féminin » de la chambre, où les conjoints n'ont que des relations stériles[18]. En fait, le rossignol est le symbole vivant de la passion, puisqu'il est dans la lyrique médiévale le chantre de l'amour. Le Châtelain de Couci n'est pas le seul à rêver sur la *douce voiz du louseignol sauvage*. On pourrait en citer beaucoup d'exemples[19]. Il y a donc ici tout un réseau d'images délicatement symboliques où s'opposent le clos et l'ouvert, les peines et les rêves de bonheur. Nous avons dans ce lai, et aussi avec simplicité dans le *Chèvrefeuille*, un authentique climat poétique.

Ainsi, il apparaît que Marie de France n'est pas « au

17. Cf. J. RIBARD, Le lai du *Laostic*, structure et signification, *Le Moyen Age*, 1970, t. 76, p. 263-274.

18. Cf. GREEN, *Romance Notes*, 1974-1975, t. 16, p. 696.

19. Cf. W. HENSEL, Die Vogel in der provenzalischen und nordfranzösischen Lyrik des Mittelalters, *Romanische Forschungen*, 1915, t. 36, p. 596 et sq. ; R. DRAGONETTI, *op. cit.*, p. 170-171 ; Th. A. SHIPPEY, Listening to the Nightingale, *Comparative Literature*, 1970, t. 22, p. 46-60.

seuil de l'art », contrairement à l'avis de J. Bédier. Certes, la manière de l'écrivain est parfois un peu courte et sèche. Nous aurions aimé un peu plus de moelleux et de chair, et nous avons le sentiment d'avoir sous les yeux des récits bien rapides. Mais cette sobriété est la loi du genre. Les auteurs de lais doivent fatalement abréger et condenser. En fait, on ne relève chez Marie ni maladresse ni insuffisance notable. Elle sait, d'instinct, conduire un récit et tenir notre curiosité en éveil. Son art est tout en demi-teintes : mesure dans l'emploi des péripéties et des effets de surprise, modération dans le dosage du mystère et du merveilleux, extrême discrétion des sourires et digne retenue de l'émotion, réserve dans l'effusion lyrique et l'expression symbolique. Tout cela dessine un paysage littéraire aux lignes modérées. A la façon des miniaturistes du Moyen Age, Marie de France travaille dans le fin et le délicat. Mais on aurait tort de penser que cette œuvre est grêle et chétive. Sous un volume réduit, les lais ont une rare densité poétique. L'art profondément classique de Marie n'est pas seulement un art raisonnable. Il laisse entendre les grandes voix de l'émotion, fait voir les éclats de passion et porte à nos oreilles le chuchotement confus des rêves. C'est là du très grand art.

Conclusion

L'étude des lais de Marie de France, comme celle de la plupart des œuvres du Moyen Age, bute, sans doute, sur des obstacles presque irréductibles. La chronologie des textes se dérobe, dès qu'on regarde les choses d'un peu près. Les modèles des lais ont disparu. Des œuvres contemporaines, les premières adaptations d'Ovide, le *Tristan* de La Chèvre, les productions de début de Chrétien de Troyes, ne sont pas parvenues jusqu'à nous. La genèse et l'essor du genre littéraire des lais sont entourés de mystère. Comparée aux fabliaux et autres formes de la *short story*, la structure de ces récits n'apparaît pas avec une grande netteté. La personnalité de Marie de France reste dans l'ombre. On a présenté à son sujet plus d'hypothèses ingénieuses ou audacieuses que d'arguments décisifs. La première conclusion est que nous ne pouvons pas tout savoir du riche mouvement littéraire du dernier tiers du XIIe siècle. L'histoire de la littérature se réduit à quelques jalons et à des approximations. Nous ne pouvons pas apprécier le rôle de Marie dans le renouvellement des lettres françaises. Nous ne savons pas si elle a été à la source du genre des lais, si son action a été déterminante dans la transmission de la matière celtique. La grande question de l'originalité de la poétesse échappe à nos prises. Les sources des lais ayant disparu, nous devons nous résigner à ignorer la part de la tradition et celle de l'invention créatrice dans les productions de Marie de France.

Si les lacunes et les limites de nos connaissances sont évidentes, si nous n'avons de l'histoire littéraire du temps qu'une vision incomplète et imparfaite, nous entrevoyons, cependant, un certain nombre de choses. A comparer les textes qui existent, nous constatons que nombre de lais anonymes, quelle que soit leur date de composition, ne paraissent point s'inspirer des œuvres de Marie de France. Quoi qu'ait soutenu L. Foulet, il n'est guère vraisemblable de croire que ces auteurs ont été des compilateurs maladroits et des plagiaires invétérés. *Graelent*, *Guingamor*, *Tydorel* et à plus forte raison *Desiré*, *l'Espine* semblent indépendants des lais de Marie. Inversement, l'influence des romans antiques ne paraît pas déterminante sur les œuvres de notre auteur. Marie aurait eu un bien maigre talent, si elle en avait été réduite à emprunter une foule de vers à l'*Eneas*. On a fortement exagéré les ressemblances textuelles entre les lais et l'*Eneas*. Les critiques modernes ont parfois renchéri. Dans sa thèse sur *The Theme of Love in the Romans d'Antiquité* (Londres, 1972), R. Jones a affirmé que la représentation de l'amour dans les lais était grandement tributaire des romans antiques. H. Baader est allé jusqu'à imaginer que Marie écrivait avec un manuscrit d'*Eneas*, à côté d'elle, sur son pupitre. L'examen des textes conduit à écarter ces suppositions hardies. Quelques traits de psychologie amoureuse dans *Guigemar* ou dans *Eliduc*, une allusion à la sodomie dans *Lanval*, tout cela ne témoigne pas d'une profonde influence de l'*Eneas*. L'idée que l'amour est une maladie présentant quelques symptômes caractéristiques et que les amoureux sont emplis de trouble jusqu'au moment où ils se sont déclarés n'est pas inconnue d'Ovide et se trouve un peu partout dans la littérature française aux alentours de 1170[1]. L. Renzi l'a justement rappelé[2]. Par rapport

1. Dans son intéressante étude, *Die Liebe in der Hochmittelalterlichen Literatur Frankreichs, Versuch einer historischen Phänomenologie*, Frankfurt a. M., 1966, p. 248-264, L. POLLMANN l'a bien relevé. Ces représentations sont anciennes : cf. A. BUCHHOLZ, *Zur Darstellung des Pathos der Liebe in der hellenistichen Dichtung*, Freiburg, 1954. On les retrouve dans les poésies latines du XIIe siècle.

2. Cf. L. RENZI, Recenti studi sui *Lais* narrativi e su Marie de France, dans *Studi di letteratura francese*, 1967, t. I, p. 120-121.

aux romans antiques, ce qui frappe, c'est moins la dette très superficielle de Marie que son indépendance.

L'étude des douze lais de Marie de France permet de préciser l'inspiration de l'auteur, de déceler les thèmes qui reviennent avec insistance pour tenter de comprendre sa conception de l'amour et sa représentation du monde. L'œuvre de Marie paraît un carrefour : le raffinement courtois est présent, l'idéologie de la *fin'amor* connue et contenue en d'étroites limites, le plaisir sensuel suggéré, la recherche du bonheur très largement étalée. Malgré les apparences, morale et religion ne sont point jetées dans les oubliettes. Une éthique se dessine, une éthique de la sincérité et de l'authenticité, qui transparaît en filigrane dans tous les lais. Les exigences de la religion se manifestent surtout dans le lai d'*Eliduc*. Mais l'amour reste le grand vainqueur.

La technique du conteur et l'art de l'écrivain s'avèrent particulièrement remarquables. Marie s'inspire sans doute de récits très proches de contes populaires, mais elle les charge de profondeur et de poésie. Les personnages de ses lais n'ont pas l'insignifiance psychologique des silhouettes qui traversent les contes folkloriques. Quand un grand artiste utilise une matière traditionnelle, il la marque toujours de son empreinte. Les travaux des spécialistes du conte populaire nous montrent qu'aucun schéma de conte ne correspond exactement aux lais de Marie. On ne saurait donc identifier naïvement les créations de notre auteur avec les productions folkloriques.

Les écrivains du Moyen Age ont parfois été peu équitables pour Marie et la littérature des lais. Denis Piramus était dépité du succès de la poétesse. Gautier d'Arras reprochait aux lais d'être des histoires invraisemblables, des contes à dormir debout :

> Tex lais i a, qui les entent,
> Se li sanlent tot ensement
> Con s'eüst dormi et songié.
>
> (*Ille et Galeron*, v. 935-37)

Aujourd'hui, ces jalousies d'auteurs nous font sourire, car le charme des lais continue toujours d'opérer sur les lecteurs modernes.

Ce charme est complexe. Il tient d'abord au plaisir des contes. Ces œuvres brèves ne se perdent pas dans les sables comme certains romans arthuriens diffus et interminables. Ici nous avançons d'un pas alerte. L'action est vite nouée, elle marche droit, sans enchevêtrements et entrelacements compliqués[3]. Point de fils multiples et entrecroisés, comme dans tant de romans. Point de répétitions et de digressions. A la complexité Marie préfère la clarté, à la fausse graisse la chair et le muscle. Dans ces récits courts et denses les événements se succèdent avec rapidité. Nous n'avons pas sous les yeux d'états stables, de paisibles tranches de vie, d'existences fixées en un seul et même lieu et enfermées dans une calme et monotone durée. Tout au contraire, d'un bout à l'autre des contes les personnages sont livrés aux aléas du changement. Le plaisir sans cesse renouvelé que nous procurent ces histoires, c'est celui des renversements de situation. Les héros ne connaissent de pause et de stabilité qu'au dénouement. Auparavant, leurs vies sont traversées de déplacements, de mouvements, de rebondissements. Une constante dynamique anime donc les lais de Marie, et parfois une certaine dramatisation est perceptible.

A quoi tient ce subtil agrément ? Est-ce un besoin vital de changement et d'imprévu loin d'un monde figé et clos ? Eprouvons-nous un égoïste plaisir au spectacle de tant d'accidents emplissant la vie des autres ? *Suave mari magno*... A vrai dire, plusieurs aspirations peuvent se rassembler : secrète inquiétude, obscur soulagement, désir d'échapper à l'ennui par la nouveauté et le changement. C'est ce que Pascal appelait le besoin de divertissement. Les lais appartiennent à la littérature d'aventures. Mais à la différence des

3. La poétique de l'entrelacement inspire beaucoup de textes du XIIIe siècles. Voir les remarques sensibles et sympathiques de E. VINAVER, dans *A la recherche d'une poétique médiévale*, Paris, 1970, p. 44-47, 118-128, 129-149.

romans de chevalerie, où les héros partent toujours en quête d'aventures, les lais nous peignent des personnages qui n'ont nul besoin de se déplacer. L'événement extraordinaire survient, pour ainsi dire, à domicile. L'imprévu surgit dans l'ordinaire des jours.

Un autre charme des lais tient au fait que les événements surprenants sont normalement des aventures amoureuses. La majorité des contes de Marie nous montre un amour naissant et un amour partagé. Nous avons le plaisir d'assister à des commencements frais et ardents, de voir des coups de foudre, d'observer la belle harmonie d'un monde où les cœurs vibrent à l'unisson et où il suffit de déclarer son amour pour être payé de retour. Cette heureuse réciprocité ainsi que l'indéfectible attachement que se portent les amants ont quelque chose de réconfortant. En même temps, les épreuves que subissent les héros nous touchent. Deux tribulations majeures emplissent les lais : la séparation et la mort, la première étant heureusement plus répandue que la seconde. Avec Marie de France nous souffrons des impossibles rencontres, des séparations déchirantes, des deuils prématurés. Gaston Paris avait bien senti ce climat, lorsqu'il disait des lais : « Il y règne en général un ton tendre et mélancolique »[4]. Tendresse de l'auteur pour ceux qui souffrent, besoin de justice, espoir d'apaisement composent une atmosphère délicate. Nous participons à ces émotions et goûtons le plaisir de l'attendrissement, où entrent à la fois une secrète inquiétude pour soi-même et une sympathie expansive qui porte l'homme hors de lui-même et le fait exister dans autrui et pour autrui. Dans la moitié des histoires d'amour ou presque, le destin n'est pas inexorable et les amants se trouvent finalement réunis. Alors que le récit nous a fait trembler, le dénouement apporte une note consolante. La conclusion équilibre alors ce qui précède. Après les émois, nous savourons encore plus l'apaisement. Ainsi

4. G. Paris, *La littérature française au Moyen Age*, Paris, 1905, 3e éd., p. 97.

ces histoires nous enchantent par leurs moments d'intense émotion et, comme l'avait bien vu J. Frappier[5], par l'ardente exaltation d'un amour qui illumine et transfigure la vie.

Nous sommes, enfin, profondément sensibles dans ces textes à l'irruption soudaine du merveilleux et de la poésie. Le monde ordinaire s'efface et fait place à un monde enchanté. Chaque fois que Lanval le désire, son amie lui apparaît à l'insu de tous. La dame du lai d'*Yonec*, au plus profond du malheur, appelle de ses vœux un être qui l'aime : aussitôt surgit le chevalier-oiseau. Il suffit d'un appel pour que les rêves se réalisent. Ainsi, à certains moments privilégiés, les lois naturelles sont bouleversées, une étrange faille s'ouvre dans les assises du monde terrestre, par où pénètrent le bonheur et l'amour. Le plaisir du dépaysement, de l'évasion, de la compensation imaginaire, voilà ce qu'offrent les lais de Marie de France. Grisaille, froideur et cruauté du monde réel disparaissent. L'univers se peuple de présences invisibles. L'homme n'est plus perdu au sein d'un monde aveugle et indifférent, dans le silence éternel des choses. Au-delà des apparences sensibles, se devine une mystérieuse profondeur, tout emplie d'êtres. Nous sommes aux portes de l'Autre Monde et baignons dans la surnature. On comprend que d'âge en âge les hommes aient été ensorcelés par cette étrange magie et que les lais de Marie de France exercent toujours sur nous une fascination infinie.

5. Cf. J. FRAPPIER, Le concept de l'amour dans les romans arthuriens, dans *Amour courtois et Table ronde*, Genève, 1973, p. 47-53.

BIBLIOGRAPHIE

La bibliographie de Marie de France est considérable, mais beaucoup de publications ont un intérêt très limité. L'édition des lais de J. RYCHNER donne une bibliographie très étendue de 156 numéros, arrêtée en 1964. Une publication récente, et utile, de Glyn S. BURGESS, *Marie de France, An Analytical Bibliography*, Londres, Grant & Cutler, 1977, enregistre les travaux antérieurs à la fin de 1975, soit 529 numéros. Le *Bulletin bibliographique de la Société internationale arthurienne* fait chaque année un inventaire soigneux des écrits relatifs à la matière de Bretagne.

ÉDITIONS ET TRADUCTIONS

Trois éditions de grande valeur des lais de Marie : celle de K. WARNKE (1re éd., Halle, 1885), à utiliser dans la 3e éd., contenant les notes folkloriques de R. KÖHLER et les additions de J. BOLTE, Halle, 1925 (réimpr., Genève, Slatkine, 1974) ; celle d'A. EWERT, Oxford, Blackwell, 1944 (8e éd., 1969), conservatrice des leçons et des graphies du ms. *H* ; celle de J. RYCHNER, Paris, Champion, 1966, intermédiaire entre les reconstructions de Warnke et la fidélité d'Ewert. L'édition de J. Rychner, très bien informée et pourvue d'excellentes notes critiques, fait notablement progresser notre compréhension du texte. Les références faites ici même aux lais de Marie de France renvoient à l'édition de J. Rychner. Elle remplace avantageusement l'édition plus rapide de J. LODS, Paris, 1959, dont l'introduction comporte, cependant, une fine appréciation littéraire de Marie de France.

Une intéressante traduction complète a été procurée par P. JONIN, Paris, Champion, 1972.

Les lais anonymes arthuriens ont été publiés à plusieurs reprises : *Tyolet*, *Guingamor*, *Doon*, *Lecheor* et *Tydorel* par G. PARIS, dans *Romania*, 1879, t. 8, p. 29-72 (avec d'utiles remarques) ; trois autres par M. GRIMES, *The Lays of Desiré, Graelent and Melion*, New York, 1928 (réimpr., Genève, Slatkine, 1976). L'édition récente de Prudence O'HARA TOBIN, *Les lais anonymes des*

*XII*e *et XIII*e *siècles*, Genève, Droz, 1976, donne le corpus complet, comprenant aussi l'*Espine*, *Trot* et *Nabaret*, et offre une étude des thèmes. On peut y joindre les lais du *Mantel* et du *Cor*, dans l'édition récente de Philip BENNETT, University of Exeter, 1975, lais à la fois arthuriens et plaisants.

Les lais courtois peuvent se lire dans les éditions suivantes : lai d'*Amour*, éd. G. PARIS, *Romania*, 1878, t. 7, p. 408-415 ; lai d'*Aristote*, éd. M. DELBOUILLE, Paris, 1951 ; lai du *Conseil*, éd. A. BARTH, *Romanische Forschungen*, 1912, t. 31, p. 799-812 ; lai de l'*Epervier*, éd. G. PARIS, *Romania*, 1878, t. 7, p. 1-21 ; lai d'*Haveloc*, éd. A. BELL, Manchester, 1925 ; lai d'*Ignaure*, éd. R. LEJEUNE, Bruxelles, 1938 ; lai de l'*Oiselet*, éd. R. WEEKS, dans *Medieval Studies in Memory of G. Schoepperle Loomis*, Paris-New York, 1927, p. 341-354 ; lai de l'*Ombre*, éd. J. BÉDIER, Paris, 1913, ou éd. et trad. d'A. LIMENTANI, *Jean Renart, L'immagine riflessa*, Torino, Einaudi, 1970 ; *Vair Palefroi*, éd. A. LANGFORS, Paris, 1912. On pourra rapprocher de ces textes le conte de *Narcisse*, éd. M. THIRY-STASSIN et M. TYSSENS, Paris, 1976.

Tous les lais de Marie de France, sauf les *Deux Amants* et *Eliduc*, ont été traduits en vieux norrois au milieu du XIIIe siècle. Une traduction française de la version norroise de *Lanval* a été donnée par P. AEBISCHER, dans l'édition de *Lanval* de J. RYCHNER, Genève, 1958. Le recueil norrois des *Strengleikar* contient, outre dix lais de Marie, *Desiré*, *Tydorel*, *Doon*, *Nabaret*, le *Lecheor* ainsi que les lais inconnus par ailleurs des *Deux Amants de Plaisance*, conte distinct des *Deux Amants* de MARIE, de *Goron*, de la *Grève* et de *Richard le Vieux*. Ces trois derniers ont été traduits en français dans l'ouvrage cité du Pr. TOBIN. D'autres traductions de quelques textes des *Strengleikar* dans A. GEFFROY, Notices et extraits des manuscrits conservés dans les bibliothèques ou archives de Suède, Danemark et Norvège, dans *Archives des missions scientifiques et littéraires*, 1855, t. 4, p. 194-218.

ÉTUDES SUR LE GENRE LITTÉRAIRE DES LAIS

1 / *Généralités*

Deux études générales :

BAADER (Horst), *Die Lais, Zur Geschichte einer Gattung der altfranzösischen Kurzerzählungen*, Frankfurt a. M., 1966 (travail bien informé ; important pour l'histoire du genre, des motifs folkloriques et des lais hors de France ; au sujet de Marie de France, suit trop fidèlement les idées de L. Foulet et de E. Hœpffner).

DUBUIS (Roger), *Les Cent Nouvelles nouvelles et la tradition de la nouvelle en France au Moyen Age*, Grenoble, 1973, Presses universitaires de Grenoble (diffusé par l'Université de Lyon II) (intéressante étude littéraire qui consacre plus de 150 pages à la technique et à la structure des lais).

Une synthèse rapide, mais pleine d'idées :

PAYEN (Jean-Charles), *Le lai narratif*, dans O. JODOGNE et J. Ch. PAYEN, *Le fabliau et le lai narratif*, Turnhout, 1975, Typologie des sources du Moyen Age, fasc. 13.

Deux études de structure :

FRAPPIER (Jean), Remarques sur la structure du lai, Essai de définition et de classement, dans *La littérature narrative d'imagination*, Paris, 1961, p. 23-39, repris dans *Du Moyen Age à la Renaissance, Etudes d'histoire et de critique littéraire*, Paris, 1976, p. 15-35 (essai subtil et brillant qui concerne surtout les lais féeriques).

ZUMTHOR (Paul), *Essai de poétique médiévale*, Paris, 1972, p. 380-400 (examen formel des genres courts).

2 / Lais bretons

AHLSTRÖM (Axel), *Marie de France et les lais narratifs*, Göteborg, 1925 (travail rapide et perspectives justes).

DONOVAN (Mortimer J.), *The Breton Lay, A Guide to Varieties*, Notre Dame (Indiana), 1969 (analyse des textes, et notamment des lais en moyen-anglais).

FOULET (Lucien), Marie de France et les lais bretons, *Zeitschrift für romanische Philologie*, 1905, t. 29, p. 19-56 et 293-322 (mémoire intelligent, brillant et tendancieux).

— Le prologue du *Franklin's Tale* et les lais bretons, *ibid.*, 1906, t. 30, p. 698-711 (Chaucer se serait inspiré de *Sir Orfeo*).

FRAPPIER (Jean), A propos du lai de *Tydorel* et de ses éléments mythiques, *Mélanges P. Imbs*, Strasbourg, 1973, p. 561-587, repris dans *Histoire, mythes et symboles*, p. 219-244.

— Orphée et Proserpine ou la lyre et la harpe, *Mélanges P. Le Gentil*, Paris, 1973, p. 277-294, repris dans *Histoire, mythes et symboles*, p. 199-218 (important pour le lai d'*Orphée* perdu).

GUILLET-RYDELL (Mireille), Nature et rôle du mariage dans les lais anonymes, *Romania*, 1975, t. 96, p. 91-104.

HŒPFFNER (Ernest), Marie de France et les lais anonymes, *Studi medievali*, 1931, t. 4, p. 1-31 (estime que *Guingamor* et *Tydorel* ne sont pas de Marie).

HŒPFFNER (Ernest), The Breton Lays, dans *Arthurian Literature in the Middle Ages*, ed. by R. Sh. LOOMIS, Oxford, 1959, p. 111-121 (synthèse très rapide).

SMITHERS (G.), Story-Patterns in Some Breton Lays, *Medium Aevum*, 1953, t. 22, p. 61-92 (habile analyse).

STURM (Sara), *The Lay of Guingamor, A Study*, Chapel Hill, 1968 (étude du thème de la maîtresse féerique et du voyage dans l'Autre Monde).

WEINGARTNER (Russell), Stylistic Analysis of an Anonymous Work : the Old French Lai *Guingamor*, *Modern Philology*, 1971-1972, t. 69, p. 1-9 (Marie n'est pas l'auteur de *Guingamor*).

WILLIAMS (H. F.), The Anonymous Breton Lays, *Research Studies*, 1964, t. 32, p. 76-84 (essai de classification).

3 / *Lais « antiques » et nouvelles*

GENAUST (H.), *Die Struktur des altfranzösischen antikisierenden Lais*, Hamburg, 1965.

LAKITS (Pal), *La Châtelaine de Vergi et l'évolution de la nouvelle courtoise*, Debrecen, 1966 (étude qui rassemble d'utiles matériaux).

TIEMANN (H.), *Die Entstehung der mittelalterlichen Novelle in Frankreich*, Hambourg, 1961 (examen de la genèse et du développement du récit court).

4 / *Lai lyrique et musical*

JEANROY (Alfred), BRANDIN (Louis), AUBRY (Pierre), *Lais et descorts français du XIIIe siècle*, Paris, 1901.

FOTITCH (T.) et STEINER (R.), *Les lais du Roman de Tristan en prose d'après le manuscrit de Vienne 2542 (édition critique)*, München, 1974.

LODS (Jeanne), *Les pièces lyriques du Roman de Perceforest*, Paris, 1953.

MAILLARD (Jean), *Evolution et esthétique du lai lyrique des origines à la fin du XIVe siècle*, Paris, 1963 (important travail d'ensemble).

5 / *Lai narratif tardif*

RIBARD (Jacques), Des lais au XIVe siècle ? Jean de Condé, dans *Mélanges J. Frappier*, Genève, 1970, t. 2, p. 945-955 (fines remarques sur les problèmes de dénomination et d'inspiration).

6 / Lais des Strengleikar

LEACH (Henry Goddard), The Lais Bretons in Norway, dans *Studies in Honour of Margaret Schlauch*, Varsovie, 1966, p. 203-212.

MEISSNER (Rudolf), *Die Strengleikar, Ein Beitrag zur Geschichte der altnordischen Prosaliteratur*, Halle, 1902.

SKÅRUP (Povl), Les Strengleikar et les lais qu'ils traduisent, dans *Les relations littéraires franco-scandinaves au Moyen Age*, Actes du Colloque de Liège (avril 1972), Paris, 1975, p. 97-115.

7 / Lais en moyen anglais

BORDMAN (Gerald), *Motif-Index of the English Metrical Romances*, Helsinki, 1963.

RUMBLE (T. L.), *The Breton Lays in Middle English*, Detroit (Michigan), 1965.

SPEIRS (John), *Medieval English Poetry, The Non-Chaucerian Tradition*, New York, 1958 (2e éd., New York, 1976).

8 / Genèse du fabliau

BEYER (Jürgen), *Schwank und Moral, Untersuchungen zum altfranzösischen Fabliau und verwandten Formen*, Heidelberg, 1969.

KIESOW (Reinhard), *Die Fabliaux, Zur Genese und Typologie einer Gattung der altfranzösischen Kurzerzählungen*, Berlin, 1976.

TIEMANN (Hermann), Bemerkungen zur Entstehungsgeschichte der Fabliaux, *Romanische Forschungen*, 1960, t. 72, p. 406-422.

L'ENVIRONNEMENT LITTÉRAIRE

1 / Milieux de cour

BEZZOLA (Reto), *Les origines et la formation de la littérature courtoise en Occident (500-1200)*, deuxième partie : *La société féodale et la transformation de la littérature de cour*, Paris, 1960, 2 vol. ; troisième partie : *La société courtoise : Littérature de cour et littérature courtoise*, Paris, 1963, 2 vol. (un volume entier de cette immense fresque, le t. 1 de la troisième partie est consacré à la cour d'Angleterre).

2 / Littérature anglo-normande

LEGGE (Maria Dominica), *Anglo-Norman Literature and its Background*, Oxford, 1963 (solide histoire littéraire des lettres françaises en Grande-Bretagne).

3 / Romans antiques

ANGELI (Giovanna), *L'Eneas e i primi romanzi volgari*, Milano-Napoli, 1971.

CORMIER (Raymond J.), *One Heart, one Mind, The Rebirth of Virgil's Hero in Medieval French Romance*, University, Mississippi, 1973, Romance Monographs 3 (plusieurs chapitres étudient l'amour dans l'*Eneas*).

JONES (Rosemarie), *The Theme of Love in the Romans d'Antiquité*, Londres, 1972 (exagère la dette de Marie à ces textes).

RAYNAUD DE LAGE (Guy), *Les premiers romans français et autres études linguistiques*, Genève, 1976.

4 / Romans courtois

BILLER (G.), *Etude sur le style des premiers romans français en vers (1151-1175)*, Göteborg, 1916.

BRUCE (James D.), *The Evolution of Arthurian Romance from the Beginnings down to the Year 1300*, Göttingen-Baltimore, 1923, 2 vol., réimpr., Genève, Slatkine, 1974.

EBERWEIN (Helena), *Zur Deutung mittelalterlicher Existenz*, Köln, 1933 (remarques intéressantes sur la notion d'aventure).

FARAL (Edmond), *Les arts poétiques du XIIe et du XIIIe siècle*, Paris, 1962, nouv. éd.

— *Recherches sur les sources latines des contes et romans français du Moyen Age*, Paris, 1967, nouv. éd.

FOURRIER (Anthime), *Le courant réaliste dans le roman courtois en France au Moyen Age*, t. 1 : *Les débuts* (XIIe siècle), Paris, 1960.

FRAPPIER (Jean), *Chrétien de Troyes*, Paris, 1967, nouv. éd.

— *Amour courtois et Table ronde*, Genève, 1973.

— *Histoire, mythes et symboles, Etudes de littérature française*, Genève, 1976.

— *Du Moyen Age à la Renaissance, Etudes d'histoire et de critique littéraire*, Paris, 1976.

JODOGNE (Omer), L'Autre Monde celtique dans la littérature française du XIIe siècle, *Bulletin de la classe des lettres et des sciences morales et politiques de l'Académie royale de Belgique*, 1960, t. 46, p. 584-597 (importante synthèse).

LOOMIS (Roger Sherman), *Arthurian Tradition and Chrétien de Troyes*, New York, 1961, 3e éd.

MARX (Jean), *La légende arthurienne et le Graal*, Paris, 1952.
— *Nouvelles recherches sur la littérature arthurienne*, Paris, 1965.
MÉNARD (Philippe), *Le rire et le sourire dans le roman courtois en France au Moyen Age (1150-1210)*, Genève, 1969.
MICHA (Alexandre), *De la chanson de geste au roman, Etudes de littérature médiévale*, Genève, 1976.
PATON (Lucy), *Studies in the Fairy Mythology of Arthurian Romance*, New York, 1960, 2e éd.
PAYEN (Jean-Charles), *Le motif du repentir dans la littérature française médiévale, des origines à 1230*, Genève, 1968.
RENZI (Lorenzo), *Tradizione cortese e realismo in Gautier d'Arras*, Padova, 1964.
RICKARD (Peter), *Britain in Medieval French Literature*, Cambridge, 1956 (ample synthèse faite de première main).
VÖLKER (Wolfram), *Märchenhafte Elemente bei Chrétien de Troyes*, Bonn, 1972.

5 / Amour médiéval

BOASE (Roger), *The Origin and Meaning of Courtly Love, A Critical Study of European Scholarship*, Manchester, 1977.
FRAPPIER (Jean), Le concept de l'amour dans le roman arthurien, dans *Amour courtois et Table ronde*, p. 43-56.
KŒHLER (Erich), *Sociologia della Fin'Amor, Saggi trobadorici*, trad. e introd. di Mario MANCINI, Padova, 1976.
LAZAR (Moshé), *Amour courtois et Fin'Amors dans la littérature du XIIe siècle*, Paris, 1964 (un chapitre concerne Marie de France).
LEWIS (C. S.), *The Allegory of Love, A Study in Medieval Tradition*, Oxford, 1951.
NELLI (René), *L'érotique des troubadours*, Toulouse, 1963 (interprétation très personnelle).
POLLMANN (Leo), *Die Liebe in der Hochmittelalterlichen Literatur Frankreichs, Versuch einer historischen Phänomenologie*, Frankfurt a. M., 1966 (ce livre important ne s'occupe pas seulement des troubadours, mais aussi du roman courtois et de Marie de France).
TOPSFIELD (L. T.), *Troubadours and Love*, Cambridge, 1975 (examen du sentiment de l'amour chez une dizaine de troubadours).

MARIE DE FRANCE : ÉTUDES GÉNÉRALES

BATTAGLIA (Salvatore), Maria di Francia, dans *La coscienza letteraria del Medioevo*, Naples, 1965, p. 309-359 (étude fine et sensible, imprimée d'abord en 1948 dans l'édition des *Lais* procurée par ce critique).

BAUM (Richard), *Recherches sur les œuvres attribuées à Marie de France*, Heidelberg, 1968 (l'auteur essaie de faire disparaître Marie de l'histoire littéraire).

BÉDIER (Joseph), Les lais de Marie de France, *Revue des Deux Mondes*, 1891, t. 107, p. 835-863 (présentation très stimulante).

HŒPFFNER (Ernest), *Les lais de Marie de France*, Paris, 1935, nouv. éd. 1966 (synthèse qui reste de premier ordre et passe finement en revue chaque lai).

MICKEL (Emanuel J.) Jr., *Marie de France*, New York, 1974, Twayne's World Authors Series 306 (étude concise destinée au grand public).

NAGEL (E.), Marie de France als dichterische Persönlichkeit, *Romanische Forschungen*, 1930, t. 44, p. 1-102 (large examen des divers aspects de l'œuvre de Marie).

RINGGER (Kurt), *Die « Lais », Zur Struktur der dichterischen Einbildungskraft der Marie de France*, Tübingen, 1973 (présente des observations sensibles sur les motifs et le climat poétique des lais).

SIENAERT (Edgard), *Les lais de Marie de France, Du conte merveilleux à la nouvelle psychologique*, Paris, 1978 (examen de chaque lai dans la perspective de la technique du conte merveilleux).

MARIE DE FRANCE : ÉTUDES PARTICULIÈRES

1 / Texte des lais

Les études les plus utiles sont celles de :

BAR (Francis), Sur le texte des *Lais* de Marie de France, *Le Moyen Age*, 1962, t. 68, p. 153-160.

HŒPFFNER (Ernest), La tradition manuscrite des *Lais* de Marie de France, *Neophilologus*, 1927, t. 12, p. 1-10 et 85-96.

SEGRE (Cesare), Per l'edizione critica dei *Lai* di Maria di Francia, *Cultura neolatina*, 1959, t. 19, p. 215-237.

SCHULTZ-GORA (O.), Zum Text und den Anmerkungen der dritten Auflage der *Lais* der Marie de France (ed. K. WARNKE, 1925), *Zeitschrift für romanische Philologie*, 1926, t. 46, p. 314-325.

2 / La personne de Marie

Plusieurs identifications proposées, aux conclusions fragiles :

FOX (J.), Marie de France, *English Historical Review*, 1910, t. 25, p. 303-306, et Mary, Abbess of Shaftesbury, *English Historical Review*, 1911, t. 26, p. 317-326 ; BULLOCK-DAVIES (C.), Marie, Abbess of Shaftesbury and her Brothers, *English Historical*

Review, 1965, t. 80, p. 314-322 ; LEVI (E.), Maria di Francia e le abbazie d'Inghilterra, *Archivum romanicum*, 1921, t. 5, p. 472-493 (croit que Marie fut abbesse de Reading) ; HOLMES (U.), New Thoughts on Marie de France, *Studies in Philology*, 1932, t. 29, p. 1-10 (croit qu'elle fut une fille de Galeran de Meulan).

3 / Les contemporains

BAUM (Richard), Les troubadours et les lais, *Zeitschrift für romanische Philologie*, 1969, t. 85, p. 1-44 (rassemble de nombreux matériaux sur l'emploi du mot lai et son sens chez les troubadours).

FRANCIS (Elizabeth A.), Marie de France et son temps, *Romania*, 1951, t. 72, p. 78-99 (cherche l'enracinement des lais dans des familles seigneuriales et présente un Willelmus de Lanvaleio, un toponyme La Coudre, sans pouvoir apporter de preuves décisives).

4 / Chronologie des lais

HŒPFFNER (Ernest), Pour la chronologie des *Lais* de Marie de France, *Romania*, 1933, t. 59, p. 351-370, et 1934, t. 60, p. 36-66 (méthode discutable).

ILLINGWORTH (R. N.), La chronologie des *Lais* de Marie de France, *Romania*, 1966, t. 87, p. 433-475 (tente d'aller plus loin qu'Hœpffner).

5 / Sources non celtiques

BRAET (Herman), Marie de France et Ovide, *Mélanges J. Wathelet-Willem*, Liège, 1978, p. 21-25.

CIGADA (Sergio), La leggenda medievale del Cervo Bianco e le origini delle *Matière de Bretagne*, *Atti della Accademia nazionale dei Lincei*, Classe di Scienze morali, storiche e filologiche, serie VIII, volume XII, 1965 (important mémoire, examinant les lais, entre autres textes, et essayant de démontrer que le cerf blanc procède de la littérature antique. Excessif dans ses conclusions défavorables aux sources celtiques).

HŒPFFNER (Ernest), Marie de France et l'Eneas, *Studi medievali*, 1932, t. 5, p. 272-308 (conclusions exagérées).

JOHNSTON (Oliver M.), Sources of the Lay of *Yonec*, *Publications of the Modern Language Association of America*, 1905, t. 20, p. 322-338 (le motif de la femme emprisonnée serait d'origine orientale).

— Sources of the Lay of the *Two Lovers*, *Modern Language Notes*, 1906, t. 21, p. 34-39 (le lai combinerait deux thèmes traditionnels de conte).

MATZKE (John E.), The Lay of *Eliduc* and the Legend of the Husband with Two Wives, *Modern Philology*, 1907-1908, t. 5, p. 211-239 (vaste enquête, beaucoup moins rigoureuse que celle de G. Paris).

OGLE (M. B.), Some Theories of Irish Literary Influence and the Lay of *Yonec*, *Romanic Review*, 1919, t. 10, p. 123-148 (réfractaire aux sources celtiques).

PARIS (Gaston), La légende du mari aux deux femmes, *La poésie au Moyen Age*, Paris, 1895, p. 105-130 (fondamental).

SEGRE (Cesare), *Piramo e Tisbé nei Lai di Maria di Francia*, *Studi in onore di V. Lugli e D. Valeri*, Venise, 1961, p. 845-853.

TOLDO (Pietro), « Yonec », *Romanische Forschungen*, 1904, t. 16, p. 609-629 (importantes observations folkloriques).

6 / Sources celtiques

BROMWICH (Rachel), Celtic Dynastic Themes and the Breton Lays, *Etudes celtiques*, 1960-1961, t. 9, p. 439-474 (met en rapport le thème de la chasse du blanc cerf avec des éléments de la mythologie irlandaise).

BULLOCK-DAVIES (Constance), Lanval and Avalon, *The Bulletin of the Board of Celtic Studies*, 1969, t. 23, p. 128-142.

CROSS (Tom Peete), The Celtic Elements in the Lays of Lanval and Graelent, *Modern Philology*, 1914-1915, t. 12, p. 585-644 (encore utile).

— The Celtic Origin of the Lay of Yonec, *Revue celtique*, 1910, t. 21, p. 413-471 (utile).

FOULON (Charles), Marie de France et la Bretagne, *Annales de Bretagne*, 1952-1953, t. 60, p. 243-258 (fine étude de la présence de la Bretagne dans les lais).

HOLMES (Urban T.), A Welsh Motif in Marie's *Guigemar*, *Studies in Philology*, 1942, t. 39, p. 11-14 (mise en rapport de la blessure de Guigemar avec un récit de chasseur blessé conté par Giraud de Barri).

ILLINGWORTH (R. N.), Celtic Tradition and the *Lai of Guigemar*, *Medium Aevum*, 1962, t. 31, p. 176-182 (étude importante qui essaie de retrouver dans le lai le motif celtique de la maîtresse féerique et dans la littérature celtique le motif de l'épouse emprisonnée, capital dans le lai).

— Celtic Tradition and the *Lai of Yonec*, *Etudes celtiques*, 1960-1961, t. 9, p. 501-520 (retrouve les motifs d'*Yonec* épars dans la littérature irlandaise).

O'SHARKEY (Eithne), The Identity of the Fairy Mistress in Marie de France's *Lai de Lanval*, *Trivium*, 1971, t. 6, p. 17-25 (la fée serait Morgain).

TRINDADE (W.), The Man with Two Wives, Marie de France and an Important Irish Analogue, *Romance Philology*, 1973-1974, t. 27, p. 466-478 (argumentation très fragile).

7 / Histoire et géographie des lais

BULLOCK-DAVIES (Constance), The Love-Messenger in *Milun*, *Nottingham Mediaeval Studies*, 1972, t. 16, p. 20-27 (localise l'histoire à Caerleon au pays de Galles).

BRUGGER (Ernst), Eigennammen in den *Lais* der Marie de France, *Zeitschrift für französische Sprache und Literatur*, 1927, t. 49, p. 116-155 (vaste étude qui rassemble une masse de matériaux).

DELBOUILLE (Maurice), Caerlion et Cardueil sièges de la cour d'Arthur, *Neuphilologische Mitteilungen*, 1965, t. 66, p. 431-446 (Marie aurait inventé Cardueil comme résidence d'Arthur).

HŒPFFNER (Ernest), La géographie et l'histoire dans les *Lais* de Marie de France, *Romania*, 1930, t. 56, p. 1-32 (l'auteur s'est persuadé que Marie emprunte presque tout au *Brut*).

LOT (Ferdinand), La patrie des lais bretons, *Romania*, 1899, t. 28, p. 1-48 (importante réfutation des idées de Brugger).

8 / Inspiration et technique littéraire

CALUWÉ (Jacques De), L'élément chrétien dans les *Lais* de Marie de France, *Mélanges J. Lods*, Paris, 1978, p. 95-114.

FERGUSON (Mary), Folklore in the *Lais* of Marie de France, *Romanic Review*, 1966, t. 57, p. 3-24.

FREY (John), Linguistic and Psychological Couplings in the Lays of Marie de France, *Studies in Philology*, 1964, t. 61, p. 3-18 (trouve partout des structures binaires).

KNAPTON (Antoinette), La poésie enluminée de Marie de France, *Romance Philology*, 1976-1977, t. 30, p. 177-187 (étude des couleurs dans les lais, qui débouche sur des considérations symboliques).

McCLELLAND (Denise), *Le vocabulaire des lais de Marie de France*, Ottawa, 1977 (des observations utiles, mais limitées, car l'auteur ne compare pas les lais aux autres textes du XIIe siècle).

MARAUD (André), Le lai de *Lanval* et la *Chastelaine de Vergi* : la structure narrative, *Romania*, 1972, t. 93, p. 433-459.

MICKEL (Emanuel) Jr., Marie de France's Use of Irony as a Stylistic and Narrative Device, *Studies in Philology*, 1974, t. 71, p. 265-290 (croit que l'ironie sous-tend les récits de Marie).

NOOMEN (Willem), Le lai des « Deux Amants » de Marie de France, Contribution pour une description, *Etudes offertes à F. Lecoy*, Paris, 1973, p. 469-481.

ROTHSCHILD (Judith), *Narrative Technique in the Lais of Marie de France, Themes and Variations*, Chapel Hill, 1974, t. 1 (étude portant sur six lais : *Equitan, Fresne, Bisclavret, Deux Amants, Yonec* et *Milon*).

RIQUER (Martin de), La « aventure » el « lai » y el « conte » en Maria de Francia, *Filologia romanza*, 1955, t. 2, p. 1-19 (étude subtile).

SMITHERS (G.), Story-Patterns in some Breton Lays, *Medium Aevum*, 1953, t. 22, p. 61-92 (intéressante étude des schémas narratifs chez Marie et dans les lais anonymes).

WATHELET-WILLEM (Jeanne), Le mystère chez Marie de France, *Revue belge de Philologie et d'Histoire*, 1961, t. 39, p. 661-686.

WATTS (Thomas D.) Jr. et CORMIER (R. J.), Towards an Analysis of Certain Lais of Marie de France, *Lingua e Stile*, 1974, t. 9, p. 249-256 (réflexions sur les lais linéaires et les lais dits concentriques).

9 / Le thème de l'amour

MICKEL (Emanuel J.) Jr., A Reconsideration of the *Lais* of Marie de France, *Speculum*, 1971, t. 46, p. 39-65 (analyse de l'amour comme une réalité autonome ayant des incarnations diverses et des règles constantes).

SCHIÖTT (Emil), *L'amour et les amoureux dans les lais de Marie de France*, Lund, 1889 (étude nuancée).

SPITZER (Leo), Marie de France Dichterin von Problem-Märchen, *Zeitschrift für romanische Philologie*, 1930, t. 50, p. 29-67, repris dans *Romanische Stil- und Literaturstudien*, Marburg, 1931, t. 1, p. 55-102 (étude stimulante sur les problèmes amoureux évoqués dans les lais).

WIND (Bartina), L'idéologie courtoise dans les *Lais* de Marie de France, *Mélanges M. Delbouille*, Liège, 1964, t. 2, p. 741-748.

10 / Symboles

DAMON (S. Foster), Marie de France, Psychologist of Courtly Love, *Publications of the Modern Language Association of America*, 1929, t. 44, p. 968-996 (estime que les lais féeriques sont emplis de symboles amoureux et sexuels).

GREEN (R. B.), The Fusion of Magic and Realism in Two Lays of Marie de France, *Neophilologus*, 1975, t. 69, p. 324-336 (cherche surtout des symboles dans *Guigemar*).

JONIN (Pierre), Merveilleux et symbolisme dans le lai de *Guigemar*, *Mélanges J. Wathelet-Willem*, Liège, 1978, p. 239-255.

KNAPTON (Antoinette), *Mythe et Psychologie chez Marie de France dans « Guigemar »*, Chapel Hill, 1975 (considère les motifs fériques comme des motifs symboliques).

RIBARD (Jacques), Le lai du *Laostic*, structure et signification, *Le Moyen Age*, 1970, t. 76, p. 263-274 (fine étude littéraire).

11 / Problèmes particuliers

Prologue

Le passage sur l'obscurité des Anciens et les gloses des Modernes a suscité toute une littérature. Les amateurs de recherches symboliques y ont trouvé une justification : SPITZER (L.), The Prologue to the *Lais* of Marie de France and Medieval Poetics, *Modern Philology*, 1943-1944, t. 41, p. 96-102 ; ROBERTSON (D. W.), Marie de France, Lais, Prologue 13-15, *Modern Language Notes*, 1949, t. 64, p. 336-338 ; BRIGHTENBACK (K.), Remarks on the Prologue to Marie de France's Lais, *Romance Philology*, 1976-1977, t. 30, p. 168-177. Mais le sens du passage a été bien dégagé par DONOVAN (M. T.), Priscian and the Obscurity of Ancients, *Speculum*, 1961, t. 36, p. 75-80, repris dans *The Breton Lay*, p. 13-25, et HUNT (T.), Glossing Marie de France, *Romanische Forschungen*, 1974, t. 86, p. 396-418.

Sur la cohérence du prologue DELBOUILLE (M.), *El chief de cest commencement*, Marie de France, Prologue de *Guigemar*, dans *Mélanges E. R. Labande*, Poitiers, 1974, p. 185-196.

Guigemar

Sur le sens PICKENS (R. T.), Thematic Structure in Marie de France's *Guigemar*, *Romania*, 1974, t. 95, p. 328-341 (le héros se réaliserait par l'amour et la sexualité).

Equitan

DELBOUILLE (M.), Le nom et le personnage d'Equitan, *Le Moyen Age*, 1963, t. 69, p. 315-323 ; PICKENS (R. T.), « Equitan » Anti-« Guigemar », *Romance Notes*, 1973-1974, t. 15, p. 361-367 ; WATHELET-WILLEM (J.), *Equitan* dans l'œuvre de Marie de France, *Le Moyen Age*, 1963, t. 69, p. 325-345.

Fresne

ADLER (A.), Höfische Dialektik im Lai du *Freisne*, *Germanisch-romanisch Monatsschrift*, 1961, t. 42, p. 44-51 ; NAGEL (E.), A propos de Fresne (v. 261-272), *Cahiers de civilisation médiévale*, 1967, t. 10, p. 455-456 ; FOULON (Ch.), L'éthique de Marie de France dans le lai de *Fresne*, *Mélanges J. Lods*, Paris, 1978, p. 203-212 ; SUARD (F.), L'utilisation des éléments folkloriques dans le lai du *Fresne*, *Cahiers de civilisation médiévale*, 1978, t. 21, p. 43-52.

Bisclavret

BATTAGLIA (S.), Il mito del licantropo nel *Bisclavret* di Maria di Francia, *Filologia romanza*, 1956, t. 3, p. 229-253, repris dans *La coscienza letteraria del Medioevo*, p. 361-389. Sur le loup-garou deux bonnes études d'ensemble : HERTZ (W.), *Der Werwolf, Beitrag zur Sagengeschichte*, Stuttgart, 1862, et SMITH (K. F.), An Historical Study of the Werwolf in Literature, *Publications of the Modern Language Association of America*, 1894, t. 9, p. 1-41. BAMBECK (M.), Das Werwolf motiv im *Bisclavret*, *Zeitschrift für romanische Philologie*, 1973, t. 89, p. 123-147 (rapprochement avec un conte tiré de Giraud de Barri).

Lanval

Sur les rapports de *Lanval* et de *Graelent* existe toute une littérature : SCHOFIELD (W. H.), The Lays of *Graelent* and *Lanval* and the Story of Wayland, *Publications of the Modern Language Association of America*, 1900, t. 15, p. 121-180 (rapproche sans raison les lais et la légende de Galand) ; STOCKOE (W.), The Sources of Sir Launfal, *Lanval* and *Graelent*, *Publications of the Modern Language Association of America*, 1948, t. 63, p. 392-404 (croit que *Graelent* est antérieur à *Lanval*) ; HŒPFFNER (E.), *Graelent* ou *Lanval* ?, *Recueil offert à C. Brunel*, Paris, 1955, t. 2, p. 1-8 (estime que *Graelent* n'a pas imité *Lanval*) ; SEGRE (C.), « Lanval, Graelent, Guingamor », dans *Studi in onore di A. Monteverdi*, Modène, 1959, t. 2, p. 756-770 (reprend les idées de Foulet et croit que *Lanval* est imité et déformé par les deux autres lais).

La tradition manuscrite a été examinée par BURGER (A.), La tradition manuscrite du lai de *Lanval*, dans *Actes du Xe Congrès de Linguistique et Philologie romanes*, Paris, 1965, t. 2, p. 655-666.

Une édition critique par J. RYCHNER, Genève, 1958 (avec des remarques sur le procès de Lanval). La procédure a été expliquée par FRANCIS (E.), The Trial in Lanval, dans *Studies presented to M. K. Pope*, Manchester, 1939, p. 115-124. Un essai de J. RIBARD qui pense déceler plusieurs significations : Essai d'interprétation polysémique du lai de *Lanval*, *Mélanges J. Wathelet-Willem*, Liège, 1978, p. 529-544.

Deux Amants

WATHELET-WILLEM (J.), Un lai de Marie de France : les *Deux Amants*, dans *Mélanges R. Lejeune*, Gembloux, 1969, t. 2, p. 1143-1157.

Yonec

PAYEN (J. Ch.), Structure et sens d'*Yonec*, *Le Moyen Age*, 1976, t. 82, p. 263-287 (décèle plusieurs sens) ; D'Arco Silvio AVALLE,

Fra mito e fiaba, L'ospite misterioso, *Mélanges J. Rychner*, Strasbourg, 1978, p. 34-44 (compare *Yonec* avec divers textes, dont le récit de l'Annonciation, et conclut que le lai est à mi-chemin entre mythe et fable).

Laostic

Sur le message de la dame, CARGO (R. T.), Marie de France's le *Laustic* and Ovid's *Metamorphoses*, *Comparative Literature*, 1966, t. 18, p. 162-166.

Pour la technique littéraire WOODS (W. S.), Marie de France's *Laüstic*, *Romance Notes*, 1970-1971, t. 12, p. 203-207.

Chaitivel

COWLING (S.), The Image of the Tournament in Marie de France's le *Chaitivel*, *Romance Notes*, 1974-1975, t. 16, p. 686-691 ; GREEN (R.), *Fin'amors* dans deux lais de Marie de France : *Equitan* et *Chaitivel*, *Le Moyen Age*, 1975, t. 81, p. 265-272.

Chèvrefeuille

Deux problèmes difficiles, le message de Tristan à Iseut et le rapport du lai avec la légende de Tristan, ont suscité une masse de publications. Plusieurs critiques estiment qu'il n'y a pas eu de message écrit : SPITZER (L.), La lettre sur la baguette de coudrier dans le lai du *Chievrefueil*, *Romania*, 1946-1947, t. 69, p. 80-90 ; HATCHER (A.), Lai du *Chievrefueil* 61-78, 107-113, *Romania*, 1950, t. 71, p. 330-344 ; LE GENTIL (P.), A propos du lai du *Chèvrefeuille*, *Mélanges H. Chamard*, Paris, 1951, p. 17-27 ; FRAPPIER (J.), Contribution au débat sur le lai du *Chèvrefeuille*, *Mélanges I. Frank*, Sarrebrück, 1957, p. 215-224, repris dans *Du Moyen Age à la Renaissance*, *Etudes d'histoire et de critique littéraire*, p. 37-50 ; MARTINEAU-GÉNIEYS (Ch.), Du *Chievrefoil*, encore et toujours, *Le Moyen Age*, 1972, t. 78, p. 91-114.

En sens inverse, FRANCIS (E.), *A Comment on « Chevrefoil »*, *Medieval Miscellany to E. Vinaver*, Manchester, 1965, p. 136-145 ; DELBOUILLE (M.), Ceo fu la summe de l'escrit (*Chievrefoil*, 61 s.), dans *Mélanges J. Frappier*, Genève, 1970, p. 207-216 (étude importante) ; MERMIER (G.), En relisant le *Chevrefoil* de Marie de France, *French Review*, 1974-1975, t. 48, p. 864-870. Pour l'écriture ogamique FRANK (G.), Marie de France and the Tristram Legend, *Publications of the Modern Language Modern Association of America*, 1948, t. 63, p. 405-411, et CAGNON (M.), *Chievrefeueil* and the Ogamic Tradition, *Romania*, 1970, t. 91, p. 238-255.

Sur les traditions relatives au coudrier DURAND-MONTI (P.), Encore le bâton de *Chevrefoil*, *Bulletin bibliographique de la Société internationale arthurienne*, 1960, t. 12, p. 117-118.

Discussion du mot *nun* par VALERO (A. M.), El lai del *Chievrefueil* de Maria de Francia, *Boletin de la Real Academia de Buenas Letras de Barcelona*, 1951-1952, t. 24, p. 173-183 (voudrait que *nun* (v. 54) signifie « message »).

Etude littéraire par RIBARD (J.), Essai sur la structure du lai du *Chèvrefeuille*, dans *Mélanges P. Le Gentil*, Paris, 1973, p. 721-724.

Sur la légende de Tristan, FOULET (L.), Marie de France et la légende de *Tristan*, *Zeitschrift für romanische Philologie*, 1908, t. 32, p. 161-183 et 257-289 ; SCHOEPPERLE (G.), « Chievrefoil », *Romania*, 1909, t. 38, p. 196-218, repris dans *Tristan and Isolt, A Study of the Sources of the Romance*, New York, 1960, 2e éd., p. 138-147 ; ADAMS (A.) et HEMMING (T. D.), *Chèvrefeuille* and the Evolution of the Tristan Legend, *Bulletin bibliographique de la Société internationale arthurienne*, 1976, t. 28, p. 204-213.

Eliduc

BAMBECK (M.), Die Wieselepisode im *Eliduc* der Marie de France, *Archiv für das Studium der neueren Sprachen und Literaturen*, t. 208, p. 971-972, p. 334-349 (curieuse interprétation symbolique de la belette) ; CALUWÉ (J. De), La conception de l'amour dans le lai d'*Eliduc* de Marie de France, *Le Moyen Age*, 1971, t. 77, p. 53-77 ; FITZ (B.), The Storm Episode and the Weasel Episode, Sacrificial Casuistry in Marie de France's *Eliduc*, *Modern Language Notes*, 1974, t. 89, p. 542-549 (ingénieuse explication de la mort du marin et de la tempête apaisée par l'idée de victime expiatoire et de bouc émissaire ; Guilliadon serait aussi une victime expiatoire de l'adultère).

COMPLÉMENTS BIBLIOGRAPHIQUES (1978-1995)

La bibliographie relative aux lais de Marie augmente sans cesse. Au sein de cette masse profuse les études importantes restent rares. Nous donnons ici une bibliographie sélective. Hormis exceptions, nous mentionnons seulement les travaux publiés à partir de 1978-1979, postérieurs à la première édition du présent livre *Les lais de Marie de France* (Paris, PUF, 1979).

La bibliographie établie par nos soins dans le volume publié par J. Dufournet sur les lais de Marie de France (Paris, Champion, 1996) apporte des références complémentaires. Le *Bulletin bibliographique de la société internationale arthurienne* fait une recension quasiment exhaustive des publications arthuriennes.

BIBLIOGRAPHIE

BURGESS (Glyn S.), *Marie de France, An Analytical Bibliography, Supplement N° 1*, Londres, 1986 (utile complément de la bibliographie publiée en 1976, comportant 182 nouveaux numéros).

ÉTUDES GÉNÉRALES

CLIFFORD (Paula), *Marie de France, Lais*, Londres, 1982, 93 p. (bref examen).

LE MÉE (Katharine W.), *A Metrical Study of Five Lais of Marie de France*, La Haye, 1978, 202 p. (travail statistique aux perspectives limitées portant sur les lais du *Laüstic*, du *Chevrefoil*, des *Deux Amants*, du *Bisclavret*, et d'*Equitan*).

KROLL (Renate), *Der narrative Lai als eigenständige Gattung in der Literatur des Mittelalters, Zum Strukturprinzip der « Aventure » in den Lais*, Tübingen, 1984, 234 p. (étude structurale de tous les lais narratifs, soigneux examen de l'action dramatique).

BURGESS (Glyn S.), *The Lais of Marie de France, Text and Context*, Manchester, 1987, 245 p. (articles anciens et études nouvelles sur la chronologie interne, la prouesse et la chevalerie au plan lexicologique, le vocabulaire de l'amour, les femmes et l'amour).

MARÉCHAL (Chantal), éd., *In Quest of Marie de France*, Lewiston, 1992 (réunion d'une dizaine d'articles consacrés surtout aux lais).

ÉDITIONS ET TRADUCTIONS

Marie de France, Œuvres complètes, éd. par Yorio Otaka, Tokio, 1987 (éd. conservatrice, fondée sur le manuscrit de Londres, B. L. Harley 978 pour les lais et les fables, soigneuse étude des graphies, de la langue et du style, copieuse bibliographie).

OTAKA (Yorio), *Lexique de Marie de France*, Tokio, 1994, 868 p. (volumineux travail, fournissant de nombreux exemples, suivi d'un répertoire des rimes, puis du texte des œuvres).

NAÏS (Hélène), *Index des lais de Marie de France*, Nancy, Centre de recherche et d'application linguistique de l'Université de Nancy II, 1979 (concerne seulement sept lais).

Des traductions complètes ont été faites en plusieurs langues : en anglais par Harry F. WILLIAMS, New Jersey, 1970; par Robert HANNING and Joan FERRANTE, New York, 1978; par Gl. BURGESS and K. BUSBY, New York, 1987 (avec introd. et notes); par Harriet SPIEGEL, Toronto, 1987; en allemand par Dietmar RIEGER et Renate KROLL, München, 1980 (avec texte, introd. et remarques); en espagnol par L. A. DE CUENCA, Madrid, 1987 (trad. de l'éd. Rychner, brève introduction), surtout par Anna Maria HOLZBACHER, Barcelone, Quadern Crema, 1993 (nouv. éd. de la trad. publiée par cette érudite à Madrid en 1976, texte d'après l'éd. Warnke, introduction, bibliographie et notes abondantes); en français par Laurence HARF-LANCNER, Paris, Livre de poche, 1990 (texte de Warnke); en italien par Giovanna ANGELI, Parma, 1993 (reprise de l'éd. de 1983, trad. italienne, texte de Warnke, riche bibliographie); par Luciana COCITO, Milano, 1993 (introd. et notes).

ÉTUDES PARTICULIÈRES

1 / Lais anonymes (en rapport avec les lais de Marie)

BRAET (Herman), *Deux lais féeriques bretons du XIIIe siècle : Graelent et Tyolet*, Bruxelles, 1979 (traduction, notes et dossier documentaire).

PAYEN (Jean-Charles), Lai, fabliau, *exemplum*, roman court, Pour une typologie du récit bref aux XIIe et XIIIe siècles, *Le récit bref au*

Moyen Age, éd. par D. Buschinger, Amiens, 1979, p. 7-23 (réflexions portant partiellement sur les lais de Marie).

SUARD (François), Le projet narratif dans *Lanval*, *Graelent* et *Guingamor*, *Mélanges A. Lanly*, Nancy, 1980, p. 357-369 (observations sur l'Autre Monde).

TOBIN (P.-M.), L'élément breton et les lais anonymes, *Mélanges... Ch. Foulon*, t. II, Liège, *Marche romane*, t. 30, 1980, p. 277-286 (survol des principaux motifs).

MARAUD (André), La tradition fantastique ou le héros conteur : le lai de *Guingamor*, dans *Frontières du conte*, éd. par A. Marotin, Paris, 1982, p. 25-31 (accent mis sur le caractère fantastique du récit).

ILLINGWORTH (R. N.), Structural Parallel in the lais of *Lanval* and *Graelent*, *Neophilologus*, t. 71, 1987, p. 167-182 (problème déjà examiné par une masse de critiques).

BROOK (Leslie C.), The Notion of Adventure in *Guingamor*, *Reading Medieval Studies*, t. 14, 1988, p. 3-16 (simplicité et complexité du héros du lai).

PAGANI (Walter), Prologhi ed epiloghi dei lais anonimi bretoni, *Studia in honorem... M. de Riquer*, Barcelone, t. 4, 1991, p. 571-592 (remarques neuves).

MICHA (Alexandre), trad. *Lais féeriques des XII*e *et XIII*e *siècles*, Paris, 1992 (traduction des lais anonymes).

2 / Texte des lais

Comptes rendus de la 3e édition de Warnke :

BRUGGER (E.), *Zeitschrift für französische Sprache und Literatur*, t. 49, 1926, p. 116-155 ; SCHULTZ-GORA (O.), *Zeitschrift für romanische Philologie*, t. 46, 1926, p. 314-325 ; HOEPFFNER (Ernest), *Neophilologus*, t. 11, 1926, p. 141-150.

Comptes rendus de l'édition de J. Rychner :

EWERT (Alfred), *French Studies*, t. 22, 1968, p. 52-54 ; SEGRE (Cesare), *Cahiers de Civilisation médiévale*, t. 11, 1968, p. 243-246 ; NAGEL (Rolf), *Zeitschrift für romanische Philologie*, t. 85, 1969, p. 277-281 ; FRAPPIER (Jean), *Romance Philology*, t. 22, 1969, p. 600-613, repris dans *Du Moyen Age à la Renaissance*, Paris, 1976, p. 51-75.

Problèmes philologiques :

SEGRE (Cesare), Per l'edizione critica dei Lai di Marie de France, *Cultura Neolatina*, t. 19, 1959, p. 1-23 (observations sur le classement des manuscrits du lai de *Lanval*).

ESKÉNAZI (André), *Qui, que, quei* dans les lais de Marie de France (Ms. *H*), *Romania*, t. 105, 1984, p. 193-247 (comme relatif sujet *qui* serait prospectif, *que* rétrospectif).

ESKÉNAZI (André), *Bois* et *forest* dans les lais du ms. *H*, *Mélanges A. Planche*, Paris, 1984, p. 199-211 (*bois* renvoie à un espace civilisé, *forest* à une étendue sauvage).

BRUÑA CUEVAS (Manuel), Le style indirect libre chez Marie de France, *Revue de linguistique romane*, t. 52, 1988, p. 421-446 (importantes analyses).

RYCHNER (Jean), Le discours subjectif dans les lais de Marie de France, A propos d'une étude récente, *Revue de linguistique romane*, t. 53, 1989, p. 57-83 (réaction de l'éditeur aux remarques précédentes, essai de classification).

MÉNARD (Philippe), *Syntaxe de l'ancien français*, 4e éd., revue et augmentée, Bordeaux, Ed. Bière, 1994, 382 p.

3 / L'auteur et son œuvre

Editions et traductions des fables :

SPIEGEL (Harriet), *Marie de France, « Fables »*, Toronto, 1987 (texte et trad. anglaise).

BRUCKER (Charles), *Marie de France, « Les Fables »*, Louvain, 1991 (texte, trad. franç., introduction, bibliographie, brèves notes, glossaire).

Travaux sur l'auteur des lais :

BRAET (Herman), Note sur Marie de France et Ovide (lai de *Guigemar*, vv. 233-244), *Mélanges J. Wathelet-Willem*, Liège, 1978, p. 21-25.

KNAPTON (Antoinette), A la recherche de Marie de France, *Romance Notes*, t. 19, 1978, p. 1-6 (intéressante identification de la poétesse avec Marie de Boulogne, qui fut abbesse de Romsey, épousa Mahieu de Flandres en 1160 et revint plus tard dans un monastère).

RINGGER (Kurt), Prolégomènes à l'iconographie des œuvres de Marie de France, *Orbis Mediaevalis, Mélanges... R. Bezzola*, Berne, 1978, p. 329-342 (importantes recherches sur l'illustration des textes de Marie).

BRIGHTENBACK (Kristine), The *Metamorphoses* and Narrative *Conjointure* in *Deus Amanz*, *Yonec* and *Le Laüstic*, *Romanic Review*, t. 72, 1981, p. 1-12 (examen de l'influence d'Ovide).

GRILLO (Peter R.), Was Marie de France the Daughter of Waleran II, Count of Meulan ?, *Medium Aevum*, t. 57, 1988, p. 269-274 (reprise de l'hypothèse avancée jadis par U. T. Holmes).

RONCHI (Gabriella), Sulla questione di rapporti tra il *Tristan* di Thomas e i *Lais* di Maria di Francia, *Medioevo Romanzo*, t. 16, 1991, p. 261-270 (l'influence de Thomas apparaîtrait dans *Eliduc*, *Fresne* et *Guigemar*).

ANGELI (Giovanna), Entre mémoire et dialogue : les *Lais* de Marie de France, *XXe Congrès international de linguistique et philologie romanes*, t. V : *L'art narratif aux XIIe et XIIIe siècles*, Zürich, 1994, p. 167-180 (mise en valeur des liens entre les lais et les poèmes des troubadours ainsi que des ambiguïtés de l'œuvre de Marie).

4 / Sources, folklore et merveilleux

NEUMEISTER (Sebastian), Das Märchenhafte in *Bisclavret* und *Lanval*, Symptom einer geschlossenen Welt, *Mélanges Ch. Camproux*, Montpellier, 1978, t. I, p. 429-438 (le merveilleux introduit une ouverture dans un monde clos).

JONIN (Pierre), Le bâton et la belette ou Marie de France devant la matière celtique, *Marche romane*, t. 30, 1980, p. 157-166 (discussion à propos du lai du *Chèvrefeuille* et du lai d'*Eliduc* : entre les mains de Marie la matière celtique se civilise et s'humanise).

HARF-LANCNER (Laurence), *Les fées au Moyen Age, Morgane et Mélusine*, Paris, 1984 (examen des lais féeriques, p. 243-262).

MILIN (Gaël), *Les chiens de Dieu, La représentation du loup-garou en Occident (XIe-XXe siècles)*, Brest, 1993 (étude de folklore).

GALLAIS (Pierre), *La fée à la fontaine et à l'arbre, un archétype du conte merveilleux et du récit courtois*, Amsterdam, 1992 (fines remarques sur les lais de *Lanval*, *Graelent*, *Guingamor*, *Guigemar*).

5 / La représentation de l'amour

MÉNARD (Philippe), La déclaration amoureuse dans la littérature arthurienne au XIIe siècle, *Cahiers de civilisation médiévale*, t. 13, 1970, p. 33-42.

DE CALUWÉ (Jacques) et WATHELET-WILLEM (Jeanne), La conception de l'amour dans les *Lais* de Marie de France, Quelques aspects du problème, *Mélanges P. Jonin*, Aix-en-Provence, 1979, p. 139-158 (authenticité de l'amour, générosité, mort par amour de deux héroïnes).

REY-FLAUD (Henri), Fin'amor, fine amor, Etude du lai des *Deux Amants* et du lai du *Chèvrefeuille* de Marie de France, *Mélanges A. Planche*, Paris, 1984, t. II, p. 405-411 (étude nourrie de psychanalyse freudienne).

DUBUIS (Roger), La notion de *druerie* dans les *Lais* de Marie de France, *Le Moyen Age*, t. 98, 1992, p. 391-413 (la *druerie*, qui implique profondeur et réciprocité des sentiments, se distingue de l'amour courtois et de la morale traditionnelle).

ROCHER (Daniel), Marie de France et l'amour tristanesque, *Tristan et Yseut, mythe européen et mondial, Actes du Colloque des 10-12 jan-*

vier 1986, éd. par D. Buschinger, Göppingen, 1987, p. 341-351 (remarquable travail soulignant les rapports de Marie et de Thomas et l'exaltation de l'amour dans les lais).

6 / Symboles

SCHÜRR (Fr.), Komposition und Symbolik in den *Lais* der Marie de France, *Zeitschrift für romanische Philologie*, t. 50, 1930, p. 556-582 (intéressante discussion des idées avancées par L. Spitzer).

BURGESS (Glyn S.), Symbolism in Marie de France's *Laüstic* and *Le Fresne*, *Bibliographical Bulletin of the International Arthurian Society*, t. 33, 1981, p. 258-168 (réflexions sur la valeur symbolique du rossignol et de l'arbre).

RIBARD (Jacques), *Du mythique au mystique, La littérature médiévale et ses symboles*, Paris, 1995, p. 189-254 (cinq articles sur *Lanval*, *Laostic*, *Le chèvrefeuille*, *Les deux amants* et *Yonec*).

7 / Thèmes et inspiration

JONIN (Pierre), Le roi dans les *Lais* de Marie de France : l'homme sous le personnage, *Essays... presented to Barbara M. Craig*, New York, 1982, p. 25-41 (observations sur un personnage secondaire).

BURGESS (Glyn S.), Chivalry and Prowess in the *Lais* of Marie de France, *French Studies*, t. 37, 1983, p. 129-142 (étude des chevaliers et de leurs comportements dans les lais).

BURGESS (Glyn S.), Social Status in the *Lais* of Marie de France, *The Spirit of the Court, Fourth Congress of the International Courtly Literature Society (Toronto 1983)*, Cambridge, 1985, p. 69-78 (étude nuancée de la condition sociale des héros).

FLORI (Jean), Seigneurie, noblesse et chevalerie dans les lais de Marie de France, *Romania*, t. 108, 1987, p. 183-206 (observations sur les chevaliers, leur situation sociale et les termes employés à leur sujet).

LEGROS (Huguette), Les amours des vieillards et leur cortège de vices, *Vieillesse et vieillissement au Moyen Age*, Aix-en-Provence, 1987, p. 151-165 (examen des maris jaloux dans *Guigemar* et *Yonec*).

FLORI (Jean), Aristocratie et valeurs « chevaleresques » dans la seconde moitié du XIIe siècle : l'exemple de Marie de France, *Le Moyen Age*, t. 96, 1990, p. 35-65 (par opposition aux idéologies courtoise et chrétienne l'amour authentique est la valeur suprême).

NICHOLS (Stephen G.), Deflections of the Body in the Old French Lay, *Stanford French Review*, t. 14, 1990, p. 27-50 (présence du corps dans plusieurs lais).

8 / Technique et art littéraire

KNAPTON (Antoinette), La structure en triptyque des *Lais* de Marie de France, *Revue du Pacifique*, t. 3, 1977, p. 82-92 (deux actions rythment le récit : la première est involontaire, la seconde délibérée).

JONIN (Pierre), Les préambules des *Lais* de Marie de France, *Mélanges J. Lods*, Paris, t. I, 1978, p. 351-364 (examen du prologue général et du début des divers lais).

MCCULLOCH (Florence), Length, Recitation and Meaning of the Lais of Marie de France, *Kentucky Romance Quarterly*, t. 25, 1978, p. 257-268 (les lais formeraient des couples, où les contes d'amour heureux alterneraient avec les récits de souffrance et de frustration).

PICKENS (Rupert T.), La poétique de Marie de France d'après les prologues des *Lais*, *Lettres romanes*, t. 32, 1978, p. 367-384 (l'auteur reprend une hypothèse de Foulet sur le prologue de *Guigemar* et croit à l'instabilité et à la fluidité de l'œuvre de Marie).

PICKENS (Rupert T.), History and Meaning in the Lais of Marie de France, *Studies on the Seven Sages..., dedicated to the Memory of Jean Misrahi*, Honolulu, 1978, p. 201-211 (pour ce critique mélange d'une strate ancienne et des gloses de la poétesse notamment dans le lai des *Deux Amants*).

RIEGER (Dietmar), Evasion et conscience des problèmes dans les lais de Marie de France, *Spicilegio Moderno*, t. 12, 1979, p. 49-69 (loin d'être seulement une littérature d'évasion, l'œuvre de Marie traite de problèmes existentiels).

COMBARIEU (Micheline de), Les objets dans les *Lais* de Marie de France, *Mélanges Ch. Foulon*, t. II : *Marche romane*, t. 30, 1980, p. 37-48 (les objets comme auxiliaires de l'action et comme sources de poésie).

LEFAY-TOURY (Marie-Noëlle), Pluralité des structures et des sens dans les Lais de Marie de France, *Le récit bref au Moyen Age, Actes du Colloque des 27-29 avril*, ed. D. Buschinger, Amiens, 1980, p. 25-44 (observations sur plusieurs lais).

RYCHNER (Jean), La présence et le point de vue du narrateur dans deux récits courts : le *lai de Lanval* et *La châtelaine de Vergi*, *Vox Romanica*, t. 39, 1980, p. 86-103, repris dans *Du « Saint-Alexis » à François Villon*, Genève, 1985, p. 289-306 (des thèmes communs, mais la présence du narrateur diffère dans les deux récits).

BULLOCK-DAVIES (Constance), Marie de France, A Reassessment of her Narrative Technique in the *Lais* , *Court and Poet, Third Congress of the International Courtly Literature Society*, ed. by Gl. Burgess, Liverpool, 1981, p. 93-99 (Marie connaît les recettes des conteurs professionnels et des ménestrels).

BURGESS (Glyn S.), The Problem of Internal Chronology in the *Lais* of Marie de France, *Zeitschrift für französische Sprache und Litera-*

tur, t. 91, 1981, p. 133-155 (d'après l'auteur Marie aurait composé en France six lais et six autres en Grande-Bretagne), repris dans *Text and Context*, Manchester, 1987, p. 1-34.

LAWSON (Lise), La structure du récit dans les *Lais* de Marie de France, *Court and Poet, Third Congress of the International Courtly Literature Society*, ed. by Gl. Burgess, Liverpool, 1981, p. 233-240 (analyse conduite à partir des fonctions de Propp).

RINGGER (Kurt), Imagerie et structure des *Lais* de Marie de France, *XIV Congresso Internazionale di Linguistica e Filologia Romanza (Napoli, 15-20 aprile 1974), Atti, Communicazioni*, ed. par A. Varvaro, vol. V, Naples, 1981, p. 381-396 (étude de la situation centrale des lais et des signes servant de « reflets thématiques » ou de « signaux de rappel »).

JONIN (Pierre), Le *je* de Marie de France dans les lais, *Romania*, t. 103, 1982, p. 170-196 (l'emploi de la première personne exprime le désir d'être un intermédiaire, plus qu'un créateur).

OLLIER (Marie-Louise), Les *Lais* de Marie de France ou le recueil comme forme, *La nouvelle : genèse, codification et rayonnement d'un genre médiéval, Actes du Colloque international de Montréal, 14-16 octobre 1982*, Montréal, 1983, p. 64-79 (esthétique de la discontinuité et vision commune : il n'y a pas de lien entre les contes, mais l'ensemble forme un recueil).

RICE (Joanne A.), Conventionnal and unconventionnal Character Description in the *Lais* of Marie de France, *Neuphilologische Mitteilungen*, t. 84, 1983, p. 344-352 (présence de traits originaux).

VITZ (Evelyn B.), The *Lais* of Marie de France : « Narrative grammar » and the litterary Text, *Romanic Review*, t. 74, 1983, p. 383-404, repris dans *Medieval Narrative and Modern Narratology, Subjects and Objects of Desire*, New York, 1989, p. 149-175 (ambiguïté des textes de Marie qui résistent aux approches modernes).

FREEMAN (Michelle A.), Marie de France's Poetics of Silence, the Implications for a Feminine *translatio*, *Publications of the Modern Language Association of America*, t. 99, 1984, p. 860-883 (poétique délibérée du silence : Marie préfère rester allusive).

ROTHSCHILD (Judith R.), Manipulative Gestures and Behaviors in the *Lais* of Marie de France, *The Spirit of the Court*, éd. Gl. Burgess and R. Taylor, Cambridge, 1985, p. 283-288 (examen des gestes et des comportements des personnages).

PAUPERT-BOUCHEZ (Anne), Blanc, rouge, or et vert, Les couleurs de la Merveille dans les lais, *Les couleurs au Moyen Age*, Aix-en-Provence, 1988, p. 301-328 (emploi des couleurs dans les lais).

GALLAIS (Pierre), Le silence de Marie de France, *Farai chansoneta novele, Hommage à J. Ch. Payen*, Caen, 1989, p. 187-198 (fines remarques sur la qualité du silence qui traverse l'œuvre de Marie).

BROWN (Catherine), Glossing the Origin : Lost Wax Poesis in the Lais of Marie de France, *Romance Philology*, t. 43, 1989-1990, p. 197-208 (la technique dite de « la cire perdue » s'appliquerait aux textes de Marie).

RYCHNER (Jean), *La narration des sentiments, des pensées et des discours dans quelques œuvres des XIIe et XIIIe siècles*, Genève, 1990 (examen du style indirect et du style indirect libre dans les lais).

BRUCKNER (Matilda), Strategies of Naming in Marie de France's *Lais*, At the Crossroads of Gender and Genre, *Neophilologus*, t. 75, 1991, p. 31-40 (étude de l'attribution d'un nom ou de l'anonymat des personnages dans les lais).

ROTHSCHILD (Judith R.), The « Controlling Woman » in Marie de France's Lais, A New Perspective on Narrative Technique, *Fifteenth Century Studies*, t. 17, 1990, p. 337-349 (la femme tente d'agir sur les êtres et les événements dans les lais de *Fresne*, de *Lanval* et d'*Eliduc*).

NELSON (Jan A.), Abbreviated Style and *Les Lais de Marie de France*, *Romance Quarterly*, t. 39, 1992, p. 131-143 (la technique de l'*abbreviatio*).

KELLY (Douglas), *Diversement comencier* in the *Lais* of Marie de France, *In Quest of Marie de France*, ed. Chantal A. Maréchal, Lewiston, N. Y., 1992, p. 107-122 (diversité des débuts de contes).

ROTHSCHILD (Judith R.), Description and visualizable Movement in Marie de France's *Lais*, *L'imaginaire courtois et son double*, Naples, 1992, p. 409-419 (examen portant sur le lai de *Lanval*).

LACHIN (Giosué), Maria di Francia, la tradizione, la traduzione, il tradimento, *Omaggio a G. Folena*, Padoue, 1993, t. I, p. 207-223 (réflexions sur les rapports de Marie et de ses sources).

PROBLÈMES PARTICULIERS

Prologue

BRAET (Herman), Marie de France et l'obscurité des Anciens, *Neuphilologische Mitteilungen*, t. 79, 1978, p. 180-184.

FOULET (Alfred) et UITTI (K. D.), The Prolog to the *Lais* of Marie de France, A Reconsideration, *Romance Philology*, t. 35, 1981-82, p. 242-249.

DELCLOS (Jean-Claude), Encore le prologue des Lais de Marie de France, *Le Moyen Age*, t. 90, 1984, p. 223-232.

HOLZBACHER (Ana Maria), El Prólogo de los lais : no se ha dicho aún la última palabra, *Boletín de la Real Academia de Buenas Letras de Barcelona*, t. 51, 1987-1988, p. 227-257 (utile explication linéaire et discussion des diverses interprétations).

Guigemar

KNAPTON (Antoinette), *Mythe et psychologie chez Marie de France dans « Guigemar »*, Chapel Hill, 1975 (considération des motifs symboliques et de leurs sources possibles).

SALY (A.), Observations sur le lai de *Guigemar*, *Mélanges Ch. Foulon*, Rennes, 1980, p. 329-339, repris dans A. Saly, *Images, structures et sens, Etudes arthuriennes*, Aix-en-Provence, 1994, p. 7-21 (étude de l'aventure féerique).

SCHULZE (Joachim), *Guigemar*, der höfische Roman und die allegorische Psychologie des Mittelalters, *Archiv für das Studium der neueren Sprachen und Literaturen*, t. 217, 1980, p. 312-326 (examen de la structure du conte, de la représentation de l'amour et des symboles).

SKÅRUP (Povl), Les prologues qui précèdent le lai de *Guigemar*, *Revue romane*, t. 16, 1981, p. 166-175 (contestation des idées communément admises).

BROOK (Leslie C.), Guigemar and the White Hind, *Medium Aevum*, t. 56, 1987, p. 94-101 (discussion des interprétations de R. Pickens).

BRUMLIK (Joan), Thematic Irony in Marie de France's *Guigemar*, *French Forum*, t. 13, 1988, p. 5-16 (examen des thèmes refusant ou permettant une intégration sociale).

MÄRZ (Christoph), Die drei Wunden des Herrn Guigemar, Zu einem Lai Maries de France, *Germanisch-romanische Monatsschrift*, t. 70, 1989, p. 377-386 (blessures du corps et du cœur).

Equitan

SCHULZE (J.), *Equitan*, höfische Existenz zwischen höher Forderung und menschlicher Gewöhnlichkeit, *Romanische Forchungen*, t. 94, 1982, p. 50-66 (*Equitan* est à la fois un lai burlesque et un conte courtois).

LEMARCHAND (Danièle), Une approche du lai d'*Equitan*, *PRIS-MA*, t. 1, 1985, p. 79-88 (étude de l'inconscient, des fantasmes et des angoisses des héros).

ROTHSCHILD (Judith R.), Marie de France's *Equitan* and *Chaitivel*, Fin'amors or fabliau ?, *The Worlds of Medieval Women*, Morgantown, 1985, p. 113-121 (perspectives morales et liens avec le fabliau).

DATTA-DOCHY (Evelyne), Equitan ou la non-renaissance de l'aventure, *Le Moyen Age*, t. 95, 1989, p. 37-46 (Equitan cède à des mirages).

Fresne

FREEMAN (Michèle A.), The Power of Sisterhood : Marie de France's *Le Fresne*, *French Forum*, t. 12, 1987, p. 5-26 (Marie adapte le thème de Griseldis).

DESCLAIS-BERKVAM (D.), La chose et le signe dans *Le Fresne*, *L'imaginaire courtois et son double*, éd. par G. Angeli et L. Formisano, Naples, 1992, p. 235-244 (examen des signes dans la perspective de Lacan).

MARÉCHAL (Chantal), Le *Lai de Fresne* et la littérature édifiante du XIIe siècle, *Cahiers de civilisation médiévale*, t. 35, 1992, p. 131-141 (rapprochements faits avec des sermons et des *exempla*).

MARTINEAU-GÉNIEYS (Christine), La merveille du Frêne, dans *Hommage à J. Dufournet*, Paris, Champion, 1993, t. II, p. 925-939 (intéressante étude de folklore et de mythologie).

BOSWELL (John), *Au bon cœur des inconnus, Les enfants abandonnés de l'Antiquité à la Renaissance*, trad. de l'anglais par P. E. Dauzat, Paris, 1993 (examen du lai p. 238 et 253-254).

Bisclavret

SUARD (François), *Bisclavret* et les contes de loup-garou, essai d'interprétation, *Mélanges Ch. Foulon*, t. II, Liège, *Marche romane*, 1980, p. 267-276 (accent mis sur plusieurs motifs et analyse de l'angoisse immanente au récit).

FREEMAN (Michelle A.), Dual Natures and Subverted Glosses, Marie de France's *Bisclavret*, *Romance Notes*, t. 25, 1985, p. 288-301 (analyse du personnage féminin et de la révélation faite par le mari à son épouse).

HARF-LANCNER (Laurence), La métamorphose illusoire, Des théories chrétiennes de la métamorphose aux images médiévales du loup-garou, *Annales ESC*, fasc. 1, 1985, p. 208-226 (étude des contes médiévaux).

HARF-LANCNER (Laurence), éd. *Métamorphose et bestiaire fantastique au Moyen Age*, Paris, 1985 (étude du processus de la métamorphose par L. Harf, des loups-garous par M. Bacou et J.-M. Boivin).

MÉNARD (Philippe), Les histoires de loup-garou au Moyen Age, dans *Symposium in honorem Martin de Riquer*, Barcelone, 1986, p. 209-238 (comparaison des récits médiévaux avec les textes antiques et le folklore moderne, étude de thématique et de signification).

Lanval

BENDINELLI PREDELLI (Maria), Storia delle storie di *Lanval*, *Quaderni d'Italianistica*, t. 6, 1985, p. 1-30 (divers récits ont pour thème la perte provisoire d'une maîtresse féerique et la disparition du bonheur).

KÖHLER (Erich), *Vorlesungen zur Geschichte der französischen Literatur*, hrsg. von H. Krauß und D. Rieger, Bd. II, Stuttgart, 1985 (examen du *lai de Lanval*, p. 46-54).

MONSON (Don A.), L'idéologie du lai de *Lanval*, *Le Moyen Age*, t. 93, 1987, p. 349-372 (Marie dénoncerait les insuffisances de la justice, de la société féodale et de l'amour).

Deux amants

RIBARD (Jacques), Le lai des *Deux amants*, Essai d'interprétation thématique, *Mélanges P. Jonin*, Aix-en-Provence, 1979, p. 581-591 (réflexions sur le thème de l'ascension et de la boisson merveilleuse).

DATTA-DOCHY (Evelyne), Les *Deux amants* ou l'offre exorbitante, *L'imaginaire courtois et son double*, éd. par G. Angeli et L. Formisano, Naples, 1992, p. 305-321 (accent mis sur les éléments mythiques).

GRILLO (P. R.), Folklore and hagiographie dans le lai des *Deux amants*, *Romance Philology*, t. 64, 1991, p. 469-483.

Yonec

RIBARD (Jacques), Le lai d'*Yonec* est-il une allégorie chrétienne?, *The Legend of Arthur in the Middle Ages, Studies presented to A. Diverres*, Cambridge, 1983, p. 160-169 (hypothèse subjective sur le sens chrétien du texte).

JOHNSON (Susan M.), Christian Allusion and Divine Justise in *Yonec*, *In Quest of Marie de France*, ed. by Chantal A. Maréchal, Lewiston, 1992, p. 161-174 (étude du dénouement).

DUBOST (Francis), Yonec le vengeur et Tydorel le veilleur, *Hommage à J. Dufournet*, Paris, Champion, 1993, t. I, p. 449-467 (examen comparatif des deux lais).

Laostic

GREEN (Robert B.), Marie de France's *Laüstic*, Love's Victory through Symbolic Expression, *Romance Notes*, t. 16, 1974-1975, p. 695-699 (les détails symboliques suggèrent la sublimation d'une aventure amoureuse).

Chaitivel

FAROUT (Ghilaine), Du *Chaitivel* ou des *Quatre Dols*, *Médiévales*, t. 3, 1983, p. 76-88 (souligne l'ambiguïté des diverses phases de l'histoire).

MORA-LEBRUN (Francine), Marie de France, héritière de la lyrique des troubadours : l'exemple du *Chaitivel*, *Travaux de linguistique et de littérature*, t. 24, 1986, p. 19-30 (analyse subtile, qui met l'accent sur la création poétique).

MÉNARD (Philippe), *Les vespres del tournoiement*, *Miscellanea... offerta a G. Gasca Queirazza*, Alessandria, 1988, p. 651-662 (élucidation d'un passage mal compris par les éditeurs).

Chèvrefeuille

WILLIMAN (Joseph P.), The Sources and Composition of Marie's Tristan Episode, *Studies in Honor of Tatiana Fotitch*, Washington, 1972, p. 115-127 (étude du lai du *Chèvrefeuille*).

WIESMANN-WIEDEMANN (Frederike), Glose to the *sen* of Marie de France's *Chievrefoil*, *Fifteenth Century Studies*, t. 1, 1978, p. 287-313 (examen des passages difficiles du lai).

LEJEUNE (Rita), Le message d'amour de Tristan à Iseut (encore un retour au *Lai du Chèvrefoil* de Marie de France), *Mélanges Ch. Foulon*, t. I, Rennes, 1980, p. 187-194 (réflexions sur les passages énigmatiques).

BURGESS (Glyn), A Note on Marie de France's *Chevrefoil*, *French Studies Bulletin*, n° 3, 1982, p. 1-4, repris dans *Text and Context*, Manchester, 1987, p. 65-70 (observations sur les passages délicats).

GIER (Albert), Noch einmal *Chievrefoil*, vv. 51-78, *Zeitschfrift für romanische Philologie*, t. 98, 1982, p. 540-546 (observations sur les problèmes d'interprétation du texte).

ILLINGWORTH (R.), Structural Interlace in the *Lai of Chevrefoil*, *Medium Aevum*, t. 54, 1985, p. 248-258 (entrelacement du récit et de commentaires).

Eliduc

JODOGNE (Omer), La conversion dans le lai d'*Eliduc*, *Mélanges P. Jonin*, Aix-en-Provence, 1979, p. 347-354 (réflexions sur les vers 1151-1152 du texte).

RIBARD (Jacques), Le lai d'*Eliduc*, étude thématique, *Mélanges Ch. Foulon*, Rennes, t. I, 1980, p. 295-299 (Eliduc, lié par des fidélités contradictoires, est une image de la condition humaine).

GLASSER (Marc), Les « actions raisonnées » opposées aux « actions impulsives » dans *Eliduc*, *Vox Romanica*, t. 42, 1983, p. 136-143 (Eliduc cesse vite de suivre la raison).

NORTH (Sally Burch), The Role of Advice in Marie de France's *Eliduc*, *Studies... presented to Br. Woledge*, Genève, 1988, p. 111-133 (l'examen des conseils donnés et des décisions prises aboutit à la conclusion de la complexité de l'art de Marie).

INDEX DES AUTEURS ET DES ŒUVRES

INDEX DES CRITIQUES

Imprimé en France
Imprimerie des Presses Universitaires de France
73, avenue Ronsard, 41100 Vendôme
Septembre 1997 — N° 44 476

LITTÉRATURES MODERNES

Ouvrages parus :

Françoise BARGUILLET
Rousseau ou l'illusion passionnée
Les rêveries du promeneur solitaire

Marie-Christine BELLOSTA
Céline ou l'art de la contradiction
Lecture de *Voyage au bout de la nuit*

Michel BERTRAND
Langue romanesque et parole scripturale
Essai sur Claude Simon

Roland BOURNEUF et Réal OUELLET
L'univers du roman

Dominique BOUTET et Armand STRUBEL
Littérature, politique et société dans la France du Moyen Age

Jacqueline CHÉNIEUX-GENDRON
Le surréalisme

Yves CHEVREL
Le naturalisme

Gabriel CONESA
La Trilogie de Beaumarchais. Écriture et dramaturgie

Michel CROUZET
Le Rouge et le Noir. Essai sur le romanesque stendhalien

Michel DELON
L'idée d'énergie au tournant des Lumières, 1770-1820

Béatrice DIDIER
Le journal intime

Claude-Gilbert DUBOIS
Le maniérisme

Gérard-Denis FARCY

Les théâtres d'Audiberti

Gilles GIRARD, Réal OUELLET, Claude RIGAULT

L'univers du théâtre

Jean-Michel GLIKSOHN

Iphigénie

De la Grèce antique à l'Europe des Lumières

L'expressionnisme littéraire

Suzanne GUELLOUZ

Le dialogue

Roger GUICHEMERRE

La tragi-comédie

Jean-Charles HUCHET

Le roman médiéval

Le roman occitan médiéval

Paule JANSEN et divers auteurs

L'année 1778 à travers la presse traitée par ordinateur

Romain LANCREY-JAVAL

Le langage dramatique de *La Reine morte*

Madeleine LAZARD

Le théâtre en France au XVIe siècle

Images littéraires de la femme à la Renaissance

Daniel MADELÉNAT

La biographie

L'épopée

L'intimisme

Louis MARQUÈZE-POUEY

Le mouvement décadent en France

Gisèle MATHIEU-CASTELLANI

Mythes de l'Éros baroque

Philippe MÉNARD

Les fabliaux, contes à rire du Moyen Age

Les lais de Marie de France

Contes d'amour et d'aventures au Moyen Age

Michel MERCIER
Le roman féminin

Clément MOISAN
Qu'est-ce que l'histoire littéraire ?

Dan-Ion NASTA
Saint-John Perse et la découverte de l'être

Ion OMESCO
La métamorphose de la tragédie
Hamlet ou la tentation du possible
Othello, chef-d'œuvre en sursis
Shakespeare, son art et sa tempête

Jean PERROT
Mythe et littérature sous le signe des jumeaux

Henry REY-FLAUD
Pour une dramaturgie du Moyen Age

François RICHARD
L'anarchisme de droite dans la littérature contemporaine

Michèle SIMONSEN
Le conte populaire

Didier SOUILLER
La littérature baroque en Europe

Jacques TRUCHET
La tragédie classique en France

Louis VAX
La poésie philosophique

André VILLIERS
L'acteur comique

Philippe WALTER
***Le Bel inconnu* de Renaut de Beaujeu**
Rite, mythe et roman